불처럼
뜨겁게

불처럼 뜨겁게

초판 1쇄 찍은 날 § 2004년 4월 23일
초판 1쇄 펴낸 날 § 2004년 5월 3일

지은이 § 김이현
펴낸이 § 서경석

편집장 § 문혜영
편집 § 이종민 · 신혜미
마케팅 § 정필 · 강양원 · 이선구 · 김규진 · 홍현경

펴낸곳 § 도서출판 청어람
등록번호 § 제1081-1-89호
등록일자 § 1999. 5. 31
어람번호 § 제5-0016호

주소 § 경기도 부천시 원미구 심곡1동 350-1 남성B/D 3F (우) 420-011
전화 § 032-656-4452 팩스 § 032-656-4453
http://www.chungeoram.com
E-mail § eoram99@chollian.net

ISBN 89-5831-082-0 03810

불처럼
뜨겁게

김이현 지음

도서출판

청어람

프
롤
로
그

"**헉**헉······."

"하아······ 하아······."

격렬한 신음 소리. 살과 살이 맞부딪치면서 나는 색정적이고
도 묘한 자극적인 소리가 룸 안을 가득 메웠다. 최고의 호텔에
최상급의 침대임에도 불구하고, 매트리스의 삐걱거림은 남녀의
교성과 한데 어우러져 룸 안의 공기를 혼탁하게 만들었다.

"지혁, 깊이······ 더 깊이······."

숨이 넘어갈 듯한 여자가 간신히 히프를 치켜들었다. 여자의
몸짓에 지혁은 망설임없이 거세게 돌진했다. 이어 들리는 여자
의 찢어질 듯한 신음이 비명처럼 울려 퍼졌다. 여자는 땀으로

번들거리는 지혁의 목을 감고 있던 팔에 더욱 힘을 주었다. 잠시도 쉴 틈 없이 지혁은 거세게 여자를 몰아붙였다. 여자의 치켜 올려진 히프 아래에 쿠션을 받치고도 모자라, 지혁은 자신의 손으로 여자의 허리를 들어 올려 여자의 가장 깊은 곳까지 파고들었다. 마치 그녀를 쾌락의 정점에 도달하게 하려는 것처럼 그의 몸짓은 거칠다 못해 포악하기까지 했다.

"하, 그만……."

그녀의 몸 안에서 점점 스피드를 내는 지혁의 남성을 의식해서인지 여자가 간헐적으로 매달렸다.

"노(no)!"

숨소리조차 흐트러지지 않은 음성으로 그가 말을 내뱉었다. 그리고 말과 동시에 그의 허리는 더욱 거세게 전진과 후퇴를 시작했다. 한 치의 빈틈 없이 여자의 은밀한 곳을 채우던 그의 중심이 여자의 몸 안에 빨려 들어갈 때마다 여자의 신음과도 같은 간드러진 교성이 룸을 빼곡히 메웠다. 지혁이 힘차게 돌진할수록 여자는 경련을 일으키듯 바르르 몸을 떨었다. 끝도 없이 매달리는 여자의 집요한 욕구에 지혁은 자신의 모든 것을 내던져 그녀를 열락의 도가니로 함락시켰다.

시간이 흐를수록 여자의 신음은 울음 섞인 애원으로 바뀌었다. 숨소리가 빨라지고, 격렬하게 내뱉던 신음이 공기 중으로 사그라졌다. 여자가 지혁에게 바짝 매달렸다. 목에 감은 팔은 지혁의 숨통을 조를 듯 힘을 주었고, 그의 허리를 휘감았던 여자의 허벅지는 흡사 샴쌍둥이처럼 본래 그와 하나의 몸인 양 떨어질 줄 모른 채 맞붙어 있었다. 질퍽거리는 속살이 맞부딪치는 낮 뜨거운 소리와 함께 여자가 힘겹게 입술을 달싹였다. 신음마저 내뱉을 수 없을 정도로 지쳤는지 그녀의 목소리는 들릴 듯 말 듯 희미하게 울려 나왔다.

"아아…… 그만, 지혁, 제발 그만 해……!"

여자가 몸을 뒤틀었다. 견딜 수 없다는 듯 지혁의 가슴팍을 밀어냈다. 하지만 지혁은 움직임을 멈추지 않았다. 빠르게 여자의 몸속으로 파고드는 행위를 늦추지 않았다. 탁하게 갈라져 나오는 여자의 목소리와는 달리 지혁은 지독히도 절제된 평이한 음성으로 말문을 열었다.

"당신이 원하던 거 아닌가? 아직 멀었어."

"그래도, 하…… 이젠 그만 해. 그만, 제발……."

여자의 애원 따위 지혁은 무시했다. 듣지 못한 척 더욱 거세게 허리 아래의 운동에 속력을 가했다. 하나가 된 몸이 잠깐이라도 떨어지는 순간이 있다면 후퇴할 때뿐이었다. 하지만 곧 지혁은 전진으로 여자의 몸을 가득 메웠다.

여자가 숨을 헉헉대며 까무러치듯 신음을 내질렀다. 어느 순간 여자는 매달리는 것을 그만두었다. 포기했다는 듯 축 늘어뜨린 여자의 몸 위에서 지혁은 속도를 늦추며 픽 실소를 흘렸다.

"그만두길 원하나? 그만둘까?"

그의 냉소 어린 비웃음에 애원하고 매달리던 여자가 순간 허벅지에 힘을 주었다. 꽉 조이는 허벅지가 마치 더 깊이 들어오라는 듯, 여자는 자신을 남김없이 활짝 열어주었다. 지혁의 입가에 매달린 실소가 사라져 가고 그는 여자의 몸을 포악하게 침략해 나갔다.

풍랑을 만난 배처럼 지혁의 몸이 거칠게 뒤흔들렸다. 여자의 몸을 두 동강이라도 내려는 듯 거세게 파고들던 허리 움직임이 화약고에 불을 붙인 것처럼 뜨거워졌고, 절정에 치달아 황홀함에 비명을 내지르는 여자의 몸 위에서 지혁은 지친 기색 없이 가쁜 숨을 내쉬었다. 여자의 쉬어버린 목에서 나오는 교성이 깊어질수록 밤도 점점 깊어져 새벽으로 달리고 있었다.

"으음, 지혁?"
"음."
"우리, 우리 자주 만나."
"음……."

한차례의 열정적인 관계가 끝나고 지혁은 자신의 입술과 손으로 여자를 어루만졌다. 여자의 가슴을 지분거리던 입술을 미끄러뜨려 점점 아래로 내려갔다. 지혁의 입술 아래에서 한껏 달뜬 여자가 몸을 뒤틀었다. 축 늘어져 움직이는 것조차 하지 못하던 여자는 방금 전의 격렬한 정사가 만족스러운 듯 탁하게 가라앉은 어조로 속삭였다.

"자동차와 아파트는 있고, 뭐가 필요해? 으음…… 뭐야? 또 하자는 건 아니겠지?"

나른하게 속삭이던 여자가 눈을 휘둥그레 떴다. 지혁은 싱긋 웃고는 오므려진 여자의 허벅지를 살짝 건드렸다. 섹스의 여운이 가시기도 전에, 너무 황홀해 잠시 정신을 놓을 정도로 모든 것을 내던진 여자가 지혁의 손길에 단박에 몸을 열었다. 기꺼이 열어주겠노라, 활짝 열어젖히는 허벅지 사이로 지혁은 얼굴을 들이밀었다. 여자가 신음을 흘렸다. 지혁의 입술을 가르고 나온 뜨거운 혀가 여자의 은밀한 곳을 더듬었다.

"하…… 지혁, 우리 계속 만나자고. 응? 뭐가 필요해? 뭘 원해?"

대답없는 지혁에게 안달한 여자가 그의 얼굴을 이끌어 입술을 포갰다. 새겨 넣은 듯한 그의 육감적인 입술을 빨아 당기고, 그의 혀를 삼킬 듯 빨아들이던 여자가 살며시 입을 떼고 확인하듯 다그쳤다.

"나 계속 만날 거지? 그렇지?"

"으음……."

또다시 얼버무리며 대답을 회피한 지혁은 그녀의 말을 막으려는 듯 키스를 퍼부었다.

"그만! 내 물음에 답부터 해, 어서!"

"계속 만나자고?"

"그래."

나직한 지혁의 반문에 여자는 기다렸다는 듯이 고개를 끄덕였다. 지혁은 고른 치아를 내보이며 싱긋 미소를 지었다. 그의 미소에 홀린 듯 여자가 시선을 고정시키고는 메마른 입술을 혀 끝으로 축였다.

"그럼 계속 만나지."

"후훗, 좋아. 그럼 지혁이 원하는 건 뭐지?"

"글쎄, 지금은 오직 당신만 있으면 돼."

유혹하듯 나른하게 대꾸한 지혁은 곧 여자의 몸 위로 올라가 자신의 몸을 겹쳤다. 탄력을 잃어 더 이상 아름답지 않은 여자의 몸과 대조적으로 지혁의 건장한 몸은 조각처럼 훌륭하고 눈이 부시도록 아름다웠다. 그의 탄탄한 근육은 손으로 만지고 싶게 했고, 그을린 듯한 구릿빛 피부에는 남성적인 매력이 물씬 배어 나왔다.

시들어가는 여자에게 지혁은 생명력이었다. 무료한 삶을 지탱해 주는 유일한 활력소였다. 여자는 그것을 놓치기 싫었고, 그래서 더욱 열렬하게 지혁을 받아들였다.

"이 밤이 지나면 그때…… 내가 원하는 것을 말하겠어."

환희에 달뜬 여자의 귓불을 핥으며 지혁은 들릴 듯 말 듯 나직하게 읊조렸다. 여자는 지혁이 원하는 것이 과연 무엇인지 물어볼 엄두도 내지 못하고 그저 그가 전해주는 쾌락에 자신의 모든 것을 내맡겼다.

바쁘게 돌아가는 카메라. 분주하게 오가는 촬영 스텝들. 그

스튜디오 가운데 지혁은 꿔다놓은 보릿자루처럼 멀뚱히 서 있었다. 화려한 조명 한가운데를 바라보는 지혁의 눈동자에 불길이 일었다. 모든 이의 시선을 한데 모으며 동경과 선망의 대상인 자리가 그의 각막에 새겨졌다. 그곳에는 한참 주가를 올리는 여자 탤런트가 몸을 이리 돌리고 저리 돌리면서 유연하게 턴을 해가며 사진 촬영을 하고 있었다. 얼굴에 함박웃음을 매달고, 한여름인데도 와인 빛깔의 롱 코트를 걸친 여자는 조금도 덥지 않다는 듯 환한 미소를 짓고 있었다.

"컷!"

사진작가의 우렁찬 목소리가 스튜디오 안에 메아리쳤다.

"아휴, 더워. 더워서 질식하겠네."

컷 소리와 함께 여자 탤런트가 코트를 휙 벗어 던졌다. 더위를 이기지 못한 탓인지 코트 안의 그녀는 가슴을 간신히 가리는 손바닥만한 민소매 셔츠와 핫팬츠만을 입고 있었다. 손바닥으로 연방 부채질을 하는 여배우에게 사진작가는 득달같이 언성을 높여 화를 퍼부었다.

"당장 코트 입어. 바로 다음 촬영 시작할 거야!"

"이 선생님, 조금만 쉬면 안 될까요?"

"군소리 말고 입어! 남자 모델은 어딨어?"

뾰로통하게 입술을 내미는 여배우를 보지 못한 척, 사진작가가 스튜디오 안을 매섭게 훑어보았다. 누군가 지혁의 등을 떠민 것은 그때였다.

"우지혁 씨? 어서 무대 안으로 들어가세요."

"미적미적거리지 말고 어서 시작해! 뭐 하는 거야, 다들?"

촬영 스텝 중 한 사람이 다정하게 말했지만 사진작가는 냉정했다. 머뭇거리는 걸음으로 지혁이 여배우에게 다가가자 뭐가 못마땅한지 그녀는 곱게 다듬어진 눈썹을 치켜 올렸다.

"너무 심한 거 아녜요? 아무리 뒷모습만 나온다지만, 어떻게 이름도 없는 모델을 내 상대로 하는 거죠? 이건 절 거의 모욕하는 수준이라고요!"

잔뜩 날이 선 여배우의 말에 지혁은 자신도 모르게 주먹을 움켜쥐었다. 관절이 꺾이는 소리가 희미하게 들려왔다. 모욕? 여배우는 자신이 모욕을 당했다 언성을 높였지만 정작 모욕을 당한 사람은 지혁이었다. 슬며시 치밀어 오르는 분노를 억누르기 위해 그는 어금니를 물었다.

"촬영하기 싫으면 나가. 너 같은 배우 밖에 나가면 널렸어. 촬영 계속하고 싶으면 떽떽거리지 말고 코트나 입든지!"

사진작가의 냉랭한 어조에 여배우는 언제 그랬냐는 듯 입술을 질끈 깨물고 지혁의 어깨에 손을 얹었다. 의식하지 못하는 사이 지혁의 안면 근육이 딱딱하게 경직되었다. 오늘 그의 컨셉은 뒷모습이었다. 아무것도 걸치지 않은 건장한 어깨에 여자가 입을 코트가 비스듬히 걸쳐져 있었다. 그런 그의 옆에서 여자가 지혁의 등을 유혹적으로 쓰다듬으며 동시에 코트를 어루만지는 장면이 촬영될 예정이었다. 다행이었다. 만약 그의 앞모습이 나온다면 당장 촬영 중지가 되었을 것이다. 뒷모습과 달리 그의 앞모습은 흉하게 일그러져 있기 때문이다.

이 바닥에서 이름이 없다는 것은 삼류를 뜻한다. 이 바닥에서 삼류란 사람들에게 무시받고, 천대받는다. 지혁은 악다문 어금니에 힘을 실었다. 허공을 노려보는 그의 시선에 시퍼런 불꽃이 피어올랐다. 그도 조만간 꼬리표처럼 달라붙는 이 지긋지긋한 삼류의 이름을 벗어던질 것이다. 그래서 아무도 자신을 무시하지 못하게, 경멸하지 못하게 모두가 주목하는 정상에 우뚝 설 것이다. 정면은 한 번도 보지 못하고, 앞모습은 카메라에 담아보지도 못한 채, 그렇게 촬영은 지루할 정도로 계속 진행되고 있었다.

여름이 오기 전, 늦은 봄. 아무나 출입할 수 없는 고급 스포츠 클럽은 이른 새벽 시간이라 그런지 몇몇 사람만 있어 쥐 죽은 듯 조용했다. 그중 한 사람, 물살을 가르고 힘차게 수영하는 여자의 유연한 몸을 지혁은 날카롭게 번뜩이는 눈길로 쫓았다. 지난 한 달 자신의 모든 시간을 투자해 얻은 결과가 지금 눈앞에 있었다. 이 여자를 만나기 위해, 지혁은 마음에도 없는 여자를 한 달 동안이나 상대해야 했다.

자주 가는 바(Bar)에서 삼오그룹 오너의 아내인 미진을 만났을 때, 이미 지혁은 어느 한 여자를 타깃으로 잡고 있을 때였다. 그러나 마음만 먹었을 뿐, 정작 우지혁이라는 평범한 인물이 그 여자에게 다가서기란 실상 불가능했다. 그것을 이룰 수 있게 해준 여자가 바로 정미진이었다. 우연처럼 만난 미진을 유혹하는 건 그야말로 누워서 떡 먹는 것보다 더 쉬웠다. 처음에는 지혁의 접근에 몸을 사리던 그녀였지만 채 삼 일도 안 되어 미진은 잘 익은 홍시마냥 너무도 쉽게 그의 손아귀에 떨어져 녹아내렸다. 좋아서 만난 건 아니다. 하나, 그가 원해서 이뤄진 만남이었다. 늙은 암캐 미진은 그가 원하던 여자는 아니었지만 소영을 만나기 위해서는 다른 선택의 여지가 없었다.

언젠가 잡지에서 기사와 함께 사진으로 보았던 여자, 최소영. 그 기사를 보았을 때 지혁은 이 여자가 자신의 인생에 절대적으로 필요하다는 것을 알게 되었다. 하나, 다가설 방법이 없었다. 그가 최소영을 만날 수 있는 기회란 하늘의 별따기처럼 가능성이 제로인 상태였다. 그녀는 이름만 대면 알 수 있는 유명 인사의 아내였고, 내로라하는 막강한 재벌가의 아내였다.

우연찮게 보게 된 기사에서 삼오그룹 오너의 아내 정미진과 최소영이 고등학교 동창이라는 내용은 그에게 좋은 기회가 되었다. 만약 그날 바에서 미진을 만나지 못했다면, 지혁은 아직도 소영을 만날 수가 없었을 것이다. 정미진, 그녀에게 고마워해야 하지만 썩 고마움을 표할 수도 없었다. 섹스 중독자처럼 끝도 없이 요구하던 미진을 생각하자 와락 구토가 치밀었으나 눈앞에 다가온 '최소영'이라는 대가에 지혁은 애써 구역질을 삼켰다. 그리고 그는 한산하다 못해 썰렁하기까지 한 실내 수영장을 살폈다.

그 여자가 이곳에 있었다. 최소영, 그녀가. 유연한 몸짓으로 그녀가 자유형을 선보였다. 지혁은 먹잇감을 눈앞에 둔 맹수처럼 느긋함을 갖고 관망하기 시작했다. 이 여자를 만나기 전까지가 힘들었지 이제부터는 어려울 게 하나도 없었다. 차근차근 단계적으로 다가서기만 하면 되는 것이었다. 여자를 바라보는 지혁의 입가가 잔혹하게 비틀렸다.

그때 다른 무언가가 그의 시야를 자극했다. 내내 최소영을 쫓던 그의 눈길이 막 수영장을 빠져나오는 앳된 아가씨에게 고정되었다.

순간 무언가가 가슴을 할퀴고 지나갔다. 치명적인 독을 묻힌 날카로운 화살이 박힌 듯, 극심한 고통이 순식간에 그의 몸을 점령하고 그의 세계를 일시에 뒤흔들어 놓았다. 숨도 쉬지 못할 만큼 격렬한 통증에 지혁은 자신도 모르게 가슴을 움켜쥐었다. 심장이 파열하는 듯 산산이 부서지고 있었다.

물 밖으로 나온 그녀가 수영장 안의 누군가를 향해 손을 흔들었다. 진줏빛 피부처럼 눈부시게 고운 피부에 투명한 물기가 반짝이며 매달려 있었다. 그 모습이 지혁의 각막에 선명히 파고들었다. 그녀가 손을 흔드는 행동을 멈추고 환하게 미소를 지었다. 누구에게 미소를 보내는지 지혁은 알 수 없었다. 그저 그녀의 미소에 넋이 나간 듯 심장이 욱신거리기 시작했다. 생소한 느낌이었다. 한 번도 겪어보지 못한 정체 모를 감정이었다.

수영을 마쳤는지 그녀가 자그마한 수영모를 벗자 그 작은 천

조각으로 가렸다고는 믿지 못할 만큼 밤의 장막 같은 긴 머리카락이 그녀의 등을 덮었다. 하얀 피부와는 너무도 대조적인 새까만 머리카락. 물기가 젖어 더욱 반짝이는 머릿결이 지혁의 시선을 단단히 붙들고 있었다. 감히 다른 곳은 바라볼 엄두가 나지 않았다. 하루 종일 그녀만 바라보라면 기꺼이 그렇게 하고 싶을 정도였다.

그녀가 몸을 돌려 어딘가로 걸어갔다. 하얀 수영복과 뒷모습인 머릿결밖에 볼 수 없었지만 그녀의 주위로 눈부신 후광이 비쳐 들고 있었다. 빛의 결정체, 그녀가 사라지기 전 지혁은 그녀를 빛의 결정체라고 단정 지었다.

순식간에 나타났다 나타난 것만큼 갑작스레 그녀가 사라졌다. 마치 신기루처럼. 손 내밀어 만지려 들면 어느 순간 사라져 버리고 마는 사막 한가운데의 신기루처럼. 심장이 터질 듯 부풀어 올랐다. 두근두근, 알 수 없는 떨림에 그의 전신에는 전율이 일었다. 해일처럼 거대한 무언가가 거침없이 다가오고 있었다. 그리고 그것은 섬광처럼 빠르게 그를 뒤흔들어 놓았다.

누구지……. 나는 지금 뭘 본 거지?

여자가 사라진 곳을 황망히 바라보며 지혁은 낮은 탄식을 내뱉었다. 그제야 그는 한 번도 숨을 쉬지 못했다는 것을 깨달았다. 급하게 숨을 내쉬느라 메마른 기침이 사정없이 튀어나왔다. 얼마나 기침을 해댔는지 머리가 울릴 정도였다. 누군가 둔탁한 무기로 뇌를 친 것처럼 둔중한 아픔마저 전해왔다.

"저어, 죄송하지만 좀 비켜주시겠어요?"

어디선가 희미하게 들려오는 목소리에 그제야 지혁은 정신을 차렸다. 마치 꿈이라도 꾸고 깨어난 사람마냥 그는 멍하니 고개를 돌렸다. 그리고 그의 표정이 딱딱하게 경직되기 시작했다.

"그쪽이 길을 막고 있어서 샤워실에 들어가질 못하겠네요. 실례가 안 된다면 지나가도 될까요?"

지혁은 미동없이 그녀를 바라보았다. 자신이 이곳까지 온 목적이 바로 이 여자를 만나기 위함이었다. 그런데 다른 여자에게 넋을 놓다니. 지혁은 잠시 수영장 주변을 훑어보았다. 환영처럼 나타난 그녀는 빛처럼 흩어지고 없었다. 순간 가슴 한구석이 허전했다. 무언가 소중한 것을 잃어버린 것처럼 먹먹해지고 있었다.

"이것 보세요!"

맞은편의 여자가 신경질이 난 듯 목소리를 높였다. 지혁은 황망한 눈길을 거두고 길을 열어주었다. 그녀가 휙휙 성난 걸음으로 그를 지나쳐 갔다. 이대로 가면 안 된다. 지혁은 다급히 목을 가다듬었다.

"수영을 아주 잘하시더군요."

등을 보이며 사라지는 최소영에게 그는 조심스레 말을 걸었다. 멈칫거리며 걸음을 멈춘 그녀가 홱 몸을 돌리고 눈썹을 치켜올렸다. 지혁은 피식 웃음을 물고 미리 준비해 두었던 과일 주스 캔을 내밀었다. 막 사십 대에 들어선 나이라고는 믿기지 않을 만큼 늘씬한 몸매를 자랑하는 그녀가 빤히 지혁을 응시했다. 오랫동안 몸매를 관리해 온 듯 자그마한 비키니 수영복이 아슬아슬하게 그녀의 몸을 가리고 있었다. 캔 음료수를 내미는 지혁의 손을 물끄러미 바라보던 소영의 입가에 묘한 미소가 새겨졌다.

"무슨 뜻이죠?"

음료수를 받지도 않은 채 그녀가 물었다. 팔짱을 끼고 비스듬히 보는 소영의 얼굴에 서늘한 비웃음이 어렸다. 지혁은 그녀의 손에 음료수를 떠넘기다시피 하고는 두 손을 치켜 올렸다.

"아무런 뜻도 없습니다. 그저 수영하는 모습에 넋을 빼앗겼다는 말을 하고 싶었습니다. 아주 멋졌습니다."

"후훗, '꾼'이군요. 그런데 상대를 잘못 골랐어요. 그쪽은 기껏해야 이십 대 중반으로 보이는데, 나는 마흔……."

"서른입니다."

지혁은 소영의 말을 정정하듯 단칼에 자르고 자신의 나이를 밝혔다.

"우지혁이라고 합니다! 수영하는 모습으로 제 심장을 흔들어 놓았으니, 되돌리는 것도 그쪽이 해주셔야겠습니다."

유혹하듯 말을 덧붙인 지혁은 소영의 앞에 자신의 손을 내밀었다. 머뭇거리던 그녀가 최면에 걸린 듯 천천히 지혁의 손을 마주 잡으며 수영모를 벗고 턱 선까지 오는 짧은 머리카락을 헝클어뜨렸다.

"입에 발린 말이라는 건 알겠는데, 싫진 않네요. 칭찬 고마워요."

"하하, 입에 발린 말이라니요."

"어쨌든 주스는 잘 마실게요. 여기 회원인가 본데 앞으로 자주 봐요."

그녀가 점수라도 평가하듯 도도하게 지혁의 아래위를 훑어보았다. 그녀의 도발적인 시선에서 위험한 기운이 뿜어져 나왔다.

"아직 아침 식사 전이시죠? 근처에 괜찮은 한식집이 있는데…… 함께 드시겠습니까?"

지혁은 눈에 보이지 않는 위험한 미끼를 던졌다. 한마디 대답 없이 자리를 지키던 그녀가 조심스레 손을 빼냈다. 슬슬 조바심이 나기 시작한 지혁은 내색하지 않기 위해 슬며시 어금니를 물었다. 돌연 그녀가 지혁의 앞으로 한 걸음 다가섰다.

"한식이라…… 위험스러울 정도로 매력적인 남자와 아침 식사라……."

은밀한 속삭임처럼 소영의 음성이 나직하게 잦아들었다. 미끼를 문 물고기는 절대 낚싯바늘에서 벗어날 수가 없는 법이다. 그는 주먹을 움켜쥐고 소영을 주시했다.

"좋아요. 외간 남자와 밥 한 그릇 먹는다고 뭐 큰일이 나는 것도 아니고. 우지혁 씨라고 했나요? 난 최소영이에요."

그 순간 지혁은 다짐했다, 자신의 낚싯바늘에 걸린 '최소영'이라는 먹잇감을 절대 놓치지 않을 것이라고. 유혹하듯 악수를 청하던 그녀가 갑자기 생각난 듯 말을 덧붙였다.

"참, 일행이 있는데 함께 가도 될까요?"

지혁은 안 된다는 듯 단호하게 고개를 가로저었다. 골몰히 생각에 잠겨 한동안 턱을 매만지던 소영이 들릴 듯 말 듯 웃음을 터뜨렸다.

　"할 수 없죠. 우리 은채 먼저 보내야지. 그럼 우리는 이십 분 뒤 로비에서 볼까요?"

　"그러죠."

　"좋아요. 잠시 뒤에 만나요."

　지혁의 일방적인 요구를 흔쾌히 수락한 그녀가 유유히 샤워실로 들어갔다. 그녀를 지켜보던 지혁은 알 수 없는 공허함에 다시 한 번 수영장을 둘러보았다. 어디에도 그녀는 없었다. 최소영이 아니라 빛처럼 화사했던 그녀는 이제 수영장 어디에서도 찾아볼 수가 없었다.

　막강한 재벌가의 아내로 오만하기가 하늘을 찌르는 최소영과 가진 것이라고는 고작 잘난 몸 하나가 전부였던 우지혁이 만난 것은 그날, 그 순간부터였다.

　하지만 그때의 지혁은 모르고 있었다. 성공의 발판이라 여겼던 최소영이 파멸의 지름길이 되리라는 것을…… 그는 감히 짐작조차 하지 못했다. 그리고 그날 그가 놓친 것이 무엇인지, 얼마나 소중한 것을 자신의 손으로 망가뜨렸는지 결코 알지 못하던 때였다.

#1

촬영이 있는 날은 기껏해야 일주일에 한두 번이었다. 그것도
어쩌다가 잡히는 일정이었고, 일주일 동안 한 번도 출연 제의가
들어오지 않는 날이 허다했다. 인기있는 연예인이야 그럴듯한
매니저를 대동해서 어깨를 추켜세우고 다니지만 무명 배우에게
매니저는 사치였고, 어깨를 세운다는 것은 언감생심 바랄 수도
없는 일이었다. 지혁은 매니저 없이 혼자 뛰어야 했다. 어쩌다
가 방송국 연출가를 만나면 이마가 땅에 닿을 정도로 머리를 조
아려야 했고, 이름만 대면 알 만한 연예인을 만나면 숨소리조차
죽여야 했다. 물론 그가 연출가를 만나는 것은 가뭄에 콩 나듯
드문 일이다. 또한 대선배를 마주할 기회조차 잘 없었다. 그는

단역을 도맡아하는 엑스트라였고, 피디나 인기 연예인들은 단역 배우에게는 눈길도 주지 않는 인색한 사람들이었다.

그런 지혁에게 출연 제의가 들어온 것은 늦은 봄, 여름이 아직 시작되기 전의 어느 날이었다.

[우지혁 씨? KBC 아침 드라마 박종규 피디입니다. 이번 아침 드라마에 출연하던 남자 조연이 사고를 당하는 바람에 시급히 남조를 교체하게 됐습니다. 가장 유력한 후보로 우지혁 씨가 거론됐는데 프로필은 벌써 봤고, 단역으로 출연한 프로도 대강 봤습니다. 어떻습니까? 한번 해보겠습니까?]

느지막이 일어난 아침, 오늘도 하릴없이 방송국 주변을 배회해야 하나 고민하던 중 걸려온 전화는 뜻밖이었다. 늦잠을 자고 막 일어난 터라 아직도 꿈을 꾸는 것 같기만 했다. 지혁은 귀에 대고 있던 휴대폰을 떼어내 멍하니 바라보았다.

[우지혁 씨?]

분명 꿈은 아니다. 휴대폰 너머에서 낯선 남자가 재차 자신의 이름을 부르고 있었다.

"네……."

지혁은 탁하게 갈라진 음성으로 간신히 대꾸했다.

[어때요? 요즘 스케줄이 **빡빡**하지 않다면 바로 촬영 들어갈 수 있겠습니까?]

"네, 그다지 바쁜 일은 없지만……."

[잘됐군요. 지금 당장 방송국으로 나오세요. 오늘 마침 대본

연습 있는 날입니다.]

이렇게 일사천리로 일이 진행되어 본 적은 없다. 단역 하나를 맡길 때도 이리 재고, 저리 재는 것이 이 바닥 생리였다. 그런데 전화 한 통화로 대본 연습을 하러 방송국에 나오라고? 지혁의 미간에 주름이 새겨졌다.

"저어, 찾는 사람이 제가 맞는지. 저는 한 번도 비중있는 역할을 해본 적이 없는……."

[하하. 누군 태어날 때부터 주인공 역할 달고 태어난답디까? 단역 배우라는 거 알고 전화했습니다. 방송국에 나오면 알겠지만, 이번 남자 조연 역은 이름없는 신인이 해야 하는 역이고, 무엇보다…….]

호탕하게 말을 잇던 박종규 피디의 음성이 낮게 가라앉았다.

[위에서 우지혁 씨를 강력히 추천했다는 것만 알고 있으면 됩니다. 드라마를 협찬해 주는 유한그룹에서 우지혁 씨를 거론하더군요.]

"아……."

지혁은 자신도 모르게 단말마의 신음을 터뜨리고 말았다.

[그럼 조금 이따 봅시다.]

박 피디와의 통화를 끝내고 지혁은 버릇처럼 담배를 찾았다. 쓴 담배 한 개비를 다 피워갈 무렵에야 서서히 정신이 들기 시작했다.

유한그룹. 아침 드라마 '유리꽃'을 협찬하는 곳이다. 그리고 유한그룹의 사장은 몰라도 그 사장의 안사람은 지혁이 익히 아는 사람이었다. 그가 마음만 먹고 다가선다면 기다렸다는 듯이 픽픽 쓰러지는 돈 많고 시간 많은 유부녀들. 그 가운데 유한그룹의 정숙한 아내도 지혁의 타깃에 포함되어 있었다. 겉모양새만 귀부인인 양 우아하고 조신한 척하지만 유한그룹의 피둥피둥 살찐 늙은 여우는 색정에 발광한 요부였다. 지혁은 쓰디쓴 욕설을 사납게 내뱉었다.

"제길!"

지쳐 나가떨어질 때까지 자신의 몸에 매달려 있던 여자를 떠올리자 불쑥 부아가 치밀었다. 하나, 괜찮다. 지방덩어리 여자와 놀아난 것치고 수고비는 톡톡히 받아낸 셈이니까. 한 두어 달 더 상대해 줘야 그럭저럭 원하는 걸 얻을 수 있을 것이라 생각했는데 비대한 살집에 비해 여자의 행동은 재빨랐다. 더구나 아침 드라마라지만 조연급 자리라면 꽤나 큰 수확이었다.

샤워를 하고 방송국에 나갈 채비를 하면서 지혁은 콧노래를 불렀다. 지긋지긋한 유한의 늙은 여우와는 이제 결별할 때가 온 것이다. 받을 것을 받았으니 더 이상 아까운 시간을 투자할 이유가 없었다.

간편하게 청바지와 면 티셔츠를 입고 그는 거울을 바라보았다. 신선한 이미지의 신인 배우를 방송국 측에선 요구했다. 비록 오 년이나 단역 배우로 잔뼈가 굵은 지혁이지만, 또 부잣집 마나님들을 상대하는 그이지만, 거울을 통해 보이는 그의 모습은 분명 방송국에서 요구하는 신인 배우의 이미지였다. 신선하고, 깨끗한, 풋풋한 내음마저 느낄 수 있을 정도로 때 묻지 않은 순수한 모습이 거울을 반사해 비추이고 있었다. 젖은 머리카락이 이마를 살짝 덮고, 높게 솟은 날렵한 콧날 아래로 조각처럼 윤곽이 뚜렷한 입술은 남들의 시선을 모으기에 충분했다.

지혁은 재킷을 어깨에 걸치고 집을 나섰다. 그의 입술에서 경쾌한 휘파람이 흩어져 나왔다. 오피스텔 현관문을 잠그던 지혁의 손짓이 주춤했다. 문득 그녀가 떠올랐다. 수영장에서 스치듯 지나갔던 어느 여자가. 참으로 이상하다. 어디 사는지도 모르고, 누구인지도 모르는데 그녀는 가끔씩 그의 뇌를 헤집고 불쑥불쑥 튀어나와 그를 혼란스럽게 했다.

그만 하자. 그런 고급 스포츠 클럽에 다니는 여자라면 분명 자신을 하찮은 벌레 보듯이 여길 게 분명하다. 그만 하자 우지혁, 정신 차리자고!

한 번쯤 다시 찾아가 볼까, 하는 미련도 있었다. 모르는 척 수영장 앞을 서성이다 멀리서 한 번이라도 보고 싶은 마음마저 들기도 했다. 하지만 여기까지다. 척 보기에도 앳돼 보였던 그녀는 그가 농락하던 여자들과는 분명 다른 여자였다. 다른 것은 몰라도 그것만큼은 그도 인정하고 있는 사실이었다.

뜻밖의 캐스팅 소식에 하늘을 날듯 행복했던 그의 기분이 그녀를 상기하자 순식간에 바닥을 향해 치닫고 있었다. 지독하게도 우울하기까지 했다. 엘리베이터를 기다리는 그의 표정이 시간이 흐를수록 점점 암울하게 변해갔다.

"아, 지혁…… 오늘 너무 거칠어. 부드럽게, 제발……."

"으음, 원래 거친 것을 즐기지 않았나?"

"하, 하아…… 그만……."

"이런, 미안하지만 아직은 아냐."

흐느끼듯 울먹이는 미진을 놀리면서 지혁은 여유롭게 대꾸했다. 말 한마디 내뱉기가 힘든지 미진은 겨우 신음 사이사이로 어린아이처럼 어설픈 말을 내뱉었다. 그와 반대로 지혁은 흔들림없이 말했고, 멈춰달라는 미진의 부탁을 무시하고 박차를 가하기에 여념이 없었다.

"그만! 아아…… 지혁……!"

밤꽃 향내가 진동을 하는 룸 안에서 미진은 결국 비명을 지르고 지쳐 나가떨어졌다. 호텔에 들어서서 네 번째로 만족시켜 주었을 때에야 미진은 죽은 듯이 까무러쳤고, 더 이상 지혁에게 손가락 하나 내밀지 않았다. 오늘부터 미진과의 관계를 끝낼 작정이기에 지혁은 그동안 나눈 정을 생각해서, 아니, 그간 받았던 것을 생각해서 그가 부릴 수 있는 최고의 기교를 미진에게 선보였다. 그래서인지 미진은 다른 날보다 더 힘들어했고, 정사가 끝났는데도 그녀는 침대에서 일어나지도 못하고 있었다.

"다음엔 언제 만날까?"

샤워를 마치고 나오던 지혁은 미진의 물음에 우뚝 걸음을 멈췄다. 타월로 중요 부위만 가린 지혁은 휙 수건을 걷어내고 성마르게 자신의 몸을 닦았다. 얼마나 신음을 내질렀는지 미진은 잔뜩 쉬어버린 음성으로 재차 물었다.

"응? 다음 주로 할까?"

"앞으로는 만나기가 힘들 듯하군."

마치 다음 주 약속을 정하듯 지혁은 무덤덤하게 입술을 열었다. 바닥에 흐트러진 옷을 추려 입던 그는 침대에서 벌떡 일어나 소리 지르는 미진에게 눈길도 던지지 않았다.

"뭐? 왜? 무슨 소리야!"

"오늘이 마지막이야. 내 마지막 서비스라고 생각⋯⋯."

"헛소리하지 마! 왜 이래? 이유가 뭐야? 뭐가 부족해?"

미진의 찢어지듯 앙칼진 음성을 지혁은 냉랭하게 일축했다.

"그런 거 없어."

"웃기지 마. 필요한 거 있음 말하랬잖아. 이런 말로 내 심장 녹아내리게 하지 말고 단도직입적으로 말해. 이런 방법으로 값 높이지 않아도 돼. 응? 지혁, 거짓말이지? 그렇지?"

미진은 애원조로 그에게 매달렸다. 좀 전까지 그녀를 격렬하게 안았던 그는 어느새 냉담하게 변해 있었다. 지혁은 자신의 팔을 붙잡고 있는 미진의 손을 더러운 먼지를 털듯 툭툭 털어냈다.

"지혁?"

그녀가 파르르 입술을 떨며 지혁을 불렀다.

"그만 끝내자고. 사, 모, 님."

한 음절 한 음절 뚝뚝 부러뜨릴 듯 말하는 그의 모습에 미진의 안색이 창백하게 굳어졌다. 뜻한 바를 이루었는데 미적거리는 것은 좋지 않았다. 미진은 소영을 만나기 위한 통과의례였을 뿐이다.

"어떻게, 어떻게 이럴 수가 있어? 어떻게 내게! 내가 여태 너에게 투자한 게 얼만데! 네 밑에 들이부은 돈이 얼만데!"

악쓰듯 소리를 지르던 그녀가 분을 이기지 못했는지 손을 번쩍 치켜들었다. 지혁은 미진의 손을 낚아채고 음산하게 뇌까렸다.

"내가 언제 달라고 했나? 그리고…… 받은 만큼 몸으로 봉사했을 텐데? 아닌가?"

"더러운 자식……."

"이제 알았나, 나 더러운 거?"

유들유들한 지혁의 대응에 미진의 얼굴이 일그러졌다. 받은 것, 그래, 많았다. 미진의 섹스 파트너가 되고 난 후 지혁은 뜻밖에도 자신의 이름으로 된 오피스텔을 갖게 되었고, 자동차를 갖게 되었다. 무엇보다 미진으로 인해 지혁은 소영을 만날 수 있게 되었다. 그러면 뭐 하랴. 정작 자신에게 가장 중요한 것을 미진은 해줄 수가 없는데. 유한그룹의 안사람이나 최소영은 그가 원하는 것을 해줄 수 있는 여자였다. 하지만 미진은 아니었다. 미진이 해줄 수 있는 것은 겨우 물질적인 혜택이었다. 그리고 지혁이 원하는 것은 결코 물질적인 혜택이 아니었다. 지혁은 오금을 박듯 단호하게 말했다.

"그동안 즐거웠어. 집과 차는 유용하게 잘 쓰도록 하지. 뭐, 아까워서 돌려달라 한다면 기꺼이 돌려줄 수도 있지만……."

분노를 이기지 못해 악을 쓰고 부들부들 몸을 떠는 미진을 혼자 남겨둔 채, 지혁은 여유롭게 손을 흔들며 스위트룸을 유유히 나섰다.

"개자식! 그 따위로 살면 너 망할 거야! 너 망하는 꼴, 꼭 보고 말 거야! 두고 봐, 두고 보라고!"

핏대를 세워 피를 토하듯 소리 지르는 미진의 고함이 지혁의 뒤를 바짝 쫓아왔다. 그러나 지혁은 얼굴색 하나 변하지 않고 픽 실소를 터뜨렸다.

망하는 꼴? 누가 망하는데? 나, 우지혁 말인가? 웃기지 마라. 나는 이제 시작이다, 이제!

또 한 명의 여자와 아듀를 하면서 지혁의 표정은 홀가분하게 변해갔다. 마치 자신을 옭아매던 지긋지긋한 덫에서 벗어난 것을 축하하는 마냥 그는 유유자적대며 휘파람마저 불었다.

"오래 기다렸나?"
"아니, 별로. 이 호텔에서 볼일이 있었나 봐?"
"음, 좀 급한 일이었지."
호텔 커피숍에서 기다리던 소영은 지혁을 반갑게 웃으며 맞았다.

"급한 일? 급한 일이라······. 그게 뭘까?"

자리에 앉아 옷매무새를 가다듬는 지혁의 손길을 보면서 소영은 놀리듯이 물었다. 지혁은 한마디 대꾸도 없이 커피를 주문하고는 맞은편에 앉은 소영을 주시했다. 여자란 다 마찬가지다. 자신은 정숙하다, 요조숙녀다 하던 여자들도 한 꺼풀 벗기고 보면 다 거기서 거기였다. 처음에는 조심스럽게 대하다가도 마음만 통하면 감정의 댐이 무너지는 것은 순간이었다. 아니, 어떨 때는 과연 유부녀이기는 한가, 의심스러울 정도로 막 나가는 여자도 더러 있었다. 바로 최소영, 이 여자처럼······.

"뭐, 예전에 사귀던 여자 정리라도 한 거야?"

귀신같기는······. 지혁은 픽 조소를 머금고 나른하게 덧붙였다.

"말하자면 그런 셈이지."

"풋. 깨끗하게 정리했길 바라."

"물론이야."

지혁은 소파에서 일어나 소영의 옆으로 자리를 옮겼다. 그가 앉자 소영의 숨소리가 거칠게 변해갔다. 한 손으로 소영의 귓불을 부드럽게 쓰다듬자 한숨 같은 신음이 그녀의 붉은 입술에서 흩어져 나왔다. 귓불과 턱 선, 그리고 목 선까지 이어지는 손길에 그녀가 견딜 수 없다는 듯 지혁의 귓가에 입술을 바짝 붙이고 희미하게 속삭였다.

"룸…… 예약해 뒀어. 지금 갈까?"

지혁은 소영의 턱을 쥐고 나직하게 웃음을 터뜨렸다.

"그러고 싶어?"

"당연하지."

소영은 기다렸다는 듯이 대답하고는 지혁의 입술에 자신의 것을 포갰다. 물컹한 혀가 그의 입 안으로 침입했다. 다른 때라면 기꺼이 그녀의 혀를 낚아채 거칠게 입 안으로 빨아들였겠지만 여기는 위험했다. 지혁은 소영의 어깨를 가볍게 밀쳐 냈다. 소영의 눈이 휘둥그레지고 자존심이라도 상한 듯 얼굴이 검붉게 달아올랐다.

"여긴 너무 공개된 장소야. 낮 시간이라 사람들이 별로 없긴 하지만 내일 아침 신문에서 가십거리가 되고 싶진 않겠지?"

지혁은 소영의 볼을 톡톡 두드렸다. 소영은 그제야 주변을 둘러보고는 알겠다는 듯 고개를 끄덕였다.

"난 당신만 옆에 있으면 제어가 안 되더라."

"나도 마찬가지야."

유혹이라도 하는 양 입술을 핥으며 말하던 소영은 지혁의 가슴팍을 손으로 훑어 내렸다. 그가 재빨리 소영의 손을 움켜쥐고 경고하듯 쐐기를 박았다.

"사람들 많은 데서 이러는 건 곤란하다고 했어."

"알았어."

소영은 못 이기는 척 지혁의 탄탄한 가슴을 어루만지던 손길을 떼어냈다. 소영의 손길에서 벗어난 지혁이 편안하게 커피숍 주변을 둘러볼 때에야 그의 시야에 한 여자가 들어왔다. 꽤 오랫동안 서 있었는지 그녀는 굳어버린 몸으로 지혁과 그의 옆에 있던 소영을 노려보고 있었다. 눈에서는 시퍼런 채광을 쏟아내고 안면근육은 딱딱하게 경직된 여자는 다름 아닌 미진이었다. 불과 삼십여 분 전, 지혁의 몸 아래에서 신음을 내지른 후 잔인하게 버림을 당한 여자. 지혁은 전혀 놀라는 기색 없이 냉혹한 비웃음을 던졌다.

"여긴 어쩐 일이지? 여기서 약속이라도 있었나?"

빈정거리는 그의 말투에 소영의 시선이 미진에게 날아들었다.

"미진아?"

"최소영……!"

미진은 씹어뱉듯 소영의 이름을 불렀고 한 걸음씩 지혁이 앉아 있는 테이블로 다가서기 시작했다. 지혁은 미진을 제어하려는 듯 벌떡 일어나 그녀의 앞을 가로막았다.

"여긴 어쩐 일이냐고 했어. 내 말뜻 무슨 뜻인지 이해 못하나?"

지혁을 획 밀친 미진은 입술을 질끈 깨물고는 따지듯이 말을 이었다.

"당신 뒤를 따라왔지. 당신 붙잡고 싶어서, 그래서 따라왔는데……. 이게 지금 뭐 하는 짓거리지? 나랑 침대에서 뒹군 지 얼마나 되었다고 다른 기집애와 하필이면 그것도 내 친구와! 이거 였어? 내게 최소영이 다니는 휘트니스 클럽을 물었던 이유가 이 거였어?"

미진은 억울해서 말을 잇지도 못하겠다는 듯 바르르 떨리는 손으로 입을 가렸다.

"젠장, 미치겠군!"

지혁은 험악한 욕설을 지껄이며 커피숍을 둘러보았다. 다행 히 점심 시간이 지난 터라 커피숍은 조용했다. 워낙 고급 호텔 인지라 직원들은 멀리 떨어진 채 그들의 일에는 관심도 없다는 듯 눈길도 주지 않고 있었다. 조용한 음악만이 커피숍을 메웠 다. 그 가운데 재미있다는 듯 웃음기 배인 소영의 음성이 들려 왔다.

"정리했다는 여자가 미진이었어? 후훗, 이거 너무 재미있는 데?"

소영은 지혁의 곁에 나란히 서서 미진을 위아래로 훑어보았 다. 소영의 시선을 고스란히 당해낸 미진의 얼굴이 확 달아올랐 다.

"최소영, 네 남편이 젊은 계집과 놀아난다고 너까지 너 이 남 자, 저 남자 다 후리더니 이럴 수가 있어?"

"뭐가? 우지혁이 네 남자라고 이마에라도 써붙여놨니? 그리 고 경고하는데, 내 남편 들먹거리지 말고 네 남편이나 단속해!"

이를 악물고 한 음절씩 뱉어내는 미진의 말을 소영은 태연하게 받아넘겼다. 피식피식 비웃는 것을 잊지 않으며. 어차피 게임이 안 되는 상대다, 그녀와 미진은. 소영은 느긋하게 지혁을 지켜보았다. 나가떨어지는 사람은 당연히 미진이 될 터였다. 얌전히 있으면 아주 좋은 구경거리를 하는 셈이었다. 언제나 고고한 척 턱을 치켜세우고 살더니, 미진도 어쩔 수 없는 여자인가 보다. 잘생긴 남자에게 넘어가는, 테크닉에서는 따를 자가 없을 정도로 황홀한 남자를 놓치기 싫어 매달리기까지 하는 미진을 보자, 소영은 자꾸만 웃음이 새어 나오려 했다. 그녀는 슬그머니 지혁의 옆구리를 팔꿈치로 찔렀다. 지혁의 짙은 눈썹이 다듬은 듯 정교한 미간으로 모아졌다.

"이것 봐, 정미진 사모님. 나랑 살림이라도 차리길 원하나? 왜 이렇게 지저분하게 굴지? 서로 즐겼으면 그만 아닌가? 당신이나 나나 영원한 사랑의 맹세를 한 것도 아닌데, 유치하게 이러지 말자고. 왜, 내 마지막 서비스가 부족했나? 부족했다면 언제든지 말만 해. 기꺼이 안아줄 테니까. 마지막 서비스는 확실하게 해줄 수 있어, 사모님. 그러니 제발 이렇게 얽혀들지 마. 기분 아주 더러우니까!"

지혁은 최대한의 아량을 베풀어 친절하게 말했으나 그것은 명백히 이죽거림이었다. 우지혁에게 이용가치가 떨어진 여자는 더 이상 그에게 무의미한 여자였다. 제아무리 깊은 사이였다 하더라도 말이다. 지혁의 입가에 새겨진 미소가 사라지기도 전에 미진이 홱 몸을 틀었다.

"다시 보는 일 따위 앞으로 없길 원해, 사모님."

빈정거리는 지혁의 말에 미진은 한마디 대꾸 없이 사라졌다. 미진의 초라한 뒷모습을 말없이 지켜보던 소영은 깔깔 소리까지 내어가며 웃었다.

"당신들 친구 아닌가?"

지혁이 의아한 얼굴로 묻자 소영의 웃음소리가 더욱 높아졌다.

"친구는 무슨. 남편이 사업한답시고 서로 잘난 척할 때나 만날 뿐인데."

소영의 이죽거림은 미진이 사라지고 난 후에 더욱 극에 달했다.

그날은 다른 날보다 더욱 거칠고 격하게 그를 요구했고, 지혁은 그녀의 요구를 더할 나위 없이 훌륭하게 이행했다.

"씨!"

지혁은 매트리스를 내려치고도 분이 풀리지 않아 침대 옆 사이드 테이블에 주먹을 내리꽂았다. 얼얼한 아픔이 손끝을 타고 전해왔다. 격한 욕지기가 입술을 뚫고 쉴 새 없이 비집고 나왔다.

"뭐 저런 게 다 있어?"

유한그룹의 살찐 여우는 쉽게 물러서지 않았다. 그의 마지막 정기까지 들이마시려는 듯 그 여자는 넉다운이 되어 쓰러지는 그 순간까지 그에게 매달렸다. 물론 지혁은 조금도 싫은 내색 없이 여자를 안았다. 욕지기가 치밀고 올라오는 것을 간신히 참아가며. 이제 끝이다. 지혁은 양손을 깍지 끼고 침대에 벌렁 누웠다. 가끔씩 자신의 이런 생활에 환멸이 들 때도 있다. 그러나 그것은 그야말로 가끔씩이었다. 어쩌다가 한 번씩 말이다.

쓰디쓴 환멸 따위 개나 물어가라지! 시청률이 저조한 아침 드라마라고 하나, 비중있는 조연 역할이 지혁은 꽤나 마음에 들었다. 그 대가로 그 여자가 오늘 밤 내내 질퍽한 섹스를 나누자고 했어도 그는 기꺼이 그녀를 쾌락의 정점으로 이끌었을 것이다. 구역질이 치밀고 토악질이 목구멍을 타고 올라와도 참았을 것이다. 불행 중 다행으로 남편이 오기 전에 들어가야 한다며 여자가 일찍 호텔을 나섰으니 그나마 다행이었다. 만약 그렇지 않다면 지혁은 아직도 여자의 몸 안에 자신을 파묻고 있었을 것이다.

앞으로 유한의 피그는 만날 일이 없겠고 한동안 소영에게만 충실하면 된다. 수영장에서의 첫 만남 이후 소영은 바람에 날리는 낙엽처럼 지혁의 품에 녹아들었다. 워낙 막강한 집안이고 도도한 여자라 유혹하는 데 시간이 좀 걸릴 거라 짐작했는데 아니었다. 소영은 물 만난 고기처럼 기다렸다는 듯이, 아니, 남자에게 굶주렸다는 듯이 지혁에게 얽혀들었다.

STS 엔터테인먼트 사장의 아내, 최소영. 대외적으로는 너무도 잘 어울리는 한 쌍의 부부지만 내면은 썩어 문드러지고 있었다. 남편은 남편대로, 아내는 아내대로. 남편은 젊디젊은 새파란 계집애와 눈이 맞아 호텔과 집을 들락거리고, 소영도 그런 남편에게 뒤지지 않게 알게 모르게 비밀스러운 생활을 유지해 왔었다고 한다. 소영의 말에 의하면 그랬다. 뭐, 그렇기에 그는 손도 안 대고 코를 푼 격이지만.

슬슬 나갈 채비를 해야 했다. 여기저기 바쁘게 만나던 여자를 한꺼번에 두 명이나 정리했더니, 막혔던 숨통이 탁 트이는 것 같았다. 더구나 남은 여자는 소영 하나였고, 여자 하나를 상대하는 건 지혁에게 숨 쉬는 것만큼이나 간단하고 쉬운 일이었다. 그리고 소영은 다른 유부녀들처럼 기름기 번들번들한 살집이 있는 것도 아니고, 나이에 찌들어 늙은 얼굴도 아니니 금상첨화가 아닌가. 무엇보다 국내 최고 스타 제조기라 불리는 STS 엔터테인먼트 오너의 아내라는 자리가 더욱 지혁의 구미를 당기게 했다.

다음 타깃은 누구로 정할까……. 지혁의 입꼬리가 슬그머니 치켜 올라갔다. 주말 연속극 담당 강 피디의 숨겨놓은 여자, 그녀가 타깃이었다. 늙은 암캐들과 살을 썪느라 자신은 재미를 못 봤으니 이제 반반한 계집과도 재미를 봐야 했다. 이런 것을 두고 '두 마리 토끼를 한꺼번에 잡는다'고 하는 격인가? 들리는 소문에 의하면 강 피디는 정부의 말이라면 꼼짝도 못한다고 했다. 그러니 이번 게임도 식은 죽 먹기리라. 이미 몇 차례 스치듯 만난 자리에서 강 피디의 세컨드는 지혁에게 꼬리를 치고 은밀한 눈웃음을 보내고는 했다. 손만 내밀면 그녀는 언제든지 침대에 드러누울 준비가 되어 있다는 듯. 나이답지 않게 멋들어진 몸매를 자랑하는 소영과 자신과 마찬가지로 몸 하나를 밑천 삼아 기생충처럼 사는 여자와의 사이에서 그는 적당히 즐기고 원하는 것을 받아 내기만 하면 되었다.

하루 종일, 한 달 내내 방송국 주변을 어슬렁거려도 사람들 눈에 띄기란 쉽지 않다. 다들 한외모 한다는 사람들로만 가득 찬 곳이 방송국이었고, 모두들 스타를 꿈꾸고 모여드는 곳이 바로 그곳이었다. 연기력만 좋으면 언젠가 빛을 보리라는 기대는 일찌감치 접어버렸다. 제아무리 탄탄한 실력을 갖고 있어도, 소위 말하는 줄이 없으면 그 바닥에서 살아남기가 어려웠다. 그리고 무엇보다 로마에 가면 로마의 법을 따르듯이 이 세계에는 이 세계만의 규율이 있고, 법칙이 있었다. 그걸 깨뜨리면 연예계에서 살아남기 어려웠고 발 붙일 틈이 없다는 걸 터득한 그이기에 지혁은 더욱 잔인해질 수밖에 없었다.

누군가를 짓밟아서 올라서야 한다면 주저없이 짓밟을 것이고, 누군가를 이용해야 한다면 일말의 망설임 없이 그렇게 하겠다. 눈에 띄고, 손에 잡히고, 발에 밟히는 그 모든 것을 수단과 방법을 가리지 않고 이용해 먹겠다. 연기 생활 오 년 만에 지긋지긋하게 단역만 도맡아하던 지혁이 그 바닥에서 깨달은 하나의 진리였고, 지혜였다. 그리고 그는 자신이 깨달은 지혜를 언제부터인가 성실히 이행하고 있었다.

#2

종파티라는 것을 말로만 들었지 참석하는 것은 지혁으로
서는 처음이었다. 드라마를 촬영하는 동안 쌓였던 긴장을 해소
하느라 연기자와 스텝들은 저마다 부어라 마셔라 하는 수준이
었다. 지혁은 돌아다니며 술잔을 건넸고 평소에는 바라볼 엄두
조차 내지 못했던 대선배들과 인사치레로 몇 마디 말도 나누었
다.

"다음 촬영은 정해졌나?"

주인공 아버지의 친구 역할을 맡았던 나이 지긋한 원로 배우
김시우가 물었다. 지혁은 피식 웃으며 고개를 가로저었다.

"아직 정해진 건 없습니다."

"음, 그렇군. 솔직히 자네가 낙하산으로 드라마에 투입되었을 때…… 아, 오해는 하지 말게. 공공연히 그런 말이 나도니 나도 그런가 보다 했지. 그러면서 낙하산으로 들어온 놈이 연기력이 되려나, 은근히 걱정했다네. 근데 그런 기우를 털어내고 아주 잘했어. 이 동네가 원래 좀 그렇지. 더럽고…… 추하고……. 더러우면 안 하면 되는데, 어쩌겠나. 배운 도둑질이 이거니 이걸로 먹고 살아야지. 안 그런가?"

사람들과는 따로 동떨어져 술잔을 기울이던 시우의 말을 지혁은 묵묵히 들었다. 인사를 나누느라 모든 사람들에게 술을 한 잔씩 권하면서 지혁은 어느새 혼자서 술을 마시는 시우의 말동무 상대가 되어 있었다.

"아무리 연기가 좋아도 인기를 끌기란 쉽지 않지. 작품 하나를 끝냈다고 바로 섭외가 들어오는 것도 아니고. 그러나 진득하게 기다려 보게. 작은 역할이라도 자신의 모든 것을 쏟아 부어 연기한다면 언젠가 빛을 보게 되리라는 게 내 생각이야. 이 동네 사람들은 다 거기서 거기지만, 시청자들 눈은 못 속이거든. 감독과 제작자가 눈 맞고, 시나리오 작가와 연기자가 눈 맞고, 한마디로 지랄 같은 곳이지만…… 연기력만 좋다면, 그게 극 중에서 별 소용 없는 작은 역할이라 하더라도 언젠가는 시청자의 눈에 들게 된다네. 그 시간이 일 년이 걸릴 수도 있고, 몇 십 년이 걸릴 수도 있지. 연기자가 되어 연기를 시작한 이상 배우는 연기에만 충실하면 된다네. 다른 곳에는 눈을 돌리지 말고."

무엇 때문에 이런 말을 하는지 몰라도 지혁은 가슴에 쿡쿡 박히는 시우의 말을 조용히 듣고 또 새겼다. 시우의 술잔이 비면 말없이 술을 채워주고, 나이 많은 시우가 술을 권하면 살짝 고개를 돌려 쓴 소주를 입 안에 털어 넣고, 종파티의 즐겁고도 유쾌한 분위기 속에서 지혁과 시우는 자못 심각한 대화를 나눴다. 아니, 일방적으로 말하는 사람은 시우였고 지혁은 말없이 그의 말을 듣고만 있었다.

"언젠가 때가 되면 빛을 보겠지. 우지혁…… 자네는 아직 젊으니까 언젠가는 사람들의 입에 오르내리는 인기 배우가 될 거라 나는 믿네. 뭐, 나처럼 빛도 못 보고 나이가 들지는 말게나. 워낙 출중한 외모에, 거기다 연기력까지 갖추고 있으니 잘되겠지. 잘될 것이라 믿네. 아직 다음 작품이 정해지지 않았다고 조급해하지도 말고."

시우의 충고 아닌 충고에 지혁은 고개를 주억거렸으나 그의 속마음은 바짝바짝 타 들어가고 있었다. 그는 시청률이 저조한 아침 드라마보다는 미니시리즈나 주말 드라마를 노렸다. 별 두각도 안 보이는 조연보다는 사람들의 눈길을 확 끌어당길 수 있는 주연을 원했다. 인기있는 드라마가 욕심나는 만큼 영화마저 탐이 났다. 시시각각 물밀듯이 쏟아져 나오는 CF도 군침이 돌았다. 그가 원하는 것은 너무 많았다. 하나, 아무것도 정해진 것은 없었다. 단지 그의 욕심이고, 바람이며, 희망일 뿐. 지나친 것은 모자란 것보다 못하다는 옛말을 알고는 있지만 그래도 그는 모든 것을 다 원했다. 모든 것을. 그렇기에 지혁은 기다릴 수가 없었다. 연기에는 베테랑인 시우의 말에 절대적으로 동의할 수가 없었다.

결국 기다려 봐야 돌아오는 것은 나이를 먹고, 늘그막에 추레한 노인 역이나 맡으며, 촬영이 끝나면 혼자서 술잔을 기울이기밖에 더하겠는가. 지혁은 그렇게 살기 싫었다. 그렇게 살기 위해 이 더러운 바닥에 남아 있는 것이 아니었다. 결코! 진득하게 기다리라고? 나는 못한다. 남들이 십 년이 걸리는 거리라면, 나는 일 년 안에 해보이겠다. 이미 오 년이라는 시간을 허비했으니 그는 더 이상 기다릴 여유가 없었다. 오직 정면만 보며 달릴 뿐. 전력 질주해서 달리고 또 달릴 뿐. 술잔을 노려보는 지혁의 눈에서 시퍼런 채광이 쏟아져 나왔다.

"나는 이번에 이 년 만에 드라마에 복귀한 거네. 또 언제 드라마에 출연할지 모르지만 기쁜 마음으로 기다릴 걸세. 내가 원해서 하기 시작한 일이니까 기다리는 순간마저도 즐겁고 행복하게 할 거라네."

시우의 지친 목소리가 지혁의 귓가에 파고들었다. 시우의 오랜 기다림은 지혁의 의지를 더욱 견고하게 굳혀주었다. 그는 기다릴 수 없음을, 수단과 방법을 가리지 않고 정상을 향해 올라갈 것에 대한 확실한 자리매김을 해주었다.

시우와 이야기를 나누는 동안 쫑파티는 어느새 끝을 향해 달렸다. 연기자들은 지혁이나 시우에게는 눈길 한 번 주지 않은

채 술자리에서 일어나 하나둘씩 사라져 갔다. 지혁이 술을 내밀면 마지못해서 한 잔씩 받은 사람들 중 어느 누구도 지혁에게 술잔을 되돌리지는 않았다. 대사 한마디 없이 지나치는 엑스트라가 아니라, 난생처음으로 조연을 맡았던 드라마의 쫑파티는 보이지 않게 무시하는 사람들 속에서 싱겁게 막을 내렸다. 씁쓸하게 마친 쫑파티가 그날따라 지혁을 더욱 허전하고 외롭게 만들었다. 그리고 외로움의 끝에는 항상 어느 여자의 얼굴이 그를 기다리고 있었다.

여자의 얼굴을 뇌리에서 털어내듯 지혁은 거칠게 고개를 가로저었다. 쓰디쓴 소주를 들이붓듯 입 안에 쏟아 부었다. 하지만 어찌 된 일인지 그녀의 얼굴은 더욱더 선명하게 그의 눈앞에 펼쳐졌고 뇌를 헤집어놓았다.

그날은 지혁이 태어나서 난생처음 정신을 놓을 정도로 폭음을 한 날이었다.

거친 숨을 몰아쉬며 지혁은 소영의 몸에서 떨어져 나왔다. 하루가 멀다 하고 만나자던 소영은 오늘도 예외없이 지혁을 찾았다. 그가 없으면 단 하루도 견디지 못하겠다는 듯 그녀는 귀찮을 정도로 그를 원했다.

"미진이 그 기집애, 요즘도 만나?"

"아니. 끝낸 지가 언젠데."

"후훗, 정말 궁금해. 어떻게 그런 주름살 자글자글한 여자를 안을 수가 있는 거지? 그런 기집애랑 섹스가 가능하긴 해?"

"섹스를 얼굴 보고 하나?"

지혁은 시큰둥하게 대꾸하고는 담배를 피웠다. 하얀 연기가 폐를 뚫고 나와 열기로 혼탁해진 침실을 떠돌아다녔다. 만난 지이제 겨우 한 달 남짓. 그러나 그들은 엄청난 속도로 가까워졌고, 하루하루 시간이 흐를수록 더욱 은밀하고 밀접한 관계가 되었다. 보통 이런 만남은 호텔에서 이뤄지는 것이 다반사인데 소영은 겁없이 지혁의 오피스텔로 찾아오기도 하고, 남편이 해외 출장을 가면 그녀의 본가로 지혁을 불러들이기도 했다. 가히 저택이라 부를 수 있는 소영의 집에 가본 것은 한 번뿐이지만, 그녀가 얼마나 부잣집 마나님인지 보여주는 것은 그 한 번으로 충분했다.

"샤워 안 해?"

"으음, 조금 이따가……."

침대에서 일어서려는 지혁을 그녀가 붙잡았다. 지혁은 누워서 꼼짝도 하지 않는 소영을 보고는 픽 웃음을 흘렸다. 한바탕 땀을 더 빼자는 소리인가? 지혁의 그린 듯 정교한 짙은 눈썹이 가운데로 모아졌다. 아무튼 나이든 여자들이 더하다니까.

그는 고개를 절레절레 흔들고는 소영의 나체를 입술로 더듬었다. 목덜미를 훑고 적갈색 유두를 희롱하고 배꼽을 핥을 무렵, 소영은 가녀린 신음을 쏟아내며 지혁을 말렸다.

"아…… 안 되겠다. 그만 해. 오늘은 생각보다 너무 지쳤어."

"시시하군."

"훗. 시시해도 할 수 없어. 저번처럼 서 있는 것도 힘들면 곤란하단 말이야."

키들키들 경박한 웃음을 터뜨리던 소영이 손을 내저었다. 하지만 그녀의 만류에도 불구하고 지혁은 입술을 더욱 아래로 미끄러뜨렸다. 벌써부터 촉촉하게 젖은 여체가 열렬하게 그를 기다리고 있었다. 지혁은 천천히 소영의 은밀한 곳에 긴 손가락을 밀어 넣고 귓불을 핥았다.

"이렇게 젖어 있는데 싫단 말이지."

"아……."

리드미컬한 지혁의 움직임에 소영은 간헐적인 신음을 토해냈고, 이내 반사적으로 몸을 들어 올렸다.

"지금 하지 말라고 하면 다른 여자에게 갈 거야?"

욕망에 착 가라앉은 소영의 음성이 탁하게 갈라져 나왔다. 지혁은 더 깊은 곳으로 손을 밀어 넣었다 빼기를 반복하며 고개를 끄덕였다.

"그럴지도……."

망설이듯 말끝을 흐리자 소영은 허벅지를 활짝 열어젖혔다. 지혁은 피식 웃음을 흘리고는 힘차게 요동 치는 그의 일부를 그녀의 몸 안에 파묻었다. 교성을 내지르며 그녀가 지혁의 허리에 매끄러운 허벅지를 휘감았다. 지혁의 귓가에 더운 숨결을 쏟아내던 소영은 명령하듯 말했다.

"다른 여자와는 이러지 마!"

"하하, 당신 하는 기 봐서."

소영의 독점욕은 익히 겪어보아서 알고 있었다. 지혁은 건성으로 대꾸하고는 소영을 압박했다. 명령투로 내뱉던 그녀의 어조가 차츰 애원조로 변해갔다.

"제발…… 다른 여자는 안지 마. 나만, 나만…… 하아……. 지혁 씨가 원하는 거 있으면 내가, 내가 다 해줄게. 나만 봐, 응? 나만……."

거세게 파고드는 지혁의 몸짓에 소영의 음성이 점차 잦아들었다. 들릴 듯 말 듯 희미하게 흘러나오는 소영의 속삭임에 지혁은 더욱 포악하게 그녀를 탐닉했다. 우지혁에게 최소영이 함락되었음을 알려주는 신호가 어디선가 들려오기 시작했다.

레스토랑 '아다지오'에 들어서던 지혁은 소영을 찾아 주위를 두리번거렸다. 이렇게 대외적으로 만나는 것은 위험하다고 몇 번이나 자중하자 했건만, 소영은 막무가내였다. 밥 한 끼 먹는 것 같고 누가 뭐라 하겠냐며 매번 그를 귀찮게 했다. 하는 수 없이 약속 장소에 나온 지혁은 때마침 소영이 누군가와 동석을 하고 있자 걸음을 돌려 레스토랑의 후미진 곳으로 향했다. 휴대폰을 꺼낸 그는 소영의 전화번호가 입력된 단축키를 길게 눌렀다. 손끝에서 짜증이 묻어 나왔다.

몇 번의 신호음과 함께 소영이 전화를 받았다. 지혁은 흐트러진 앞머리를 거칠게 쓸어 올리며 툭 내뱉듯이 말문을 열었다.

"나야. 일행이 있는 것 같은데, 내가 가도 되는 자리야?"

썩 내키지 않는 약속이라 그런지 그의 음성은 딱딱하게 굳어 있었다. 흘긋거리며 소영이 앉은 자리로 시선을 던졌지만 레스토랑 곳곳에 세워진 화분은 그의 시야를 차단하고 있었다.

[아, 벌써 왔어? 음…… 한 십 분 후에 오도록 해. 갑자기 누구를 만나게 됐거든…….]

그녀도 곤란한지 말끝을 흐렸다. 지혁은 알았다는 짤막한 대답과 함께 폴더를 덮었다. 밖으로 나가면서 의식적으로 소영에게 눈길을 던진 지혁은 그녀의 맞은편에 앉은 여자의 얼굴을 바라보다 얼어붙은 듯 움직임을 멈추고 말았다. 심장이 제자리를 이탈했다. 일정한 간격으로 뛰던 심장이 살갗을 뚫고 검붉은 피를 토해내며 튀어나오듯 지혁은 발밑에 뿌리라도 내린 마냥 석고상처럼 뻣뻣하게 굳어버렸다.

그 여자다!

소영의 맞은편에 앉은 여자는 분명 얼마 전 수영장에서 마주쳤던 그녀였다. 시시때때로 그녀의 모습이 떠올라 지혁을 곤혹스럽게 했던 바로 그 여자. 아무것도 아니라 치부하려 했지만 그녀를 떠올릴 때마다 가슴 한쪽을 싸하게 만들었던 여자……. 지혁은 자신의 눈을 믿을 수가 없어 멍하니 그녀를 바라보았다.

창을 등지고 앉은 여자는 그때처럼 환하게 웃고 있었다. 멀리서 보아도 한눈에 알아볼 수 있을 만큼 거짓없고, 가식적이지 않은 순수한 미소를. 그 미소가 이상하게도 지혁의 가슴을 설레게 했다. 그날처럼, 처음 보았던 그날처럼, 마치 보이지 않는 끈에 연결된 것마냥 지혁은 여자에게 고정된 시선을 도무지 거둘 수가 없었다. 무어라 소영과 신나게 이야기하던 그녀가 지혁의 집요한 시선을 의식했는지 눈길을 돌려 말끄러미 그를 응시했다.

십여 미터 거리. 중간중간 테이블이 놓여져 있고 몇몇 사람들이 여기저기 흩어져 있는 가운데 두 사람의 시선이 서로에게 얽혀들었다. 그 순간 갑작스럽게도 여자의 입술이 매력적으로 치켜 올라갔다. 웃고 있었다, 그녀가. 말간 눈으로 그를 바라보며. 그리고 그녀의 미소에 멈춰 버렸던 맥박이 고장이라도 난 듯 제멋대로 날뛰기 시작했다.

지혁은 홱 몸을 돌렸다. 거칠다 싶을 정도로 걸음을 빨리해 그는 지하 주차장으로 도망치듯 몸을 숨겼다. 주차해 놓은 차에 올라타고서야 참고 참았던 숨을 내뱉었다. 폐가 터질 듯 부풀어 올랐다. 머리가 어질어질했고, 심장은 미친 듯이 질주하고 있었다.

"빌어먹을! 뭐야, 이거? 도대체 누구야, 저 여자는!"

핸들에 머리를 파묻은 지혁은 거친 욕설을 씹어뱉었다. 수영장에서 보았던 그녀가 소영과 마주하고 있다니. 내내 자신의 뇌리에서 떠나지 않던 그녀를 이렇듯 내키지 않는 자리에서 보게 되다니. 믿을 수가 없다. 이해가 되지 않는다. 그저 멀리서 보았을 뿐인데 왜 이렇게 그녀는 자신을 뒤흔들어 놓을까. 무엇 때문에?

자동차 의자를 뒤로 확 젖히고 드러누운 지혁은 피곤한 듯 관자놀이를 꾹꾹 눌렀다. 안절부절못하는 자신이 마음에 들지 않았다. 기분이 나빠 불쾌하기까지 했다. 분명 피곤하기 때문이리라. 간밤에 밤새 향락을 누리듯 잠시도 쉬지 않고 섹스를 나눴기 때문이리라. 차라리 피로를 풀기 위해 잠이라도 자거나 사우나라도 갈 것을. 망할 최소영은 지난밤으로는 부족한지, 집에 들어간 지 얼마나 되었다고 벌건 대낮에도 만나자며 아침부터 전화질을 해댔다. 싫다고 할 걸, 다음에 보자고 할 걸 괜히 나왔나 보다며 슬슬 후회가 밀려들었다.

"망할!"

소영을 떠올리자 욕지기부터 치밀어 올랐다. 그녀를 상대하느라 다음 타깃으로 잡은 강 피디의 정부는 아직 얼굴도 보지 못했다. 문득 지혁은 최소영이라는 여자와 어느 정도 거리를 유지해야 할 필요성을 느꼈다. 이쯤에서 미끼를 내밀듯 자신이 원하는 것을 말하면 소영은 망설임없이 도와줄 것이다. 그러고 나서 적당히 선을 그어야 했다.

똑똑.

이런저런 상념으로 혼란스러운 머리를 식힐 즈음, 누군가 자동차 윈도우를 두드렸다. 지혁은 눈썹을 치켜 올리며 의자에서 일어났다. 귀찮다는 듯이 윈도우에 시선을 던졌을 때, 그의 내면에서 무언가가 툭 하고 끊어졌다.

그녀다! 소영과 동석하고 있던, 자신을 향해 해사한 웃음을 짓던 여자!

간신히 진정시켜 놓은 심장이 다시금 발작이라도 하는 양 거칠게 튀어올랐다.

똑똑.

멍하니 바라보기만 할 뿐 창을 내리지 않자 그녀가 다시 창문을 두드렸다. 생긋거리며 웃는 것을 잊지 않고. 빌어먹을. 여자의 미소를 바라보자 심장이 죄어드는 기분이 들었다. 지혁은 천천히 윈도우를 내렸다.

긴 머리카락을 대충 아무렇게나 묶은 헤어스타일에 잔머리 몇 가닥이 갸름한 얼굴 선에 흩어져 있었다. 투명할 정도로 고운 피부와 옅은 쌍꺼풀진 눈동자, 조금은 낮은 듯한 코. 입술, 입술은…… 큐피드의 활처럼 완벽한 대칭을 이루는 분홍빛의 유혹적인 입술까지 지혁은 숨을 죽이고 홀린 듯이 훑어 내렸다.

"흠!"

여자가 헛기침을 쏟아냈다. 지혁은 그제야 정신을 차렸다는 듯 넋을 놓고 바라보던 여자의 입술에서 시선을 거뒀다.

"실례할게요. 댁의 차 때문에 제 차가 빠져나갈 수가 없어서요. 그쪽이 너무 바짝 붙여놔서 저 같은 초보운전은 차를 빼다가 확 긁을 수가 있는데……. 미안하지만 잠시 차 좀 빼주실래요?"

여자가 장난스럽게 말하며 손가락을 까닥거렸다. 그의 차와 나란히 주차되어 있던 자동차는 아닌 게 아니라 필요 이상으로 바짝 붙어 있었다.

"도와주실 거죠?"

애교스러운 윙크까지 하며 그녀가 활짝 웃었다. 그녀의 상큼한 미소가 지혁의 각막에 찍히듯이 선명히 파고들었다. 이 웃음을 그날은 먼 곳에서 바라보았다. 그날 이 웃음을 가까이에서 보았다면 어땠을까. 그날도 오늘처럼 화가 났을까. 왜 화가 나는지 알지도 못한 채 그는 점점 카오스의 늪 속으로 빠져 들어갔다. 젠장, 더럽게 웃어대는군!

"천천히 후진해서 빼면 되겠는데?"

지혁은 짜증스럽게 대꾸하고는 홱 고개를 돌렸다. 불쑥 부아가 치밀었다. 정체를 알 수 없는 두근거림이 심장을 강타하더니 혈관 구석구석을 파고드는 것만 같았다.

"귀찮은 건 알겠는데요, 이건 다 그쪽을 위해서란 말이에요. 뭐, 천천히 하면 되긴 되겠죠. 그러다가 그쪽 차랑 내 차가 사이좋게 정비 공장으로 직행해서 그렇지. 이래 봬도 내가 가만히 서 있던 담벼락을 들이박고, 얌전히 주차되어 있던 차도 들이박은 알아주는 운전 실력이라서……."

지혁은 쿡 웃음을 터뜨리고 말았다. 여자가 어깨를 으쓱거리며 어쩔 거냐는 눈빛으로 그를 바라보았다. 할 수 없다는 듯 지혁은 그녀에게 손을 내밀었다.

"차 키는?"

"왜, 왜요?"

"줘봐."

여자가 의심스러운 눈초리를 보냈다. 손에 들고 있던 자동차 열쇠와 지혁을 번갈아 보던 그녀가 곱게 다듬어진 눈썹을 치켜 올렸다.

"싫으면 그쪽이 알아서 차 빼든지."

여자가 얼른 그의 손에 열쇠를 넘겼다. 순진하기는……. 지혁은 픽 웃음을 물고 여자의 자동차 Audi TT에 몸을 묻었다. 자동차에 올라탄 지혁의 눈길이 다시 여자에게 향했다. 막 고등학교를 졸업했을까, 싶을 정도로 어린 여자가 타기에는 차가 너무 고급스러웠다. 유연한 곡선을 자랑하는 아우디는 꽤 비싼 값으로 거래되었고, 그런 차를 타는 여자를 지혁은 조심스레 훔쳐보았다.

시동을 걸고 기어를 넣으려는 찰나 휴대폰 벨소리가 울렸다. 지혁은 잠시 시동을 끄고 여자에게 양해를 구하는 고갯짓을 한 다음에야 폴더를 열었다.

[어디야?]

전화를 받을 새도 없이 소영의 음성이 먼저 튀어나왔다.

"지하 주차장."

[그래? 어서 올라와. 이제 와도 돼.]

"그러지."

어느새 여자는 뒤로 물러나서 그가 차를 빼주기만을 기다리는 듯했다. 지혁은 백미러로 여자를 훔쳐보며 천천히 후진을 해서 그녀의 옆에 차를 세웠다.

"고마워요."

여자가 또 웃었다. 아무래도 자주 웃는 것은 그녀의 버릇인가 보다. 지혁은 씁쓸하게 입술을 말아 올리며 차에서 내렸다. 그녀의 고맙다는 말을 턱짓으로 되받아친 그는 아쉬운 마음을 접고 그녀를 획 지나쳤다. 처음부터 그랬던 것처럼 그저 스치는 사람 중에 하나인 사람으로 만족해야 하는 그녀였다. 더 이상 흔들릴 것도 없이, 욕심 낼 것도 없이. 그러나 지혁은 서너 발자국 걸음을 옮겼을 때 그만 제자리에 멈춰 서고 말았다. 그녀를 다시 한 번 보고 싶어서였다. 한 번만 더…….

"함부로 웃지 마, 아가씨. 그 미소…… 위험해 보이거든."

여자의 동그란 눈동자가 튀어나올 것처럼 커다래졌다. 무슨 말이라도 할 것처럼 입술을 여는 그녀를 남겨두고, 지혁은 엘리베이터에 몸을 실었다. 닫히는 문 사이로 여자를 태운 자동차가 날렵하게 지하 주차장을 빠져나가고 있었다.

지혁은 재빨리 버튼을 눌렀다. 스르르 엘리베이터 문이 다시 열리고 그는 그녀의 뒷모습을 쫓듯 뚫어져라 주차장을 바라보았다. 하지만 바람처럼 사라진 그녀는 흔적조차 남아 있지 않았다. 그의 메마른 가슴에 황폐한 바람이 불어 닥쳤다.

"같이 있던 사람, 누구였어?"

식사를 마치고 후식으로 나온 커피를 다 마셔갈 즈음, 지혁은 무의식 중에 묻고 말았다. 아차 하며 혀끝을 깨물었지만 실은 소영을 보자마자 묻고 싶었다. 그녀는 누구냐고, 이름은 뭐냐고, 뭐 하는 사람이냐고…….

커피를 마시던 그녀가 무심하게 되물었다.

"누구? 아……!"

무슨 말인지 알겠다는 듯 고개를 끄덕인 소영은 찻잔을 내려놓고, 작은 손가방에서 화장품 케이스를 꺼내 들었다. 거울을 보며 립스틱을 새로 바르던 그녀는 붉은 립스틱을 완벽하게 덧칠하고 나서야 무심하게 입술을 열었다.

"우리 은채?"

은채……. 지혁은 혀끝으로 굴리듯 그녀의 이름을 읊조려 보았다. 은채, 은채……. 그러고 보니 저번에 한번 들었던 이름 같기도 하다. 워낙 그녀를 많이 생각해서일까. 낯설지 않은 이름이었다. 소영은 그런 지혁의 반응을 눈치 채지 못한 채 주절거리며 말을 이었다.

"봤어? 예쁘지? 내 조카야. 우리 오빠의 하나밖에 없는 금지옥엽 딸. 여기서 약속이 있었는지 우연찮게 만났는데 용돈 달라고 얼마나 달라붙는지……. 그 불여우한테 한재산 털렸지."

조…… 카? 지혁의 눈빛이 흐릿하게 변해갔다. 문득 소영을 처음 만났던 날 그녀가 했던 말이 떠올랐다.

"참, 일행이 있는데 함께 가도 될까요?"

미처 어찌할 사이도 없이 그의 가슴이 서늘해졌다. 뇌수가 먹먹해지고 저릿한 통증마저 전해왔다.

"할 수 없죠. 우리 은채 먼저 보내야지. 그럼 우리는 이십 분 뒤 로비에서 볼까요?"

그렇구나. 그날 들었던 이름이구나. 그래서 낯설지 않은 이름이었구나. 그날 보았던 그녀가 결국은 최소영의 조카였구나. 미쳐 버릴 정도로 궁금하던 그녀가, 그녀의 이름이 최은채…… 였구나. 그랬구나…….

서서히 암흑이 찾아오듯 사위가 어두워졌다. 눈자위가 뻑뻑해지고 숨이 막혀왔다. 이건 뭐지, 이건 뭘까……. 아득해지는 정신을 가다듬어 무어라 말하고 있는 소영을 바라보지만, 그의 시야를 채우는 것은 다른 여자의 얼굴이었다.

활짝 웃고 있던 여자의 미소. 그 모습이 그의 뇌리에서 맴돌고 맴돌아, 눈을 감아도 선명하게 떠올라 그를 죽음의 나락으로 이끌었다.

#3

"**엄**마."

은채는 신문을 뒤적이는 모친을 뜬금없이 불러놓고 한참 동
안 멍하니 앉아 있었다. 별다른 말이 없는 딸 은채를 보면서 고
개를 갸웃거린 이 여사는 왜 그러냐는 듯 의문의 시선을 보냈
다.

"왜? 불렀으면 말을 해야지."

"그냥……."

"원, 실없긴."

곱게 미소를 짓고 이 여사는 방금 전까지 읽던 신문의 헤드라
인을 눈으로 훑어 내렸다. 크게 눈에 띄는 기사가 없기에 그녀

는 대충 신문을 접어 테이블에 미뤄놓고 은채의 얼굴을 유심히 살폈다. 다른 날과 달리 하루 종일 말이 없었다. 아니, 벌써 며칠 된 거 같기도 하다. 유난스러울 정도로 말이 많은 아이가 갑자기 왜 저러는 걸까? 몇 번이나 무슨 일 있냐고 물어보아도 별일 아니라고만 하던 딸이 슬슬 걱정이 되기 시작했다. 이 여사는 은채의 코앞에서 손을 휘휘 저어보았다. 아니나 다를까 은채는 무슨 생각에 빠져 있는지 눈앞에 뭐가 지나가도 모른 채 넋을 놓고 있었다.

"은채야? 최은채!"

크게 이름을 불러보아도 마찬가지였다. 이 여사는 버럭 고함을 지르고 은채의 어깨를 흔들었다.

"어? 왜, 엄마? 불렀어?"

"너, 왜 그래?"

"뭐가?"

식어 빠진 커피를 들이키며 은채는 시큰둥하게 물었다. 그제야 은채는 응접실에 앉아 있은 지 꽤 시간이 흘렀다는 것을 감지할 수 있었다. 커피가 식어버릴 정도로 나는 뭘 했지? 오히려 자기 자신에게 묻고 싶은 말이다. 너 요즘 왜 그러니, 최은채? 뭐가 문제야?

"솔직히 말해. 너 밖에서 무슨 일 있었지?"

친구처럼 편하게만 지내오던 엄마의 관심도 지금의 은채에게는 귀찮기만 했다. 와락 짜증이 밀려들어 그녀는 그만 화를 터뜨렸다.

"아무 일도 아니라는데 왜 그래! 엄마는 내가 무슨 일 있었으면 좋겠어?"

팩 토라져서 몸을 일으키는 은채의 손을 이 여사가 재빠르게 낚아챘다. 그녀는 혀를 쯧쯧 차며 딸아이를 살짝 흘겨보았다.

"너 아직도 아빠 때문에 화난 거야?"

"아냐."

이 여사의 손에서 슬며시 손을 빼낸 은채는 고개를 떨어뜨렸다. 며칠 전, 미숙한 운전 실력으로 사람을 치었다. 그토록 기사가 운전해 주는 차를 타라고 어르고 달래던 부친의 명령을 무시한 채, 저 혼자 운전하겠노라 큰소리친 결과가 대형 사고를 부른 것이었다.

"아니긴 뭐가 아냐. 딱 보니 그거 같은데. 아빠가 너 걱정하셔서 그런 거야. 신경 쓰지 마. 다행스럽게도 피해자가 찰과상에 그쳤기에 망정이지 크게 다쳤어 봐. 어떻게 됐겠니. 그리고 아빠는 피해자보다 널 더 걱정하셨어, 이 기집애야! 사람 친 넌 얼마나 놀랐을까, 하면서 그날 잠도 못 주무시더라. 도대체 운전하면서 무슨 생각을 하기에 사람을 치니, 치길."

"그 사람이 잘못한 거야 뭐! 골목에서 갑자기 툭 튀어나오면 어쩌라는 거야? 운전하는 사람은 무슨 레이더망이라도 가졌대? 전방 몇 미터 사람 나타남, 조심, 조심! 뭐 이런 레이더가 있는 것도 아닌데 갑자기 튀어나오는 사람을 나더러 어쩌라는 거야!

그리고 그 사람은 내 차에 치지도 않았어. 피하다가 자기 혼자 넘겨져서 도로 바닥에 구르느라 찰과상 입을 걸 가지고 나보고 난리야."

입술을 삐죽이며 말하지만 그녀의 가슴은 사고 당시를 떠올리느라 놀란 새가슴이 되고 말았다. 난데없이 눈앞에서 사람이 쓰러졌을 때 얼마나 놀랐던가! 다시는 생각하고 싶지도 않고, 겪고 싶지도 않았다. 그 결과 몇 날 며칠 잡지를 뒤지고 인터넷을 뒤져서 알아낸 명차의 차 키는 아빠에게 압수당했지만 아쉽지가 않았다. 당분간은 운전의 '운' 자도 떠올리기가 끔찍할 정도였다.

이게 다 그 남자 때문이야! 은채는 괜히 사고와는 전혀 상관없는 남자에게 화를 퍼부었다. 그 남자를 상기하자 스멀스멀 치밀고 올라오던 화가 흔적도 없이 사그라지는 느낌이었다. 은채는 피식 실없이 웃고는 소파에 무너지듯 주저앉았다. 양손으로 얼굴을 덮고 눈을 감은 채 그녀는 소리 죽여 이 여사를 불렀다.

"엄마……."

"왜? 응? 뭐 할 말 있으면 툭 터놓고 말해 봐. 아빠 분위기 봐서 차 키 돌려달라고 엄마가 한번 해볼 테니까 그 걱정은 접어두고. 대신 한 두어 달 자중하는 모습은 보여야지. 그렇지?"

등을 쓰다듬으며 부드럽게 달래는 모친의 말을 무시하고 은채는 살그머니 눈을 떴다. 차? 운전? 절대 그 따위로 풀이 죽을 최은채가 아니다. 차가 타고 싶으면 아빠 몰래 차 키를 훔쳤을 테고, 운전이 하고 싶으면 렌트카를 이용하면 된다. 뭐, 이것도 저것도 안 되면 친구 차를 대신 몰아보든지. 하여간 지금의 은채에게는 그런 것들은 걱정거리도 안 된다는 것이 도리어 문제였다. 긴 한숨을 내쉰 은채는 불쑥 엄마에게 질문을 던졌다.

"엄마는 아빠를 처음 만났을 때, 저 사람이 내 운명의 상대다…… 뭐, 이런 걸 느꼈다고 했지?"

"그랬지. 첫눈에 내 사람이라는 걸 알았었지."

그때를 회상하기라도 하는 양, 이 여사가 살며시 눈을 감고 꿈을 꾸듯 대답했다. 은채는 피식 웃으며 고개를 절레절레 흔들었다. 나이가 들어도 엄마의 러브스토리는 여전히 당신의 가슴을 뛰게 하나 보다.

"그런데 그건 왜?"

여전히 눈을 뜨지 않은 채 이 여사가 되묻자 은채는 급하게 말을 얼버무렸다.

"그냥, 갑자기 생각이 나서. 근데 그 '느낌'이라는 게 정확히 어떤 거야? 기억나?"

"물론 기억나지! 음, 가만있어 보자. 그 느낌이 어떤 거냐면, 심장이 터질 것처럼 두근두근거렸어. 네 아빠와 처음으로 눈이 마주쳤을 때 내 기분이 그랬거든. 가슴이 콩닥콩닥 심하게 뛰었고, 얼굴은 화끈거렸고, 손발도 마구 떨리더라. 후훗, 무엇보다……."

뒷말을 이으려는 이 여사의 말을 가로채고 은채가 덤덤하게 입을 열었다.

"수백만 볼트의 전기가 통하는 느낌 같기도 해. 말하자면, 비 내리는 밤에 돌아다니다가 천둥 번개, 또는 벼락을 아무런 예고 없이 머리부터 발끝까지 맞는 기분인 것 같기도 하고. 음······ 아무튼 심장이 멎는 것 같지."

"최은채!"

은채는 혼잣말을 중얼거리듯 말하다가 별안간 엄마가 등을 탁 치자 정신을 번쩍 차렸다. 등에서 얼얼한 아픔이 전해와 눈물이 찔끔 날 정도였다.

"왜 때리고 그래!"

"흐음, 수상해. 너 솔직하게 말해 봐. 그런 남자 생겼어? 첫눈에 운명이다, 싶은 남자? 어, 애 좀 봐!"

이 여사는 소녀 같은 미소를 입가에 물고 누가 듣기라도 하는 양 속삭였다. 은채의 얼굴이 단박에 새빨갛게 물들자 그녀는 더욱 호들갑스럽게 질문 공세를 퍼부었다.

"누구니? 어떤 남자야? 뭐 하는 사람인데? 참, 나이는? 몇 살이니?"

"몰라!"

은채는 버럭 소리를 지르고 소파에서 벌떡 일어났다. 앵돌아진 그녀의 행동에 이 여사가 당황한 듯 목소리를 낮췄다.

"왜 화를 내고 그러니. 엄만 너무 기뻐서 그런 건데. 우리 딸이 다 자란 것 같아서 너무 좋아서 그런 건데······."

그제야 은채는 화를 누그러뜨리고 나직하게 사과의 말을 던 졌다.

"미안해, 엄마."

"미안한 거 알면 됐어, 이 기집애야."

은채의 코를 살짝 비튼 이 여사는 은밀하게 덧붙였다.

"그런데 누구니, 그 미지의 남자는? 우리 콧대 높은 딸내미 최은채 양의 가슴을 설레게 한 남자가 도대체 누구래?"

"몰라, 모른다고!"

은채는 몸을 홱 돌려 이층 자신의 방으로 내달렸다. 뒤에 서 있던 이 여사에게서 혀 차는 소리가 들려왔지만 그녀는 매정하 게 문을 닫았다.

뭘 아는 게 있어야 대답을 하지! 정작 답답한 사람은 은채 자 신이었다. 아는 거라곤 겨우 스치듯 마주친 얼굴뿐이었다. 중저 음의 나직한 목소리. 그리고…… 싱긋 웃을 때 새겨지던 보조 개. 세상에, 남자가 보조개가 있다니.

"내 미소가 위험하다고 함부로 웃지 말라했으면서, 자기 미소 는 뭐 안 위험한 줄 아나."

입술을 뾰로통하게 내밀고 허공을 향해 내쏘고는, 희미한 스 탠드 불빛만 밝혀둔 채 은채는 침대 시트에 얼굴을 파묻었다. 보송보송한 시트의 촉감에 사르륵 잠이 올 것 같다가도 그 남자 의 얼굴만 떠올리면 언제 그랬냐 싶게 잠이 달아나고 말았다.

"아아, 짜증나!"

머리끝까지 시트를 뒤집어썼다가 확 젖히고 일어난 은채의 눈길이 침대 맡 사이드 테이블에 날아갔다. 두 개의 휴대폰이 나란히 잠들어 있었다.

"바보! 휴대폰이 없어진 것도 모르나."

은채는 자신의 은색 휴대폰 옆에 있는 또 다른 은색의 휴대폰을 들고 폴더를 열었다. 여전히 부재중 전화는 한 통도 오지 않았다. 혹시나 전화가 올까 싶어 학교 앞에서 배터리 충전까지 꼬박꼬박 해두었는데 전화기 주인은 단 한 번도 전화를 하지 않았다.

"괜히 들고 왔나……."

은채는 시무룩하게 말하고는 이내 고개를 가로저었다.

"내가 훔쳤나 뭐. 칠칠맞게 떨어뜨리고 다니는 사람이 문제지."

문제의 휴대폰을 테이블에 밀쳐 두고 은채는 다시 침대에 머리를 눕혔다. 그날 일이 새록새록 되새겨졌다.

친구에게 연락도 없이 바람을 맞고 삼십여 분을 기다리다 '아디지오'를 나설 때, 우연찮게 고모를 만났다. 늘 그렇듯이 물주라도 되는 양 갖은 애교를 떨어 용돈을 두둑이 얻고 좋아라 하고 있을 찰나에 그 남자와 눈이 마주쳤다. 엄마 말을 그대로 인용하자면 심장이 터질 것 같고, 가슴이 콩닥콩닥 뛰고, 얼굴이 불에 덴 듯 화끈거리며 달아오르고……. 은채는 그 모든 것을 그 자리에서 겪었다. 그리고 느꼈다. 눈으로, 온몸으로. 그날 그녀의 심장이 멎어버렸다.

"네 주인은 왜 전화도 안 한다니? 너 찾을 생각 없다니?"

은채는 테이블 위의 휴대폰을 타박하듯 바라보며 혼잣말을 내뱉었다. 솔직하게 말하자면 그 남자가 자신의 차를 빼준 후 이상한 말을 남기고 돌아섰을 때, 은채는 보았다. 자신의 차 운전석에 떨어져 있던 낯선 휴대폰을. 돌려주려고 그를 부르려 했지만 이상하게도 그녀는 입술을 꾹 다물고 그대로 차에 올라타 문자 그대로 줄행랑을 쳤다. 훔친 게 아니라고 스스로에게 주문을 걸지만, 역시 훔친 건 훔친 거였다. 휴대폰을 핑계로 그를 한 번 더 만날 생각을 아주 잠시 했었으니까. 그런데 그런 자신의 마음을 꿰뚫어 보기라도 한 양 그의 휴대폰은 만 삼 일 동안 길고 긴 침묵을 지키고 있었다.

전화가 안 오면 갖다 버리면 그만이지 뭐. 휴대폰에는 별 미련 없는 사람인가 보네. 괜스레 울적해지는 마음을 부여잡고 은채는 겨우겨우 눈을 붙였다. 그러나 선잠에 빠져 도통 잠을 이루지 못하고 뒤척거리다 일어난 그녀는 낯선 남자의 휴대폰을 마치 어미닭이 달걀을 품듯 품속에 끌어안고 나서야 깊은 잠에 빠져들 수 있었다.

"휴대폰 번호는 갑자기 왜 바꾼 거야?"

"음, 그냥. 전에 쓰던 걸 분실하는 바람에……."

소영의 물음에 지혁은 시큰둥하게 대꾸했다. 팔베개를 하고 누워 있던 소영의 머리가 거추장스럽다는 듯 지혁은 자신의 팔을 홱 빼내고 성급하게 침대에서 몸을 일으켰다. 이유를 알 수 없는 짜증에 울화가 치밀었다. 내키지 않았던 섹스라 그런지 심신이 한없이 가라앉는 기분이었다. 빌어먹을, 오늘도 피해 다녔어야 했다. 만나고 싶지 않았지만 집 앞에서 진을 치고 기다렸던 소영과의 만남은 늘 그렇듯 잠자리로 이어지고 말았다. 평소와는 달리 무성의한 잠자리에 아쉬움이 남았는지 소영의 어조에는 채워지지 않은 은밀한 욕망이 묻어 나왔다.

"어디서 잃어버렸는데?"

나른하게 기지개를 켜고 일어난 소영은 나체의 몸을 가릴 생각도 하지 않은 채 미니 바로 다가가 브랜디를 두 잔 따랐다.

"글쎄, 당신 만나러 아다지오에 갔을 때 잃어버린 것 같아."

"거기서? 음, 이상하네. 아다지오라면 누가 잃어버린 물건 잘 찾아놓을 텐데. 전화는 해본 거야?"

"아니."

무뚝뚝한 대답과는 달리 지혁의 시선은 단박에 무선 전화기로 날아갔다. 물론 전화를 해볼까, 하는 마음도 있었다. 하지만 무언가가 그를 가로막고 있었다. 미치도록 전화를 하고 싶어도 매번 수화기를 들면 끊을 수밖에 없었다.

"왜? 휴대폰 주운 사람이 전화를 안 받아? 그래서 몇 번 전화하다가 더 이상 전화도 안 하고 포기한 거야?"

지혁은 소영이 내미는 브랜디를 한입에 털어 넣고 혼자만의 생각에 골몰했다. 분명 거기서 떨어뜨린 듯하다. 그녀를 다시 만난 것에, 그녀의 미소에 잠시 넋이 나간 모양이었다. 평소에는 물건을 잃어버리는 경우가 거의 없는데 하지 않던 짓을 다 했으니. 운전이 서툴다고 말하던 여자의 차를 대신 빼주면서 소영의 전화를 받은 것까지는 기억이 난다. 그 이후로 휴대폰은 흔적도 없이 사라졌다. 아마 그 여자의 차에 있겠지. 은채, 그 여자의 차에.

"아다지오에서 잃어버린 거 확실해? 그럼 내가 거기 전화해서……."

"아냐. 거기 들어가기 전에 지하 주차장에서 없어진 거 같아. 신경 쓰지 마. 휴대폰 해봐야 얼마 한다고."

"하긴, 새로 샀으면 그만이지. 그럼 연락처가 변경됐다고 미리 얘기해야겠네."

지혁의 목에 팔을 두른 소영은 유혹하듯 은밀하게 속살거렸다. 손끝으로 매끄럽고 건장한 근육들을 어루만지며 그녀는 욕망에 물든 흐릿한 눈으로 그를 올려다보았다.

"무슨? 무슨 연락처가 변경돼?"

지혁은 거리낌없이 손을 아래로 미끄러뜨리는 소영의 손목을 낚아채고 물었다. 그녀가 요염하게 미소를 지었다.

"이주환 가수 알아?"

대뜸 가수 이름을 말하는 소영을 보며 지혁은 미간을 모았다. 이주환? 우리 나라 사람 중에 가수 이주환을 모르는 사람도 있나? 썩 내키지 않은 잠자리 뒤라 그런지 그의 목소리에 날이 섰다.

"근데 그 가수가 왜? 그 사람이 내 전화번호 바뀐 거랑 무슨 상관인데?"

시니컬하게 대꾸한 지혁은 담배를 찾아 꺼내 물었다. 어느새 소영은 침대 맡에 앉아 실오라기 하나 걸치지 않은 몸으로 대담하게 다리를 꼬는 제스처를 취했다. 다리를 포개기 전 살짝 벌어진 허벅지 사이로 그녀의 은밀한 일부가 드러나 마치 유혹하는 듯했지만 지혁은 그다지 눈여겨보지 않았다. 하긴 오늘도 원해서 만난 게 아니었다. 지난 사흘, 소영을 피하고 피하다 더 이상 피할 수만은 없기에 만났을 뿐. 피한다고 뭐가 달라지겠는가. 무엇 때문에 이토록 방황한다는 말인가. 그녀는, 최은채 그녀는 최소영의 조카인 것을……. 모든 생각의 종착지가 하나로 귀결되자 지혁은 자조적인 미소를 배어 물었다.

진짜 엿 같은 세상이다, 제기랄!

그의 눈길을 끌지 못했다는 데 자존심에 타격을 받은 듯 소영은 시선을 집중시키기 위해 풍만한 젖가슴을 양팔로 끌어 올려 팔짱을 꼈다.

"으음, 이주환 가수가 우리 회사 소속인 건 알지?"

"그래서?"

그가 자신의 가슴에는 눈길도 던지지 않은 채 되묻자 소영은 슬슬 몸이 달았다. 소영의 음성이 위험한 거래를 암시하듯 유혹적으로 변해갔다.

"이주환이 이번에 신곡을 내는데……."

말끝을 흐리는 소영의 득의양양한 미소에 지혁은 버럭 부아가 치밀었다. 가수가 신곡을 내든 말든 그게 자신과 무슨 상관이란 말인가? 이어지는 소영의 뒷말을 더 들을 생각도 하지 않고 지혁은 서둘러 욕실로 향했다. 땀으로 끈적한 몸이 그의 기분을 더욱 불쾌하게 만드는 것 같아서였다. 최소영과 얽혀들었다는 흔적을 말끔히 지워 버리고 싶었다. 하나도 남김없이. 흔들리는 마음을 다잡기 전까지는 소영과 거리를 유지하고 싶었다. 하지만 그녀가 그렇게 너그럽지 못하다는 것을 알기에 지혁은 성난 걸음으로 욕실 문을 열어젖혔다. 그런 그의 거친 손길을 소영이 잡아챘다.

"이주환 신곡 뮤직 비디오에 출연할 남자 주인공으로 당신을 추천했어. 아니, 거의 확정됐다고 보면 돼."

지혁은 천천히 욕실 문고리에서 손을 떼고 몸을 돌렸다. 믿을 수가 없다는 얼굴로 그의 움직임이 둔해졌다.

이주환. 발라드의 황제라는 이름으로 십대부터 사십 대까지 팬 층을 고루 갖고 있는, 대한민국의 자타가 공인하는 국민 가수이자 명실상부한 최고의 가수. 그 이주환의 신곡 뮤비에 주연으로 발탁된다? 그것도 나, 우지혁이? 혈관 구석구석을 타고 돌던 혈액이 역류했다. 얼굴 한가운데로 뜨거운 피가 확 몰려드는 느낌에 지혁은 두 손으로 얼굴을 문질렀다.

"당신도 알다시피 이주환이 음반을 냈다 하면 가요계에 선풍적인 돌풍을 몰고 오지. 이번에도 우리 엔터테인먼트 식구들은 이주환 앨범이 대박이라 믿어 의심치 않거든. 이런 가수의 뮤직비디오에 출연하는 거, 어떻게 생각해?"

"정말이야? 진짜…… 확정된 건가?"

탁하게 갈라진 음성이 눈에 띄게 떨리고 있었다. 지혁은 가볍게 목을 가다듬고 혹여 소영이 질 나쁜 농담을 하고 있는 것은 아닌지 날카롭게 살폈다.

그녀가 웃고 있었다. 와인빛 립스틱이 뭉개진 입술에는 요염한 미소가 맴돌아 다녔다. 지혁의 곁에 다가온 그녀가 욕실 문을 소리나게 닫고는 그의 탄탄한 가슴을 훑어 내렸다. 그녀가 들릴 듯 말 듯 나직하게 속삭였다.

"내가 적극 추천했는데 안 될 리가 있겠어? 내 말은 백이십 프로 보증 수표야, 백이십 프로!"

소영이 자신의 말을 강조하듯 몇 번이고 했던 말을 반복했다. 지혁은 그제야 고개를 주억거리기 시작했다. 분위기를 봐서 은근슬쩍 소영의 의중을 떠보려고 하기도 전에, 그녀가 먼저 멋진 선물을 내밀었다. 그녀 쪽에서 먼저 거래를 제안한 것이다. 마치 최소영이고 뭐고 다 때려치우고 그만둬 버리려는 그의 심정을 눈치라도 챈 듯이. 그랬다, 정말이지 다 그만두고 싶었다. 하지만…….

STS 엔터테인먼트는 소속 연기자들을 굉장히 고급스럽게 관리하기로 정평이 나 있다. 인기 연예인은 물론, 이제 막 떠오르기 시작하는 샛별도 함부로 방송에 출연시키지 않는 곳으로 방송가에서는 유명했다. 그런 만큼 방송국 측에서는 더 안달을 하고, STS 엔터테인먼트 소속 연기자들을 잡기 위해 혈안이 되어 있었다. 특히나 신인 배우를 위한 온라인 홍보 활동 및 기획사의 오디션 제공 등 최상의 메니지먼트 활동으로 음반 제작, 연극, 영화, 방송, CF 등의 각종 데뷔의 기틀을 마련하는 곳이었다. 그래서 지혁에게는 STS 엔터테인먼트의, 아니, 소영의 도움이 절대적으로 필요했다. 그리고 드디어 기회는 다가왔다.

분명 기뻐해야 한다. 얼마나 기다리던 순간이던가. 자신에게 이런 행운이 이토록 빨리 다가오다니, 황홀함을 넘어서 무아지경에 빠져들어야 했다. 하나, 무엇일까. 무엇이 이렇게 자신의 심장을 아프도록 세게 움켜쥐고 있는 것일까. 왜 누군가가 자신의 심장을 짓이기는 듯한 고통에 휩싸여야 하는가.

왜 하필이면……. 왜 하필이면 최소영인가. 왜 최소영과 관계된 여자란 말인가. 우지혁에게 너무나 많은 것을 해줄 수 있는 여자, 최소영. 그리고 자신의 눈에 박혀 뇌리를 떠나지 않는 어느 한 여자, 최소영의…… 조카. 왜 하필이면 이 여자의 조카란 말인가. 아니, 왜 하필이면 그녀를 눈에, 가슴에 담았다는 말인가. 왜 하필이면……. 미치도록 전화를 하고 싶어도 최소영의 조카라는 이유로 전화기 든 손을 내려야 했다. 분명 자신의 휴대폰 번호로 전화를 걸면 그녀가 받으리라는 것을 알고 있었다.

한 번쯤 모든 생각을 뒤로하고 목소리라도 들어볼까, 하는 욕심도 생겼다. 어느 날 갑자기, 도저히 지금의 이 충동을 이겨내지 못하면 무작정 전화를 하게 될지도 모른다. 그러나…… 전화를 하면 안 되겠지? 안 되는 거겠지?

아무것도 아니라 치부하면 그만이다. 겨우 두어 번 옷깃만 스쳤을 뿐인데, 그것도 한 번은 멀리서 바라보기만 했을 뿐인데 마음이라도 빼앗긴 것처럼 전전긍긍하지 않아도 된다. 그저 예쁜 그녀의 얼굴에 잠시 혹했나 보다. 그가 살아온 동안 그렇게 해맑은 미소를 짓던 여자는 본 적이 없기에 더욱 그렇겠지, 하고 여기면 된다. 우지혁의 어두운 삶에서는 결코 볼 수 없던 햇살을 닮은 여자라서 더 기억에 남는 여자라고, 외면하면 된다.

여기까지 하자. 이쯤에서 머리 속에 남아 있는 여자의 모습을 털어내자. 털어내야 한다. 깨끗이, 그리고 흔적도 없이. 하나, 무언가가 앙금처럼 그의 내면에 남아 있었다. 그건 시간이 흘러도 치유되지 않을 불치병처럼 오래도록 그를 괴롭힐 것만 같았다.

"안 기뻐? 별로 좋아하는 얼굴이 아니네?"

가슴을 더듬던 소영의 손길이 점점 아래로 내려가 혼자만의 생각에 고립되어 있는 지혁을 일깨웠다. 지혁은 거칠게 그녀의 손을 내치려다 돌연 멈칫거리고 말았다.

"이 소식 전하면 당장이라도 날 안아줄 거라 생각했는데……. 오늘 밤, 아니, 아침이 오도록 당신과 뜨거운 밤을 보내려고 준비했는데…… 기쁘지 않아?"

그래, 자신은 이런 놈이었다. 어차피 이게 그의 인생이었다. 그는 여자들에게 이런 대가를 바라고, 그들에게 환락의 밤을 지불했다. 이것이 그…… 우지혁의 모습이었다.

"너무 기뻐서 정신을 못 차리겠군."

지혁은 이를 악물고 대답했다.

"후후, 이 정도에 그러면 어떻게 해? 앞으로 기회는 얼마든지 있어. 당신만…… 내 곁에 있어준다면. 하지만 나를 만만하게 보진 마. 어수룩한 미진이처럼 이용 가치가 떨어진다고 나라는 여자를 씹던 껌처럼 침을 뱉듯 내뱉을 생각은 애당초 하지 않는 게 좋을 거야, 당신!"

못을 박듯 소영의 음성은 단호했다. 지혁은 저도 모르게 인상을 찌푸리고 말았다. 말하지 않아도 알고 있었다. 최소영의 곁을 떠나면 이런 기회가 오지 않을 것이라는 걸. 그것을 누구보다 잘 알기에 지혁은 기뻐할 수도, 그렇다고 슬퍼할 수도 없었다.

"그보다 당신 오늘 별로였어. 거칠기만 했지 하나도 황홀하지 않았거든. 어때? 근사한 선물을 줬으니 내게도 보답을 해야지?"

이런 엿 같은 기분은 달갑지가 않았다. 고작 그 여자가 뭐라고. 해사하게 웃던 그 여자가 뭐기에 이따위 시답잖은 기분에 휩싸인다는 말인가. 전화를 하고 싶어 갈등 따위 할 필요가 없었다. 그녀의 목소리가 듣고 싶다는, 돼먹지 않은 감상에 빠져들 필요도 없었다. 기뻐하자, 좋아하자. 이게 내가 원하던 바가 아니었던가. 그렇지 않은가, 우지혁?

지혁은 자신의 내면에서 들리는 소리없는 물음에 고개를 끄덕이고 어렵사리 동의했다. 더 이상의 흔들림은 없을 것이다. 오늘 밤 그는 소영에게 더할 수 없는 쾌락을 선사해야 한다. 몇 번이고, 몇 번이고 지쳐 나가떨어질 때까지 환락의 밤을 보내야 했다. 소영의 말처럼 아침이 올 때까지, 그녀가 원한다면 몇 날 며칠이라도 섹스의 탐닉에 허우적거려야 했다. 우지혁에게 이 주환의 뮤직 비디오라는 대어를 낚아준 그녀를 위하여…….

질척한 늪지대. 숨통을 죄어오는 늪은 발밑에서부터 지혁의 목까지 친친 감아 뒤덮고 있었다. 제아무리 안간힘을 써도 벗어날 수 없는 올가미, 또는 덫. 시커먼 아가리를 쩍 벌리고 다가서는 악마의 형상이 점점 요부의 모습을 한 소영의 얼굴로 변해갔다. 자신의 뒷덜미를 잡아채고, 뱀처럼 휙휙 감기는 서늘한 느낌에 지혁은 헉 하는 신음과 동시에 눈을 떴다.

꿈이다. 식은땀으로 온몸이 젖어 있었다. 지혁은 축축한 침대에서 몸을 일으켜 주방으로 향했다. 냉장고를 열고 시원한 생수병을 꺼내어 입 안에 들이붓듯 물을 쏟아 부었다. 입가로 물이 새어 나와 목을 타고 옷을 적셨다. 이제야 서서히 정신이 들기 시작했다.

지난밤 지혁은 소영이 원하던 대로 아침이 밝아올 때까지 섹스를 나눴다. 붉은 태양이 침실 창문을 뚫고 들어와 미리 위에 내리꽂힐 때까지 그들은 지치지 않고 서로의 몸을 탐닉했다. 그리고 그는 소영이 가고 꼬박 열 시간이 넘게 잠이 들었다. 아침이었던 밖은 어느새 짙은 어둠이 깔려 있었다.

지혁은 캔 맥주를 들고 베란다 문을 열어젖혔다. 늦은 밤이라 해도 성큼 다가선 여름은 바람 한 점 없었다. 식은땀을 흘린 탓인지 몸이 끈적끈적했다. 식도를 타고 내려가는 알코올의 짜릿함에 지혁은 캔 맥주 하나를 게 눈 감추듯 먹어치웠다. 평소에 술을 즐기는 타입은 아니었다. 차라리 매캐한 연기를 내뿜는 담배를 더 선호하던 그였지만, 근래의 그는 부쩍 술이 늘었다. 하나만 마셔야지, 하고 시작한 맥주는 어느새 발 아래에 빈 캔이 여기저기 나뒹굴 정도로 마셔대고 있었다. 술이 고팠나 보다. 아니면 다른 무언가……

베란다에서 목을 축이기 위해 마시던 가벼운 술자리가 아예 거실로 옮겨졌다. 본격적으로 술을 마신 지 얼마나 되었을까. 지혁은 슬슬 취기가 몰려드는 것을 느꼈다. 몸이 붕 뜨고 입술에서는 연방 더운 열기가 흩어져 나왔다. 더 이상 마실 술이 없다는 것을 알고 지혁은 비틀거리는 걸음으로 냉장고 문을 닫았다. 남아 있는 술이라고는 눈을 씻고 찾아보아도 없었다. 브랜디도, 맥주도 이미 동이 난 상태였다.

"젠장!"

이렇게 술이 달고 맛있다는 것을 지혁은 난생처음 알았다. 더 마시고 싶은 욕구를 억누르고 그는 소파에 몸을 묻었다. 많이 마시긴 마셨나 보다. 가만히 서 있는 것조차도 힘에 부쳤다. 스르르 눈이 감기려는 찰나 지혁은 번쩍 눈을 뜨고 말았다. 그의 시야에 들어오는 전화기가 세상 어떤 것보다 더한 유혹의 손짓을 보내고 있었다.

한 번만이다, 한 번만. 어쩌면 전화를 받지 않을지도 모른다. 늦은 시간이니까. 그러면 이런 아쉬움 따위, 미련 따위 말끔하게 지워 버려야지. 휴대폰을 잃어버린 지 벌써 나흘째. 아마도 배터리가 다 된 휴대폰은 벨 자체가 안 울릴지도 모른다. 아니, 어쩌면 그 여자가 갖고 있는 게 아니라 전혀 다른 사람이 갖고 있을지도 모른다. 불현듯 실망감이 엄습했다. 그 여자가 아니면 어쩌지? 수화기 너머 들리는 목소리가 그녀가 아니면 어쩔 건데, 우지혁?

지혁은 무선 전화기를 들어 익숙한 자신의 휴대폰 번호를 힘주어 꾹꾹, 그러나 한참을 뜸 들이며 천천히 눌렀다. 동굴 속의 울림처럼 신호가 울려 퍼졌다. 전화기를 들고 있는 손아귀에 끈적한 땀이 배어 나왔다. 받지 않을 것이다, 받지 않을 것이다. 지혁은 속으로 되뇌고 또 되뇌었다.

받지 마라……. 차라리 이 전화, 받지 마라. 네 목소리, 들려 주지 마라. 네가 이 전화를 받으면…… 나, 어쩌면…… 너를 탐내게 될지도 모른다. 너의 그 밝은 웃음을 욕심 낼지도 모른다. 그래서 더욱 전화를 하지 않으려고 노력했는지도 모른다. 그러니…… 제발, 이 전화를 받지 말아라.

그 순간, 지혁의 귓가를 빽빽이 메우던 신호가 거짓말처럼 뚝 멈췄다. 그리고 꿈결처럼 달콤한 여자의 목소리가 전화기를 타고 그의 귀에 안착했다.

[여…… 보세요?]

심장이 툭 하는 소리와 함께 발 아래로 떨어졌다. 끝도 보이지 않는 까마득한 나락으로 한없이 추락하고 있었다. 그녀를 욕심 낼지도 모른다. 그녀를 탐낼지도 모른다……. 그의 위험한 속삭임이 내면에서 거대한 회오리바람을 일으켰다.

[여보세요? 말씀하세요.]

귓가에 파고드는 여자의 음성에 지혁은 질끈 눈을 감고 말았다. 왜 전화를 했는가, 하는 후회는 이미 늦은 후였다. 그저 목소리만이라도 듣기 위해서였는데……. 처음에는 그게 전부였다. 하지만 욕심은 점점 사나워지고 있었다. 그는 그녀를…… 원하고 있었다. 안 된다는 걸 알면서도, 누구보다 잘 알면서도 도저히 어찌할 수가 없었다.

그 밤, 지혁은 봉인되고 금지되었던 그 사실을 인정하고 말았다.

#4

강의가 끝나기도 전에 은채는 주섬주섬 전공 서적이니, 노트니 부지런을 떨며 챙겼다. 담당 교수가 그녀에게 조심하라는 경고의 눈짓을 보내도 은채는 눈웃음을 보낼 뿐 손놀림을 멈추지 않았다. 오전부터 내내, 아니, 전날부터 지금 이 시간이 되기만을 기다린 듯했다. 과 동기들이 강의가 끝남과 동시에 강의실을 뛰쳐나가는 그녀를 불렀지만, 은채의 귀에는 그 소리가 단지 소음으로밖에 들리지 않았다. 정신없이 계단을 뛰어 내려가는 그녀의 팔을 누군가가 단단히 부여잡았다. 가쁜 숨을 고르며 은채는 자신의 팔을 잡고 있는 사람에게 눈길을 던졌다. 가장 절친한 친구인 현욱이었다. 하나, 예정된 약속 때문에 은채는 반가움보다 짜증이 밀려들어 툭 하고 쏘아붙였다.

"나 오늘 약속있어. 바쁘니까 나중에 얘기하자."

아슬아슬하게 강의 시간까지 견뎠더니 이제는 친구가 태클을 걸었다. 시간이 다 되어가고 있었다. 늦으면 그가 그냥 가버릴지도 모른다는 생각에 은채의 마음은 초조하기만 했다.

"뭐가 그렇게 바쁘냐? 오빠가 불러도 들은 척도 안 하고."

"오빠 좋아하네!"

북적거리는 계단으로 강의를 마친 학생들이 물밀듯 밀려 나왔다. 현욱은 행여나 지나가는 학생들이 그녀를 밀기라도 할까 걱정이 되는 듯 은채를 복도 쪽으로 이끌었다.

"모임 때문에 바쁜 거야? 그렇다면 걱정 붙들어 매시라! 너 데리고 가려고, 이 울트라 캡숑 나이스 짱인 오빠가 모시러 왔다는 거 아니냐. 가자, 아직 시간 널널하다."

"울트라 캡숑 나이스 짱이 다 얼어 죽었나 보다, 애! 그리고 우리 엄마, 너 같은 아들 안 뒀어. 이게 어디서 꼬박꼬박 오빠라는 거야, 확! 한 대 패버릴까 보다."

가방을 번쩍 들어 내려칠 기세로 말하자 현욱이 단박에 방어 자세로 돌변했다. 그런 현욱의 행동에 은채는 풋 웃음을 터뜨리고 가방을 어깨에 걸쳤다.

"그래, 그래. 너랑 나랑 남매는 아니지. 남매면 큰일 나게? 남매가 아닌 데 신에 감사하는 바이다. 뭐, 오빠라 부르기 싫으면 자기도 괜찮고."

"너 죽을래?"

"자기도 싫어? 음, 그럼 뭐가 좋을까."

고민하는 모양새로 머리를 갸웃거리던 현욱은 갑자기 목소리를 낮추고 은채를 벽으로 밀쳤다. 은채가 왜 그러냐고 눈을 동그랗게 뜰수록 현욱의 음성은 낮아졌다.

"어휴, 엉큼한 것! 그래, 오빠도 싫고, 자기도 싫으면 여보라고 불러라. 너만 특별히 허락하마."

망설임없이 은채의 주먹이 현욱의 아랫배를 강타했다. 오버액션을 취하며 바닥으로 무너지는 현욱의 어깨를 그녀는 가방으로 사정없이 내려치기 시작했다.

"또 시작이야, 또. 넌 밥 먹고 그렇게 할 짓이 없니? 허구한 날 남의 강의실 앞에 죽치고 있질 않나, 쓸데없는 말을 하질 않나. 내가 너랑 상종을 말아야지, 정말!"

소리를 빽빽 질렀지만 은채의 입가에는 미소가 배어들었다. 늘 그랬다, 현욱은. 도무지 변한 게 없었다. 아무리 구박해도 현욱은 뻔뻔스러울 정도로 매일같이 그녀의 곁을 맴돌았다. 약속이 있으면 약속이 있다는 핑계로, 없으면 집까지 데려다 준다는 핑계로, 오빠가 보호해 준다느니 어쩌느니 하며 은채를 귀찮게 하고 있었다. 그 귀찮음이 우정이라는 이름이라는 걸 알기에 은채는 그다지 거부 반응을 보이지도 않았고, 싫어하지도 않았다. 단지 지금은 곤란했을 뿐. 조바심에 안절부절못하던 그녀는 결국 건성으로 인사를 던졌다.

"내일 얘기하자. 오늘은 정말 바쁘단 말이야."

종종걸음으로 뛰어가는 은채의 뒤를 현욱이 바짝 쫓아왔다. 은채는 걸음을 멈추고 매섭게 눈을 치켜떴다.

"나 바쁘다고, 바빠!"

"동아리 방 간다고 바쁜 거 아냐? 나도 거기 가는 길인데 이왕 가는 거······."

은채의 걸음이 딱 멈추고 말았다. 뒤따르던 현욱은 그녀의 등에 이마를 쿵하고 박은 후에야 왜 그러냐는 듯 미간을 모았다.

"왜?"

가방을 뒤적거려 다이어리를 꺼내 든 은채는 핑크 빛 혀를 쏙 내밀었다. 분명 오늘 날짜에 모임이 있다고 빨간색으로 체크까지 해둔 날이었다.

"어쩌지?"

"뭐가?"

뭘 보던 중이었는지 확인이라도 하려는 듯 그녀의 다이어리를 살피던 현욱이 물었다. 은채는 머뭇거리며 가죽 다이어리를 접고 현욱의 어깨를 털어내듯 툭툭 매만졌다.

"어허, 이 아가씨가 왜 이러시나?"

뭔가 자신이 곤란할 때만 잘해준다는 것을 아는 현욱이기에 그는 대번에 신경을 바짝 곤두세웠다.

"이실직고해. 뭐가 문제야? 내가 또 해결사 노릇 해줘야 하는 거야?"

"그게 아니고……."

은채는 말끝을 흐리며 다이어리를 만지작거렸다. 까맣게 잊고 있었다, 오늘 모임이 있다는 것을. 평소에는 다이어리에 적힌 스케줄에 맞춰 하루 일과를 조정했는데 오늘은 적잖이 들떠 있었나 보다.

"나 오늘 약속 있는데……."

"근데?"

"모임이 있다는 걸 깜빡했거든."

"그래서?"

"네가 선배들한테 얘기 좀 잘해달라고."

"뭐야? 무슨 약속인데? 너 알잖아. 수업은 빠져도 동아리 모임은 빠지지 말라고 으름장 놓던 무식한 선배들 말을 그새 잊었냐?"

왜 잊었으리요. 그래서 한 번도 불참한 적이 없건만. 그래도 어쩌겠는가. 모임에 한 번 빠졌다고 선배들이 후배를 죽이겠어, 배를 째겠어? 지들이 등을 따겠어, 골을 파겠어? 은채는 뻔뻔 모드로 나가며 현욱에게 부탁했다.

"그러니까 네가 말을 잘해야지. 내가 갑자기 너무너무 아프다고 해. 그래서 집에 갔다고. 아니, 그냥 병원에 갔다고 해라."

"아예 죽었다고 해주리?"

"것도 좋고."

"너, 선배들한테 이른다. 아프지도 않고 멀쩡한 게 도망갔다고."

"너……!"

"그러니까 나랑 잠깐만 동아리 방에 갔다가 약속 장소로 가면 되잖냐. 가자. 아니면 나랑 같이 약속 장소에 가든지."

손목을 휘감는 현욱의 손을 휙 뿌리친 은채는 도리도리 고개를 가로저었다. 오늘따라 유별나게 달라붙는 현욱을 이해할 수가 없었다.

"미안하지만 오늘은 정말 곤란해. 나도 모임에 빠지고 싶지는 않은데…… 그리고 네가 갈 자리가 아냐. 신경 꺼."

"무슨 약속인데?"

현욱은 바지 주머니에 손을 꽂아 넣고 삐딱하게 서서 은채를 정시했다.

"무슨 약속인데 네가 이러는 거냐고."

거칠게 머리카락을 쓸어 넘긴 현욱은 사나울 정도로 그녀를 몰아붙였다.

"내가 뭘?"

"언제부터 내가 가면 안 되는 자리가 있었니?"

은채는 그제야 알겠다는 듯 피식 웃고 말았다. 남자가 여자보다 정신 연령이 훨씬 어리다고 하더니만 틀린 말은 아닌가 보다. 은채는 어린아이를 달래듯 현욱의 등을 토닥거렸다.

"짜식, 삐치긴! 그냥 너 모르는 약속이 있다는데 꽤 민감하게 반응하네."

"됐어. 그러니까 같이 가자고, 같이 가."

"너야말로 왜 이러니? 네가 내 보호자도 아니고, 왜 내가 가는 데마다 네가 가야 되는 건데?"

와락 짜증이 솟구쳐 은채는 현욱의 화를 풀어줄 생각도 하지 않고, 그를 지나쳐 걷기 시작했다.

어제저녁 기다리던 것을 포기할 무렵, 먹통이던 주인 잃은 휴대폰이 드디어 벨소리를 울렸다. 얼마나 기다렸던 전화인가. 얼마나 듣고 싶었던 목소리인가. 나직한 남자의 음성. 얕은 한숨 소리. 그 모든 것이 전화기를 넘어 자신의 귀를 타고 전해와 심장에 찌르르한 전율을 남겼다.

잃어버린 휴대폰에는 미련이 없거나 휴대폰을 찾기에는 너무 바쁜 사람이거나 둘 중에 하나라고 생각하고 마음을 비우던 참이었다. 그런데 그때 마침 그에게서 전화가 왔다. 우울한 그녀의 기분을 달래주듯. 조심스러운 어조로 머뭇거리던 그의 목소리. 그가 언제쯤 휴대폰을 전해 받을 수 있냐고 물었을 때, 은채는 다른 약속이 있다는 것은 새까맣게 잊고 바로 다음날 만나자고 했다. 그에게 수업이 끝나는 시간을 알려주고 학교 이름을 말했을 때 그는 흔쾌히 오겠다고 했다.

어느새 약속 시간에서 일이십 분 지난 듯했다. 잔소리를 해대며 따라오는 현욱을 더 이상 신경도 쓰지 않고 은채는 이름도 모르는 남자의 생각에 헤매고 있었다. 어제도 이름을 물어보지 못했다. 오늘 만나면 기필코 물어봐야지. 이름, 그리고 나이, 또…….

"하나만 대답해."

돌연 명령투로 말하는 현욱의 어조에 기분이 상한 은채는 무뚝뚝하게 되물었다.

"뭐?"

"누구 만나러 가는 거야?"

한계점에 도달한 듯했다. 은채는 쐐기를 박듯 단호하게 쏘아붙였다.

"너 모르는 사람이야."

"너 아는 사람 중에 내가 모르는 사람은 없어."

기다렸다는 듯이 날아드는 현욱의 날카로운 지적에 은채는 더욱 언성을 높였다.

"오늘부터 생겼어. 됐니?"

"그럼 내가 알아듣게 설명이나 해봐."

"됐어! 이제 그만 해. 나 화나려고 한다, 박현욱."

현욱을 째려보던 은채는 전투 태세로 양손을 허리에 걸쳤다. 하지만 뒤로 물러서지 않을 것 같은 현욱의 태도에 그녀는 할 수 없이 말을 이었다. 어떻게든 이 녀석을 떼놓고 가는 게 급선무였다.

"저번에 너, 아다지오에서 나 물먹인 적 있지? 삼십 분 넘게 기다렸는데 연락도 없이 안 왔었잖아."

조교의 급한 부탁으로 약속 장소에 나올 수 없었다고 후에 해명을 들었지만, 그날 일을 거론하는 것만으로도 현욱의 얼굴에는 미안한 기색이 감돌았다. 이미 지난 일이기에 은채는 괜찮다는 듯 한손을 들어 올렸다.

"하여간 그날…… 우연찮게 휴대폰을 하나 주웠거든."

거짓말을 하려니 목소리가 가늘게 떨려 나왔다. 은채는 헛기침을 내뱉고 목을 가다듬었다. 무언가를 감지했는지 현욱이 더 날카롭게 그녀를 주시하고 있었다.

"그래서?"

현욱의 냉랭한 물음에 은채는 자신도 모르게 움찔거리고 말았다. 양심에 찔리는 게 있다는 듯 은채는 우물쭈물 말을 이었다.

"그래서는 무슨. 그날 주운 휴대폰을 오늘 주인에게 돌려주러 가는 길이지. 내가 왜 이런 설명까지 네게 해야 하는지 모르겠지만, 이제 됐지? 나 그만 간다!"

"남자야, 여자야?"

휙 몸을 돌리고 앞으로 한 발 내디디려는 찰나 현욱이 소리쳤다. 은채는 얼어붙듯 제자리에서 움직이지 않고 멍하니 서 있었다.

"그 휴대폰 주인 말이야. 통화했으니 알 것 아냐. 남자야, 여자야?"

"그건…… 왜 묻는데?"

"바보. 여자면 예쁜지 안 예쁜지 내가 나가보려고 그런다."

머리를 쥐어박는 현욱의 장난스러운 손길에 은채는 길게 한

숨을 내쉬었다. 내내 달라 보였던 친구가 이제야 겨우 제자리에 돌아온 듯했다.

"꿈 깨셔! 남자니까!"

픽 웃음을 토해낸 은채는 주저없이 대답했다. 하여튼 실없는 녀석이다. 책임진다고 할 때는 언제고 여자만 보면 턱받이가 필요할 정도로 침을 줄줄 흘리는 현욱은 제가 카사노바라도 되는 줄 아나 보다. 하긴 심각하지 않아서 좋긴 했지만.

시간을 확인하던 은채의 눈빛이 달라졌다. 현욱과 영양가도 없는 농담을 하느라 벌써 약속 시간에서 한참이나 지나 있었다. 그때 뛰다시피 걸어가는 그녀의 어깨를 현욱이 거칠게 돌려 세웠다.

"아얏! 야……!"

은채는 신음을 내뱉으며 현욱을 노려보았다. 손아귀에 힘이 장난이 아니었다. 은채가 노려보든 말든 개의치 않고 현욱은 오른손을 내밀었다.

"내놔."

"뭘 내놔? 나한테 뭐 맡겨놨니?"

"내가 이럴 줄 알았어! 여자가 겁도 없이 어딜 가겠다는 거야? 약속 장소가 어디야? 내가 갖다 줄 테니까, 넌 휴대폰이나 줘."

"야, 박현욱!"

참다못한 은채가 빽 고함을 질렀다. 양손으로 귀를 막은 현욱은 아무 말도 듣지 않겠다는 듯 자신의 말만 내뱉었다.

"시끄러! 요즘 세상이 얼마나 험한데 그런 곳에 덜렁 혼자 간다고 나서니, 나서길? 세상 남자가 다 나처럼 만만한 줄 아니?"

"아, 오늘 일진 사납네."

은채는 답답하다는 듯 관자놀이를 꾹꾹 눌렀다.

"오버하지 마. 잠깐 휴대폰만 돌려주러 가는 거야."

"그래, 그러니까 내가 갖다 준다고!"

옥신각신 실랑이를 벌이다 겨우겨우 학교 앞까지 나온 은채는 학교 앞을 바라보며 고개를 저었다. 그리고 언성을 높이는 현욱의 어깨를 다독였다.

"안 됐지만 그럴 필요가 없네요. 저기 그 남자가 와 있으니까."

손가락으로 남자가 있는 곳을 가리키자 현욱의 눈길이 단박에 그가 있는 곳으로 날아갔다.

그였다. 학교 앞 주차장에 차를 세워두고 비스듬히 자동차에 기댄 그를 은채는 한눈에 알아볼 수 있었다. 눈을 들여다볼 수 없을 정도로 새카만 선글라스를 쓰고 있어도, 처음 보았을 때와 달리 단정한 수트 차림이 아니라 블랙 진 바지에 눈처럼 흰 셔츠, 그 위에 고급 소재의 가죽 재킷을 걸쳐 다소 흐트러져 보였지만 은채는 쉽게 그를 알아볼 수 있었다.

"저 남자야?"

들릴 듯 말 듯 속삭이는 현욱의 말은 더 이상 은채의 귀에 들어오지 않았다. 기다림이 지루했는지 남자의 발 아래엔 서너 개의 담배꽁초가 나뒹굴어 다녔고, 그의 입술에서 막 담배 하나가 더 떨어져 나가고 있었다. 마치 그림처럼, 모든 행동과 손짓이 영화의 한 장면처럼 은채의 동공에 선명히 찍혀들었다. 구둣발로 담배를 짓이기던 그가 무심하게 주변을 둘러보다 그녀를 발견했는지 고갯짓을 멈췄다. 자동차에 기대고 서 있던 그가 천천히 몸을 뗐다. 그러나 다가서려는 움직임은 보이지 않았다. 오히려 팔짱을 끼고 느긋하게 관망하듯 그녀를 바라보기만 했다. 은채는 그런 그의 행동에 반발하듯 미동없이 제자리에 서 있었다.

"휴대폰 어딨어? 내놔, 내가 갖다 줄게."

"됐어, 신경 꺼."

현욱의 말이 자극제가 된 것처럼 은채는 돌연 그에게로 걸음을 옮겼다. 그가 선글라스를 벗고 길게 휘파람을 불었다.

"최은채! 저 남자…… 위험해 보여. 이건 느낌이야. 본능이라고! 저런 남자는 가까이 해서 좋을 거 없는 사람 같아. 제발 이 바보야, 정신 좀 차려! 내가 휴대폰 주고 올 테니까 넌 제발 여기 있어라, 응?"

더 이상 앞으로 나가지 못하게 앞을 가로막는 현욱을 보면서 은채는 입술을 깨물었다. 현욱의 호희가 하나도 달갑지 않았다. 아니 이제는 지긋지긋할 지경이었다.

"현욱아, 너 날 걱정하는 건 아는데……."

"알긴 아니? 그래, 알면 됐어. 어딨니, 휴대폰? 가방에 있니?"

은채의 가방을 빼앗듯이 낚아챈 현욱은 바닥에 가방을 내려놓고 뒤적거리기 시작했다. 지나가는 몇몇 학생들이 힐끔거리며 그를 보았지만 상관하지 않는 듯했다.

"뭐 하는 짓이야? 내 가방은 왜 뒤져?"

매몰차게 현욱의 손에서 가방을 되찾은 은채가 매섭게 쏘아붙였다. 그때였다, 남자의 서늘한 목소리가 들린 것은.

"내 휴대폰은 언제쯤 줄 건가?"

언제 다가왔는지 바로 뒤에서 들리는 것 같은 남자의 음성에 은채는 휙 고개를 돌렸다. 그리고 코앞에 다가선 그와 한 치의 어긋남 없이 시선을 마주하고 말았다. 아찔한 현기증에 은채는 비틀거리고 말았다. 발 아래에 지진이라도 난 것 같았다. 아니면 하늘이라도 무너졌든지.

"여기 있습니다. 이거 맞죠?"

숨 쉬는 것조차 멈추고 서로를 바라보는 사이, 현욱이 불쑥 그들 사이에 끼어들었다. 어떻게 찾았는지 남자의 은색 휴대 전화기가 현욱의 손에 들려 있었다. 말없이 휴대폰을 바라보던 남자의 미간에 주름이 생겼다.

"고맙군, 잊어버린 줄 알았는데 이렇게 찾아줘서."

남자의 무뚝뚝한 어조에 그녀는 실망스러운 마음을 금할 수가 없었다. 뭐야? 최은채, 고맙다고 절이라도 할 줄 알았니?

"고마우면 사례가 있어야 하는 거 아닌가요?"

톡 쏘듯이 내뱉는 은채의 말투에 남자가 묘하게 입꼬리를 치켜 올리고 웃었다. 그 순간 현욱은 버럭 소리를 질렀다.

"최은채! 뭐 하는 짓이야?"

"너 약속있다 하지 않았니? 동아리 모임 있잖아. 어서 가, 시간 넘었어. 난 휴대폰 주워주고, 여태 간수한 대가를 받아야겠으니까."

"대가? 그래, 학생. 뭘 받고 싶어?"

그가 다시 담배를 빼어 물었다. 불을 붙이고 길게 담배 연기를 들이마신 그가 나른하게 덧붙였다.

"커피? 식사? 술? 아니면 현찰? 어떤 걸 바라나."

은채는 양심이라는 것은 깨끗하게 잊고 뻔뻔스럽게 대가를 요구했다. 하지만 물질로 그 '대가'를 판단하는 그의 기준을 비꼬듯 단호하게 말했다.

"일주일. 일주일 동안 내 기사 노릇 좀 해줘요."

그녀의 난데없는 대답에 남자의 입에 매달려 있던 담배가 바닥으로 곤두박질쳤다. 은채는 현욱이 그에게 돌려준 휴대폰을 재빨리 그의 손에서 빼앗고는 나긋나긋하게 말을 이었다.

"저번에도 말했다시피 제가 운전이 서툴러서요. 며칠 전 멀쩡하게 골목에서 나오는 사람을 치어버리는 바람에…… 아, 물론 찰과상 정도로 가볍게 끝났지만 우리 아빠가 다시는 운전하지 말라고 했거든요. 기사를 구할 때까지는 내 차도 내 마음대로 못 타요. 어때요, 그쪽 휴대폰 주워준 대가로 내 기사 노릇 일주일 하는 거?"

"당돌하군."

그가 바닥에 떨어진 담배를 구둣발로 짓이겼다. 귀찮다는 듯 선글라스로 다시금 눈을 가리고 휙 몸을 돌렸다. 이대로 그가 가버릴 것만 같아 은채는 다급하게 덧붙였다.

"어때요? 할 거예요, 말 거예요?"

그녀의 물음에 대답한 사람은 그가 아니라 현욱이었다. 화가 난 듯 낮게 가라앉은 음성이 채찍을 가하듯 은채의 귀를 후려쳤다.

"최은채, 너 미쳤니? 운전을 왜 처음 보는 사람한테 해달라고 해? 나도 면허 있고, 차 있어. 내가 해줄 테니까 쓸데없는 소리 그만 해! 그리고 그쪽은 휴대폰 찾았으면 그만 가시죠!"

현욱의 냉랭한 어조에 남자가 어깨를 으쓱거렸다. 그가 웃음기 어린 음성으로 말문을 열며 은채와 현욱을 번갈아 보았다.

"두 사람…… 어떤 사이지?"

남자가 은채의 앞으로 한 걸음 다가섰다. 바리케이드를 치듯 현욱이 가로막았지만, 남자의 움직임은 거침없었다. 은채는 별 걸 다 물어본다는 얼굴로 무심하게 대답했다.

"친구예요. 근데 그건 왜요?"

"단순한 친구 사이라 하기엔 이 친구가 좀 지나친걸?"

"잘 아시는군요. 단순한 친구가 아니라 졸업하면 결혼할 사이 입니다."

현욱의 발언에 남자가 호탕하게 웃음을 터뜨렸다. 은채는 사납게 눈을 치켜뜨고 현욱을 노려보았다.

"박현욱, 너 죽고 싶니?"

"애, 내 겁니다. 그러니 혹시라도 흑심을 품었다면 이쯤에서 철수하시지요."

남자를 한 치의 빈틈 없이 노려보던 현욱은 말 한 마디 한 마디를 또박또박 잇새로 씹어뱉었다. 현욱을 가소롭다는 듯이 바라보던 그의 입매가 살짝 비틀렸다.

"박현욱 군? 충고 하나 할까? 수컷의 본능은 말이야, 남의 것을 뺏는데 더 희열을 느끼는 법이야. 더불어 말하자면…… 나는 본능을 따르는 수컷이지."

거만하게 현욱의 어깨를 내려치는 그의 손에 힘이 실렸다. 사정없이 구겨지는 현욱의 인상에 더 크게 웃음을 짓던 그가 은채에게 눈길을 던졌다.

"나보고 운전기사 노릇을 하라 했나?"

은채는 턱을 치켜세우고 고개를 까딱였다.

"일주일 동안 운전기사라……. 그래, 오늘은 차를 가져오셨나?"

"아뇨. 운전 금지 당했는데 차를 어떻게 갖고 나와요."

"좋아. 그럼 아예 오늘부터 시작할까?"

"네?"

그의 말을 이해하지 못하겠다는 듯 은채는 고개를 갸웃거렸다. 그가 자신의 차를 가리키며 손짓을 했다. 은채의 눈동자가 더 이상 커질 수 없을 정도로 휘둥그레졌다.

"운전기사 노릇 하라며? 말 나온 김에 지금부터 하지."

그리곤 뒤도 돌아보지 않고 그가 자신의 차로 성큼 걸어갔다. 따라가야 하나, 말아야 하나 망설이던 은채는 현욱의 사나운 어조에 발끈하듯 충동적으로 결정을 내렸다.

"너, 저 인간 차 타면 다시는 안 본다. 나 안 볼 생각이면 타고 가!"

이렇게 쉽게 승낙할 거라고는 짐작도 하지 않았다. 그러나 뭘 망설인다는 말인가. 그를 기다렸잖아. 그것만으로도 충분한 이유가 되는 것 아닌가? 그녀는 생각의 끝을 정리하고 차갑게 내쏘았다.

"보든지 말든지!"

얼굴이 벌겋게 달아오른 현욱을 내버려 두고 은채는 남자의 자동차로 몸을 옮겼다. 그는 어느새 조수석 문을 열어놓고 기다리고 있었다. 정말이지 그가 이렇게 받아들일 거라고는 생각도 하지 못한 결과였다. 그저 욱하는 심정에 딴죽을 건 것뿐인데 정말 기사 노릇을 해주다니. 이걸 어떻게 받아들여야 하는 건지. 은채는 남자의 검은색 자동차 앞에서 또 머뭇거리고 말았다.

"뒷좌석보다는 앞자리가 편하겠지?"

사나운 심기를 보여주듯 현욱이 은채를 툭 밀치고 지나갔다. 넘어지듯 휘청거린 그녀는 간신히 중심을 잡고 딱딱하게 굳어버린 현욱의 옆모습을 응시했다. 평소와 달리 현욱의 얼굴에는 어두운 그림자가 감돌았다. 은채는 무심결에 현욱을 잡으려는 듯 손을 뻗었다. 순간 남자의 손이 그녀의 손을 강하게 휘어감아 압박했다. 움찔거리며 손을 빼려 하자 그가 더욱 거세게 움켜쥐고 나직하게 명령했다.

"타!"

그녀의 말도 안 되는 조건을 너무도 부드럽게 승낙하던 때와는 달리 차 안으로 밀치는 그의 손길은 거칠기 짝이 없었다. 그 순간 은채는 한 번도 느껴본 적 없는 두려움을 온몸으로 느꼈다. 전신의 신경이 바짝 곤두서고, 올올이 일어서는 느낌. 분명 그녀가 먼저 제안한 것이면서도 은채는 전신으로 퍼져 가는 두려움에 살짝 몸을 움츠리고 말았다.

왜 무턱대고 이런 제안을 한 걸까. 하지만 그 질문의 대답은 그녀가 가장 잘 알고 있었다. 그녀는 기다리고 있었다, 그를. 만나기를 원했다, 그를. 휴대폰을 돌려주고 더 이상의 인연은 없다는 듯 헤어지기가 싫어서였다. 그랬다면 자신의 차에서 그의 휴대폰을 처음 봤을 때, 그렇게 도망치듯 사라지지 않았을 것이다. 몇 날 며칠 그의 전화를 기다리지도 않았을 것이다. 그래서였다. 그래서…….

"이름이 뭐예요?"

주제넘다 싶을 정도로 당당하게 말하던 그녀는 차에 오르자 집 위치만 간략하게 설명하고는 긴 침묵을 지켰다. 말없이 정면만 주시한 채 운전에만 집중하던 지혁은 갑자기 들리는 은채의 물음에 신경을 바짝 곤두세웠다.

"지혁, 우지혁."

"지혁……."

그녀가 나직하게 그의 이름을 읊조렸다. 그 달콤한 음성에 지혁은 정신이 혼미해짐과 아찔함을 느껴야 했다.

"나이는요?"

"서른. 그러는 넌?"

"스물."

"어리군."

스물……. 어리구나. 아직 너무 어리구나. 무언가 알 수 없는 감정이 가슴에 켜켜이 쌓여가는 기분이었다. 한 번만 더 보기 위함이었다. 멀리서라도 자신의 뇌리에 박힌 이 여자를 잠깐이나마 보기 위함이었다. 그러나 욕심은 점점 위험 수위를 넘어서고 말았다. 목소리만이라도 들으려고 했던 마음이 그녀를 보고 싶게 만들었고, 멀리서 잠깐 동안 훔쳐보기 위해 약속 장소로 나온 마음이 결국 그녀에게 다가서게 만들었다. 급기야 그녀의 곁에 서 있던 나이 어린 사내에게, 마치 연인을 빼앗긴 못난 애인이 된 것마냥 지혁은 치졸한 질투심마저 느끼고 말았다.

여자를 상대로 한 번도 이런 마음을 품은 적이 없었다. 생소하다 못해 찜찜한 기분마저 들어 지혁은 자꾸만 욕설이 튀어나오려 했다. 제 여자 친구를 빼앗기기 싫어 장래 결혼할 사이라고 어린 남자가 하는 말에 발동이 걸리다니. 전후사정 볼 것 없이 딥석 그녀의 제안을 받아들이는 게 아니었다. 판단 착오다. 어서 농담이었노라, 그녀에게 말해야 했다. 혀끝에 맴도는 말을 내뱉으려는 찰나 그녀가 질문을 던졌다. 그리고 그 질문에 지혁은 혁 숨을 멈추고 말았다.

"뭐 하는 사람이에요? 직업이 뭐죠?"

핸들을 움켜쥔 손아귀에 더욱 힘을 주었다. 푸른 정맥이 살갗을 뚫고 튀어나올 듯 툭 불거졌다. 살아오면서 이렇게 말문이 막히는 경우는 처음이다. 물론 직업이 뭐냐는 질문은 많이 들어보았다. 그리고 대답 또한 망설이지 않고 하던 그였다. 그러나…… 지금은 입이 떨어지지 않았다. 말문이 열리질 않았다.

난 뭐 하던 사람이지? 나는……. 그는 어금니를 악다물었다.

"네? 무슨 일 하는데요?"

그녀가 눈을 동그랗게 뜨고 재차 물었다. 지혁은 거칠게 고개를 꺾고 정면을 노려보았다.

"호구 조사 나왔나? 이름 묻고, 나이 묻고, 직업 묻고. 다음엔 뭐지? 결혼은 했냐, 자녀는 몇이냐…… 뭐 이런 걸 물어볼 셈인가?"

다소 거친 말투가 튀어나왔다. 난생처음 그는 자신의 처지가 부끄러웠다. 지독한 모멸감, 수치심, 그 모든 것이 해일처럼 덮쳐왔다.

"음, 결혼했어요?"

그녀의 음성이 나직하게 잦아들었다. 동그랗게 뜬 눈이 실망이라도 한 듯 풀이 죽어 있었다. 숨이 막혀왔다. 그녀의 눈길에, 목소리에 지혁은 숨을 쉴 수가 없을 것 같았다. 그녀의 눈동자는 시리도록 맑았다. 하얀 구름처럼, 그에 대비되는 밤하늘처럼 새까만 눈동자는 그의 추악한 내면을 꿰뚫어 보듯 티 하나 없이 맑고 깨끗했다.

"결혼…… 한 거예요?"

그녀가 입술을 깨물고 다시 확인했다. 한참 동안 대답하기를 거부하던 지혁은 은채의 집요한 시선에 결국 고개를 가로저었다.

"아니."

그녀가 길게 한숨을 내쉬었다. 마침 신호등에 걸린 지혁은 잠시 운전에서 손을 떼고 은채를 바라보았다.

"그건 왜?"

"그냥요. 그럼 애인은 있어요?"

위험, 위험. 그녀는 금지 구역 안으로 들어오려 하고 있었다. 지혁은 홱 고개를 돌리고 그녀를 외면했다.

"있구나, 애인……."

실망스러운 어조로 그녀가 속삭였다. 그녀의 가느다란 숨소리에 그의 심장이 옥죄어들었다. 지혁은 입을 열지 않기 위해 이를 악물었다. 하나, 의지를 배반한 혓바닥은 제멋대로 움직이고 있었다.

"아니. 없어, 애인."

그녀의 입술이 천천히 곡선을 이루었다. 힐끔거리며 보게 되는 그녀의 웃는 모습에 지혁은 자신도 모르게 마디가 꺾이는 소리가 날 정도로 핸들을 거세게 움켜쥐었다. 빌어먹을 정도로 예뻤다, 그녀는.

"그럼 은채는 아까 그 녀석과 애인 사이 아닌가?"

"어머! 아녜요! 어…… 근데 내 이름 알아요?"

순간 지혁은 자신의 실수에 지그시 혀를 물었다. 지난 며칠 동안 그녀의 이름을 입에 달고 살았다. 소리 내어 부르지는 못해도 혀끝으로 읊어보고, 불러보고 하느라 그녀의 이름이 그의 생활에서 너무나도 익숙해져 버린 것이었다.

"음, 아까 은채 친구가 그렇게 부르더군. 최은채…… 라고."

"그랬구나. 난 또, 나한테 관심있는 줄……!"

은채는 손바닥으로 입을 가렸다. 붉게 달아오르는 그녀의 얼굴을 보면서 지혁은 부드럽게 웃고 말았다.

"휴대폰 없어진 거, 언제 알았어요?"

"없어졌던 그날."

무심결에 대답하고 지혁은 아차 했지만 이미 늦은 뒤였다. 은채의 물음에 기다렸다는 듯이 대답하는 자신을 이해할 수가 없었다. 마치 최면에라도 걸린 듯 지혁은 도무지 자신을 제어할 수가 없었다. 은채의 눈동자가 장난스럽게 반짝이고 있었다.

"근데 왜 어제 전화한 거예요?"

이렇게 만나고 싶을까 봐, 미치도록 보고 싶을까 봐. 그날, 소영의 맞은편에 앉아 있던 그녀를 각막에 담는 순간, 아니, 수영장에서 처음 보았던 그 순간부터 다른 사람은 그의 눈에 들어오지도 않았다. 지혁의 눈은 오로지 최은채, 그녀 한 사람만 담고 또 기억하고 있었다.

"네?"

그녀가 채근했다.

"바빠서……."

"그랬구나."

혼잣말을 하듯 고개를 끄덕이던 그녀가 손가락을 세워 골목을 가리켰다.

"저기 좌측으로 들어가서 세 번째 집 앞에 세우면 돼요."

어느새 그녀의 집에 다 온 모양이다. 지혁은 왠지 모르게 아쉽고, 서운하기까지 했다. 오늘 하루만, 오늘 단 한 번만 그녀를 보려고 했다. 하지만 이젠 자신의 마음을 그도 장담할 수가 없었다.

"고마워요. 내일은 언제 올 거죠? 학교로 올래요, 우리 집으로 올래요?"

"음, 저어……."

"설마 아까 했던 말 취소하는 일은 없겠죠? 내일 네 시에 수업 끝나는데, 학교 앞에서 기다릴게요. 아, 그리고 이거요."

은채는 휴대폰을 내밀었다. 아까 그에게서 빼앗았던 휴대폰을 건네주며 허공에서 살짝 흔들었다.

"단축키에 일 번이 비었더라구요. 거기에 내 전화번호 입력해
뒀으니까 바빠도 전화 자주해야 돼요. 알았죠?"

조수석 문을 열고 내리려던 그녀가 잠시 지혁을 바라보더니
그의 곁으로 바짝 다가섰다. 지혁은 헉 신음을 삼키고는 뒤로
물러섰다. 머리가 아찔할 정도로 향긋한 샴푸 내음이 후각을 자
극했다. 부드러운 머리카락이 그의 뺨에 닿고 이슬을 머금은 듯
촉촉한 입술이 그의 귓가에 살며시 닿았다. 정신이 혼미해지기
시작했다. 자신이 누구인지, 여기가 어디인지 도무지 판단이 서
질 않았다.

"그 휴대폰 말이에요……."

속삭이는 그녀의 음성이 귓가에 스칠 무렵, 자동차 실내에는
희미한 벨소리가 울려 퍼지기 시작했다. 은채가 말을 멈추고 그
를 바라보았다. 지혁은 재킷 주머니에서 휴대폰을 꺼내다 급하
게 쑤셔 넣고 말았다. 그녀가 미간을 찡그리며 눈썹을 곱게 모
았다. 액정 화면에 뜨는 이름을 아주 잠깐 동안 봤지만 그것은
올가미처럼 지혁의 숨통을 죄어왔다.

최소영.

그녀의 이름이 벨소리와 함께 액정 화면에서 깜빡거렸다. 빌
어먹을! 전화를 받을 수도, 그렇다고 안 받을 수도 없는 상황에

서 지혁은 이를 갈았다.

"계속해. 휴대폰이 왜?"

지혁은 떨리는 음성으로 간신히 입을 열었다.

"휴대폰이 또 있네요. 그건 그렇고 그 전화…… 안 받아요?"

"안 받아도 되는 전화야. 무슨 말 하려고 했지?"

미심쩍게 바라보던 은채가 생긋 웃음을 짓고는 비밀 얘기를 하듯 지혁에게 다가섰다. 그는 주춤 물러서다 운전석 문에 등이 닿자 더 이상 물러서는 것을 포기했다. 자신의 귀에 와 닿는 그녀의 입술과 그 부드러운 피부 촉감을 느끼지 않기 위해 지혁은 자신의 자제력을 총동원해야 했다.

"음, 실은 내 차에 떨어진 휴대폰…… 그날 봤었는데, 일부러 그쪽 부르지 않았어요."

지혁의 눈이 휘둥그레졌다.

"그쪽을 다시 만나려고…… 그날 그대로 휴대폰을 갖고…… 도망갔었죠."

심장이 요란한 소리를 내며 내려앉았다. 끊임없이 울려 퍼지던 벨소리도 더 이상 지혁의 귀에 들려오지 않았다. 은채의 목소리만이 그의 귀에, 가슴에 들려왔다.

"미안해요. 나…… 사실대로 고백했으니까, 이제 홀가분하게 있어도 되죠?"

그녀가 생긋 웃고는 도망치듯 차 안에서 빠져나갔다. 미처 그가 손을 내밀기도 전에 그녀는 육중한 철문을 열고 그 안으로 모습을 감췄다. 어리석다, 그녀는. 어린 나이만큼이나 생각도 어리다. 내가 어떤 놈인지 알고 있을까? 내가 뭘 하는 놈인지 그녀는 짐작이나 할까? 만약 안다면 내가 어떤 놈인지, 얼마나 더러운 놈인지 안다면…… 그녀는 그때도 저런 말을 할 수 있을까. 할 수 있을까……?

지혁은 석상처럼 굳은 채 은채가 사라져 간 문을 하염없이 바라보았다. 침이 바짝 말라 버린 듯 그는 심한 갈증을 느꼈다. 가슴이 메말라 쩍쩍 갈라지는 것만 같았다. 그때까지도 멈추지 않고 벨소리는 집요하게 주변을 맴돌아 다녔다.

"젠장!"

벨소리를 무시하고 지혁은 거칠게 시동을 걸었다. 벗어나고 싶었다. 도망치고 싶었다. 그 여자, 최소영에게서. 룸미러를 통해 보이는 은채의 집에서 점점 거리가 멀어지자 지혁은 턱이 으스러져라 어금니를 사려 물었다.

잡고 싶었다. 갖고 싶었다. 너무도…… 원했다. 그녀를, 저 안 어딘가에서 환하게 웃음을 짓고 있을 그녀, 은채를……. 그러나 벨소리는 끊임없이 파고들어 그의 날카로운 신경 세포를 하나하나 일깨웠다. 그리고 가르쳐 주었다. 최소영, 그녀에게 벗어날 수 없음을. 그녀에게서 우지혁은 결코 도망칠 수 없음을. 더불어 최은채에게 더 이상 다가서면 안 된다는 것을 지독하리만큼 처절하게 가르쳐 주었다.

#5

"**어**디 갔다 이제 오는 거야?"

마치 아내라도 된 듯한 소영의 말투에 거실로 들어서던 지혁
은 얼굴을 일그러뜨렸다. 오피스텔 비상 키를 갖고 있어 평소에
도 수시로 드나들긴 했지만 오늘만큼은 소영을 마주하고 싶지
않았다. 그래서 새벽 거리를 그토록 하릴없이 배회하다 들어왔
건만 그녀는 돌아가지 않고 끝까지 기다리고 있었다. 지겨웠다.
지긋지긋했다. 소영이 아니라 자신에게. 왜 이런 상황으로 몰고
왔는지 그가 저주스러울 지경이었다.

그날, 오래전 그날 일행이 있다던 소영의 말을 왜 받아들이지
않는지. 아니, 왜 하필이면 최소영을 만났는지. 그것도 아니

다. 왜 자신은 이렇게밖에 살지 못했는지 그것이 가장 후회되고, 절망스러워 견딜 수가 없었다. 도저히 제정신으로는 버틸 수가 없었다.

한마디도 하지 않는 그에게 화가 난 듯 소영의 음성이 날카롭게 찢어졌다.

"전화는 왜 안 받았어!"

"좀 바빴어."

지혁은 소영의 시선을 외면하며 변명처럼 말했다.

"얼마나? 얼마나 바쁘기에 내 전화를 안 받아? 뭐가 그렇게 바쁘다고 내 전화를 안 받은 거야?"

거실 한쪽에 놓여진 소파에 앉아 위스키를 들이키던 소영이 표독스레 물었다. 이미 제법 마셨는지 소영의 눈동자는 붉게 충혈되어 있었다. 지혁은 피곤하다는 얼굴로 입고 있던 재킷을 벗어 소파에 걸쳤다. 그 순간 소영의 긴 손가락이 지혁의 팔을 휘감아 그를 소파로 끌어당겼다. 무방비 상태로 소영의 몸 위에 넘어진 지혁은 역한 위스키 냄새에 고개를 돌리고는 짜증스레 입을 열었다.

"집에 안 가? 벌써 새벽 세 시가 넘었어."

"안 가도 돼! 안아줘. 당신을 너무 오래 기다렸어. 낮부터 전화하고, 또 전화하고…… 당신 오기만을 기다렸어. 어서 안아줘……."

지혁의 입술에 찍어누르듯이 거친 키스를 퍼부은 그녀가 유혹적으로 속살거렸다.

"우리 그이, 일주일 동안 해외 출장 갔어. 집안 사람들에게 난 여행 다녀온다고 미리 말해 뒀고. 지혁 씨, 우리 가까운 곳으로 여행 갈까? 우리 둘만 있는 곳으로."

"여행?"

"응, 여행. 내일이라도 출발해. 그전에 나부터 안아줘. 아까부터 미칠 것만 같아."

위스키 잔을 내팽개친 소영의 손이 지혁의 가죽 벨트를 성급하게 풀고 바지 후크를 끌렀다. 미처 만류할 사이도 없이 소영은 잠자고 있는 그의 남성을 일깨우기 시작했다. 매끄러운 손으로, 부드러운 입술로, 화염덩어리처럼 뜨거운 혀로 그를 일깨웠다.

"음, 미안한데 오늘은 좀 피곤해서……."

지혁은 자신의 발 아래에서 무릎을 꿇고 있는 소영의 어깨를 거칠게 밀쳤다. 뒤로 밀려났던 그녀가 이해할 수 없다는 듯 지혁을 바라보다 시선을 그의 허리 아래로 미끄러뜨렸다. 곧 그녀의 입에서 음탕한 웃음이 삐져 나왔다.

"피곤해? 근데 어쩌나……. 지혁 씨 몸은 전혀 피곤하지 않은 것 같은데? 후훗."

싫다고 내쳐도 소영은 거머리처럼 다시금 달라붙었다. 손가락으로 애무하듯 더듬고 긴 손톱으로 긁어대기도 하다가 더 이상 참을 수 없다는 듯, 잔뜩 부풀어 오른 그의 남성을 그녀는 입 안 가득 넣고 삼킬 듯이 욕심 사납게 빨아들였다.

"침실로 갈 필요없어. 여기서 시작해."

소영은 그의 셔츠를 찢듯이 거칠게 벗겨내려 했다. 그러나 지혁은 소영의 거친 손을 가만히 떼어냈다. 욕정으로 검게 물든 눈을 들어 지혁을 응시하던 그녀가 다급하게 자신의 원피스 지퍼부터 내렸다. 거절하는 지혁의 반응 따위는 눈에 보이지도 않다는 듯 그녀는 대담하게 행동했다. 속옷은 하나도 걸치지 않고 있던 눈부신 나신이 원피스를 벗자 관능적인 자태를 뽐내며 불빛 아래에서 빛났다.

"뭐 해?"

옷을 벗지도 않고 미동없이 서 있는 그가 그제야 이상하다는 걸 감지했는지 소영의 눈매가 날카롭게 번뜩였다.

"거실 바닥은 싫어?"

그녀가 따지듯이 물었다. 지혁은 주먹을 움켜쥐고 고개를 돌렸다.

"날 가져! 지금! 여기서! 이건 명령이야."

그의 말허리를 자르고 끼어든 소영의 오만한 말투에 지혁은 무언가를 부술 듯이 주먹 쥔 손에 힘을 가했다.

"젠장!"

욕설이 튀어나왔다. 참으려 했지만 어쩔 수가 없었다. 바로 코앞에 있는 소파에 주먹을 내리꽂지 않기 위해 지혁은 안간힘을 다해야 했다. 그는 나직한 한숨을 내뱉듯 입술을 열었다.

"피곤하다고 했어. 이해해 줘."

정말 피곤해 죽겠다는 듯 지혁은 소파에 몸을 파묻고 두 손으로 얼굴을 덮었다. 아무것도 보기 싫었다. 어떤 생각도 하고 싶지 않았다. 그리고…… 무엇보다 섹스 따위는, 더구나 소영과 육체가 얽히는 건 지금 그가 제일 피하고 싶은 일이었다.

그녀가 코웃음을 쳤다.

"피곤하다?"

소영의 빈정거림을 눈치 채고도 지혁은 그저 고개만 주억거렸다.

"그래."

"정말 피곤해서 그런 거야…… 아니면 다른 이유가 있는 거야?"

불쾌한 듯 소영의 음성이 음산하게 변했다. 욕정이 식은 목소리는 서늘함마저 내포하고 있었다. 소영의 예리한 물음에 이렇다 할 대답을 찾지 못한 지혁은 애꿎은 얼굴만 쓸어 내렸다.

"오늘 낮부터 지금 이 시간까지 내 전화를 안 받은 이유, 말해 봐."

매력적인 몸을 감출 생각도 없이 소영은 소파에 앉아 우아하게 다리를 꼬았다. 그리고 마시다 만 위스키 잔을 들어 올렸다. 갈색 액체를 한가득 따른 그녀는 숨도 쉬지 않고 단번에 독한 위스키를 입 안에 털어 넣었다.

"다른 날 같으면 내가 옷을 벗기기도 전에 먼저 달려드는 당신이 피곤하다는 이유로 내 손길을 뿌리치는 이유, 어디 한번 말해 봐."

"이유 같은 거 없어."

"아니, 나 그렇게 맹한 여자 아냐. 우지혁이 상대하던 맹하고 어수룩한 미진이 같은 부류가 아니란 얘기야. 우지혁, 당신에게 내 가치가 바닥으로 떨어졌어? 그래서 그래?"

"실은 내 차에 떨어진 휴대폰…… 그날 봤었는데, 일부러 그쪽 부르지 않았어요."

살기 어린 소영의 음성 뒤로 지혁의 귀를 메우는 것은 은채의 부드러운 속삭임이었다. 금방이라도 눈에 보일 것 같은 은채의 환영에 지혁은 지그시 어금니를 사려 물었다. 입 안에 비릿한 피내음이 감돌았다.

"이유도 없이 내 전화를 안 받았겠다? 우지혁이 감히 내 전화를 무시했겠다?"

물어뜯기라도 하는 양 소영의 어조가 격해졌다.

그래, 무시했다. 은채의 앞이라서 차마 전화를 받을 수가 없었다. 자신의 본모습을 보일 수가 없어 가면을 쓰다시피 했다. 그녀의 얼굴을 볼 수만 있다면 가면이 아니라 야누스라도 될 수 있을 것 같았다.

"그쪽 다시 만나려고…… 그날 그대로 휴대폰 갖고…… 도망 갔었죠."

그는 은채를 다시 만나기 위해 무슨 짓을 했던가. 우지혁이 어떤 인간인지 모르는 그녀는 자신을 다시 만나기 위해 그 얼마나 깜찍한 짓을 벌였는가. 분명 좋아해야 하는데 좋아할 수가 없었다. 기뻐할 수도 없고 황홀해할 수도 없었다. 그녀의 고백이 오히려 그를 죄스럽게 만들었다. 가슴속에 묵직한 돌덩어리를 심어놓은 듯했다. 심장을 압박하고, 식도를 틀어막은 돌덩이가 숨도 쉬지 못하게 그를 절망의 구렁텅이로 밀어 넣고 있었다.

"내 몸이라면 환장을 하던 우지혁이, 지치지 않고 내 몸을 파고들던 우지혁이 나를 거부했겠다? 하, 여기에 무슨 설명이 더 필요할까!"

설명 따위 필요없다. 전화를 받지 않은 것도, 섹스를 하지 않는 것도 다 자신의 의지인 것을. 거기에 무슨 부차적인 설명을 결부시켜야 한다는 말인가. 소영의 날카로운 지적을 인정하듯 지혁은 힘겹게 고갯짓을 했다.

"미안해요. 나…… 사실대로 고백했으니까, 이제 홀가분하게 있어도 되죠?"

나도 홀가분해질 수 있을까. 고백을 해서 홀가분해질 수만 있다면 얼마든지 할 수 있는데. 하지만 안 되겠지. 안 되는 거겠지? 너는 나를 경멸할지도 모른다. 다시는 나를 보지 않으려 들테지. 은채의 맑은 눈동자가, 고운 얼굴이, 청아한 목소리가 그에게서 단 일 초도 떠나지 않고 맴돌았다. 눈을 감아도, 귀를 막아도 그녀는 이제 자신에게 절대적인 존재가 되고 말았다. 이제와서 어찌하랴. 하지만 뭘 어쩌지는 못해도 그는 소영을 정리하고 싶었다. 다른 건 몰라도 최소영만큼은……. 그의 소리없는 말을 들은 것처럼 별안간 소영의 행동이 달라졌다.

"오케이! 나도 구질구질하게 매달리는 건 싫어. 우지혁이 내가 싫다는데 별수있어? 여기서 멋지게 퇴장해 줘야지."

주섬주섬 옷을 걸치고 나갈 채비를 하는 소영을 죄의식 가득한 눈빛으로 바라보던 지혁은 어렵사리 사과의 말을 건넸다.

"미안해. 미안하게 됐어."

"그만! 그 따위 말로 내 기분을 여기서 더 비참하게 만들지 마."

의외로 담담하게 나오는 소영의 말투에 지혁의 심기는 더욱 불편해졌다. 차라리 다른 여자들처럼 바락바락 소리라도 지르거나 울며불며 뺨이라도 갈기는 게 더 좋을 듯했다.

나체에 원피스만 간신히 걸치고 바닥에 뒹구는 핸드백을 주워 든 그녀가 지체없이 현관으로 걸어나갔다. 지혁에게 마지막 인사를 던지는 그녀의 목소리는 평온하기 그지없었다.

"그동안 즐거웠어. 아, 참!"

갑자기 생각났다는 듯 소영은 뒤로 휙 돌아보았다. 소영의 검은 눈동자가 사악하게 번들거리고 있었다.

"이주환 뮤직 비디오 촬영하기로 한 것 말인데…… 미안해서 어쩌나."

소영은 전혀 미안한 기색 없이 말을 이으면서 정교하게 다듬어진 손톱에 시선을 고정시키고는 입으로 후우 바람을 불었다.

"아무래도 당신은 안 될 거 같아. 그래도 국내 최정상급 가수 뮤비인데 이름도 없는 남자 배우를 주연으로 쓸 수는 없다고 하네. 어쨌든 미안하게 됐어. 뭐, 기회가 있으면 더 좋은 출연 제의가 들어오겠지. 기회가 있다면!"

오금을 박듯 소영은 한 자 한 자 힘주어 말했다. 빙그레 웃던 소영의 얼굴이 얼마 전 지혁의 악몽에 나온 악마의 형상과 일치하고 있었다.

소영의 마지막 말은 분명 저주였다. 지혁은 그것을 뼈아프게 겪고 있었다. 소영과 정리한 다음날부터 일들은 기다렸다는 듯이 차례차례 벌어지고 있었다.

아침 드라마에 출연했던 조연 역할 이미지가 의외로 반응이 괜찮아 큰 건 아니라도 서너 개의 잡지 촬영 일정이 잡혀 있었고, 아침 토크쇼에 출연해 달라는 제의도 받았었다. 날짜까지 다 정해놓은 상태에서 그의 스케줄은 하나씩 캔슬이 나기 시작했다. 잡지 촬영은 모두 취소되었고, 오늘 아침 토크쇼에 출연하려던 것마저 출연 정지를 당하고 말았다.

"STS 엔터테인먼트 윗사람 중에 누구 심기 불편하게 만든 일 있어? 거기서 압력이 들어온다고 하더군."

토크쇼 출연자는 얼마 전 종영한 아침 드라마의 연기자들이었다. 그중에 함께 촬영했던 원로 배우 김시우도 출연 예정이었는지, 스튜디오 앞에서 퇴짜를 맞는 지혁에게 시우가 슬그머니 다가와 귀띔을 해주고 간 것이었다.

짐작은 하고 있었다, 소영이 가만히 있지는 않을 것이라는 것을. 지혁은 이를 갈지 않기 위해 어금니를 물었다. 그의 얼굴이 점차 검붉게 물들어갔다. 화가 나서가 아니었다. 방송국 관계자들이 보는 앞에서 문전박대를 당한 게 부끄러운 것도 아니었다. 그저 허탈할 뿐이었다. 어차피 이 세계가, 이 바닥이 그런 곳이라는 건 오래전부터 알지 않았는가. 그럼에도 불구하고 또다시 실망하다니, 또다시 기대를 하게 되다니. 비참한 한숨이 입술을 가르고 흩어져 나왔다.

여기까지 하자, 최소영. 나도 잘못한 것이 있기에 서운해하지 않겠다. 분노하지도 않겠다. 그러니 이쯤에서 그만 하자…….

지혁은 자동차 의자에 머리를 기댔다. 소영을 생각하자 지끈거리는 두통이 뇌를 갉아먹을 듯 파고들었다. 동시에 그의 인상이 험악하게 굳어갔지만, 달칵하고 조수석 문이 열리자 언제 그랬냐는 듯 그의 입가에는 부드러운 미소가 번져 나갔다. 소영의 방해 공작으로 엉망이 되어버린 기분도, 바닥으로 치닫는 암담함도 그의 내면에서 깨끗하게 사그라졌다. 은채가 그의 공간으로 들어오면서부터. 은채를 바라보던 지혁의 미소가 점점 깊이를 더해갔다.

"오래 기다렸어요?"

뛰어왔는지 가쁘게 숨을 몰아쉬던 그녀가 발갛게 상기된 얼굴로 물었다. 지혁은 아니라는 듯 고개를 가로젓고는 복숭아 꽃물이 번진 은채의 볼에 무의식적으로 손을 뻗다 전기 충격이라도 받은 듯 이내 거둬들였다. 가슴이 욱신욱신 쑤시기 시작했다. 심장이 발작을 일으키듯 가슴을 뚫고 피부 밖으로 거세게 돌출하려 했다. 그녀에게 손을 뻗기만 하면, 그는 고통스러운 신음을 목구멍으로 삼키고 또 삼켜야만 했다. 그녀를 바라보기만 해도 주체할 수 없는 욕망으로 허리 아래가 묵직해졌지만, 정작 그는 은채의 손끝 하나 만져 볼 수가 없었다.

사흘째다, 그녀의 운전기사 노릇을 시작한 지. 그 사흘 동안 지혁은 수백 번도 더 은채의 손을 잡아보기 위해 망설였고, 분홍빛 입술을 맛보고 싶어서 수없이 주변을 맴돌았다. 그러나 한 번도, 단 한 번도 만질 수가 없었고, 다가설 수 없었다. 지금처럼, 아기 피부처럼 부드러워 보이는 그녀의 뺨을 어루만져 보고 싶어도 그것은 바람일 뿐이었다. 그녀에게로 손을 뻗으면 어김없이 숨이 턱 막히고 고통스러운 통증만이 그를 집어삼킬 듯 덮쳐 왔다.

"오늘은 집에 바로 안 가도 되는데……."

새침하게 말하던 은채가 방긋 웃었다. 핑크 빛 입술이 살짝 말려 올라가자 그 사이로 진주 같은 새하얀 치아가 가지런히 드러났다. 혀끝으로 가지런한 치아를 맛볼 수만 있다면, 저 도톰한 입술을 입 안으로 빨아 당기고, 이로 깨물 수만 있다면 지금 이 순간 한 점 재가 되어 사라져도 더 바랄 게 없을 것 같았다.

하지만 그럴 수 없다는 것을 알고 있었다. 그녀에게 키스를 퍼붓는 순간 심장이 터져 그 자리에서 죽는 것은 두렵지 않다 해도, 시궁창에서 굴러먹던 그가 그녀를 더럽히는 짓만큼은 할 수가 없었다. 다른 누구도 아닌 지혁 자신이 그녀에게 해를 입힐 수는 없는 노릇이었다.

다이어리를 훑어보던 은채가 생각에 잠긴 지혁에게 말을 건넸다.

"우리 영화 보러 갈래요?"

"음……."

"요즘 재밌는 게 많이 한대요. 영화 좋아해요?"

지혁은 가볍게 고개를 끄덕이며 자동차를 출발시켰다. 그녀가 쉼없이 재잘재잘거리며 말을 쏟아냈다. 학교에서 있었던 일, 친구들 사이에서 있었던 일. 지혁은 한마디도 빠짐없이 은채의 말을 들었다. 그 기분 좋은 음성에 지혁은 소영의 일은 깨끗이 지워 버리고 은채의 이야기 속으로 빠져 들어갔다.

문득 사흘 전 일이 떠올랐다. 은채의 부탁을 거절할지 수락할

지 갈피를 잡지 못하고 오전을 보냈을 때, 그녀에게서 한 통의 전화가 왔다. 꼭 와달라는, 올 거라고 믿겠다는 그녀의 밝은 목소리에 차마 거절할 수가 없었다. 없었던 일로 하자는 말이 도저히 입에서 떨어지지 않았다.

언제 망설였나 싶게 그는 부리나케 은채의 학교 앞으로 내달렸다. 기다리겠다고 한 장소에서 말간 웃음을 배어 물고 서 있는 그녀를 보면서 지혁은 후회했다. 망설였던 자신의 행동을 후회했고, 앞으로 일평생 후회하며 살아야 할, 엉망으로 살아왔던 지난날들을 후회하게 되었다. 그날은 행복과 불행의 교차점이 만나는 지독히도 아이러니한 날이었다.

"와줄 줄 알았어요. 앞으로 이 시간에 여기서 만나요. 혹시 시간에 변동이 생기면 미리 말할게요."

당연히 올 줄 알았다는 듯 그녀가 말했다. 지혁은 피식 웃으며 차 문을 열고 시니컬하게 대답했다.

"오늘은 특별히 와준 것뿐이야. 네가 전화까지 해서 와달라기에 온 것뿐, 내일부터 예외는 없어."

그녀가 어깨를 으쓱였다. 지혁이 그녀가 탄 후 조수석 문을 닫고 차 앞을 빙 돌아 운전석에 앉았을 때, 은채는 반박하듯 입술을 열었다.

"나한테는 언제나…… 예외가 있을 거예요. 오늘 아저씨가 온 것처럼 내일도 올 거라고 믿을게요."

"아저씨?"

은채의 호칭에 지혁은 멍하니 되물었다. 참 낯설었다. 아저씨라는 단어가, 그 단어가 주는 그녀와의 벽. 그것은 실로 엄청난 거리감을 두는 것이었다.

"아저씨 싫어요? 그럼 뭐라 부르지."

고개를 갸웃거리며 은채가 생각에 잠겼다. 자동차를 출발시킬 생각도 하지 못한 채 지혁은 그녀가 부르는 소리라면 어떤 거라도 괜찮을 것 같다고 다짐했다. 별안간 그녀가 손뼉을 딱 마주쳤다.

"좋아요. 그럼 친구는 어때요?"

"뭐?"

뜨악한 얼굴로 은채를 보자 그녀가 환하게 웃으며 덧붙였다.

"이렇게 된 거 우리, 친구 먹자고요. 뭐 어때요. 같이 늙어가는 처지에."

"하."

단말마의 신음을 내뱉으며 지혁은 자동차 의자에 머리를 기댔다. 차창 밖으로 지나가던 학생들이 힐끔거리며 실내를 훔쳐보고 있었다. 지혁은 슬그머니 몸을 일으키고 시동을 걸었다.

"일단 출발해야겠군."

"친구 하는 데 동의하는 거예요. 알았죠? 음, 그럼 지혁아…… 하고 부르면 되나?"

은채가 혀를 쏙 내밀고 웃음을 터뜨렸다. 지혁은 그런 그녀의 모습에 고개를 내젓고 말았다.

"차라리 오빠라고 불러."

"윽!"

고심 끝에 내린 결론을 말하자 은채가 갑자기 이상한 소리를 내더니 앞으로 몸을 숙였다. 입술을 틀어막고 웩웩거리던 그녀가 절대 안 된다는 듯 강하게 도리질을 했다.

"오빠라니! 으, 닭살. 그런 소리를 어떻게 해요? 차라리 지혁아가 백 번 낫지. 아니다. 그냥 아저씨가 훨씬 낫겠네."

잔소리를 늘어놓듯 종알거리던 그녀가 입을 꾹 다물었다. 한참 동안 새침하게 앉아 정면만 주시하던 은채가 협상을 제시하듯 나직하게 목소리를 깔았다.

"지혁 씨는 어때요?"

"음……."

눈을 맑게 빛내며 부르는 자신의 이름이 듣기 좋았다. 천상의 음률처럼 부드럽고 달콤한 음성은 그를 천국으로 이끄는 듯했다.

"좋으면 좋다, 싫으면 싫다 딱 부러지게 말해 봐요. 나 오빠니 뭐니 그런 닭살스러운 소리 못해요. 그리고 지혁 씨라고 부르면 뭔가 특별한 사이 같아서 기분이 더 좋을 것 같아요."

"특별한 사이?"

묘한 뉘앙스를 풍기는 어투에 지혁이 반문하자 은채의 얼굴이 새빨갛게 물들었다. 잔기침을 쏟아내며 고개를 돌린 은채가 변명을 늘어놓듯 말을 얼버무렸다.

"다 알면서 모른 척하기는. 하여간 좋아요, 싫어요?"

"하하, 무대포로군. 좋아, 지혁아보다는 지혁 씨가 낫겠군."

"그렇죠? 그럼 동의한 거죠?"

선물을 받은 어린아이처럼 은채는 너무 좋아했다. 환한 웃음
이 그랬고, 밝은 목소리가 그녀의 감정을 대신 표현해 주었다.
그리고 그녀는 오래전부터 그렇게 불러온 것처럼 지혁의 이름
을 별 어려움 없이 익숙하게 부르고 있었다. 지혁 씨, 하고……

로맨틱 코미디 영화는 꽤 재미있었다. 시종일관 유쾌한 웃음
을 터뜨리게 하는 내용 때문인지, 아니면 옆에 앉은 은채 때문
인지 지혁은 기분이 너무 좋은 것에 들떠 영화를 보는 내내 허
공을 부유하는 느낌이었다. 그 순간, 의자 팔걸이에 올려놓은
자신의 손 안에 무언가가 들어오기 시작했다. 조심스럽게, 애태
우듯 천천히 들어오는 것은 따뜻하고 부드러웠다. 그것이 무엇
인지 깨닫자 나직한 한숨이 그의 입술을 가르고 흩어져 나왔다.

은채였다. 아니, 은채의 손이었다. 그토록 잡아보고 싶었던
그녀의 따뜻하고 부드러운 손. 척추 사이로 식은땀이 주르륵 흘
러내렸다. 꼼지락거리던 그녀의 손이 한 번씩 움직일 때마다 지
혁의 등골 사이로 송골송골 땀이 맺혔다. 어두운 영화관 안에서
조각처럼 선이 고운 그녀의 옆모습을 바라보는 그의 눈에 불꽃
이 일었다. 그녀가 웃고 있었다. 아무렇지 않은 척, 손 같은 건

잡지도 않았다는 듯 은채는 시치미를 뚝 떼고 있었다.

손바닥에 끈적한 땀이 배어들었다. 혹여 그녀의 손에 땀이 번질까, 지혁은 서둘러 손을 빼내려 했다. 하지만 그런 그의 행동을 은채가 가로막았다. 얌전히 놓여 있던 그녀의 손이 지혁의 손을 단단히 옭아매고 깍지를 꼈다. 그녀가 입술을 달싹여 무어라 속삭였지만, 영화에서 나오는 음향 효과 때문에 지혁의 귀에는 하나도 들리지 않았다.

"뭐?"

그가 물었다. 옆 사람과 뒷사람이 듣지 못하게 들릴 듯 말 듯 희미한 목소리로. 그러자 은채가 순식간에 그의 귓가에 바짝 다가와 귀엣말을 했다. 은채만의 달콤한 숨결이 훅하고 그에게 끼쳐들어 정신이 아뜩해지고 말았다.

"손 잡고 보자고요. 공포 영화만 손 잡고 보라는 법 있어요? 우리 사이좋게, 다정하게 손 잡고 봐요, 네?"

말을 마친 은채는 혹여 그가 도망갈까 염려하듯 지혁의 손을 힘 주어 꼭 움켜쥐었다.

"하하."

잔뜩 긴장된 몸과는 반대로 그의 입에서는 한숨처럼 웃음이 새어 나왔다. 왠지 모르게 두근거리는 심장이 그다지 불편하지 않았다. 두근두근거리다 폭주할 것처럼 빨라지고 가슴이 저릿하게 아파오긴 했지만 지혁의 입술에 머물던 여유로운 미소는 사그라지지 않았다.

"참 이상하죠?"

은채가 다시 달짝지근한 숨결을 불어넣으며 지혁의 귓가에서 속살거렸다. 무슨 소리냐는 듯 지혁의 눈썹이 치켜 올라갔다.

"다른 사람들은 영화 볼 때 남자가 먼저 손도 잡고…… 스킨십도 하고 그런다는데, 지혁 씨는 안 그러잖아요. 내가 그렇게 매력없는 여잔가."

뾰로통히 입술을 내밀었는지 부드럽고 촉촉한 피부 느낌이 그의 얼굴에 살짝 닿았다. 심장이 오그라들었다. 지혁은 너무 맞붙은 몸이 부담스럽다는 듯 살짝 몸을 떼었다. 그러자 자석의 음극과 양극처럼 은채는 더욱 바짝 그의 곁으로 몸을 들이밀었다.

"마치 내가 더러운 병균이라도 되는 것처럼 거리를 두잖아요, 지혁 씨는. 차를 탈 때도 그렇고, 같이 걸을 때도 그렇고……. 혹시 나란히 앉는 영화관이라면 다를까 했는데, 것도 아니고. 나, 싫어요? 싫은데 억지로 만나는 거예요?"

더러운 병균이라니 말도 안 된다. 더러운 병균은 지혁 자신이었다. 손만 대어도 그녀에게 몹쓸 때가 묻을까 전전긍긍하는 게 누구인데. 자신의 숨결만으로도 혹여 지저분한 흔적을 남길까 매번 일정한 거리를 두는 게 누구인데 그녀를 병균으로 생각하다니.

죄지은 사람마냥 한마디 말도 하지 않는 그를 가만히 응시하던 은채가 톡 쏘아붙였다.

"싫으면 안 만나도 돼요. 일주일 동안 운전기사 노릇 해달라는 것, 철회할게요. 그만 나갈까요? 마음에 들지도 않는 여자…… 상대하는 거 고역이잖아요. 혹시 내가 고백한 것 때문에 그러는 거라면……."

부스럭거리며 일어나려던 은채가 싸늘하게 뒷말을 이었다.

"잊어요. 내 마음이니까 지혁 씨가 신경 쓰지 않아도 돼요. 그러니까 내 고백 따위…… 깨끗하게 잊어버려요."

지혁은 황급히 손을 뻗었지만 은채는 그에게 눈길도 건네지 않았다. 자리에서 일어난 그녀는 큰 목소리로 떠들었다는 게 미안하다는 듯 좌우로 고개를 한 번 숙이고는 바람처럼 휑하니 나갔다. 지혁은 더 이상 생각할 겨를 없이 벌떡 일어나 그녀의 뒤를 쫓았다. 하고 싶은 말이 목구멍까지 차고 올라왔다. 혀끝을 맴도는 수많은 말들이 소나기처럼 후두두 쏟아져 내릴 것 같았다. 억누르고 억눌렀던 감정들이 일시에 금이 가고 무너져 내리기 시작했다.

바보, 바보 같으니. 일주일이 지난 후 그만 만나자 할까 봐 밤마다 잠 못 이루고 있다는 걸 그녀는 알까. 장난이었다고 그때의 고백 따위는 잊어달라 할까 봐 매일 밤 가슴을 졸이고 있다는 것을 그녀는 알기나 하는 걸까. 마음에도 없는 여자라. 그래, 그는 언제나 마음에 없는 여자를 상대해 왔었다. 운전을 대신해 주는 것도 아니고, 함께 밥을 먹거나 차를 마시는 일도 하지 않았다. 그저 밤이 새도록 섹스만 나누었을 뿐. 오로지 섹스만. 마음에도 없는 여자들과⋯⋯.

그래서 그래, 이 바보야. 나 그렇게 더러운 놈이라서 너에게
쉽게 다가설 수가 없는 거야. 내 몸에 묻어 있는 악취 나는 오물
이 혹여 너의 몸에 튈까 싶어서, 그래서 그러는 거야. 바보 최은
채. 나, 너에게 다가가도 되는 거니? 곱게 자란 너는 상상도 할
수 없을 만큼 구질구질하고 역겨운 삶을 살아왔는데, 그래도 너
에게 다가가는 거 괜찮은 거니? 응, 은채야?

"기다려!"

뛰다시피 은채의 뒤를 따라 나온 지혁은 길가에서 택시를 잡
는 그녀의 손을 낚아챘다. 은채가 매정하게 그의 손을 탁 뿌리
쳤다.

"이거 놔요! 정말 싫어. 나 좋아하는 것 같으면서도 어떨 때
보면 아닌 것 같아. 내게 마음이 있는 것 같으면서도 아닌 것 같
아. 왜 틈을 보이지 않아요? 왜 곁을 주지 않아? 이럴 거면 안
만나도 되잖아요. 일주일 동안 기사 노릇 해달라는 거 무시하
고, 내 눈앞에 안 나타나면 되잖아! 왜 매일 그 시간에 나타나서
날 기다려요? 왜 매일 내 마음을 뒤흔들어 놔요? 이유가 뭔데?
다가섰다 싶으면 멀찍이 떨어지는 것으로 왜 내 마음을 황폐하
게 만드는 건데? 왜?"

"은채야⋯⋯."

"나, 지혁 씨 좋아요. 그러면 안 돼요? 지혁 씨 좋아하면 안
되는 거예요?"

어두운 밤, 지나가던 사람들이 은채의 고백이 재미있다는 듯 빤히 지켜보고 있었다. 지혁은 사람들의 구경 어린 시선에서 그녀를 보호하듯 너른 등으로 그녀의 몸을 가리고 한숨처럼 말을 쏟아냈다.

"그게 아냐, 은채야. 그러니까……."

"어렵게 빙빙 돌리며 말하지 말아요. 나, 지혁 씨 좋아해도 돼요? 지혁 씨도…… 나, 마음에 두고 있어요?"

처음 보는 순간 그랬다. 그녀의 얼굴이 선명하게 각막에 새겨지던 그날, 그녀는 그의 심장에 파고들었다. 거기가 제자리인 양 그녀는 너무도 깊숙이 파고들어 둥지를 틀어버렸다.

"……그래."

쥐어짜듯 지혁은 간신히 대답했다. 그리고 황급히 덧붙였다.

"근데 은채야……."

더 이상의 말은 용납하지 않겠다는 듯 은채는 검지를 세워 그의 입술을 가로막았다.

"그럼 여기서 키스해 줘요."

지혁의 말을 냉큼 자른 은채가 대담하게 몸을 밀착시켰다. 순간 지혁의 머리가 아득해지고 발 딛고 선 땅이 거대한 지진을 일으키며 쩍쩍 갈라지기 시작했다.

"무슨……?"

"우지혁, 내 남자로 찍었다고 세상 사람들에게 말하게 여기서 키스해 달라고요."

숨 막히는 달콤함이 그의 입술에 깃털처럼 닿았다. 그녀가 그의 목에 팔을 둘렀다. 까치발을 하고 선 그녀는 조금의 주저함 없이 그의 입술에 숨결을 불어넣고 있었다.

그녀가 원하잖아. 가져, 가져 버려.

심장이 주체할 수 없이 떨렸다. 당장이라도 그녀의 입술에 자신의 것을 포개고 싶어 고통스럽기까지 했다. 그러나 지혁은 자신의 차가운 입술에 살짝 맞닿은 은채의 유혹적인 입술에서, 매끈하고 티 하나 없는 그녀의 이마로 자리를 옮겼다. 스치듯 부드럽게 가벼운 입맞춤을 끝낸 지혁은 싱긋 웃음을 지었다. 숨을 멈추고 있던 은채가 실망스러운 듯 길고 긴 한숨을 내쉬었다.

"거봐, 나 별로 매력없는 여잔가 봐."

"천천히 하자, 은채야. 급할 건 없잖니. 천천히 한 걸음씩, 그렇게 시작하자. 응?"

은채의 비단결처럼 부드러운 머리카락을 손으로 빗어 내린 지혁은 달래는 듯한 어조로 말했다.

그거 아니, 은채야? 나 정말 너와 키스하고 싶어. 그거 알고 있니? 이렇게 조심하고 있지만 내가 정말, 표현도 할 수 없을 만큼 너를 원하고, 갖고 싶어한다는 거…… 너 알고 있니?

감히 입 밖으로 말할 수 없는 진실이 그의 내면을 빼곡히 채워 나갔다. 온몸의 근육이 아프도록 조여들고, 심장에 뻐근한 통증이 몰려와 신음이 절로 나와도 지혁은 단 한 마디도 소리 내어 말할 수 없었다. 정작 하고 싶은 말은 혀끝을 맴돌기만 할 뿐, 감히 입 밖으로 내뱉을 수가 없었다. 단 한 마디도.

오피스텔에 들어섰을 때, 지혁은 소영이 왔음을 직감했다. 열쇠를 넣지도 않았는데 손잡이가 돌아갔고, 현관에 가지런히 놓인 구두가 눈에 들어오자 그 신발의 주인이 소영임을 굳이 보지 않아도 알 수 있었다. 그렇기에 태연하게 거실로 들어서서 가벼운 인사를 나누는 동안 지혁은 일말의 동요도 내비치지 않았다. 단, 소영의 첫 마디가 튀어나오기 전까지는.

"요즘 우지혁이 상대하는 여자가 나이 어린 새파란 계집이라고?"

무방비 상태에서 둔탁한 무기로 뇌를 강타당한 듯 지혁은 멍하니 소영을 바라보기만 했다.

"흐음, 그 나이 어린 계집이 당신에게 뭘 해줄 수 있을까. 아니, 그 새파랗게 젊은 여자가 우지혁이 어떤 남자인지 알고 있기나 해?"

거실 창가에 서서 날카롭게 지혁을 쏘아보던 소영의 눈동자에 비웃음이 어렸다.

"얌전히 물러나 주려 했는데…… 가만히 생각해 보니 내가 손해 보는 장사를 했더라고. 당신에게 미안한 일이지만 이렇게 물러나는 거, 내 스타일 아냐. 버림받는다는 거, 이용 가치가 떨어진다는 거 최소영에겐 너무 자존심이 상하거든."

"손해 보는 장사는 아니었을 텐데? 당신 쾌락의 대상이 되어

주는 것으로 난 아무것도 요구한 게 없고, 받은 것도 없어. 당신 혼자 주고 싶어 안달했고, 당신이 주고 싶다는 그 뭔가를 하나 받으려 할 때 우린 끝났어. 끝남과 동시에 내 것이 되리라고 당신이 그토록 장담했던 뮤비도 물 건너갔지. 예정되어 있던 내 스케줄 다 파투 낸 거, 최소영이 짓거리 아닌가? 그럼 손해 보는 장사가 아니라 즐길 만큼 즐긴 것으로 치부하면 될 텐데 지저분하게 왜 이래?"

치미는 부아를 다스릴 수 없어 지혁은 공격적으로 몰아붙였다. 소영이 빙그레 웃으며 손을 내저었다.

"아니. 난 아직 충분히 즐기지 못했어. 겨우 맛만 봤을 뿐이야. 섹스 파트너는 서로가 지겨워질 때까지 아냐?"

"그래서? 그런 말을 하는 저의가 뭐야?"

"선택해. MBS 수목 드라마야. 24부작이고, 무엇보다 주연이야. 어때? 이주환 뮤비보다 더 큰 월척 아냐? 잘 생각해 봐. 들리는 말에 따르면 겨우 대학생이라는 어린 계집애가 당신에게 뭘 해줄 수 있겠어?"

소영은 지혁의 앞에서 자신만만하게 웃어댔다. 당장이라도 그녀에게 무너질 거라 생각했는지 그녀의 눈동자는 기묘하게 반짝이고 있었다. 지혁은 어금니를 악물고 겨우 말문을 열었다.

"······됐····· 어. 관심, 없어."

그만 하자. 이제 그만 하기로 했다. 정상이고, 뭐고 다 때려치우기로 했다. 그냥 평범한 한 남자이고 싶다고, 한 여자에게 영혼을 빼앗겨 아무런 생각 없이 곱고 아름다운 그런 사랑을 잠시나마 나도, 나도 해보고 싶다고 꿈꿔왔다. 그만 하자. 그만 하자, 최소영.

"싫다라……. 그렇군."

소영은 거실 창에 기대고 있던 몸을 떼어내고 지혁에게 한 걸음씩 다가섰다. 지혁은 뒤로 물러서며 그녀가 더 이상 다가서지 못하게 거리를 두었다.

"그만 나가시지. 나가기 전에 스페어 키는 두고 가."

지혁의 싸늘한 어투에 소영의 입가에 조소가 물렸다. 소영은 테이블에 탁 소리가 날 정도로 거칠게 열쇠를 내던졌다.

"좋아! 알았어!"

은색 열쇠가 조명 아래서 반짝였다. 그러나 반짝임은 잠시였고, 다시금 열쇠를 주어 든 소영은 그것을 장난치듯 손아귀에 감췄다.

"가기 전에 하나 말해 둘 게 있어. 이대로 물러나지 않아. 당한만큼 갚아줘야지. 그게 최소영의 신조거든. 그 계집애 아직 본격적으로 알아보지 않았지만, 우지혁이 만나고 있는 여자…… 누구인지 알아내서 사고 한번 치고 싶은데, 어떻게 생각해? 네가 사귀는 남자가 나와 어떤 관계였는지 말하는 거, 너무 멋지다고 생각하지 않아? 학생이라 했으니 어느 학교에 다니는지만 알면 금방 찾겠는걸?"

거대한 블랙홀 속에 갇힌 것처럼 지혁은 어떤 생각도 할 수가 없었다. 정말 그녀가 그런 짓을 할지도 모른다는 두려움에 목이 조였다. 누구인지 찾으면 어떻게 되는 건가. 은채가 알게 되는 것이다. 자신이 어떤 놈인지 그녀가 알게 되는 것이다.

몸이 부들부들 떨렸다. 소름이 돋고 전신에 한기가 들었다. 어느새 다가온 그녀가 그의 옷깃을 매만지며 요염하게 입꼬리를 치켜 올렸다.

"내가 그런 짓을 못할 거라 생각하진 않겠지? 그보다 더한 짓도 할 수 있어. 그 계집애에게 우리가 어떤 관계였는지, 무슨 사이였는지, 어떤 짓을 했는지 다 말할 수 있어! 우지혁이라는 남자가 내 몸 구석구석 물고 빨았다고, 우지혁이 나쁜이만이 아니라 수많은 여자들과 더구나 이용 가치만 있다면 서슴없이 여자들과 섹스를 나눴던 사내라고……."

사악한 악마의 속삭임처럼 소영은 지혁을 궁지로 내몰았다. 끝이 보이지 않는 낭떠러지로 그를 사정없이 밀어붙이고 있었다.

"그만!"

지혁은 귀를 틀어막고 목이 터져라 고함을 질렀다.

"그만 해! 그만 하라고!"

빌어먹을, 빌어먹을! 어쩌니, 은채야. 나 어쩌면 좋으니……. 절망보다 더 깊은 고통이 시뻘건 아가리를 벌리고 그를 집어삼키려 들었다.

"다시 돌아와! 조건은…… 수목 드라마 주연, 그리고 당신이 사귄다는 여자에게 일언반구도 하지 않겠다는 것. 우지혁이 엉망진창으로 살아온 것을 다른 사람에게 들키고 싶지는 않겠지. 특히 그녀에게는. 안 그래?"

소영의 목소리가 음산한 기운을 풍겼다. 그의 옷 안으로 손을 밀어 넣은 그녀가 그의 탄탄한 근육을 쓸어 내리며 유혹하듯 말을 이었다.

"그 계집, 원한다면 계속 만나. 물론 입단속은 하겠어. 단, 그 계집을 만나고 싶으면 나도 만나야 할 거야. 그리고 내가 부른다면 그 계집애와 한침대에서 뒹굴다가도 뛰어나와야 해. 그 계집보다도 내가 먼저야. 꿩도 잡고, 알도 먹고. 이러는 게 당신에게 더 좋은 거 아냐? 꿩과 알, 모두 놓치기 전에……. 선택해, 그나마 내가 아량이라는 것을 베풀 때!"

"빌어먹을 최소영! 당신, 지옥에나 떨어져!"

지혁은 손에 잡히는 물건을 벽으로 내던졌다. 크리스털 재떨이가 산산조각나며 요란한 파열음을 냈다. 사방으로 흩어지는 날카로운 유리 파편들을 피하며 그녀가 웃음을 터뜨렸다.

"기꺼이. 우지혁과 함께라면 지옥도 천국이 될 수 있지. 그럼 내 제의를 받아들인 건가?"

"생각할 시간을 줘. 내게 생각할 시간을 달라고!"

어떻게든 이 난관을 빠져나가야 했다. 무슨 수를 써서라도 소영의 손아귀에서 벗어나야 했다. 지혁은 몸부림치듯 시간을 벌려고 했지만 소영은 냉정하게 그의 뜻을 묵살했다.

"아니, 안 돼. 생각할 시간 따윈 없어. 내 거래는 오늘 밤이 지나면 무효야. 난 우지혁이 갖고 싶고, 당신은 그 계집애를 지키는 것 아닌가? 내가 다가서지 못하도록, 당신 본질을 알려주지 못하도록 가로막는 거겠지. 정확히 십 분을 주겠어. 결정해!"

팔목에 감고 있던 손목시계를 지혁의 발치에 내던지며 소영은 카운트다운을 쟀다.

소영의 가느다란 시계를 지그시 밟아버린 지혁은 악녀 같은 그녀에게서 몸을 돌렸다. 이미 운명의 여신은 지혁의 곁을 벗어나 소영의 손을 들어주었다. 아니, 운명의 여신은 단 한 번도 지혁을 위해준 적이 없었다. 언제나 비웃듯 그를 멀리할 뿐이었다. 지금처럼, 최은채라는 이름으로 그를 옭아매는 최소영처럼……

#6

"우_{욱!}"

좌변기에 얼굴을 처박고 전날 먹은 음식을 다 게워냈다. 은채가 좋아한다 해서 영화 보기 전 함께 먹었던 스파게티가 가닥가닥 튀어나왔고, 가볍게 마신 와인도 시큼한 냄새를 풍기며 목구멍을 타고 넘어왔다.

"우욱!"

다 게워낸 것 같은데 아직도 멀었나 보다. 구역질은 멈추질 않고 그를 괴롭혔다. 이제는 토해낼 음식물이 없어 끈적한 신물마저 넘어왔다. 지혁은 욕실 바닥에 주저앉아 고통스러운 숨을 격하게 내쉬었다. 불현듯 잊고 지냈던 기억이 그의 뇌리를 잔인하게 헤집었다.

언젠가 이렇게 토악질을 한 적이 있었다. 음식물을 토하고 토하다 마지막에는 시뻘건 피까지 올린 적이 있었다. 아마 그때는 눈에서도 무언가를 흘렸으리라. 뜨거운 무언가가 쉴 새 없이 흘러내렸다는 것을 지혁은 기억하고 있었다. 지워지지 않는 기억, 결코 지울 수 없는 악몽과도 같은 그날의 기억.

대사 한 줄 없던 그에게 난생처음 출연 제의가 들어왔던 날, 담당 피디는 그에게 호텔 커피숍으로 가보라 했었다. 누군가가 기다린다고. 순진했을까, 멍청했을까. 그날을 떠올리면 지혁은 어김없이 그 자신이 바보 같았음을 인정해야 했다.

호텔 커피숍. 그곳의 웨이터. 그리고 룸 넘버가 적힌 카드 키. 떠밀리듯 룸에 들어섰을 때 지혁은 이 더러운 세상이, 아니, 이 더러운 연예계가 얼마나 구역질나는 곳인지 새삼 깨닫게 되었다. 시키는 대로 하지 않으면 발 디딜 곳이 없는 곳. 타협을 하지 않으면 매장당하는 곳. 여자가 옷고름을 풀면, 남자는 바지춤을 풀어야 하는 곳. 냉랭하게 고개를 가로젓고 나왔던 날, 침대에 누워 있던 여자는 룸이 떠나가라 비웃었다. 그리고 단 하루 만에 지혁은 다시 그 여자를 찾아갔다. 그리고…… 그는 세상과 타협하는 법을 배웠다.

그날 지혁은 여자와 살을 섞은 후, 호텔을 빠져나오자마자 길가에서 참고 참았던 토악질을 했다. 그리고 오늘, 지금 이 순간 지혁은 그날과 마찬가지로 체내에 남은 음식물을 모두 게워냈다. 시큼하고 끈적한 신물이 올라올 정도로. 비릿한 피내음이 식도를 타고 넘어와 피를 쏟아내고 또 쏟아냈다.

"젠장, 빌어먹을! 빌어먹을, 최소영!"

지혁은 토악질을 멈추고 욕실 바닥을 주먹으로 내려쳤다. 밤새 단 한 번도 그를 놓아주지 않던 소영은 지쳐 나가떨어져서 녹초가 될 지경에 이르러서도 그에게 매달렸다. 마치 그녀와 헤어질 결심을 했던 그를 벌하기라도 하는 양 소영의 요구는 끝을 모르고 이어졌다. 집 안이 떠나가라 신음을 내지르고, 음탕한 교성을 내뱉던 소영은 그가 아니면 죽기라도 하는 것처럼 끔찍하도록 집요하게 파고들었다.

"우욱!"

뱀처럼 휘감기던 소영의 육체를 떠올리자 멈췄던 구역질이 다시금 목구멍을 타고 올라왔다. 죽고 싶었다. 차라리 죽어버리고 싶은 생각이 절실했다. 어차피 자신이 몸담은 연예계라는 바닥에서 살아남기 위해 선택한 길이었다. 아니, 선택이라는 기회 따위는 애초부터 없었다. 하나, 이젠 아니다. 아니었다. 아니어야 했다. 벗어나고 싶어 처절한 몸부림을 쳐도 그는 덫에 걸린 짐승일 뿐이었다. 우지혁이라는 짐승을 옭아매고 있는 올가미는 벗어나려고 할수록 그의 숨통을 죄어왔다. 추악하고 더러움으로 얼룩진 과거는 그의 목숨을 내놓으라고 강요하고 있었다.

"이렇게 사는 내가 정말 싫다, 은채야. 다른 건 다 참을 수 있는데, 어떤 것도 눈 질끈 감아버리면 그만인데, 은채야…… 네가 나에 대해 알게 되는 거, 죽기보다 더 싫다."

벽에 등을 기대고 욕실을 비추는 거울을 바라보면서 지혁은 힘겹게 입술을 열었다.

"네가 내게 경멸의 눈길을 던지면…… 어쩌지? 네가 나를 역겹다는 듯 바라보면 나는 어쩌지. 이젠 너를 두고는 죽을 수도 없는데, 너를 보지 못함은 죽음보다 더한 고통인데. 너를 보지 못할 바에야 차라리 이렇게라도 살아야만 하는 나인데. 내가 어떻게 살아왔는지 네가 알게 된다면…… 나는, 나는……."

정말 죽어버릴지도 모른다. 아니, 그 순간 새까만 재가 되어 흔적도 없이 사라질지도 모른다. 차마 소리가 되어 나오지 못하는 말들을 목 안으로 삼키고 지혁은 어기적거리며 바닥에서 몸을 일으켰다. 샤워 부스 안으로 들어가 정신이 번쩍 들 정도로 차가운 물을 틀고, 머리부터 발끝까지 물줄기를 뒤집어썼다. 옷을 적시고, 피부를 적시며, 뼛속까지 파고드는 냉기에 흐려졌던 이성이 점차 제자리로 돌아왔다.

지혁은 어금니를 악물고 거울을 응시했다. 거기에 한 남자가 있었다. 공허한 눈빛의 한 남자가 그를 바라보고 있었다. 상처 입고 무너져 지칠 대로 지쳐 버린 사내의 얼굴이 지혁의 참담한 기분을 더욱 암울하게 만들었다. 그는 자신을 비웃는 것만 같은 거울에 주먹을 내리꽂았다. 퍽 하고 둔탁한 소리를 내며 거울에 금이 갔다. 손등에 와 닿는 아픔 따위를 느끼기에는 가슴의 통증이 너무나 컸다. 쩍쩍 금이 간 거울 사이로 드러나는 얼굴을 외면하고, 지혁은 시뻘건 피가 흐르는 손을 샤워기 아래로 내뻗었다. 핏물이 발밑으로 흘러내려 배수구 구멍으로 흔적도 없이 사라졌다.

"빌어먹을!"

긴 시간, 차가운 샤워기 아래에 서 있던 지혁은 간밤의 일이 꿈이길 간절하게 바랐다. 하나, 떨어지는 물줄기에 몸을 씻을 수는 있어도 지난날은 씻어낼 수 없는 것을 알고 있듯이 그는 너무도 잘 인지하고 있었다. 소영과 한몸이 되어 얽혀 있던 그 것은 꿈이 될 수 없음을. 한바탕 식은땀을 흘리고 깨어나면 그 만일 그런 악몽이 될 수 없음을.

은채는 연방 손목시계에 눈길을 던졌다. 벌써 삼십여 분을 기다렸는데 지혁은 보이지 않았다. 평소 같으면 수업이 끝나기 전에 먼저 나와서 기다릴 그인데, 오늘따라 연락도 없이 늦는다. 슬슬 걱정이 밀려들었다. 혹시 무슨 사고라도 생긴 건 아닌지, 어디가 아픈 건 아닌지 별별 상상이 다 떠올라 은채는 서둘러 휴대폰을 꺼내 들고 지혁에게 전화를 걸었다.

[여보세요.]

지혁의 음성이 휴대폰을 타고 흘러나왔다. 은채는 그제야 얕은 한숨을 내쉬었다. 적어도 사고는 아니구나. 하지만 그의 목소리가 좋지 않았다. 나직하게 깔린 그의 목소리는 감기라도 걸린 사람처럼 탁하게 가라앉아 있었다.

"지혁 씨, 오늘 바빠요? 왜 안 나왔어요?"

[미안. 안 그래도 전화하려 했는데…… 많이 기다렸어?]

말할 힘도 없는 듯한 그의 음성에 은채는 기운이 쭉 빠지는 것만 같았다.

"아니, 많이는 아니지만 걱정이 되어서. 지혁 씨가 연락도 없이 안 나왔잖아요."

[으음, 갑자기 몸이 안 좋아서……. 어쩌지? 오늘은 나가기가 곤란할 것 같은데.]

"괜찮아요. 그런데 많이 안 좋아요?"

은채는 재빨리 택시 승강장으로 걸음을 옮겼다. 그가 아프다는데 그것도 모르고 무작정 기다리고 있었다니. 자기 자신이 바보처럼 느껴져 화가 나려 했다. 그에게 무슨 일이 생기면 어떤 느낌 같은 게 있어야 할 텐데 그녀는 아무것도 느낄 수가 없었다. 그래서 화가 났다, 견딜 수 없이. 그가 아플 땐 뭘 해야 하는 거지? 뭘 해야 하지? 은채의 마음이 조급해지기 시작했다.

[조금. 걱정할 정도는 아냐.]

"병원은 다녀왔어요? 약은 먹었어요? 아니다, 밥은 먹었어요? 빈속에 약 먹으면 위 상하는데……."

속사포처럼 이어지는 그녀의 물음에 그가 들릴 듯 말 듯 대꾸했다.

[걱정 마. 알아서 할게.]

"알아서 한다는 사람 목소리가 그 모양이에요? 집 위치가 어디예요? 내가 갈게요. 나 밥은 못하지만, 주문해서 지혁 씨가 다 먹는지 안 먹는지 감시는 할 수 있어요. 위치 말해 주면 지금 당장 택시 타고……."

[안 돼! 오지 마!]

그가 버럭 소리를 질렀다. 한 번도 없던 일이기에 놀란 은채는 되묻듯 그의 이름을 불렀다.

"지혁 씨?"

[아, 미안. 소리 질러서 미안해. 음, 그런데 남자 혼자 사는 집에 함부로 오는 거 아냐.]

그가 변명하듯 재빨리 덧붙였다. 은채는 피식 웃으며 지혁의 말도 안 되는 이유를 되받아쳤다.

"지혁 씨 집인데 뭐 어때요. 지혁 씨가 나 어떻게 할 것도 아니고."

[바보야, 나는 남자 아니니? 아파도 남자는 남자야. 늑대의 탈을 썼다고.]

"푸핫! 늑대? 지혁 씨가 늑대라고? 차라리 내가 늑대인 게 더 믿을 만하겠다!"

웃지 않으려고 해도 자꾸만 웃음이 터져 나왔다. 도무지 지혁을 늑대로 상상할 수가 없어서였다. 깔깔거리고 웃으며 걷자 지나가던 사람들이 힐끔힐끔 눈길을 던졌다. 은채는 간신히 웃음을 멈추고 늑대의 탈을 쓴 우스꽝스러운 지혁의 모습을 뇌리에서 지웠다.

[은채야…….]

웃음소리를 듣기만 하던 그가 갑자기 이름을 불렀다. 정말 알 수 없는 노릇이다. 그가 이름을 부르기만 해도 은채는 심장이 두근두근 세차게 뛰어올라 견딜 수가 없었다. 그녀는 가만히 가슴을 억눌렀다.

"네."

[은채야…….]

그가 또 이름을 불렀다. 은채는 살며시 눈을 감았다. 좋아하는 사람이 말하는 소리는 뭐가 되든 좋은 건가 보다.

"왜요?"

[그냥. 내가 이름 부를 때마다 네가 대답해 주는 게 너무 좋아서. 네 목소리 듣는 게 너무 좋아서…….]

탄식처럼 속삭이는 지혁의 음성이 은채의 귀에 파고들었다. 그녀도 마찬가지였다. 그가 자신의 이름을 불러주는 게 그녀 역시 너무 좋았다. 빈 택시가 한 대도 보이지 않았다. 은채는 승강장에서 내려서서 차들이 휙휙 지나치는 도로가를 두리번거렸다.

"쿡쿡, 목소리 듣는 게 좋으면 내 얼굴 보면 까무러치겠네. 그러니까 주소나 말해요. 얼른 달려갈게. 뭐 먹고 싶은 건 없어요? 가는 길에 사갈까?"

[아니. 그럴 필요 없어. 혼자 쉬면 돼. 너도 피곤할 테니까 집에 가서 좀 쉬어.]

"하나도 안 피곤한데? 혹시…… 내게 집 가르쳐 주기 싫어서 그러는 거예요? 그래서 그러는 건가요?"

순간 짧은 침묵이 흘렀다. 그 침묵이 마치 일종의 긍정을 뜻하는 대답 같아 은채는 입술을 깨물었다. 전화기를 타고 지혁의 깊고 긴 한숨이 새어 나와 그녀의 불길하고 불안한 가슴을 사정없이 할퀴고 지나갔다. 그는 감추는 게 너무 많았다. 숨기는 것도 너무 많았고, 말하지 않는 것도 너무나 많았다.

[그런 거 아냐. 말했잖니. 나, 남자라고…….]

"거짓말. 지혁 씨는 한 번도 자신에 관해서 나한테 얘기해 본 적 없잖아요. 지혁 씨 직업이 뭔지, 어디 사는지, 나는 아는 게 하나도 없어. 기껏해야 이름이랑 나이가 전부야. 왜 그렇게 비밀이 많아요? 내가 알면 안 되는 거예요? 지혁 씨는 꼭…… 나한테 자신을 안 보이려는 것 같아. 일부러 말 안 하는 거 같아요."

은채는 서운함을 담아 투덜거렸다.

[은채야.]

"네."

[천천히 말해 줄게, 천천히. 조금만 기다려 주겠니?]

그가 메마른 어조로 부탁하듯 말했다. 지혁의 메마른 음성에 촉촉한 물기가 배인 것 같아 은채는 선뜻 대답하기가 망설여졌다. 이상하게도 가슴 한구석이 저릿하게 아파왔다.

[나에 관해서 말할 수 없는 나를 이해해 달라고는 하지 않을

게. 하지만 은채야, 이것 하나만은 알아둬. 그리고 기억해 둬. 내가 너를 얼마나…… 아끼는지. 얼마나…… 소중하게 생각하는지. 그건만 알아줘. 제발 잊지 말아줘.]

쉽게 반했다고 말하고, 밥 먹듯 사랑한다는 말을 내뱉는 세상 사람들 틈에서, 지혁의 고백은 사랑한다는 말보다 더한 무언가를 은채에게 가르쳐 주었다. 은채는 그가 보지 못하는 것을 뻔히 알면서도 고개를 끄덕였다. 아끼고 소중하다는데 무엇을 불안해할까. 무엇을 조급해할까.

"알았어요. 잊지 않을게요. 언제나 기억하고 있을게요."

[그래. 내일 보자. 내일은 일찍 나가서 기다리고 있을게.]

"아뇨. 무리하지 말아요. 컨디션이 안 좋으면 안 나와도 돼요. 다 나아서 만나요. 알았죠?"

[아냐. 내일은 나갈게. 하루만 쉬면 되니까, 내일은 나갈 수 있을 것 같아.]

다정하고도 부드러운 그의 목소리에 은채는 잔잔한 미소를 머금었다.

"그래요, 그럼 내일 봐요. 대신 내일까지 다 나아야 돼요."

[응. 조심해서 들어가.]

"네, 알았어요."

[은채야!]

인사를 마치고 폴더를 덮으려는 찰나 그가 다급하게 그녀의 이름을 외쳤다.

"네? 왜요?"

[아, 아냐. 음, 차 조심해…….]

"치, 내가 앤가. 별걱정을 다 하네. 그만 쉬어요. 아픈 사람이 너무 오래 통화하는 것도 안 좋아요. 끊을게요."

지혁이 조금이라도 더 쉴 수 있게 은채는 단호하게 말을 마치고 폴더를 덮었다. 이런 식으로 인사를 하다 보면 끝도 없이 이어질 것 같았다. 그가 오지 않아 서운했지만, 그건 그를 볼 수 없다는 데 대한 서운함이었다. 내일 보면 되지, 내일. 은채는 고개를 젖혀 회색 빛 하늘을 바라보았다.

이런 거구나. 누군가를 좋아한다는 거, 이런 느낌이구나. 주머니에 쏙 들어간 휴대폰을 만지작거리며 은채는 부드럽게 속삭이던 지혁의 말을 되새겼다.

"사랑해……. 사랑해, 은채야……."

적막감만 가득한 침실에서 지혁은 낮게 말했다. 끊겨 버린 전화기에서는 더 이상 물방울처럼 방울방울 터지는 듯한 은채의 경쾌한 목소리가 들리지 않았다.

나갈 걸 그랬다. 소영과 지난밤 무얼 했든 안면몰수하고 은채를 볼 걸 그랬다. 이렇게 보고 싶어 미치겠는데, 목소리만 들어도 보고픔에 허기가 지는데. 세상 모든 사람들이 자신을 후안무치하다고 손가락질을 해도, 소영과의 정사를 뇌리에서 잘라내고 은채를 만나러 나갈 것을. 은채의 얼굴을 볼 것을. 그랬다면 이렇듯 대낮부터 술잔을 기울이지는 않을 텐데. 하루다. 겨우 하루를 못 봤을 뿐인데 평생을 못 보고 살아온 것만 같았다. 만난 지 얼마나 되었다고. 알고 지낸 날보다 모르고 살아온 날이 더 길었다. 최은채라는 여자가 이 세상에 존재하는지 모르고 살아온 날이 더 많은데, 그는 은채를 보지 못한 하루가 더 길고 숨막혔다.

초인종 소리도 없이 현관문이 벌컥 열렸다. 어젯밤 그를 약올리듯 내밀었던 스페어 키를 들고 소영이 뻔뻔스럽게 집 안으로 들어섰다.

"아직도 모자라나? 간밤의 섹스로는 당신을 만족시켜 주지 못했나 보군."

지혁은 시니컬하게 웃으며 위스키를 입 안에 털어 넣었다. 이미 한 병을 넘어 두 병째 마시던 병을 소영에게 흔들어 보인 지혁은 안됐다는 듯 이죽거렸다.

"한데 어쩌지? 최소영이 섹스에 만족을 했든 말든 더 이상 당신에게 쓸 힘은 남아 있지 않은데."

"걱정하지 마, 충분히 만족했으니까. 처음엔 다른 계집 때문인지 마음에 들지 않더니 밤이 깊어지니 당신 페이스를 찾더군. 역시 우지혁이라는 걸 새삼 가르쳐 줬어. 그나저나 내가 온 건 대본 때문이야. 수목 드라마 대본이야. 한번 봐줘. 신인 배우를 등용할 거라고 광고를 했기 때문에 사람들과 매스컴 시선을 의식해서 오디션을 하게 될 거야. 다른 사람은 어떻게 연기하나 구경이나 하러 가봐. 물론 지혁 씨가 확정된 거지만 사람들 이목을 끌기엔 몇 대 몇을 누르고 뽑혔다는 게 더 확실한 광고 효과를 몰고 오거든. 드라마 이름과 연기자 이름을 높이기 위해선 어쩔 수가 없는 거지."

소영은 침대 밑에 대본을 던지고 의기양양하게 말했다. 지혁의 입매가 사납게 비틀렸다. 그는 제법 두께가 나가는 대본을 제목도 보지 않은 채 소영의 발치로 야멸치게 내던졌다.

"치워!"

사납게 눈을 치켜뜬 소영은 주먹을 움켜쥐었다. 지혁의 입가에 자조적인 웃음이 물렸다.

"그 드라마가 탐나서 최소영의 몸을 안아주는 게 아냐."

"그럼?"

물어뜯을 듯 그녀가 물었다. 소영을 바라보던 시선을 무심하게 돌린 지혁은 냉랭하게 뇌까렸다.

"알 텐데, 내가 왜 그 조건을 받아들였는지? 애초에 배역이 탐났다면 당신과 끝내지도 않았어."

"흐음, 그렇단 말이지. 그렇게 그 계집애가 좋아? 아직 젖비린내 나는 계집이 그렇게 당신을 만족시켜 줘?"

"함부로 지껄이지 마!"

"내 기분을 상하게 해서 얻을 게 없을 텐데, 우지혁 씨?"

버럭 고함을 지르자 그에 뒤지지 않고 소영도 찢어질 듯 언성을 높였다. 하지만 은채를 거론하는 소영을 더 이상 두고 볼 수만은 없었다. 지혁은 경고하듯 오금을 박았다.

"그래, 얻을 건 없겠지. 그러나 분명한 건 한 가지 알고 있어. 최소영은 내가 없으면 안 된다는 것! 그러니 적당히 놀아. 수틀리면 당신이고 뭐고 다 그만두고 엎어버릴 테니까."

소영의 얼굴이 흉하게 일그러졌다. 질끈 입술을 깨문 그녀가 번쩍 손을 치켜들었다. 그러나 그녀는 지혁의 얼굴을 후려치지 못했다. 바들바들 떨리는 손을 내려 격앙된 감정을 다스리려는 듯 양손을 마주 잡아 사정없이 비틀던 그녀가 분노를 담아 지혁을 쏘아보았다.

"그래. 우지혁, 제법 똑똑하군. 내 약점을 용케도 알아내고 틀어쥐다니. 맞아! 난 이제 당신 없으면 안 돼. 그러니 이쯤에서 타협하자고. 당신은 그 계집애랑 재미 보고, 나는 당신과 재미 보고. 뭐, 나도 그렇게 매력없는 존재는 아니잖아? 싫다면 지혁 씨 몸이 내게 반응을 일으킬 리가 없지. 내 몸 안에서 그렇게 힘차게 요동 칠 리가 없지. 안 그래?"

자신감에 쌓인 소영의 어투에 지혁은 같잖다는 듯 냉소를 지었다.

"어디 한번 볼까, 오늘은 얼마나 나를 황홀하게 해줄지? 내 몸에 우지혁이 얼마나 발정난 수컷처럼 반응하는지 슬슬 시작해 볼까?"

요염하게 하나하나 옷을 벗어 던진 소영은 흰 살결이 적나라하게 비치는 슬립마저 슬로모션으로 나른하게 끌어 내렸다. 소영의 눈빛이 욕정으로 검게 달아올랐고 목소리가 탁하게 가라앉았다.

"우지혁이 자신의 본모습을 그 여자에게 숨기기 위해…… 얼마나 나를 뜨겁고 열정적으로 안아주는지, 그 여자는 알기나 할까? 후훗. 뭐, 나는 좋아. 뭐가 됐든 당신만 내 곁에 있으면 되니까."

"누워!"

지혁은 듣기 싫다는 듯 싸늘하게 명령하고는 자신의 옆 자리인 침대 한쪽을 가리켰다. 소영의 눈길이 지혁의 턱짓을 따라 침대가로 향했다. 입고 있던 셔츠를 찢어발기듯이 벗어 던진 그는 비아냥거림을 멈추지 않았다.

"당신이 원하는 건 주절주절 나불대는 게 아니고 섹스 아닌가? 그걸 해줄 테니까 누우라고."

"내 입에서 그 계집애의 존재가 나오는 것조차 듣기 싫을 정도야? 호오, 이러니까 궁금해지는데? 도대체 어떤 여자길래 우지혁을 이렇게 흔들어놓았을까. 얼마나 대단한 얼굴인지 한번 보고 싶어지네."

지혁은 소영을 침대로 휙 끌어당겨 자신의 몸으로 그녀를 깔아뭉갰다. 소름 끼치도록 서늘한 목소리가 그의 입에서 튀어나왔다.

"하고 싶으면 어디 한번 해봐. 뒷일을 감당할 수만 있다면 얼마든지! 그 아이를 보고 싶다고 했나? 그래, 보고 싶으면 봐야겠지. 하나, 이것 하나는 알아둬. 그 아이를 미끼로 당신이 나를 잡고 있긴 하지만…… 내게 그 아이가 없으면, 최소영도 너 같은 여자도 없어. 알아들어?"

"무슨 뜻인지…… 잘 알아들었어. 그러나 당신도 알아둬. 침대에서 나를 상대할 때는 다른 여자는 생각하지 말고 나만 생각해. 나를 안으면서 다른 여자를 떠올리는 거, 절대로 용납 못해!"

"내가 누구를 생각하며 당신을 안든지, 그건 최소영이 관여할 바가 아냐. 당신은 내 몸을 원할 뿐이지, 내 생각을 원하는 건 아니잖아?"

"적어도…… 그 계집애 생각은 하지 마."

"걱정하지 마. 당신 얼굴 보면서 그 아이를 떠올릴 생각 추호도 없어! 그건 내 쪽에서 사절이야!"

이런 나를 욕한다면 나도 할 말은 없다. 하지만 은채야…… 이것이 너의 곁에 남을 수 있는 유일한 방법이라면…… 내 선택은 결국 이거다. 너를 내 손에서 놓느니, 너를 내 곁에서 떠나게 하느니, 차라리 지옥 불에 떨어질지언정 나는 이 길을 택하겠다. 무슨 짓을 하든 어떤 짓을 하든 최소영의 입을 막을 수만 있다면, 그래서 너를 하루라도 더 볼 수만 있다면 나는 무슨 짓이라도 하겠다. 무슨 짓이라도…….

애무도, 전희도 없었다.

부드러운 손길도, 다정한 속삭임도 없었다.

짐승처럼 얽혀든 육체는 소영으로 하여금 만족스러운 신음을 흘리게 했고, 그런 그녀를 비웃듯 지혁은 입 한번 벙긋거리지 않고 숨소리 한번 흐트러지지 않았다. 성난 몸짓으로 공격할수록 무너지는 것은 소영이었고, 매달리는 것 또한 그녀였다.

거대한 저택마냥 위용 넘치는 집은 보는 사람으로 하여금 주눅이 들게 했다. 높다란 담과 곳곳에 숨어 있는 보안 장치가 보통 집이 아님을 암시하고 있었다. 어서 들어가라며 등을 떠미는 그의 손길을 무시하고 은채는 들어가기를 망설였다.

"내일 시간 낼 수 있어요? 저녁에."

달빛이 부서지듯 그녀의 고운 머리카락 사이로 빛을 흩뿌렸다. 고개를 숙이고 물어보는 은채를 보면서 지혁은 매일 만나는데 따로 시간까지 정할 필요가 있나 싶어 되물었다.

"왜?"

"우리 집에서 저녁 먹지 않을래요?"

바닥을 발로 툭툭 차면서 은채는 무심히 말했다. 며칠 전, 감기에 걸렸다며 만나지 못했던 그날 이후로 지혁은 부쩍 거리를 두는 듯했다. 원래 과묵할 정도로 말이 없던 사람이긴 하지만 근래에는 겨우 대답만 할 정도였고, 자신의 눈을 똑바로 바라본 적도 드물었다. 속상하고, 기분이 울적하기까지 했다. 내색하기 싫어 내내 웃는 낯으로 지혁을 만났지만, 역시 이런 말을 하는 게 쉽지는 않았다. 적당한 거리를 두고 싶어하는 그에게 더욱 다가서고 싶었다. 그러나 부담은 주기 싫었다. 그가 불편해하는 것을 원하지는 않았다. 은채는 생긋 웃으며 덧붙였다.

"음…… 싫음 말고."

"하하, 무슨 저녁 초대가 그래? 오고 싶음 오고, 싫으면 말라고?"

지혁은 떨리는 목소리를 가다듬어 간신히 충격에서 헤어 나왔다. 집으로의 초대. 이것은 무엇을 뜻하는 걸까. 그의 호기심은 오래가지 않았다. 곧 은채가 호기심을 충족시켜 주었으므로.

"아빠가 지혁 씨 한번 보고 싶으시대요. 내일 우리 집에서 저녁 먹지 않을래요?"

"은채야……."

숨이 컥 막혔다. 겨우겨우 그녀의 이름을 부르고도 지혁은 한동안 말을 잇지 못했다. 기쁜 일이다. 동시에 저주스럽기도 했다. 그녀의 집에 간다는 것은 그녀의 부모님을 뵙는다는 것이리라. 그녀의 부모님을 뵙는다는 것은 정식으로 최은채의 곁에 우지혁이 서도 된다는 것을 의미하겠지. 그럴 수 있다면 얼마나 좋을까. 하나, 그것이 헛된 바람이라는 것을 그는 알고 있었다.

그가 은채에게 어떤 죄를 짓고 있는지 잊어서는 안 된다. 그녀에게 무엇을 숨기고 있는지 한순간도 잊어버리면 안 된다. 그 순간 은채의 얼굴을 환하게 비추던 달빛이 구름 속으로 가려졌다. 더불어 지혁의 가슴에도 시커먼 먹구름이 끼어들었다.

잊자, 잠깐만. 지워 버리자, 아주 잠시만. 애초에 사람이길 거부했으니 하루 정도 더 사람이 아닌 짐승으로 산다 한들 뭐가 달라지겠는가. 언젠가 때가 되어 그녀를 보내준다 하더라도, 함께 있는 순간만큼은 오로지 그녀의 남자가 되자고 지혁은 모질게 결론을 내렸다.

"우리 아빠, 좋은 분이세요. 엄마도 마찬가지고. 지혁 씨가 어떤 사람인지 꼭 만나고 싶다고 하세요. 부담 갖지 말고 편하게 생각해요. 딸내미가 사귀는 남자가 누군지 궁금해하는 우리 부모님, 불편하게 받아들이지 말아요. 분명히 약속하는데요, 내가 지혁 씨를 좋아하는 만큼 우리 엄마, 아빠도 지혁 씨를 좋아하게 될 거예요. 내일…… 우리 집에 올 거죠?"

그가 대답을 하지 않자 은채는 괜한 말을 한 것 같아 입술만 깨물었다. 거절해도 서운하게 생각하지 말자고 몇 번이고 다짐한 다음에야 물어봤지만 역시나 씁쓸했다. 매번 만날 때마다 그는 어른이고, 자신은 작디작은 어린아이 같았다. 그와 대등해지고 싶어서 부모님을 조르고 졸라 어렵게 마련한 자리인데 그가 거절하면 어쩌지? 대답을 하지 않을 건가 보다. 은채는 초조함을 숨기고 시큰둥하게 돌아섰다.

"부담 갖지 말라고 했는데. 그냥 편안하게 생각해요. 우리 집에서 밥 한 끼 먹는다고 생각하면 되잖아요. 거절하면 나…… 너무 속상해서 지혁 씨 얼굴 안 보고 싶을지도 몰라요. 아니, 안 볼 거예요."

급소라도 얻어맞은 듯 지혁은 숨을 들이키고 은채의 고운 이마를 손가락으로 가볍게 튕겼다.

"못됐어, 그런 말을 함부로 하다니."

금세 빨갛게 달아오르는 연약한 피부를 문질러 주며 그는 가만가만 고개를 끄덕였다.

"알았어. 그렇게. 내일 올게."

이유를 알 수 없는 불길함이 스멀스멀 가슴을 채워도 환하게 웃는 은채의 미소에 지혁은 잔인하게 고개를 돌려 불길함을 무시했다. 고작 저녁 한 끼다. 겨우 몇 시간 그녀의 집에 있는 것뿐이다. 그 짧은 시간에 무슨 일이 생기겠는가. 조심하면 되겠지. 그녀의 집에서, 그녀의 부모님 앞에서 최대한 조심하면 될 것이다.

"부담 가져서 그러는 거 아냐. 내가 너무 모자라서 그러지. 너에 비하면 난……."

"말도 안 돼! 그런 게 어딨어요?"

지혁의 말허리를 자르고 은채가 끼어들었다. 흥분한 듯 턱을 치켜들고 은채는 소리를 높였다.

"한 번만 더 그런 생각 하면 혼내줄 거예요. 누가 뛰어나고, 누가 모자라고…… 그런 건 누가 판단하는데요? 세상에, 그런 바보 같은 생각을 하다니. 실망이에요, 지혁 씨!"

"알았어, 안 그럴게. 대신 나도 부탁 하나 하자, 은채야."

빙긋 웃음을 머금고 지혁은 등까지 물결치는 비단결 같은 그녀의 머리카락을 손으로 훑어 내렸다.

"뭔데요?"

손가락 사이로 부드럽게 빠져나가는 머리카락을 홀린 듯이 바라보던 그가 탁하게 가라앉은 음성으로 입을 열었다.

"어떤 경우라도 나 안 본다는 말은 하지 마. 알았지? 내게 있어 그것처럼 바보 같은 말은 없어."

"알았어요. 그럼 지혁 씨도 다시는 부족하다느니, 모자라다느니 같은 말은 하지 말아요. 내가 제일 싫어하는 말이야."

은채는 단호하게 못을 박았다. 그는 자신의 손안에 가둬진 그녀의 머리카락을 어둠 사이로 아쉬운 듯 해방시키며 고갯짓을 했다.

"그만 들어가. 늦었는데 어른들 걱정하시겠다."

"노친네처럼! 만날 만나면 들어가라 하기 바쁘네."

삐친 척 혀를 쏙 내민 그녀가 돌연 지혁의 품에 파고들었다. 미처 예상하지 못했던 행동이라 지혁은 물러서지도 못하고 엉거주춤 그녀를 안아야만 했다. 정신을 혼미하게 하고, 판단 기능을 일시에 흐려놓는 그녀만의 향취. 미친 듯이 질주하는 심장 고동 소리. 일정하지 않은 거친 호흡을 조절해 보려 하지만 뜻대로 잘 되지 않았다. 목젖을 울리고 침 삼키는 소리만이 요란하게 울려 퍼졌다.

그녀가 그의 품 안에서 쿡쿡거리며 장난스러운 웃음을 토했다. 순간 지혁의 얼굴이 검붉게 물들었다. 그의 목에 팔을 두르고 고개를 든 은채의 얼굴 위에 달빛과 가로등 불빛이 부서졌다. 화장기 없는 말간 얼굴에 새겨진 미소를 바라보자 그의 전신에서 힘이 빠져나갔다. 바닥으로 가라앉듯 그는 아득함에 어지럼증마저 느꼈다.

"이런 말 하면 무지 건방져 보이겠지만 지혁 씨, 여자 사귀는 거 처음이에요? 꼭 그런 거 같아. 마치 내가 잡아먹을 것처럼 잔뜩 경계하고 있잖아요."

한 치의 어긋남 없이 그녀의 새까만 눈동자가 그의 눈과 얽혀들었다. 지혁은 시선을 미끄러뜨려 그녀의 콧날을 훑고 더 아래로 내려가 핑크 빛 입술에서 움직임을 멈췄다. 달콤한 목소리, 뜨거운 숨결…… 그 모든 것이 그를 유혹했다.

미치겠다. 미치고 싶다. 미치도록 너를…… 원한다!

"걱정 말아요. 지혁 씨 안 잡아먹어. 내가 무슨 식인종인가……."

우스갯소리를 하듯 재잘거리던 은채의 뒷말이 공중으로 흩어졌다. 결국 지혁은 참을 수 없는 유혹에 굴복하고 말았다. 주먹을 움켜쥐고, 어금니를 악다물고, 눈을 감고, 귀를 닫아도 안 되었다. 그녀를 가져야 했다. 느껴야 했다. 지금 이 순간, 여기 이 자리에서.

장미꽃잎처럼 부드럽고 촉촉한 입술에 지혁은 자신의 것을 포갰다. 말을 하려고 벌어진 은채의 입술을 가볍게 빨아 당기면서 그는 그녀를 벽으로 밀쳤다. 조심스럽게, 더할 나위 없이 섬세하게 지혁은 진주알 같은 치아를 혀로 더듬었다. 그녀의 한숨처럼 나직한 숨소리가 그의 입 안으로 스며들었다. 도망이라도 가려는 듯 멈칫거리는 그녀의 혀를 낚아채며 그토록 부드럽게 하자고 다짐했건만 어느새 그는 거칠어지고 말았다. 삼킬 듯이 거세게 자신의 입 안으로 부드러운 혀를 빨아 당긴 그는 격한 신음을 흘렸다.

천천히 해! 부드럽게 하라고!

스스로에게 주문을 걸지만 이성이라는 것은 이미 최은채라는 여자 앞에 참패를 당했다. 벨벳처럼 부드러운 혀의 촉감을, 매끄러운 치아를, 깨물고 싶을 정도로 달콤한 입술을 남김없이 자신에게로 흡수하려는 순간 어딘가에서 휴대폰 벨소리가 들려왔다. 그들의 은밀한 시간을 방해하듯 벨소리는 끈질기게 울려댔다.

지혁은 아쉬운 듯 머뭇거리며 몇 번이고 자잘한 키스를 흩뿌린 후에야 은채에게서 멀어졌다. 은채가 가쁜 숨을 몰아쉬며 눈을 휘둥그레 뜨고 그를 지켜보고 있었다. 지혁은 잔뜩 쉬어버린 음성으로 씁쓰레하게 말문을 열었다.

"나, 남자야. 늑대라고. 이제 알겠어? 잠깐만 기다려."

액정 화면에 뜨는 이름에 지혁의 인상이 일그러졌다. 받지 말까 망설이다 시야를 채우는 은채의 얼굴에 지혁은 황급히 등을 돌리고 폴더를 열었다. 혹여 은채가 휴대폰 너머 들리는 음성을 들을까 걱정되어 지혁은 서너 발자국 자리를 옮기기까지 했다.

"여보세……."

[어디야?]

폴더를 여는 것과 동시에 소영의 음성이 쏟아져 나왔다. 지혁은 저도 모르게 이를 갈았다.

"왜?"

[자기 오피스텔이야. 지금 당장 와. 당, 장!]

매번 이렇게 사람을 농락했다. 최소영, 그녀는. 휴대폰을 바스러뜨릴 듯 움켜쥐고 지혁은 긴 침묵을 지켰다.

[우지혁 씨…… 지금 그 계집애랑 같이 있어? 내가 두 사람의 좋은 시간을 방해한 거야? 그래?]

나긋나긋 약 올리는 듯한 소영의 말투에 지혁은 사나운 맹수처럼 으르렁거렸다.

"뭐가 궁금한 거야!"

버럭 소리를 지르자 뒤에 서 있던 은채가 다가오는 기척이 느껴졌다. 지혁은 재빨리 구겨진 표정을 가다듬었다.

"지혁 씨, 무슨 전화예요?"

"아무것도 아냐. 잠깐만, 통화부터 마치고 얘기하자."

다가오지 마라, 은채야. 듣지 마라, 제발! 지혁은 은채가 다가선 거리만큼 뒤로 물러났다. 두려움, 무서움, 극도의 공포가 그를 덮쳐 왔다.

[지금 옆에서 들리는 이 목소리의 주인공이 당신이 지키려고 발악을 하는 이유, 맞지? 후훗, 아주 어린애 같은 목소리네.]

"용건만 말해!"

[용건? 말했잖아. 지금 당신 오피스텔로 오라고.]

"기다려. 곧……."

[지금이야, 우지혁 씨! 내 인내심을 테스트하지 마. 아쉬운 건 내가 아니라 당신이야. 난 언제든지 그 계집애를 만날 준비가 되어 있으니까.]

지혁은 감았던 눈을 떴다. 분노로 시퍼런 채광이 쏟아져 나오는 눈길을 들어 은채를 바라보던 그는 다시금 눈을 감고 말았다. 도저히 그녀를 볼 수가 없었다. 차마 그녀에게 눈길을 건넬 수가 없었다. 그녀가 해맑게 웃고 있었다. 그의 통화를 방해하지 않겠다는 듯 멀찌감치 뒤로 물러서기까지 하면서.

"지금…… 출발하겠어."

씹어뱉듯 대답을 마치고 휴대폰을 주머니에 쑤셔 넣었다. 은채가 한 걸음씩 다가섰다. 지혁은 발 아래에 뿌리라도 내린 마냥 꼼짝도 할 수가 없었다. 동공에 확대되어 들어오는 그녀의 모습이 심장을 할퀴고 지나갔다.

너는 왜 이제야 내 앞에 나타난 걸까……. 조금만, 조금만 더 빨리 오지. 너는 왜 하필이면 그 여자의 조카인 걸까. 왜 그 여자와 연관된 걸까. 아니, 나는…… 나는 왜 이렇게 살아왔을까. 너를 만나게 될 줄 알았다면, 그랬다면…….

머리가 깨질 듯한 지끈거리는 관자놀이를 누르며 그는 힘겹게 입을 열었다.

"어서 들어가."

"무슨 전화예요? 안 좋은 전화라도 받은 거예요?"

"아냐, 아무것도. 신경 쓰지 말고 어서 들어가. 너 들어가는 거 보고 나도 가야겠다. 내일 몇 시까지 오면 되지?"

"일곱 시쯤."

"그래, 알았어. 잘 자."

손을 흔들고 벨을 누르던 그녀가 눈 깜짝할 새에 다가와 지혁의 입술에 짧은 입맞춤을 남기고 도망치듯 육중한 대문 안으로 몸을 숨겼다. 살짝 윙크까지 마친 그녀가 그와의 사이에 놓여진 문을 닫고 뛰어가는 소리가 들려왔다. 은채가 사라짐과 동시에 그의 입가에 새겨졌던 미소는 흔적도 없이 자취를 감췄다.

조금만 더 빨리 오지 그랬니. 내게, 나에게 조금만 더 빨리 오지…….

닫힌 문을 바라보며 오래도록 그 자리에 우두커니 서 있던 지혁은 긴 시간이 흘러도 움직일 줄을 모른 채 속삭이고, 또 속삭였다.

#7

공개 오디션장은 발 디딜 틈 없이 가득 찬 사람들로 인해 북적북적 인산인해를 이루고 있었다. 눈이 휘둥그레질 정도로 인기있는 연예인이 있는가 하면, 그야말로 연기 학원에서 막 빠져나온 듯한 초짜들도 오디션장 입구를 두리번거리며 배회하고 있었다. 따로 지정해 놓은 분장실에서 나오는 연예인과 분장실이 어디 있는지 알지도 못하는 사람들. 그중 구석에서 작은 손거울을 보며 옷매무새와 머리카락을 정리하는 남자를 무료하게 지켜보던 지혁은 씁쓸하게 입술을 말아 올렸다. 문득 자신의 옷차림이 가장 후줄근하다는 것이 눈에 들어왔다.

웅성거리는 대기실에서 빠져나와 비상계단으로 들어간 지혁은 담배를 빼어 물고 창가 쪽으로 자리를 잡았다. 평범한 베이지 색 데님 바지. 그 위에 걸친 얇은 아이보리 색 카디건 안에는 푸른빛깔이 도는 체크 무늬 셔츠가 그의 이미지를 보여주는 전부였다. 거기에다 한술 더 떠 제법 자란 듯한 머리카락과 면도를 하지 않아서 거뭇거뭇한 턱은 오디션에 참가한 사람이 아니라 방송국 잡일을 하는 사람처럼 보일 정도였다. 쓴웃음이 메마르게 튀어나왔다. 이곳은 자신과 어울리지 않는 동떨어진 다른 세계의 사람들이었다. 그는 이제야 그 사실을 알게 되었던 것이다.

무슨 무슨 대기업 신입 사원을 채용하는 면접 시험처럼 여기 모인 사람들은 하나같이 자신의 몸에 꼭 맞는 정장이 아니면, 마치 잡지에서 금방이라도 뛰쳐나온 듯 화려하고 유행하는 옷차림을 하고 있었다. 그렇기에 일부러 지혁은 아무렇게나 입고 나왔다. 누구의 눈에도 들고 싶지 않아서, 이제는 깨끗하게 미련을 버린 곳이기에.

"빌어먹을!"

못마땅함을 드러내지 않으려고 해도 욕설은 자신도 모르게 튀어나왔다. 어두운 기색으로 비상문을 노려보던 지혁은 면도를 하지 않아 까칠해진 턱을 거칠게 쓰다듬었다. 철저하게 이번 일에서 발을 빼기 위해 그 어떤 노력도 보이지 않는 무책임한 행동이고 모습이었다.

까짓것, 아예 오디션장에 나오지 않는 게 더 빠른 길이라는 것을 알고 있다. 하지만 최소영은 그가 오디션에 참가하지 않았다고 해서 눈 하나 깜빡하지 않으리라는 것을 너무 잘 알기에 이곳까지 온 것이다. 그 오만한 최소영을 비웃어주기 위해. 절대 거절하지 못할 제안이라 장담하던 최소영의 얼굴을 일그러지게 할 수 있는 유일한 길. 초고속 엘리베이터를 타고 하룻밤에 인기인이 되기를 바라던, 미련하고 어리석었던 우지혁은 더 이상 존재하지 않았다.

막다른 길에 내몰려 남들도 이 세계를 인정했다면 그도 합류하겠다는 심정으로 살아온 날들에 이제는 종지부를 찍어야 했다. 물론 연기가 좋아 시작한 생활이었고, 앞으로 펼쳐질 연기 생활에 한 치의 미련도 남아 있지 않다면 거짓이리라. 그러나 늦은 깨달음에 비해 깨우침은 한순간에 이뤄졌다. 잘라내야 할 미련이 있다면 지체없이 잘라내야 했다. 그리고 지혁은 망설임 없이 그렇게 하기로 결론을 내렸다. 그제야 비로소 마음에 평화가 찾아들었다. 오 년이라는 길지 않은 시간 동안 단 한 순간도 마음이 편치 않았던 그에게 실로 오랜만에 찾아오는 평화였다.

카디건 소매를 슬쩍 들춰 손목시계의 시간을 확인하던 지혁은 여유롭게 비상구에서 몸을 돌렸다. 슬슬 시작할 때가 다가오고 있었다. 실소가 새겨진 입술이 경직되어 가면서 그의 얼굴에는 잔인한 빛이 스치고 지나갔다.

"거절할 수 없는 제안이라 했나, 최소영? 미안하지만 당신 제안은 내 쪽에서 거절이야."

필터까지 다 타버려 불씨만 남은 담배꽁초를 짓이기며 지혁
은 싸늘하게 뇌까렸다.

"STS 엔터테인먼트 소속 우지혁 씨, 맞습니까?"

자신을 이번 수목 드라마 담당 피디라 소개하던 남자가 지혁
에게 물었다. 총 일곱 명의 심사 위원으로 이뤄진 오디션장 안
은 바늘 떨어지는 소리조차 들릴 만큼 쥐 죽은 듯 조용했다.

"나이 서른. 대표작으로는 얼마 전에 타 방송국에서 방영을
마친 아침 드라마 '유리꽃'. 그 외 이렇다 할 활동을 하지 않은
배우이지만, STS에서 적극 후원하고 있는 인물, 맞죠?"

MBS 방송국 부사장이라는 직함 앞에 느긋하게 앉아 있던 나
이 지긋한 노인이 지혁을 날카롭게 주시했다.

지혁은 피식 웃으며 그들의 시선을 맞받아쳤다.

"거기 의자에 앉아서 한 오 분 정도 대충 시간 때우세요. 어차
피 정해진 거, 입 아프게 특기가 뭐냐, 가장 자신있는 연기를 해
봐라, 뭐 이런 웃기지도 않는 짓 하지 말기로 하죠, 우리."

가죽 의자를 홱 돌려 다리를 한껏 꼬아 올린 여자가 빈정거렸
다. 희고 기다란 손가락에 끼워진 담배를 입에 물고 길게 연기
를 내뿜던 그녀가 손가락으로 정중앙에 놓인 의자를 가리켰다.

"뭘 멀뚱히 보고만 있어요? 우리도 바쁜 사람이에요. 밖에 있
는 사람들도 마찬가질 테고. 우지혁 씨 한 사람 때문에 지금 이
많은 사람들이 다 모인 거라고요. 그럴듯한 남자 배우의 탄생을

알리는 순간이죠. 모두가 작당을 하고 있다는 걸, 알 만한 사람은 알고 또 모르는 사람은 모르겠죠. 하지만 어쩌겠어요, 이게 이 바닥의 생리인데. 힘없고 줄없는 사람이 죽어야지. 안 그래요? 후훗."

예쁘장한 얼굴로 온 국민의 사랑을 받는 여자 탤런트, 박나리. 청순가련형의 이미지를 벗어던지고 요부의 역할도 멋지게 해냈던 그녀는 반짝 스타를 넘어서서 진정한 연기자라는 평을 받고 있는 여자다.

평소 화면을 통해서만 봐왔던 이미지와는 너무 상반되는 모습에 지혁은 잠시 어리둥절해지고 말았다. 그러나 이내 자신의 페이스를 되찾은 그는 박나리가 가리킨 의자가 아니라 심사 위원 석으로 성큼 걸음을 옮겼다.

"그렇지, 이 바닥이 다 그렇고 그렇다는 거 모르지는 않지."

유들유들하게 말을 내뱉으며 다가서는 지혁의 예상 밖의 행동에 놀란 듯 모두의 눈길이 그에게 고정되었다. 그런 그들을 보며 지혁은 조소를 머금었다.

"박나리 씨, 당신만 바쁜 거 아냐. 나도 바쁘다고. 바쁜 시간 쪼개서 여기까지 온 이유가 고작 당신에게 그 따위 말을 듣기 위함이라 생각하나?"

"무슨 짓이에요, 이게?"

그들 사이를 가로막는 테이블에 비스듬히 몸을 기댄 지혁은 박나리와 이하 다른 사람들의 얼굴을 비웃듯 하나하나 눈에 새졌다. 벌떡 몸을 일으키고 언짢음을 한눈에 보여주는 MBS 부사장이 혀를 요란하게 차대며 휴대폰을 꺼내 들었다.

"STS도 한물갔군. 저런 걸 물건이라고 보내고!"

지혁은 날쌔게 노인네의 손에 들린 휴대폰을 빼앗고는 고개를 가로저었다.

"STS가 한물간 게 아니라 MBS 방송국이 한물갔지요, 어르신. 이런 식으로 남자 주인공 자리를 주는 대가로 어르신이 받는 것은 무엇인지, 외람되지만 물어보아도 되겠습니까?"

그는 정중한 어조로 얼굴 가득 웃음을 물고 나이 많은 어른을 능멸했다. 시커멓게 변해가는 맞은편 노인을 놀리듯이 지혁은 휴대폰으로 테이블을 툭툭 내려쳤다.

"전화를 해봐야 득이 될 게 없다는 걸 아셔야지요, 어르신. 저야 잃을 것이라고는 배역밖에 없다지만, 어르신은 이 오디션의 치부를 자신의 입으로 인정하고 있다는 것을 알고 계시는지요?"

"겁이 없군, 우지혁 군. 이 자리가 어떤 자리인지 알고 이러는 겐가?"

서릿발처럼 냉랭하게 노인이 말했다. 지혁은 어깨를 으쓱거리며 테이블에서 멀어졌다.

"어떤 자리인지 알기에 이렇게 나왔습니다. 모르는 자리라면 아예 걸음조차 하지 않았을 겁니다."

"웃기지도 않는군! 이것도 하나의 작전인가? 일종의 연기라면 대단하다 해주고 싶군!"

어디선가 가시 돋친 이죽거림이 날아들었다. 지혁은 누가 말했는지 궁금하지도 않다는 듯, 부사장에게만 시선을 고정시키고 말을 이었다.

"어느 분의 허락으로 제가 이 자리에 섰는지는 모르겠습니다만, STS 측과 탁상공론으로 이뤄진 이번 드라마는…… 제 것이 아닌 거 같기에 거절하겠습니다."

"하! 고작 그 말을 하기 위해 여기까지 온 겐가?"

어이없다는 듯 노인은 가죽 의자에 털썩 주저앉았다. 지혁은 입가에 새겨진 미소를 거두지 않고 여유만만하게 대답했다.

"이해해 주십시오. STS에 거절의 의사를 내비쳤지만 받아들이지 않더군요. 어렵게 마련한 자리라 없던 일은 안 된다고 하더군요. 그래서 몸소 나왔습니다. 뭘 얼마나 어렵게 마련한 자리인지는 모르나, 구역질나는 STS 측의 마녀와 뒷구멍으로 배역을 정한 사람들은 과연 어떤 사람들인가…… 구경 겸 나와봤지요."

"우지혁 씨, 당신 지금 얼마나 어리석은 짓을 하고 있는지 알고 있어요?"

성급하게 담뱃불을 비벼 끄던 박나리가 자리를 박차고 일어났다. 그녀는 이해할 수 없다는 듯 고개를 내저으며 지혁의 곁으로 다가섰다.

"잘난 척도 정도껏 해요. 당신, 이 바닥에서 매장당하고 싶어?"

긴 머리카락을 쓸어 올리며 날카롭게 쏘아붙인 나리는 지혁의 대답을 듣지도 않고 소리쳤다.

"연예계에서 STS 엔터테인먼트 모르면 간첩이야. 방송국 측도 함부로 하지 못하는 곳이 바로 그곳이라고! 거기 윗사람 중 누가 우지혁 씨를 곱게 봐줬는지 대강 알 만한데, 너무 날뛰지 마. 그래 봤자 당신, 힘있고 빽있는 사람 믿고 기세등등한 거 아냐? 그 기세는 당신이 믿고 까부는 STS 측의 그 '요부'라는 여자한테 쓰지 그래? 어디서 혓바닥을 함부로 놀리는 거야!"

새된 여자의 목소리가 적막감만 감도는 오디션장을 메웠다. 지혁은 사납게 눈썹을 치켜 올리고 박나리를 구석으로 몰아붙였다.

"당신이야말로 함부로 지껄이지 마."

지혁은 잇새를 악물고 한 마디 한 마디 음산하게 내뱉었다. 여배우를 보호하려는 듯 몰려드는 사람들을 위압적으로 노려보던 지혁은 모두가 들으란 듯이 서늘하게 입술을 열었다.

"날 때부터 정상에 있었던 사람들은 모르겠지, 그 자리에 올라서기까지 얼마나 더러운 짓을 해가며 비굴하게 굽실거려야 하는지. 열심히 노력하면 빛이 들 거라는 기대로 하루하루 살아가는 사람이 얼마나 많은지. 연기력만 있으면 기회라는 게 덥석 다가올 거라고 믿는 사람, 그런 사람이 이 바닥에 얼마나 많은지 당신들은 알기나 하나? 이렇게 몇몇 사람들의 입김으로 기회가 박탈당하는지 꿈에도 모르고, 얼마나 많은 사람들이 단 한 번의 기회를 잡기 위해 혈안이 되어 있다는 것을 당신은, 당신들은, 여기 있는 사람들은 감히 알기나 하나? 저 문밖에서 진땀을 흘려가며 오늘의 주인공이 될 거라 꿈을 꾸고 있는 사람이 얼마나 많은지 알기나 하냐고! 아니, 당신들은 몰라. 모르겠지. 눈앞의 이익에 급급해 다른 사람들의 꿈을 짓밟는다는 것을 당신들은 죽어도 모르겠지. 아니, 알아도 이해하기는커녕 비웃기만 하겠지! 그게 여기 모인 당신들이니까!"

숨소리조차 들리지 않았다. 모두들 서로의 눈치를 살피느라 묘한 기운마저 감돌았다. 누구도 그를 막지 않았다. 그저 침묵을 지키며 조용히 들을 뿐.

지혁은 흐트러진 숨결을 고르고 격앙된 감정을 다스렸다. 하고 싶었던 말을 모두 쏟아내자 전신의 기운이 다 빠져나간 듯했다. 하지만 지혁은 말하는 것을 멈추지 않았다.

"정상에 선 사람들은 알지 못해, 밑바닥에서 정상으로 올라가려고 아등바등거리는 사람들의 노력을. 아니, 당신들은 오히려 비웃어가며 즐기지. 그래, 어디 한번 올라와 봐. 네들 힘으로 올라올 수 있는지 어디 죽을힘을 다해 고생해 봐라! 그래 봤자 네들은 안 된다! 그러면서 당신들은 유유자적하게 정상에서 군림하고 있어. 마치 아랫것들을 살피는 상전처럼 말이야!"

고함을 지르고 홱 몸을 돌린 지혁은 문가로 걸음을 옮겼다. 미련 따윈 접어버렸다. 난생처음 출연 제의가 들어오고, 그리고…… 거기에 대한 '대가'가 어떤 것인지 깨달았을 때, 이렇게 돌아서야 했다. 그날 이후 많은 시간이 흘렀다. 투지에 불타고 패기만만했던 우지혁은 사라졌을지언정, 시궁창에 처박히고 더러운 오물을 뒤집어썼을지언정 좀 더 단단하고 여물어진 우지혁이라는 남자가 그 자리에 서게 되었다. 지혁은 울컥 가슴을 치고 올라오는 뜨거운 무언가를 식도 안으로 삼켰다.

여기까지다. 더 이상의 어리석은 짓은 하지 않겠다. 겨우 여기서 그만둘 것을 그렇게 살아오다니. 겨우 이런 사람들 틈에서 이와 같은 사람들이 되겠다는 꿈 꾸다니. 이제 그만두자. 그만두자…….

단호하게 문을 열어젖히려는 지혁의 손을 누군가가 저지했다.

"그래서 당신이 원하는 건 뭐요, 우지혁 씨? 당신의 난동을 묵묵히 지켜보고 있었던 것은 밖에서 벌 떼처럼 기다리는 기자들에게 시끄러운 기삿거리를 제공하지 않기 위함인 거, 알고 있겠지요?"

담당 피디가 지혁의 앞으로 다가와 문고리에 손을 얹고 있는 그의 손을 거뒀다.

"잠깐 얘기 좀 합시다, 우지혁 씨."

"하시죠."

턱수염을 길게 기른 남자를 무심하게 보던 지혁은 관심없다는 듯 무뚝뚝하게 대꾸했다. 나머지 사람들은 어느새 한곳으로 모여들어 소리를 죽이고 서로 대화를 나누고 있었다.

"이미 캐스팅은 끝났습니다. 우지혁 씨가 하든 말든 소속사와 얘기가 끝난 상태라는 겁니다. 이번 작품이 어떤 건지 알고 있겠지요? 사상 최고의 베스트셀러 소설을 드라마화한 겁니다. 이미 영화로 한 번 흥행에 성공했고, 그것을 드라마로 옮겨 안방을 공략하자는 취지죠. 지금 저 밖에서 기다리는 사람들 중에는 난다 긴다 하는 연예인들이 수두룩합니다. 그만큼 이번 배역이 탐나는 역할이라는 거죠. 우지혁 씨가 이 문을 박차고 나가면 평생에 한 번 올까 말까 한 기회를 차버린다는 거 명심하십시오!"

빌어먹게도 지혁은 망설이고 있었다. 젠장맞게도 피디의 일목요연한 말에 머뭇거리고 말았다. 그러나 흔들림은 잠시였다. 이런 말에 흔들릴 요량이었으면 애초에 거절하지도 않았을 것이다. 지혁은 쓴웃음을 물고 천천히 문고리를 돌렸다. 나가려는 그를 피디가 잡을 사이도 없이 누군가가 지혁을 불렀다.

"잠깐 기다려요!"

사람들 무리에서 빠져나온 박나리가 빽 소리를 질렀다. 쏜살같이 지혁의 앞을 가로막고 문을 닫은 그녀는 피디에게 가보라는 듯한 눈길을 던지고 지혁을 응시했다.

"뭡니까?"

지혁은 귀찮다는 듯 이맛살을 찌푸렸다. 저녁에 있을 은채와의 약속을 상기하자 한시 바삐 이곳을 벗어나고 싶어졌다. 그 순간 박나리의 손이 지혁의 앞에 불쑥 내밀어졌다.

"같이 일해봐요, 우리!"

지혁의 눈썹이 활처럼 휘었다. 이 여자가 지금 뭐라 한 거야?

"같이 일해보자고요. 당신, 맘에 들어요."

"이것 보십시오, 박나리 씨……."

"당신이 모르는 게 하나 있어요."

지혁의 말허리를 자르고 나리가 끼어들었다. 그녀가 목소리를 낮추고 긴 한숨을 내쉬더니 서 있기가 힘들다는 듯 벽에 기댔다.

"정상에 선 사람들은 그렇지 않은 사람들의 마음을 모른다고 했죠?"

나리는 담배 케이스에서 한 개비의 담배를 꺼내더니 지혁에게 내밀었다. 지포라이터로 정성스럽게 불까지 붙여준 그녀가 자신도 담뱃불을 붙이고 나서야 입을 열었다.

"네, 몰라요. 그런데 당신들은 알기나 하나요? 이 자리가, 내가 서 있는 정상의 자리가 얼마나 무서운 곳인지. 당신은, 그렇지 않은 사람들은 과연 알기나 할까요? 정상까지 오르는 게 힘든 만큼, 그 정상을 지키는 것도 힘들다는 것을 사람들은 알고 있을까요?"

지혁은 처음으로 박나리의 얼굴을 정시했다. 뛰어난 미모로 하루아침에 스타가 된 연예인의 대표적인 예가 그녀였지만, 그녀는 다른 반짝 스타와는 달리 꽤 오랫동안 정상을 지켰고 여전히 주가를 올리고 있는 연예인 중에 하나였다. 화려한 메이크업으로 감춰진 그녀의 얼굴에 화면에서는 볼 수 없었던 아픔이 진하게 배어 나왔다. 나리가 후우 심호흡을 하며 길게 담배 연기를 내뿜었다.

"정상에 섰다 해서 사람들 위를 군림하는 건 아니에요. 오히려 최고의 인기를 누릴 때 우리 같은 사람들은 다른 사람들 눈에 띄기가 더 쉽죠. 그리고 원하든 원하지 않든 누군가가 나를 부른다면…… 기꺼이 가야 하는 게 이 바닥 생리고요. 그게 내가 서 있는 정상의 자리를 지키고, 내 몸값인 인기를 그대로 유지하는 비결이죠. 피라미드의 먹이 사슬처럼 먹고, 먹히는 자가 정해진 곳이 바로…… 여기예요. 우리는 죽어도…… 먹는 자가 될 수는 없어요, 우지혁 씨. 당신과 나, 우리는 죽을 때까지 먹히는 자로 살아가야만 해요. 설령 당신이 정상의 자리에 섰다고 해도. 당신도 그 사실을 모르지는 않겠죠?"

지혁의 인상이 험악하게 일그러졌다. 그녀는 한마디도 틀린 말을 하지 않았다. 그리고 지혁 자신도 지난 일 년 가까이 먹히는 자가 되지 않았던가. 하나, 그래서 남은 건 뭔가? 돌아오는 건 뭔가? 지독한 환멸과 골수 깊이 사무치는 모멸감, 그리고 수치심밖에 더 있는가! 지혁은 자신에게 주문을 걸듯 툭 말을 내뱉었다.

"먹는 자로 살아갈 수 있는 곳에서 살겠습니다!"

돌아서는 지혁의 뒤로 비웃음이 날아들었다.

"후훗. 말처럼 쉬웠다면 나도 오래전에 그만뒀을 거예요. 한

동안 이번 작품의 남자 주인공은 베일에 싸놓겠어요. 기자들이 알아서 당신을 신격화하겠죠. 그러면 이 드라마는 시작 전부터 시선을 확실하게 끌어당기는 거고요. 광고 효과로는 더할 나위 없는 전략이죠."

"안 한다고 했을 텐데요?"

"두고 보죠. 하는지, 안 하는지."

"두고 볼 필요도 없습니다!"

지혁은 퉁명스럽게 대답하고 미련없이 문을 열어젖혔다. 문 밖에서 대기하고 있던 사람들의 시선이 일제히 지혁에게 꽂혔다. 다른 사람들과 달리 꽤 오랜 시간을 보낸 지혁에게 보내는 그들의 눈빛은 매섭고 날카로웠다. 개중에는 살기마저 전해오는 듯했다. 얼마 전만 해도 그 역시 저들의 모습과 동일했으리라. 참으로 아이러니다. 그토록 가지려고 할 때는 마음이 무겁기만 하더니, 벗어던지자 날아갈 것처럼 가볍기만 했다.

"기다리고 있을게요, 우지혁 씨."

지혁에게만 들릴 정도로 박나리의 나직한 음성이 그의 귓가에 날아들었다. 지혁은 듣지 못한 척 그녀의 코앞에서 문을 닫았다.

"그 사람 불편하게 하면 안 돼요, 아빠. 알았지?"

"알았다, 이 녀석아!"

몇 번이고 했던 질문에 지쳤다는 듯 부친 최 사장이 은채의 머리를 쥐어박았다. 전혀 아픔을 느낄 수 없는 손길에 은채는 애교까지 부리며 너스레를 떨었다. 마침 식당에서 나오던 모친을 보며 은채는 단박에 걸음을 옮겼다.

"맛있는 거 많이 했어, 엄마?"

"그래, 그래! 아주 상다리가 휠 정도로 아줌마가 해놨어. 기집애가 하루 종일 사람을 들들 볶아요, 볶아!"

"정말? 가서 확인해야지!"

혀를 쯧쯧 차며 응접실 소파에 앉은 이 여사는 식당으로 사라져 가는 은채의 뒷모습을 보며 서운하다는 듯 중얼거렸다.

"딸내미 키워봤자 말짱 헛것이라더니 그 말이 딱 맞아."

남편 최 사장의 맞은편에 앉은 이 여사는 벽에 걸린 시계를 바라보며 초조하게 손을 비틀었다. 일곱 시까지 이제 십여 분도 남지 않았다. 마치 시어른들을 처음 뵈었을 때처럼 가슴이 심하게 뛰기 시작했다. 그런 그녀를 이상하게 보던 남편이 허허 웃으며 놀렸다.

"당신 남자 친구라도 오는 건가? 왜 그렇게 흥분하는 거야?"

"이이는……."

눈을 흘기고 허공으로 손사래를 치던 이 여사는 식당에 들어가서 나올 생각을 하지 않는 은채를 떠올리며 목소리를 낮췄다.

"당신은 안 떨려요?"

"내가 왜 떨려?"

"음, 나만 유난을 떠는 건가."

신문을 보던 최 사장의 얼굴이 보이지 않게 어두워졌다. 그는 눈에 들어오지도 않는 신문을 접어 테이블 위에 던지고 나직하게 말했다.

"솔직하게 말하자면 하루 종일 기분이 별로군."

"네?"

"우리 은채가 언제 이리 컸기에 남자를 소개시켜 주나 싶어서인지, 오늘 하루 종일 일이 손에 잡히질 않았어. 당장 딸 하나 있는 거 도둑맞는 기분마저 든다면, 당신 믿겠나?"

턱을 매만지던 그가 자리에서 일어나 아내가 앉아 있는 소파 쪽으로 자리를 옮겼다.

"겨우 저녁 한 끼 먹는 거라고 나 자신을 설득했지만, 역시 기분 나쁜 건 어쩔 수가 없군. 어떤 녀석이 올지 모르나 처음부터 후한 점수를 주기는 어려울 것 같아."

"세상에! 그럼 안 되죠. 우리 은채가 첫눈에 반했다는 사람인데."

남편의 어깨를 부드럽게 내려친 이 여사는 살며시 웃고 말았다. 남편은 마치 질투에 휩싸인 남자처럼 굴고 있었다.

"그러니까 도둑놈이지. 저 어린것이 뭘 알겠어? 어린 내 딸이나 유혹하는 놈 같으니라고……."

"당신, 당신 얼굴에 침 뱉고 있는 거 알아요?"

이 여사는 후훗 웃으며 간신히 말을 꺼냈다. 남편의 뜨악한 얼굴을 보며 그녀의 웃음은 깊어만 갔다.

"당신을 처음 만났을 때, 난 겨우 열아홉이었다고요. 그거 잊었어요?"

최 사장의 얼굴이 검붉게 달아올랐다.

"열아홉 살짜리 유혹한 사람이…… 누구였더라?"

"흠흠, 그만 하지."

목청을 가다듬던 최 사장은 휙 하니 소파에서 일어나 응접실 창을 열고 정원으로 향하는 테라스로 나갔다. 뒤에서 들려오는 아내의 웃음소리가 그를 무안하게 만들었다.

아내의 나이 열아홉과 딸아이의 나이 스물은 어떻게 이토록 차이가 나는 것일까. 아내는 열아홉일 때 한 여성이었는데 아내보다 한 살 더 많은 딸은 스무 살이 되어도 여전히 그의 눈에는 작디작은 아이로만 보였다. 참으로 가슴이 먹먹했다. 지금 당장 은채를 어디 먼 곳으로 보내는 것처럼 마음이 무거웠다. 서서히 어둠이 내려앉는 하늘에 시선을 못 박은 그의 얼굴에는 어느새 밤하늘보다 더 시커먼 어둠이 물들어가고 있었다.

은채를 데려다 주며 몇 번이나 보았던 집이지만, 내관을 보는 건 오늘이 처음이었다. 벨을 누르고 정원을 빼곡히 메우는 정원수를 가로질러 돌 하나에도 정성을 기울인 듯한 돌 계단을 밟고 현관까지 가는 동안 지혁은 점점 두려워졌다. 자신과는 전혀 다른 별세계. 동시에 그는 강한 이질감을 느끼게 되었다. 어차피 최은채라는 존재가 평범한 집안에서 자란 평범한 여자는 아닐

거라고 짐작했다. 최소영의 조카라는 것만으로도 충분한 이유
가 되었고, 은채의 소유로 되어 있던 자동차를 보면 알 수 있었
다. 하나, 그녀가 사는 곳에 발을 들여놓는 순간, 지혁은 자신의
생각이 짧았음을 깨닫게 되었다. 그녀는 결코 자신이 마음에 담
아두면 안 되는 사람이었다.

부귀영화가 보장된 사람들은 그에 맞는 짝이 있는 법이다. 그
것을 모르는 지혁이 아니었다. 물론 뭔가를 기대하고 이곳에 온
건 아니지만 이건 분명 은채에게 상처를 입히는 일이 될지도 모
른다. 은채의 부모님의 강한 반대가 보지 않아도 눈에 선했다.
어찌하면 좋으랴. 이미 약속을 정했기에, 그리고 집 안으로 들
어왔기에 돌아 나갈 수도 없는 노릇이었고 행여나 어른들이 첫
만남에서 대놓고 싫은 내색을 할까 염려되어 지혁은 차마 현관
문을 열 수가 없었다. 부모님의 반대로 상처받을 은채를 생각하
자 발걸음이 떨어지지 않았다. 손이 움직이지 않았다.

수많은 상념에 휩싸이느라 얼마나 시간이 흘렀는지 모르던
그의 앞에서 갑자기 문이 벌컥 열렸다. 기다리다 지쳤는지 밖으
로 나오려던 은채와 정면으로 부딪친 지혁은 인사도 하지 못한
채 어정쩡하게 서서 그녀를 마주했다.

"뭐 해요, 안 들어오고?"

"아, 그게……."

대충 얼버무리려는 그의 말을 가로막고 은채가 들어오라는
듯 손짓을 했다.

"됐어요. 어서 들어와요. 엄마랑 아빠가 눈 빠지게 기다리고 있어요."

밝은 웃음이 맺힌 그녀의 얼굴은 행복으로 가득 차 있었다. 마치 지혁에게 그 행복을 전해주려는 듯 은채는 온몸으로 그를 맞이했다. 그녀의 웃음에 전염이 되듯 그의 입술도 천천히 포물선을 그렸다.

귀한 딸로 애정을 듬뿍 받고 자랐을 것이라 짐작했던 것이 빗나가지 않았다. 지혁은 집 안에 들어서면서부터 전해오는 따스한 풍경에 가슴 밑바닥이 저릿해졌다. 그와 함께 우지혁이 최은채에게 다가설 수 없는 이유는 더욱 절실하게 다가왔다. 밖에서 보았던 것처럼 집 안은 보는 이로 하여금 주눅이 들 만큼 화려했다. 그렇다고 눈이 번쩍 뜨일 정도로 으리으리하다는 게 아니라 정갈하면서도 단정한 실내는 곳곳의 배치가 너무나도 훌륭하게 되어 있었다. 반들반들 윤이 나는 계단, 그 계단 벽면을 가득 메우는 이름도 알지 못하는 명화들, 현관부터 응접실까지 이어진 수입 명품들은 그가 한 번도 보지 못했던 물건들이었다. 그래서일까, 지혁은 집 안에 들어서서도 여전히 동화되지 못하고 머뭇거렸다.

"왜 그래요, 지혁 씨? 다른 날과 많이 달라요."

은채가 장난스럽게 말하며 그를 집 안 어딘가로 이끌었다.

"현관에서 부모님이 기다리려고 했는데 그게 오히려 지혁 씨에게 부담 주는 것 같아서 편하게 응접실에서 기다리고 계세요.

어서 가요. 음, 지혁 씨, 긴장했구나? 몸이 뻣뻣하게 굳었네."

그의 팔에 팔짱을 끼고 있던 은채가 놀랍다는 듯 걸음을 멈추고 눈을 동그랗게 떴다. 긴장을 풀어주려는지 그녀가 그의 팔을 주무르기 시작했다. 하지만 그것은 오히려 역효과만 몰고 왔다. 지혁은 숨조차 쉴 수 없을 만큼 얼어붙고 말았다. 은채의 손이 닿았던 곳이 불에 덴 듯 뜨거워지고 있었다. 그의 모든 감각이 일시에 판단 기능을 멈춘 채 위험을 알리는 시뻘건 경보음을 울렸다.

"괜찮아."

황급히 은채에게서 떨어진 지혁은 주먹을 움켜쥐었다. 식은땀이 손바닥과 이마를 적시고 있었다.

"인사해요, 지혁 씨. 우리 부모님이세요."

지혁의 변화를 눈치 채지 못한 은채가 깜짝 파티라도 하는 것처럼 짠 하고 그의 등장을 알렸다. 두런두런 이야기를 나누던 중년 부부가 소파에서 일어나 그에게 손을 내밀었다.

"어서 오게. 여기까지 오느라 힘들진 않았나 모르겠군. 은채 아비 되는 사람일세."

"어서 와요."

"처음 뵙겠습니다. 우지혁입니다."

최 사장의 손을 공손하게 맞잡은 지혁은 그와 이 여사에게 고개를 숙였다.

"우선 앉게. 저녁을 들기 전에 간단히 차부터 마셨으면 하는데 괜찮겠는가? 아아, 편하게 말을 놔도 될는지…….”

최 사장이 조심스럽게 묻자 지혁은 흔쾌히 고개를 주억거렸다. 생각 외로 은채의 부친은 호탕해 보였다. 스스럼없이 그를 대해주었고 인자한 미소로 맞이해 주고 있었다. 불편했던 그의 마음이 점차 누그러져 갔다.

“물론입니다. 편하게 말씀하십시오.”

“아빠, 우리 지혁 씨 너무 힘들게 하지 마.”

차를 들고 나오던 가정부의 쟁반을 대신 받아 들고 은채가 애교스럽게 말했다. 지혁이 앉은 소파의 옆 자리에 은채가 바짝 붙었다. 어른들에게 먼저 차를 내밀고 지혁의 앞에 찻잔을 밀어 놓은 그녀가 부모님 보란 듯이 지혁의 손을 잡았다.

“쯧쯧, 저 녀석 보게!”

“긴장하지 말아요. 우리 엄마, 아빠, 지혁 씨 불편하게 하지 않을 거예요. 편안하게 앉아 있어요.”

은채는 귀엣말을 하듯 지혁의 귓가에 속삭였다. 최 사장의 웃음기 어린 음성이 점점 높아졌다.

“엄마, 아빠한테는 아직도 반말을 하면서 제 남자 친구에게는 꼬박꼬박 존댓말하는 것 좀 보게.”

어이없다는 듯 고개를 절레절레 흔들던 최 사장은 훤칠한 키에 수려한 외모를 지닌 지혁을 요모조모 뜯어보았다. 은채가 첫눈에 반했다 했을 때 얼굴은 잘생겼겠거니 예상했지만, 인물이 보통을 넘어서 같은 남자가 보기에도 경계심이 들 정도였다.

너무 잘생겨서 탈이군! 헛웃음이 비어져 나왔다. 최 사장은
은채에게 과일을 집어 주는 지혁의 다정함을 눈여겨보며 아무
리 밉게 보려고 해도 밉게 볼 수가 없음을 인정하고 말았다. 깎
아진 듯 정교한 이목구비가 사람들의 시선을 단번에 끌 만했다.
악의라고는 눈 씻고 찾아봐도 없을 만큼 선한 눈매나 흐트러짐
없는 자세가 흠잡을 데 없이 흡족하기까지 했다.

녀석, 제 어미를 닮아서 사람 보는 눈은 있군 그래. 최 사장은
턱을 어루만지며 지혁을 살피는 눈길을 거두지 않았다. 그의 곁
에서 아내가 슬며시 질문을 던졌다.

"나이가 몇인지 물어봐도 될까요? 우리 은채가 하나도 말해
주지 않아서……."

"말씀 편하게 하십시오, 어머님. 실례가 되지 않는다면 어머
님이라 불러도 되겠습니까?"

"저야 어머니라 불러주면 좋죠."

은채의 고운 미소는 어머님으로부터 물려받았나 보다. 입가
에 잔잔히 새겨진 이 여사의 미소가 은채의 웃는 모습과 많이
닮아 있었다. 지혁은 자신을 따뜻하게 대해주는 이 여사에게 고
마움을 느끼며 조심스럽게 나이를 밝혔다.

"서른입니다."

최 사장 내외의 입이 딱 벌어졌다. 잠시 정적이 감돌았고 최
사장이 헛기침을 내뱉으며 정적을 깨뜨렸다. 입술을 적시듯 차
를 들이킨 그가 어렵사리 입을 열었다.

"생각보다 많군."

"그러게요. 나는 스물 대여섯으로 봤는데."

최 사장과 이 여사의 대화에 은채가 톡 끼어들었다.

"서른이 뭐가 많다고 그래요."

"이 녀석아, 너랑 열 살이나 차이 나는데 많지, 그럼 적으냐?"

뽀로통하게 입술을 내민 은채를 나무라듯 최 사장의 언성이 높아졌다. 지혁은 씁쓸하게 웃으며 나서지 말라는 듯 은채의 손을 잡아당겼다. 그러나 한소리 할 거라는 지혁의 예상을 깨고 이 여사가 슬쩍 은채의 말에 동의했다.

"당신 오늘 실수 많이 하네요. 열 살이 적은 차이가 아니라고요? 그럼 우리는요?"

은채가 깔깔거리며 웃음을 터뜨렸다. 자칫 무거워졌던 분위기가 은채의 웃음소리와 함께 눈 녹듯 사그라졌다. 지혁은 무슨 소리냐는 듯 은채를 바라보았다.

"우리 엄마랑 아빠랑 동갑이거든요, 띠 동갑."

"뗙, 이 녀석! 띠 동갑도 동갑이야!"

"아, 네에!"

혼이라도 내는 양 소리를 지르지만 최 사장의 음성은 다정하기 그지없었고, 부친에게 경례를 표하는 은채는 귀여울 정도로 천진난만했다.

"그래, 나이는 그렇다 치고 하는 일은 뭔가?"

부드럽게 미소 짓고 있던 지혁의 입가가 경직되었다. 은채의

손을 잡고 있던 손에 스르르 힘이 빠져나갔다. 언젠가 그녀에게
도 이런 질문을 받은 적이 있었다. 그때 뭐라 답했던가? 지혁은
미리 준비해 온 대답이 있으면서도 말문이 막혀 입을 열 수가
없었다.

"불편하면 대답하지 말아요."

은채가 속삭였다. 아무도 듣지 못하게 나직하고도 부드러운
음성에 지혁은 지그시 어금니를 물었다.

"얼마 전까지…… 연기를 했었습니다."

찬물을 뒤집어쓴 듯 분위기가 급격히 식어내렸다. 홱 얼굴을
돌려 자신을 바라보는 은채를 외면한 지혁은 주먹을 움켜쥐었
다. 더 이상의 거짓은 없어야 한다. 어림없다 내침을 당하더라
도 은채의 부모님에게 거짓을 고할 수는 없는 노릇이었다.

"얼마 전까지라고요?"

이 여사가 고개를 갸우뚱거리며 물었다.

"네."

"그럼 지금은 다른 일을 한다는 말인가?"

못마땅한 기색이 역력한 최 사장의 물음에 지혁은 이렇다 할
대답을 하지 못하고 다문 어금니에 힘을 실었다. 딱딱하게 굳어
버린 얼굴로 최 사장이 되물었다.

"그만둔 이유를 물어봐도 되겠는가?"

"……제 길이 아닌 것 같아서 그만두었습니다."

"내가 무슨 일을 하는지…… 알고 있나, 자네?"

갑자기 대화의 주제가 바뀌어 지혁은 난해한 얼굴로 최 사장을 바라보았다. 그가 날카로운 눈길로 지혁을 주시하고 있었다. 지혁은 그의 시선을 피하지 않고 정중하게 대답했다.

"사업을 하신다 들었습니다."

"그것뿐인가?"

"네? 무슨 말씀이신지······."

도통 이해할 수 없었다. 직업이 뭐냐는 질문은 이미 예상한 바였고 그에 따른 준비도 해온 그였다. 그리고 이어질 상황을 막연히 짐작하던 지혁은 이야기가 전혀 다른 방향으로 흘러가자 갈피를 잡을 수가 없었다. 그저 뭔가 잘못되었다는 것만 피부로 감지할 수 있을 뿐이었다.

"됐네. 알고서 모른다 하는 얼굴은 아니군."

"아빠!"

버럭 소리를 지른 은채가 소파에서 벌떡 몸을 일으켰다.

"너무해요, 아빠! 지혁 씨를 어떻게 보고!"

"당신이 심했어요."

"그런 거 같군. 자세히 알아보지도 않고······ 미안하게 됐네."

은채와 이 여사가 동시에 최 사장을 나무라자 그는 멋쩍게 웃으며 지혁에게 일어나라 손짓을 했다.

"기분 나쁘지 않았으면 하네. 자네가 연기를 했다니까 혹시 했다네. 자아, 저녁이나 먹고 다시 이야기 나눔세."

최 사장이 먼저 일어나 식당으로 걸어갔다. 조심스레 뒤를 따르려는 지혁의 등을 이 여사가 두드렸다.

"신경 쓰지 말아요. 저이 하는 일이 그쪽 방면이라서. 음, 나중에 얘기하죠. 일단 시장할 텐데 저녁부터 들어요."

그쪽 방면? 무슨 소리지, 그게? 궁금증을 이기지 못하고 은채에게 물어보려는 찰나 조용하던 집 안에 초인종 소리가 울려 퍼졌다. 가정부가 인터폰을 받고 문을 여는 동안 지혁은 은채를 소리 죽여 불렀다.

"은채야."

"잠깐만요, 지혁 씨."

검지를 세워 입술을 가로막은 은채가 현관으로 달려갔다.

"누구예요, 아줌마?"

"방배동 사모님 오셨어."

"어머! 고모가요?"

확성기로 떠들듯 현관에서 나누는 대화가 고스란히 들려왔다. 지혁의 심장이 바닥으로 내려앉아 패닉 상태에 빠졌다. 온몸의 혈액이 순식간에 응고된 듯 지혁은 석고상처럼 우두커니 서 있었다. 고모……? 고모라 했나, 지금? 최소영, 그 여자 말인가?

"엄마, 고모 오셨대!"

식당을 향해 소리 지르는 은채의 목소리가 동굴 속의 울림이 되어 지혁을 강타했다. 어서 나가야 한다. 나가야 한다, 이곳을! 하지만 어떻게? 어떻게!

"늦으셨네. 아까 낮에 전화 왔기에 오늘 은채 남자 친구 인사 온다고 했더니, 얘 고모가 한번 보고 싶다고 하더라고요. 은채가 즈이 고모랑 거의 친구처럼 스스럼없이 지내거든요. 괜찮죠?"

발 딛고 선 바닥이 흔들리고 있었다. 거대한 지진이라도 일어난 마냥 지혁은 서 있을 수가 없었다. 그는 휘청거리려는 몸을 간신히 지탱하고 양해를 구하는 이 여사에게 겨우 억지웃음을 지었다.

괜찮냐고? 괜찮냐고? 괜찮냐고! 지혁은 피를 토하듯 격하게 소리를 지르고 싶었다. 시시각각 조여오는 '최소영'이라는 올가미에 숨통이 턱턱 막혀오기 시작했다. 현관에서 말갛게 웃고 있는 은채의 얼굴이 동공에 확대되어 들어왔다. 지혁은 세상 모든 것을 외면하듯 눈을 감고 말았다.

빌어먹을! 하필이면, 하필이면 이런 때에……!

#8

은채는 갑작스레 욕실로 들어가는 지혁을 이상하다는 듯 바라보았다. 창백하게 굳은 안색이 마치 급체한 것처럼 보여 걱정스럽기까지 했다. 괜찮은지 물어보기 위해 노크를 하려고 손을 들어 올렸을 때 현관에서 왁자한 웃음소리가 날아들었다.

"지혁 씨, 뭐 필요한 거 있으면 말해요. 알았죠?"

문틈에 입술을 모으고 말을 마친 은채는 지혁의 대답을 기다리지도 않고 현관으로 달음박질쳤다.

"고모오오오!"

부모님과 인사를 주고받는 고모의 품에 파고든 은채는 한껏 어리광을 부렸다. 그런 은채를 면박 주듯 소영이 등을 찰싹 후려쳤다.

"나쁜 기집애! 남자 친구 생기면 고모한테 제일 먼저 보고할 것이지. 엄마, 아빠한테만 날름 보고를 해?"

"아냐. 안 그래도 고모한테는 따로 찾아가려고 했지."

손이 닿지도 않는 따끔한 등을 문지르며 은채는 변명을 늘어놓았다.

"따로? 이것이, 또 와서 용돈 뜯으려는 속셈이었지?"

"앗! 어떻게 알았지?"

헤헤 웃으며 혀를 쏙 내미는 은채를 한 대 더 쥐어박으려던 소영은 집 안을 휘익 둘러보았다.

"네 남자 친구는?"

소영의 말과 함께 최 사장과 이 여사의 시선이 은채에게 고정되었다. 은채는 손가락으로 욕실을 가리켰다.

"속이 안 좋은가 봐."

"그래? 그럼 우리 먼저 식당으로 가 있지."

최 사장은 뒷짐을 지고 걸어가다 의심스러운 얼굴로 홱 고개를 돌렸다.

"그러고 보니 넌 또 혼자 오는구나. 매제는?"

일순 분위기가 험악하게 가라앉았다. 이 여사가 남편의 옆구리를 슬쩍 찔러보아도 최 사장은 말을 멈추지 않았다.

"너라도 잘해라. 남편이 못마땅하다고 너까지 어긋나면 쓰나! 원, 한두 살 먹은 어린애들도 아니고 몇 해째 이러고 사는

지⋯⋯."

"여보, 은채도 있는데!"

"그만 해요, 오빠. 오빠 잔소리 들으려고 온 거 아니니까. 꼭 애 앞에서 그런 말까지 해야 돼요?"

"부끄러운 줄 알면 알아서 처신해!"

"오빠!"

매번 만날 때마다 호통을 치는 부친과 지지 않고 대드는 고모를 늘 봐왔던 은채는 오늘도 사건 중재에 나서야 하나 하며 깊은 한숨을 내쉬었다.

"전 아무것도 못 들었어요. 보세요, 귀 막고 있었다고요. 자아, 그러니까 다들 식당으로 가요. 저 지금 배고파서 아사 직전이에요."

은채는 부친의 등을 밀면서 소영에게 찡긋 윙크를 했다.

"그건 그렇고, 이 친구는 왜 이렇게 안 나오는 거냐?"

최 사장은 걸음을 멈추고 욕실에 시선을 던졌다. 기다렸다는 듯이 은채는 서운함을 드러냈다.

"아빠가 곤란하게 하니까 그렇지. 나 같아도 긴장되겠다!"

"내가 뭘? 이 녀석 보게, 벌써부터 역성을 드네그려."

"몰라. 좀 잘해줘요, 무섭게 하지 말고."

"알았다, 이 녀석아."

허허 웃음을 토해내는 부친에게 애살맞게 말을 마친 은채는 지혁이 염려된다는 듯 욕실을 바라보다가 이내 고모에게로 관심을 돌렸다.

소란스러움이 가라앉았다. 두런두런 들리던 말소리도 더 이상 들려오지 않았다. 척추 사이로 식은땀이 주르륵 흘러내렸다. 부들부들 떨리는 손으로 세면대 물을 틀고 얼굴에 찬물을 뒤집어쓴 지혁은 그대로 벽에 몸을 기댔다. 참을 사이도 없이 격한 욕설이 사납게 튀어나왔다.

"빌어먹을!"

현관문이 열림과 동시에 욕실로 숨어들었지만 계속 여기에 있을 수는 없는 노릇이다. 어떻게 해야 하는가 하는 생각 따위는 머리에 들어오지도 않았다. 아니, 생각이라는 것을 할 수 있는 판단 기능이 완전히 제로 상태가 되어버렸다.

"빌어먹을!"

언젠가 이런 날이 올 것이라고 막연히 예견한 적이 있었다. 하나, 이렇게 빨리 오리라고는, 그날이 하필이면 오늘이 되리라고는 지혁은 꿈에도 짐작하지 못했다.

진정하자, 어떻게든 이 난관을 빠져나가야 한다. 여기서, 은채가 보는 앞에서, 은채의 부모님 앞에서 소영을 마주할 수는 없는 노릇이다. 이제…… 보내주어야만 하는가. 아직 시간이 남아 있을 거라 여겼건만 여기까지인가. 좀 더 곁에 있고 싶었는데, 좀 더 그녀의 웃음을 지켜보고 싶었는데 허락된 시간은 여기까지가 전부인가 보다. 그의 몸이 미끄러지듯 바닥으로 가라앉았다.

한참을 넋 놓고 있던 지혁은 서둘러 휴대폰을 꺼냈다. 단축키를 누르고 통화 버튼을 누르는 손이 눈에 띄게 떨리고 있었다. 흐트러진 숨결을 정리하고 길게 심호흡을 내뱉은 그는 신호음이 울리자 이를 갈았다. 이 방법밖에 없다. 정녕 이 길밖에 없다. 그렇다면 할 수 없는 노릇이지. 이렇게라도 하는 수밖에……

[여보세요?]

소영의 음성이 수화기를 타고 흘러나왔다. 지혁은 질끈 눈을 감고 메마른 기침을 내뱉었다. 그의 음성이 쥐어짜듯 힘겹게 튀어나왔다.

"나야."

[이게 누구야! 어쩐 일로 먼저 전화를 다 하셨어?]

놀라움과 빈정거림이 화살처럼 그의 귀를 겨냥하고 날아들었다.

"지금, 내 오피스텔로 와."

지혁은 소영의 반응을 무시하고 대뜸 명령을 내렸다.

[뭐라고?]

믿지 못하겠다는 듯 소영이 되물었다. 그는 고장난 카세트테이프처럼 했던 말을 반복했다.

"귀먹었나? 오피스텔로 오라고 했어. 지금!"

[왜 그래? 무슨 소리야?]

"같은 말 반복하게 하지 마. 당신이 매번 하는 짓, 나도 좀 하면 안 되나? 오늘은 내가 먼저 부르지. 최소영 씨, 당신에게 할 말이 있으니까, 지금 와."

한 마디 한 마디 내쏘듯 말을 마친 지혁은 차마 눈을 뜨기가 두려워 감은 눈에 더욱 힘을 가했다.

[할 말? 우리가 언제부터 대화를 나누는 사이였더라? 하긴 안 그래도 나도 당신에게 할 말이 있긴 했는데. 오늘 오디션장을 개판으로…… 음, 가서 얘기하지.]

"잘됐군. 그럼 지금 당장 올 수 있겠지? 지금 당장 말이야."

[지금은 좀 곤란하고 한 한 시간 후쯤…….]

"웃기지 마. 나는 '지금'이라고 했어."

지혁은 소영의 말을 가로채고 쐐기를 박듯 단호하게 덧붙였다.

"날 다시는 안 보고 싶다면 안 와도 그만이야. 어쩌겠어?"

잠시 침묵이 흘렀다. 부스럭거리는 소리와 함께 그녀가 항복을 선언했다.

[알았어. 지금 출발할게. 그거 알고 있어? 당신…… 오늘 상당히 이상해.]

"그만 주절대고 나서기나 해."

[후훗. 알았어, 알았다고. ……어쩌지, 은채야? 고모 갑자기 급한 일이 생겼는데…….]

순간 은채의 목소리가 선명하게 들려왔다. 지혁은 휴대폰을 바스러뜨릴 듯 격하게 폴더를 덮었다. 욕지기가 치밀고 올라왔다. 심장이 격렬하게 뛰고 있었다. 끝도 보이지 않는 나락으로 떨어지듯 그의 몸은 추락에 추락을 거듭하고 있었다. 손가락을 움직일 수도 없고, 한 걸음 앞으로 나아갈 수도 없었다. 굳게 닫힌 문틈을 뚫고 은채의 토라진 목소리가 들려와 지혁의 흩어졌던 이성을 제자리에 돌려놓았다.

"이러는 게 어딨어, 고모!"

못내 서운한지 좀처럼 언성을 높이는 일이 없던 은채의 목소리는 평소보다 한 톤 높았고 짜증스러움마저 배어 있었다.

"고모한테 실망이야, 실망이라고!"

"미안해. 다음에 따로 시간 한번 내자, 은채야."

"도대체 무슨 약속이기에 꽁지가 빠지게 나가는 거냐."

"그래도 여기까지 왔는데 아가씨, 저녁이나 들고 가요."

최 사장 내외의 못마땅한 음성에 지혁은 슬그머니 어금니를 물었다. 밖으로 나가 그분들을 뵙는다는 것이 말할 수 없이 죄스러웠다.

"아뇨. 오늘은 그만 가야 할 것 같아요. 다음에 올게요. 은채야, 그 사람과는 나중에 우리 집으로 오든지, 아니면 밖에서 약속을 정하든지 하자. 알았지?"

천천히 문을 열고 밖으로 나서던 지혁은 쓴웃음을 삼켰다. 아니, 최소영. 그런 일은 없을 거야. 그건 당신에게도, 내게도, 무엇보다 은채에게 저주스러운 일일 테니까. 그래, 놓아줘야지.

처음부터 영원하리라는 기대는 갖지도 않았으니, 내 주제에 맞지 않게 잠시나마 그녀와 함께하는 행복을 누렸으니…… 이쯤에서 놓아주어야지.

이제 은채의 곁에 한시도 더 머무를 수가 없었다. 그것은 이곳에 도착한 지 한 시간도 채 되지 않아 내린 결론이었고, 지혁은 그것을 받아들이기로 했다. 그녀의 따뜻한 손을 놓자고, 그녀의 햇살 같은 미소를 이제는 그만 보자고……. 그러나 어찌하랴. 눈에 보이지 않고 손에 잡히지 않는 최은채라는 욕심은 이미 한계를 넘어서서, 우지혁이라는 남자를 사지(死地)로 내몰고 또 벼랑 끝으로 몰아붙이고 있었다.

"어디 아파요, 지혁 씨?"

소영을 보내고 뾰로통히 서 있던 은채가 화장실에서 막 나오는 지혁에게 물었다. 지혁은 설핏 미소를 지으며 고개를 가로저었다.

"얼굴이 안 좋아요. 창백하고……."

"아냐. 걱정하지 마. 어른들은?"

"식당에요. 배고프죠?"

팔짱을 쏙 끼고 식당으로 안내하던 은채는 지혁의 이마를 짚어보는 시늉을 했다.

"걱정을 안 할 수가 없네. 열은 안 나는데 이마에 땀나는 거 좀 봐."

손바닥을 펼쳐 보이는 은채의 손에 투명한 물기가 반짝였다.

지혁은 재빨리 그녀의 손에 묻은 물기를 자신의 옷깃에 닦아냈다.

"별거 아냐. 은채 부모님 앞이라서 그런지 긴장해서 그런가봐."

"바보, 뭘 긴장하고 그래요. 아, 맞다! 우리 고모 그냥 갔어요. 급한 약속이 있대나, 뭐래나."

동요하지 않기 위해 안간힘을 써도 그의 근육은 팽팽히 조여들었다. 숨이 식도를 가로막아 입도 벙긋하기 힘들었지만 애써 미소도 지었다. 턱과 입술에 경련이 일었다.

"그랬어?"

떨리는 음성이 부자연스러웠다. 가볍게 헛기침을 내뱉은 지혁은 식탁에 앉아 있는 최 사장 내외에게 목례를 하고 맞은편에 합석했다.

"죄송합니다."

"괜찮네. 남의 집이라 불편한 모양이구먼. 편하게 생각하게."

최 사장은 음식물을 삼키며 나직하게 덧붙였다.

"미리 양해도 구하지 않고 다른 손님을 불러서 미안하네그려. 나도 은채 고모가 올 줄은 몰랐다네. 그나저나 그냥 갔으니 기분 나쁘게 생각하지는 말게. 아내와도 허물없이 지내고, 또 은채와는 둘도 없는 고모와 조카 사이라네. 아직 자식이 없어서인지 조카 사랑이 유별나다고 할 수 있지."

"네, 그렇군요."

밥알이 모래 알갱이처럼 입 안에서 서걱거렸다. 갖가지 산해
진미로 차려진 식탁 앞에서 지혁은 불쑥 구토가 밀려와 이를 악
물었다.

"조카 사랑이 유별나면 뭐 해. 오늘 같은 날 급한 볼일있다고
휭하니 가버리는데."

수저를 내려놓고 은채는 속상하다는 듯 중얼거렸다.

"지혁 씨, 우리 고모 못 봤죠? 얼마나 예쁜데요. 밖에 나가면
사람들이 언닌 줄 알잖아요. 물론 우리 엄마랑 내가 밖에 나가
도 사람들이 모녀 사이로 안 보고 자매냐고 물어보는데, 고모도
마찬가지예요. 우리 엄마랑 저, 스무 살 차이거든요. 고모랑도
마찬가지고. 우리 고모 마흔밖에 안 됐는데, 보기에는 기껏해야
서른 초반? 그 정도로밖에 안 보여요."

자랑스럽게 늘어놓는 말이 지혁에게는 단도가 되어 심장에
박혔다. 최소영에 관한 이야기를 은채와 나누고 싶지는 않았다.
지그시 어금니를 물고 그는 대화의 주제를 돌렸다.

"그럼 어머님이 마흔이라는 말씀이신지요?"

조용하게 식사를 하던 이 여사가 지혁의 눈길을 마주했다.

"왜요? 더 들어 보이나요?"

"아니요. 그럴 리가요. 너무 젊어 보이셔서 은채의 새어머니
인가 생각했습니다."

소리없이 웃던 이 여사가 지혁의 앞에 반찬을 죄다 밀어주었
다.

"고맙네요. 이거 우리 그이나 은채 주지 말고 혼자 다 먹어요."

"엄마!"

"아무튼 여자들이란!"

은채와 최 사장이 동시에 고함을 질렀지만, 지혁과 이 여사는 즐거운 듯 웃음을 토해냈다. 화기애애한 분위기 속에서 저녁 식사는 마무리를 지었다. 후식으로 응접실에서 과일을 먹으며 담소를 나누던 사이, 지혁은 욕실을 한 번 더 다녀와야 했다. 일분 상간으로 울려대는 휴대폰 진동에 그는 발신자 번호를 보지도 않고 전원을 꺼버렸다. 그것으로도 모자라 배터리를 분리하고 나서야 지혁은 은채의 가족과 아무렇지 않게 웃으며 어울릴 수 있었다. 물론 속은 새까맣게 타 들어갔지만 그것을 내색할 수는 없었다.

[고객님의 전화기가 꺼져 있어 음성 사서함으로 연결됩니다. 연결된 후에는……]

"나쁜 새끼!"

소영은 수십 번도 더 같은 내용이 반복되는 휴대폰을 냅다 창문으로 던졌다. 자그마치 네 시간을 기다렸다. 그 네 시간 동안 처음에는 전화를 받지 않던 그가 어느 순간부터 전원을 꺼놓고 있는 것이었다.

"어디 간 거야, 어디!"

박살이 난 휴대폰과 달리 멀쩡한 거실 창을 사납게 노려보던 소영은 재떨이를 내던지고 소리를 질렀다. 요란한 파열음을 내며 거실 창이 와장창 깨졌다. 손에 잡히는 대로, 눈에 띄는 대로 모든 물건을 내던지고 집 안을 난장판으로 만들어도 시뻘겋게 타오르는 분노는 가라앉지 않았다. 시간이 흐를수록 발화점을 찾듯 점점 불길이 거세어지고 있었다. 만약 이 순간 그가 눈앞에 있다면 살인이라도 저지를 것만 같았다. 분명 그 계집과 있을 거라는 상상이 소영을 더욱 극한으로 몰아갔다. 지금 당장 오라고 시답잖게 명령을 해놓고 지혁은 감히 오지도, 가지도 않았다.

소영은 곱게 틀어 올린 머리카락이 잔뜩 흐트러졌다는 것도 인식하지 못한 채 거실과 침실을 미친 여자처럼 서성거렸다. 자신에게 우지혁이라는 남자가 이토록 큰 의미를 차지하리라고는 미처 예상하지 못했다. 그저 즐기기 위한 만남이라 생각했다. 한순간 쾌락을 즐기고 나면 그녀가 먼저 손 털고 헤어지려 했다. 하나, 여자의 질투란 실로 무서웠다. 버림받는다는 것에 대한 치욕은 매달린다는 것보다 더 수치스러웠다. 그것은 최소영의 이름으로 용납할 수가 없었다.

"내가 준 기회를 차버리고, 나를 짐짝처럼 이곳에 처박아둬? 나쁜 새끼!"

스탠드를 집어 던지고 고함을 질렀지만 화는 사그라지지 않았다. 오늘 낮, 방송국 드라마 측에서 지혁이 출연을 거부했다는 소리를 들었을 때, 그렇지 않아도 분노는 극에 달했다. 그나마 지혁이 먼저 만나자고 청했기에 소영은 관대하게 그 부분을 용서해 주려 했다. 원한다면 더 큰 먹잇감을 대령할 준비도 마친 상태였다. 그런데 우지혁이 최소영을 우습게 알아도 너무 우습게 알았다. 이따위로 행동해서 좋을 게 없는데도 그는 주제넘게 설치고 있었다. 가당치 않게 자신을 떼어내려고 하지 않나, 어렵게 물색해 준 드라마를 거절하지를 않나.

한순간의 쾌락은 더 이상 존재하지 않았다. 버림받기 싫어 몸부림치는 여자, 최소영만 남았을 뿐이다. 그리고 자신의 손아귀에 들어온 지혁을 소영은 무슨 일이 있어도 놓아주지 않을 것이라며 이를 악물고 되새겼다.

밤이 깊어가고 새벽으로 치달을 무렵, 지혁은 지친 몸으로 오피스텔에 들어섰다. 현관에 들어섬과 동시에 그의 얼굴 옆으로 무언가가 휙 날아갔다. 소름 끼치게 차가운 소리를 내며 브랜디 병이 박살난 채 현관 앞에 나뒹굴었다.

"무슨 짓이야?"

그가 싸늘하게 뇌까렸다.

"어디 갔다 이제 오셨나 몰라."

얼마나 마셔댔는지 소영은 잔뜩 취한 채 비아냥거렸다.

"아직 안 가고 있었나? 적당히 기다리다 안 오면 갈 것이지, 여기서 날밤이라도 새려고 했어?"

지혁은 넥타이를 느슨하게 당기면서 소영의 곁을 무심하게 지나쳤다. 지혁의 팔을 홱 잡아챈 그녀가 사납게 쏘아붙였다.

"드라마를 거절하셨더군."

"안 한다고 했을 텐데?"

"더 큰 걸 원해? 말만 해. 드라마든 영화든 CF든…… 그 어떤 것이든 당신이 원한다면 기꺼이 던져 줄 테니까."

은밀한 유혹을 하듯 소영이 나직하게 속삭였다. 지혁은 미간을 찌푸리며 되물었다. 그의 음성에서 냉기가 묻어 나왔다.

"내가 원한다면…… 무엇이든? 정말인가?"

"물론이야!"

"그럼 부탁 하나 하지."

"어떤……."

앙칼지게 내쏘던 소영의 음성이 차츰 잦아들었다. 그럴 줄 알았다는 듯 득의만만한 미소를 짓는 소영을 보며 지혁은 피식 실소를 흘렸다.

"당신, 최소영. 내 앞에서 좀 사라져 줘. 꺼져 줬으면 좋겠어. 내가 바라는 건 그거 하나야. 어때? 들어줄 수 있나?"

소영은 망설임없이 지혁의 뺨을 갈겼다. 피부와 피부의 마찰음이 내는 쫘악 하는 소리가 길게 울려 퍼졌다. 고개가 홱 돌아간 지혁은 불이라도 붙은 마냥 뜨겁게 달아오르는 얼굴을 어루만졌다. 입 안 살갗이 찢어졌는지 비릿한 피내음이 훅 끼쳐 들었다. 그가 씁쓸하게 이죽거렸다.

"내가 하는 말이면 다 들어줄 것 같더니 그것도 아닌 모양이군."

"웃기지 마. 나더러 사라지라고? 우지혁의 눈앞에서, 인생에서 물러나라고? 하!"

코웃음을 친 소영은 다시 한 번 지혁의 뺨을 갈기려는 듯 손을 치켜 올리다 이내 떨어뜨렸다. 그녀가 섬뜩한 어조로 말을 이었다.

"미안하지만 우지혁 씨, 그렇게는 안 돼."

"그럼? 어쩌자는 거야? 어쩌자는 건데? 최소영, 도대체 나와 어디까지 갈 셈이야!"

격렬하게 고함을 지르는 그와 달리 소영은 오싹할 정도로 나긋나긋하게 대꾸했다.

"어디까지 갈 거냐고? 가르쳐 줘?"

지혁의 어깨를 더듬어 내리던 소영은 그의 귀에 바짝 붙어서 들릴 듯 말 듯 속삭였다.

"나…… 이혼 할 거야."

소영은 지혁의 셔츠 단추를 열고 단단한 피부 결을 따라 손톱을 세워 훑어 내렸다. 지혁은 단박에 소영의 손을 움켜잡았지만 그녀는 다른 손으로 더욱 날카로운 손톱을 세웠다.

"남편과 이혼할 거라고."

지혁의 얼굴이 잔인하게 일그러졌다. 이런 반격은 예상하지 못했다. 이혼이라니. 이혼이라니! 은채와 헤어지려 했는데, 더 이상 진전되면 위험해질 것 같아서 겨우겨우 그녀와 헤어지려고 마음을 먹었는데 이혼이 웬 말인가. 이혼을 해서 어쩌자는 건가!

"잘 생각해, 우지혁 씨. 앞으로 당신 앞날이 화려해지느냐, 시궁창에 처박히느냐…… 그것은 당신 선택에 달렸어."

말을 마친 소영은 바닥에 나뒹구는 핸드백을 들고 현관으로 걸어나갔다. 지혁은 이를 악물고 잇새로 씹어뱉듯 말을 밀어냈다.

"빌어먹을! 화려하게 살겠어, 최소영!"

"홋, 잘 생각했어. 현명한 선택이야. 진작 그래야지."

걸음을 멈추고 의기양양하게 돌아서는 소영에게 지혁은 펀치를 날리듯 싸늘하게 덧붙였다.

"내 곁에 최소영이 없는…… 화려한 인생을 살겠어. 오케이?"

웃고 있던 소영의 얼굴이 딱딱하게 경직되었다. 지혁은 비웃음을 물고 마지막 인사를 던졌다.

"잘 가. 당신이 이혼을 하든 말든 나와는 상관없는 일이야. 그러니 당신이 알아서 해."

지혁은 침실로 들어서면서 소영과의 사이에 놓여진 문을 닫고 그녀의 시선을 차단했다. 빌어먹을, 제발 그녀가 자신의 말을 알아듣기만을 간절히 바라며 지혁은 나무 문에 지친 몸을 기댔다. 이렇게 쉽게 헤어질 수만 있다면 얼마나 좋으랴. 최소영과의 이별처럼 은채와의 이별도 쉬울 수만 있다면. 하나, 생각하는 것만으로도 가슴이 저려왔다. 극심한 통증에 신음마저 튀어나오려 했다. 어떻게 은채의 손을 놓지? 빌어먹을, 어떻게……! 그러나 지혁은 알고 있었다. 은채와 헤어지는 것보다 더 힘든 것은 최소영과 헤어지는 것임을. 소영은 결코 만만하게 물러날 여자가 아님을 그는 누구보다 잘 알고 있었다.

"일찍 다녀라. 다 큰 여자애가 왜 이리 늦게 다니는 게냐."

지혁과 가까운 곳에 드라이브를 다녀오느라 평소보다 늦은 시간에 귀가한 은채는 부친 최 사장의 못마땅한 음성에 생긋 애교스런 웃음을 배어 물었다.

"죄송합니다."

다른 때 같으면 한번 웃고 넘어갈 부친이 평소와는 좀 달랐다. 장승처럼 서서 그녀를 뚫어져라 바라보고 있었다. 은채는 자신이 너무 늦었나 싶어 벽시계에 흘긋 눈길을 던졌다. 아직 열한 시도 안 됐는데 부친의 표정은 한겨울 북풍한설처럼 차갑기 그지없었다.

"아빠?"

"그 친구 만나느라 늦은 거니?"

"응."

당연한 걸 왜 묻느냐는 듯 은채는 무심하게 대답했다.

"그만 만나라."

뜬금없는 부친의 말에 은채의 눈이 휘둥그레졌다. 잘못 들었

202 불처럼 뜨겁게

겠지. 아니, 내 얘기가 아니겠지. 그러나 최 사장의 말은 간단명료하면서도 정확하게 핵심을 끄집어냈다.

"그 친구 그만 만나거라. 알았니?"

"아빠?"

"긴말하지 않겠다. 어제 우리 집에 왔던 그 청년 정리해라."

"아빠!"

은채가 아무리 불러도 최 사장은 고개를 가로저었다. 어떤 대꾸도 하기 싫다는 듯 단호하게 손을 내저었다. 막 샤워를 마치고 욕실에서 나오던 이 여사를 은채는 소리 높여 불렀다.

"엄마, 아빠 왜 이래? 어제만 해도 아무 말 없었잖아. 오늘 아침만 해도 지혁 씨 괜찮은 사람이라고, 엄마랑 아빠랑 좋아했잖아! 근데 갑자기 왜 이래? 왜 이러는 건데?"

"여보?"

이 여사 역시 놀라움을 감추지 못하고 남편을 바라보았다. 최 사장은 아내와 딸을 바라보며 매정하게 못을 박았다.

"그 청년은 아니야. 은채 짝으로는 절대로 아니야. 그러니 그렇게 알고 있도록 해."

휑하니 서재로 걸음을 돌리는 최 사장의 뒤를 은채가 바짝 쫓았다. 부친의 팔을 붙잡고 은채는 앞을 가로막았다.

"설명해 줘. 아빠가 왜 이러는지 이유를 말해 달란 말이야!"

은채의 목소리가 고조되었다. 창백할 정도로 새하얗던 피부가 붉게 상기되었다. 흐트러진 숨결을 다스리지 못하고 그녀는 다시 한 번 고함을 질렀다.

"이해할 수 없어! 갑자기 통보하듯 이렇게 말하는 아빠를 나는 이해할 수가 없다고!"

최 사장은 은채의 어깨를 다독이려 들어 올린 손을 모질게 접었다. 물론 어이없다는 건 알고 있다. 하지만 어쩌겠는가. 살아가다 보면 설명할 수 없는 일이 설명할 수 있는 일보다 더 많을 때도 있었다.

"일방적으로 강요하는 건 옳지 않아요. 당신이 왜 그런 생각을 하게 됐는지 은채에게 말해 줘야 하는 거잖아요."

이 여사가 날카롭게 지적했다. 최 사장은 폐 깊은 곳에서 시작되는 한숨을 내쉬었다. 어찌 이야기하랴. 연기를 했다던 딸아이의 남자 친구를 뒷조사해 보았다고 어떻게 이야기한다는 말인가. 그 청년이 어떤 인생을 살아왔는지 아내에게, 딸에게 무슨 낯으로 말한다는 말인가!

최 사장은 아내와 딸을 향해 야멸치게 입을 열었다.

"내가 시키는 대로만 하면 돼, 당신이나 은채 너나. 그리고 당신도 그 친구 좋게 볼 필요 없어. 은채 너도 명심해라. 이 시간 이후, 그 친구 이야기는 입에도 올리지 말거라."

"아빠!"

서재로 들어가려는 부친을 은채는 전광석화처럼 재빨리 저지했다. 부친의 길을 가로막은 그녀는 강경한 태세로 두서없이 말을 쏟아냈다.

"싫어! 싫어요, 아빠! 아빠가 시키는 대로 하지 않을 거야. 왜 이러는지 모르지만, 아니, 뭣 때문에 그러는지 설령 안다 해도, 이럴 수는 없어, 아빠. 내 인생이잖아. 내가 좋아하는 남자잖아. 내가 사랑하는 남자라고! 그런데 아빠가 왜 나서는 건데? 왜 내 인생에 이래라 저래라 간섭하는 건데?"

"너 이 녀석!"

숨 한 번 쉬지 않고 다다다 퍼붓는 딸아이를 경악스럽게 바라보던 최 사장은 버럭 역정을 냈다. 이 여사가 은채를 나무라듯 나직하게 딸아이의 이름을 외쳤다.

"은채야!"

"그만! 싫어요!"

은채는 귀를 틀어막고 고개를 가로저었다.

"너, 그 녀석이 어떤 녀석인지 알고 이러는 게냐?"

쉽게 수긍할 거라 생각하지 않았지만 은채는 격렬하게 그의 뜻을 거부하고 있었다. 최 사장은 홧김에 말을 내뱉고는 지그시 혀를 물었다. 얼굴을 떨어뜨리고 아무것도 듣지 않겠다는 듯 귀를 막고 있던 은채가 천천히 고개를 들어 올렸다. 늘 해사하게 웃던 딸아이의 커다란 눈에 눈물이 그렁그렁 맺혀 있었다. 누군가가 그의 가슴을 쥐어뜯는 것만 같아 최 사장은 은채를 바라보던 시선을 황급히 거두고 말았다.

"그 사람…… 어떤 사람인데?"

"됐다. 그만 들어가서 쉬어라."

차마 입을 열 수가 없었다. 도저히 말을 할 수가 없었다. 최 사장은 주먹을 그러모아 쥐고 은채를 지나쳤다. 그러나 비켜서지 않던 은채가 낮게, 그러나 더할 수 없이 단호하고 서늘하게 입을 열었다.

"하나만 얘기할게. 아빠, 나 그 사람 어떤 사람인지 상관 안 해. 지혁 씨…… 어떤 사람이든지 난 내 느낌을 믿어. 내 심장이 하는 말을 믿어. 그 사람, 내 사람이야. 내…… 심장이야."

"최은채!"

최 사장의 역정과 노여움이 집 안 전체를 뒤덮었다. 은채는 전혀 기죽음없이 부친의 눈을 정시하며 또박또박 말을 이었다.

"이게 사람들이 흔히 말하는 사랑인지 뭔지는 나도 잘 몰라. 근데 아빠, 이거 하나는 정확해. 우지혁은 최은채의 남자야. 그리고 나는…… 아빠 딸인 것처럼 그 사람의 여자야. 그건 변하지 않을 거야, 아빠가 뭐라 하든!"

홱 몸을 돌리고 은채는 현관으로 내달렸다. 그녀의 뒤로 부모님이 동시에 그녀의 이름을 불렀지만 은채는 뒤돌아보지 않았다. 서러움이 밀려들었다. 든든한 지원군이 되어주리라 기대했던 아빠가 절대 안 된다며 으름장을 놓았다. 이러면 안 된다. 세상 누구보다 축하해 주어야 하는 거 아닌가. 다른 어떤 사람보다 축복해 주어야 되는 거 아닌가? 그래야 하는 것 아닌가!

서늘한 적막감만 감도는 응접실에서 이 여사는 쾅 닫히는 문 소리를 의식하며 남편을 질책했다.

"도대체 왜 그러는 거예요?"

"당신은 몰라도 돼!"

"여보?"

"젠장. 말 못하는 내 심정도 알아달라고! 말할 수 없는 내 입장도 제발 알아주면 안 되나? 난 모든 걸 일일이 설명해야 하는 건가?"

황망히 서 있는 아내를 외면하고 최 사장은 서재 문을 닫아버렸다. 앞으로 어떤 일이 벌어질지 아무도 예견할 수 없고, 장담할 수도 없었다.

이 일을 어쩌면 좋단 말인가. 겉모습으로 사람을 판단할 수 없다는 오랜 지론으로 뒷조사를 한 게 화근이었다. 하지만 그를 믿었건만, 겉모습에서 전해오는 그 느낌을 믿었건만 전혀 다른 모습이 존재한다는 사실에 최 사장은 아연실색하고 말았다. 너무 많은 것을 알아버렸다, 너무나 많은 것을. 앞으로 헤쳐 나갈 난관을 생각하자 최 사장은 험악한 욕설을 내뱉지 않을 수가 없었다.

급정거를 하며 차를 주차시킨 지혁은 대문 앞에 쪼그리고 앉아 있는 은채에게 달려갔다. 다른 날과 다름없이 은채를 집 앞까지 배웅하고 집으로 가던 길이었다. 그런데 난데없이 은채에게서 전화가 왔다. 지금 집 앞으로 와달라고 울먹이던 목소리에 지혁은 정신이 아득해지는 것만 같아서 운전을 어떻게 하고 왔는지도 모를 지경이었다.

"은채아?"

다리 사이에 얼굴을 파묻고 있던 은채가 고개를 들어 올렸다. 그의 심장이 울컥 죄어들었다. 눈물로 젖은 은채의 얼굴을 바라보는 건 살점을 한 점 한 점 도려내는 것보다 더한 고통이었다.

"무슨 일이야? 왜 그래?"

은채를 일으켜 세우고 다그치던 지혁은 가만히 자신의 품속으로 파고드는 그녀를 힘 주어 안아줄 뿐 달리 도와줄 수가 없었다.

"그냥요, 그냥. 갑자기 지혁 씨가 막 보고 싶어서……."

쉬어버린 음성으로 은채가 대답했다. 그게 이유가 아니란 것을 모를 만큼 지혁은 눈치가 없지 않았다. 하지만 그는 더 이상 캐물을 수가 없었다. 말하기 싫다는 듯 조개처럼 단단하게 입을 다물어 버린 그녀에게 억지로 대답을 강요할 수는 없었다. 가녀린 어깨를 다독이던 지혁은 은채의 정수리에 입술을 묻었다.

"힘든 거 있으면 언제든지 말해. 내가 도와줄 수 있는 거라면 기꺼이 도와줄 테니까."

"응, 알았어요. 그럴게요."

들릴 듯 말 듯 한숨처럼 은채가 말했다. 울음을 그친 듯 다소 진정된 목소리로 그녀가 말을 계속했다.

"지혁 씨……."

"음?"

향긋한 샴푸 내음에 정신마저 혼미해진 지혁은 그녀를 안은 팔에 힘을 주었다. 그러나 이어지는 그녀의 말에 지혁의 손은 힘없이 툭 떨어지고 말았다.

"지혁 씨는…… 어떤 사람이에요?"

지혁은 숨을 멈추고 말았다. 혈관을 타고 돌던 혈액이 급속도로 식어 내려갔다. 일정한 속도로 뛰고 있던 맥박도 어느 순간 움직임을 멈췄다.

"무슨……?"

간신히 쥐어짜듯 되물은 지혁은 은채에게서 두어 걸음 물러섰다. 가로등 불빛에 비추이는 그녀의 눈이 예리하게 그를 주시하고 있었다. 마치 그의 모든 것을 꿰뚫어 보려는 듯. 은채는 피식 웃으며 시선을 떨어뜨렸다.

"아녜요. 그냥 한번 해본 말이에요."

은채가 다가와 차갑게 식어버린 그의 손을 잡았다. 혹시 그녀가 무언가를 알고 있는 건 아닌지 두려움이 스멀스멀 밀려들기 시작했다. 놓아주려 했다. 보내주려고도 했다. 하지만 어떻게, 어떻게 보내준다는 말인가? 울먹이는 목소리만 들어도 정신없이 달려올 정도로 그의 모든 신경과 촉각은 최은채를 향해 있었다. 티없이 맑고 깨끗한 그녀의 이마에 조심스레 입맞춤을 하며 지혁은 길고 긴 한숨을 내쉬었다. 내일은, 내일은…… 이별을 말할 수가 있을까.

혼자만의 생각에 고립된 지혁은 알지 못했다. 그가 은채를 품에 안고 있는 모습을 어둠 속에서 누군가 지켜보고 있다는 것을. 은채의 이마와 턱에 자잘한 키스를 흩뿌리는 모습을 누군가가 집요하게 쏘아보고 있음을 지혁은 꿈에도 짐작하지 못하고 있었다.

어두운 밤하늘만이 전부인 줄 알았던 그의 주변에 눈에 익은 소영의 차가 주차되어 있다는 것을 지혁은 긴 시간이 흐르도록 눈치 채지 못하고 있었다.

#9

텅 빈 강의실에서 나는 소리라고는 은채의 한숨뿐이었다. 아침나절 강의도 빠지고 집 안에 틀어박혀 있을까 고민을 하다, 답답한 마음에 학교에 나왔지만 별반 도움이 되지 않았다. 그렇다고 지혁을 만나고 싶은 마음도 그다지 들지 않았다. 무언가를 하긴 해야 하는데 그 무언가가 뭔지 도무지 감이 잡히지 않는 기나긴 하루였다.

"휴우······."

또다시 입술을 비집고 나오는 긴 한숨 소리. 은채는 낙서를 끄적거리던 노트를 덮고 양손에 턱을 괴었다. 뭐가 문제인지 알 수가 없었다. 아빠가 왜 그러는지 이해불가능이었다. 딱 부러지게 뭐라 말해 준다면 속이라도 시원하겠건만. 부친은 어제부터 자신과 눈도 맞추려 들지 않았다. 아니, 솔직하게 말하자면 그녀가 먼저 부친에게 거리를 두었다.

"그 청년은 아니야. 은채 짝으로는 절대로 아니야. 그러니 그렇게 알고 있도록 해."

지난밤 잠을 잘 수 없을 정도로 부친이 했던 말이 귓가에 맴돌았다. 그것은 날이 밝고 시간이 흘러도 여전히 은채의 의식을 지배하고 있었다.

"왜? 뭐가? 뭣 때문에? 도대체 왜!"

허공을 향해 따지듯이 소리를 지른 은채는 갑자기 바스락거리는 소리가 들려와 입술을 틀어막았다. 언제부터 지켜보고 있었는지 꽤 오랜만에 만나게 되는 현욱이 그녀의 바로 뒤에 앉아 있었다.

"현욱아!"

은채는 반가움에 외마디 비명을 질렀다. 지혁을 만나던 날, 그의 차에 타면 다시는 못 볼 거라 현욱이 협박하듯 으름장을 놓은 이후 처음 만나는 것이었다. 일부러 그녀를 피하기라도 하는 양 현욱은 정말이지 머리카락 한 올 볼 수가 없었다.

"어쩐 일이야. 그동안 잘 지냈어?"

살이 빠진 듯 야윈 현욱의 얼굴을 보며 은채는 고개를 갸웃거렸다. 늘 개구쟁이 소년처럼 보이던 현욱은 어딘가 달라 보였다.

"너는?"

"나야 잘 지냈지."

"잘 지낸 얼굴이 그 모양이야?"

무심하게 말을 던지는 현욱의 눈빛이 날카롭게 빛났다. 은채는 머쓱한 듯 볼을 쓰다듬었다.

"내 얼굴이 어때서."

"눈 빨개. 너 잠 못 자면 눈 충혈되잖아. 토끼 눈처럼. 피부도 좀 까칠해진 것 같기도 하고."

은채는 씁쓸하게 웃고 말았다. 현욱은 참 많은 걸 알고 있구나. 작은 것 하나도 놓치지 않고 살피는 친구의 예리함에 놀라고, 그런 우정에 새삼 고마움을 느꼈다.

"너도 잠 못 잤니? 너 역시 까칠해 보인다, 얘. 살도 좀 빠진 거 같고……."

"네 눈에 내가 보이긴 하는 거니?"

현욱의 시비조에 은채의 눈이 동그랗게 변해갔다.

"왜 그래? 나한테 삐친 거 있어?"

"내가 애냐! 삐치게!"

벌떡 의자를 밀치고 일어난 현욱은 머리카락을 쥐어뜯다시피 쓸어 넘겼다. 초조한 듯 문밖과 은채를 번갈아 보던 그가 머뭇거리며 물었다.

"오늘은 안 오냐?"

"뭐? 누구?"

은채는 현욱이 바라보는 복도로 눈길을 던졌다. 강의를 마친 상태라 그런지 복도는 한적하다 못해 썰렁하기까지 했다.

"네 전용 기사."

"내 전용 기사?"

앵무새처럼 현욱의 말을 되묻던 은채는 미간을 곱게 접었다. 뭔가 단단히 틀어진 모양이다. 현욱의 말속에는 금방이라도 찔릴 듯한 날카로운 가시가 엿보였다.

"그래, 기사. 일주일만 운전을 해달라고 해놓고 한 달이 넘도록 붙어 다니더니, 오늘은 어째 안 오냐?"

"생각할 게 좀 있어서 내가 오지 말라고 그랬어. 그건 그렇고, 너 말조심해. 기사가 뭐야, 기사가."

"하, 그럼 기사 아냐?"

현욱은 싸움이라도 하려는 기세였다. 은채는 귀찮다는 듯 고개를 설레설레 내저었다. 간만에 만난 친구와 말다툼을 벌이고 싶지는 않았다.

"오랜만에 보는데 좋은 소리만 하자. 왜 그러니?"

현욱의 옷깃을 털어주면서 달래듯 말해 보지만 소용없었다. 현욱은 단박에 그녀의 손목을 낚아채고 으르렁거렸다.

"아무 남자한테나 이러지 마라. 네 이런 행동이 얼마나 오해를 불러일으키는지 몰라서 하는 거야?"

"내가 뭘?"

"내가 뭘? 하, 제기랄!"

무슨 말이냐는 듯 순진하게 쳐다보는 은채의 눈빛에 격하게 욕설을 내뱉은 현욱은 신경질적으로 그녀의 손목을 내쳤다.

"그 자식하고는 잘돼가?"

잡힌 손목에 금세 발갛게 손자국이 나자 피부를 문지르던 은채의 눈빛이 확 달라졌다. 현욱은 비꼬듯 말을 덧붙였다.

"매일매일 지극정성으로 너 모시러 다니더라? 그 자식은 일도 안 한대?"

입술을 질끈 깨문 은채는 양팔을 엇갈리게 팔짱을 끼고 현욱을 노려보았다.

"말이 심하다, 박현욱!"

"사실을 말하는데 심하긴 뭐가 심해."

시큰둥하게 말하는 현욱을 한 대 때리고 싶어 은채는 주먹을 움켜쥐었다. 그렇지 않아도 심란해서 머리가 지끈거릴 정도였는데 친구마저 두통거리에 합세하는 듯했다.

"너보다 나이가 많아도 한참 많아. 말조심해. 그 자식이 뭐니?"

"아하! 미안하다, 정정하지. 그럼 그 기생오라비 같은 노땅이랑은 잘돼가?"

느물거리는 표정으로 현욱이 이죽거렸다. 두 번 생각할 겨를 없이 은채의 가방이 현욱의 복부에 내리꽂혔다. 인상을 찡그리며 그의 몸이 앞으로 고꾸라졌다.

"최은채, 너⋯⋯!"

현욱은 비명처럼 신음을 내뱉고 은채를 노려보았다.

"한 번만 더 그 따위로 말해 봐. 친구고 뭐고 없을 테니까."

반가움도 잠시 현욱의 빈정거림에 상처를 받은 은채는 칼바
람이 일 만큼 냉정하게 몸을 돌렸다. 그녀의 뒤로 현욱의 싸늘
한 말투가 날아들었다.

"우리가 친구이긴 한 거야? 제기랄! 우리가 친구이긴 한 거냐
고!"

"왜 이래. 너까지 왜 이러냐고! 안 그래도 심란해 죽겠는데,
잠잠하게 있던 너까지 왜 내 머리를 복잡하게 만드는 거니!"

냅다 가방을 팽개치고 은채는 고함을 질렀다. 그리고 서 있던
그 자리에 쪼그리고 앉아 현욱은 보고 싶지도 않다는 듯 얼굴을
다리 사이에 파묻었다. 차라리 지혁을 오라고 하는 게 나을 뻔
했다. 현욱과 되지도 않는 말다툼을 할 바에야 다소 불편하더라
도 그와 함께 있는 게 훨씬 마음이 안정될 것만 같았다.

"너 무슨 일 있어? 혹시, 그 자식⋯⋯."

현욱은 망설이듯 입을 열다 은채의 사납게 치켜 올라가는 눈
매를 보고는 말을 얼버무렸다.

"그⋯⋯ 남자랑 안 좋은 일이라도 있는 거야?"

"그런 거 없어."

단정 짓듯 은채는 강하게 못 박았다. 안 좋은 일? 그런 게 있

을 턱이 없지 않는가. 현욱을 쏘아보던 눈길을 거두고 은채는 몸을 돌렸다.

"은채야!"

은채는 대답하지 않았다. 우뚝 제자리에 선 채 고개도 돌리지 않고 묵묵히 현욱의 뒷말을 기다렸다.

"너…… 아직 어리잖아. 우리 아직 어리잖아. 꼭 지금 진지한 만남을 가져야겠니?"

"어리다고 사랑을 하지 말라는 법은 없어."

단호하게 되쏘는 그녀의 말에 현욱은 코웃음을 치고 말았다.

"사랑? 너 그 자식 사랑한다는 말을 한 거야? 그래?"

날렵한 기세로 다가선 현욱은 은채를 돌려 세우고 물어뜯을 듯 되물었다. 적막감만 감도는 강의실에 현욱의 고함이 메아리쳤다.

"제기랄! 사랑? 사랑!"

"오버하지 마. 내가 사랑한다는데 왜 네가 열받고 난리니."

"그래! 사랑해! 사랑하라고! 근데 왜 하필 그 자식이야. 왜 그 자식이냐고!"

은채의 몸이 앞뒤로 흔들렸다. 미친 듯이 소리치던 현욱은 은채를 쓰러뜨리기라도 하는 양 거세게 벽으로 몰아붙였다.

"다들 왜 이래? 왜 지혁 씨는 안 된다고 하는 건데? 너는 이유가 뭐니? 그 사람 안 된다고 하는 이유가 뭔데? 왜 가만히 있다가 지금 이러는 거야. 아빠도, 너도…… 이유도 없으면서, 뚜렷하게 말할 것도 아니면서 왜 난리야, 왜!"

현욱의 팔을 뿌리치고 은채도 지지 않고 맞받아쳤다. 누구 하나 도움이 되는 사람이 없다. 온통 지뢰밭에 서 있는 것처럼 한 걸음 내딛기가 힘겨울 지경이었다. 은채는 속삭이듯 힘없이 말을 이었다.

"넌 내 친구잖아. 내가 사랑하는 사람이 생기면 같이 기뻐해 줘야 하잖아. 그게 친구잖아. 그렇잖아, 현욱아……."

그 순간 희미하게 울려 퍼지는 휴대폰 벨소리가 은채와 현욱의 사이를 메웠다. 은채는 주섬주섬 주머니에서 휴대폰을 꺼내 발신자 번호를 확인한 다음에야 폴더를 열었다. 아빠의 전화라면 받지 않을 작정이었다. 그러나 눈에 익은 번호는 다름 아닌 고모의 전화번호였다. 구세주라도 만난 듯 은채는 단박에 우울한 기분을 떨쳐 냈다.

그래, 아직 고모가 있었다. 고모라면 기꺼이 지혁과 자신의 사이를 지원해 줄 것이다. 할 수 있다면 아빠를 설득할 수도 있을 거라는 생각에 은채의 가라앉았던 목소리에는 원래대로 생기가 돌아왔다.

"고모?"

[어디니, 은채야?]

"학교. 왜?"

[지금…… 고모 집으로 좀 올래?]

수화기를 통해 소영의 긴 한숨 소리가 흘러나왔다. 왠지 고모의 목소리가 좋지 않은 것 같아 은채는 불쑥 걱정이 스며들었다. 고모부와 무슨 문제라도 있나…….

"급해?"

[그래, 급해. 당장 올 수 있지?]

다른 날과 달리 섬뜩한 차가움마저 느껴졌다. 은채는 고개를 가로저었다. 지나친 생각이다. 기분이 나빠서인지 모든 일에 민감하게 반응하는 자신을 은채는 보이지 않게 질책했다.

"어, 지금 갈게."

고민 상담은 아무래도 다음으로 미뤄야 하나 보다. 울적해지는 마음을 추스르고 그녀는 강의실을 빠져나갔다. 현욱에게 화난 감정을 드러내느라 일부러 인사도 하지 않고 냉정하게 그를 무시했다.

"나…… 너랑 친구 하기 싫다. 네게 사랑하는 사람 생기는 거, 정말 싫다……."

바쁘게 나가는 은채의 뒷모습을 응시하며 현욱이 나직하게 고백을 했지만, 이미 먼 곳으로 걸어나간 은채는 그 말을 들을 수가 없었다.

"그래. 어떤 일이라도 마다 안 해. 일자리를 구할 수 있다는 것만으로도 충분해."

[정말이냐?]

믿을 수 없다는 듯 상대편에서 되물었다. 몇 해째 연락을 두절하고 지내던 친구에게 불쑥 전화 걸어 일자리를 구해달라고 부탁하는 입장이었으나 자꾸 확인하는 듯한 친구 녀석이 귀찮기만 했다. 지혁은 짜증스럽게 대꾸했다.

"그래, 정말이야. 됐어?"

[흠, 정말 아무 일이라도 괜찮다는 말이지.]

숫제 욕설이라도 내뱉고 싶은 심정이었다. 지혁은 식도를 타고 올라오는 욕설을 삼키기 위해 메마른 침을 꿀꺽 삼켰다.

[그럼 연기는? 연기 생활은 안 하나?]

"빌어먹을! 일자리 한 번 구해주는데 더럽게 꼬치꼬치 캐묻는군. 때려쳤어. 그러니 일자리가 필요하지."

약 올리는 듯한 어투에 전화를 끊고 싶었지만, 지혁은 전화기를 쥔 손에 애써 힘을 주었다.

[그렇군. 잘됐다고 축하해야 하나? 하여간 빠른 시일 내로 일자리를 구해보도록 하지. 뭐, 대단한 건 기대하지 마라. 너도 알다시피 나도 목구멍이 포도청이라 근사한 자리는 못 구해준다.]

"알았다, 인마!"

[자리 나는 대로 연락하마.]

"어이, 고맙다."

지혁은 당장이라도 일자리가 생긴 마냥 우스갯소리를 던졌다. 수화기 너머에서 호탕한 웃음소리가 터져 나왔다.

[별말씀을. 나중에 술이나 한잔 사라.]

"물론이지."

통화를 마치고 난 다음에야 지혁은 갓길에 세워놓은 차를 출발시켰다. 은채가 오늘은 데리러 오지 않아도 된다고 했기에 마음 놓고 직장을 알아보러 다녔지만 이렇다 할 수확은 없었다. 며칠 전부터 신문의 구인구직 광고란을 보고 틈나는 대로 전화를 했어도 불경기 탓인지 일자리 구하기란 하늘의 별 따기였다.

새로 시작해야 했다. 처음부터 모든 것을, 하나하나 잘못된 행보를 기억에서 소각시키고 다시 태어나야 했다. 비록 은채를 보내주어야 하나 그녀의 손을 놓고 난 다음에도 부끄럽지 않은 모습으로 살아가고 싶었다. 힘들겠지, 그녀가 없이 살아간다는 것이. 생각만으로도 고통스러운데 막상 닥치면 지금보다 더한 아픔이 자신을 괴롭힐 것이다. 핸들을 움켜쥔 손아귀에 힘이 실렸다. 관절 마디마디가 새하얗게 탈색되어 갔다.

은채야…… 난 왜 이렇게 살아왔을까. 너를 만날 줄 알았다면, 내 삶에 네가 다가올 줄 알았다면, 그랬다면…….

가슴이 먹먹해졌다. 숨을 쉴 수가 없을 만큼 심장이 옥죄어들었다. 그런 지혁의 귀에 휴대폰 벨소리가 들려왔다. 힐끔 액정화면을 보던 그의 얼굴이 일그러졌다. 창문 밖으로 내던지고 싶은 마음을 억누르고 겨우 폴더를 열었다. 은채와 헤어질 때까지는 소영을 자극해서 이로울 것은 없었다. 그때까지는 참아야 했다. 은채를 위해서. 지혁은 받기 싫은 전화를 간신히 받으며 퉁명스럽게 입을 열었다.

"왜 전화했어?"

[우리 집으로 와.]

싸늘한 음성이었다. 어떤 거절도 용납하지 않겠다는 뜻이 강하게 실려 있었다. 지혁은 나직하게 욕설을 씹어뱉고는 사납게 핸들을 내리찍었다.

"왜?"

[긴말 않겠어. 우리 집으로 와.]

명백한 명령. 다른 말은 하지 않겠다는 듯 소영은 같은 말만 내내 되풀이했다. 지혁은 한탄처럼 말을 쏟아냈다.

"제발 이러지 말자. 부탁이니까 나 좀 내버려 둬."

왜 이 여자를 미끼로 택했을까. 왜 하필이면 이 여자를 먹잇감으로 노렸을까. 빌어먹을, 나는 왜 구역질나는 시궁창에 처박혀서 허우적거렸을까. 벗어나려고 아무리 발버둥 쳐도 단단히 조여들기만 할 뿐 최소영이라는 여자는 좀처럼 놓아줄 기미를 보이지 않았다.

"끝내자고, 우리 여기서 끝내자고⋯⋯."

메마른 음성이 탁하게 갈라져 나왔다. 매달리라면 매달릴 수도 있었다. 고개를 숙이라면 일말의 망설임 없이 고개도 숙일 수 있었다. 최소영에게서 벗어날 수만 있다면 지혁은 간도, 쓸개도 다 내팽개칠 수 있을 것 같았다.

[끝내고 싶으면⋯⋯ 와.]

유혹하듯 나직하게 속삭이던 소영의 말을 잘못 듣기라도 한 양 지혁은 황망히 되물었다.

"뭐?"

[끝내고 싶다고 했잖아. 끝내줄 테니까 오라고.]

정면을 주시하는 지혁의 눈빛이 날카롭게 번뜩였다.

"끝내는데 꼭 만나야 하나?"

정곡을 찌르는 물음에 그녀가 호호 웃음을 터뜨렸다. 지혁은 욕설을 내뱉으며 말을 계속했다.

"만나고 말고 할 필요 없이 이 전화를 끝으로 서로 안 봤으면 해. 그게 더 낫지 않겠나?"

[아니, 만나야 해. 마지막 기회야, 우지혁 씨. 앞으로 나를 안 보려면 지금 당장 우리 집으로 오는 게 좋을 거야.]

"젠장! 이유가 뭐야? 그냥 끝내도 될 걸 굳이 집으로 오라는 이유가 뭐냔 말이야!"

[와보면 알아. 그래도 우리가 쌓아온 정이 있는데 이대로 끝낼 수는 없지. 안 그래, 우지혁 씨? 기다리고 있을게.]

지혁의 대답도 듣지 않고 그녀가 일방적으로 전화를 끊어버렸다.

"여보세요? 이봐, 최소영? 최소영! 젠장!"

격하게 울화를 터뜨리면서도 지혁은 거칠게 핸들을 꺾었다. 다른 차에서 귀청을 찢을 듯한 클랙슨 소리가 지혁의 뒤를 바짝 쫓아왔지만 그는 속력을 늦추지 않았다. 마지막이라고 하지 않는가. 어떤 이유를 불문하고 이게 끝이라고 하지 않는가. 가야 했다. 이 더러운 만남과 악연에 종지부를 찍기 위해서……

머리 속이 공황 상태에 빠졌다. 가슴은 공허했고, 시선을 들어 바라보는 곳은 짙은 어둠뿐이었다. 사랑이 영원할 거라는 기대는 결혼을 하고, 신혼여행을 다녀온 직후에 산산이 부서졌다. 영원한 사랑? 엿 같은 소리 하지 마! 그런 건 존재하지 않아. 영원한 사랑 따윈 다 나약한 인간들이 만들어낸 소리야! 소영은 악을 쓰고, 피를 토하듯 소리 지르고 싶었다.

남편의 외도에 반발하듯 바람을 피웠다. 젊은 계집들이랑 나날이 스캔들을 일으키는 남편을 비웃듯 그녀도 수많은 남자와 관계를 맺었다. 그러나 지혁은 달랐다. 아니, 시작은 엔조이였지만 어느 순간부터 소영은 지혁에게 많은 걸 바라게 되었다. 남편에게서 받지 못한 것을 보상받듯 지혁을 놓치기 싫었다. 어떻게든 붙잡아야 했다. 남편에게서 버림받은 여자가 한낱 즐기기 위해 만났던 남자에게도 밀려날 수는 없었다. 자신이 가진 부와 권력을 모두 이용해서라도 지혁을 묶어두어야 했다.

하나, 어찌하랴. 어디서부터 어긋났을까. 도대체 어디서부터 길이 틀어져 버렸다는 말인가! 지난밤, 애정없는 남편과의 사이를 정리하기 위해 조언을 구한답시고 오빠 내외 집을 찾은 것이 잘못일까? 거기서 보지 말아야 할 것을 보고 말았다. 절대 알아서는 안 되는 사실을 알고 말았다. 그때서야 잊고 있었던 어느 날의 기억이 또렷하게 되살아났다. 어둠 속에 서 있던 지혁과 자신의 조카, 은채를 보는 순간 기억 상실증에 걸렸던 환자가 기억을 되찾듯 소영은 선명하게 그날의 일을 떠올렸다.

언젠가 지혁을 기다리던 레스토랑에서 우연찮게도 은채를 만났었다. 그날 은채를 보내고 난 뒤 나타났던 지혁은 지나치듯 무심하게 물었지만, 분명 그런 말을 했었다.

"같이 있던 사람, 누구였어?"

그녀는 그날 뭐라고 했던가? 기억나지 않았다. 무슨 말을 했는지 도무지 생각이 나지 않았다. 그러나 그 얼마 후 했던 말은 토씨 하나 빠뜨리지 않고 떠올릴 수 있었다. 난데없이 휴대폰 번호가 바뀌었을 때, 그때 자신이 했던 말.

"휴대폰 번호는 갑자기 왜 바꾼 거야?"
"전에 쓰던 것을 분실하는 바람에."
"어디서 잃어버렸는데?"
"당신 만나러 아다지오 갔을 때 잃어버린 것 같아."

그래, '아다지오'에서 지혁을 기다렸었지. 하지만 어떻게? 두 사람이 거기서 어떻게 만났다는 말인가? 그건 중요하지 않았다. 그렇게 따지고 들자면 그와 처음 만났던 수영장에서부터 은채와 지혁이 만날 수도 있었을 테니까. 하지만 분명한 건 '아다지오' 이후의 만남이었다. 속속들이 드러나는 진실, 그때부터 지혁과 그녀의 사이에 전환점이 찾아왔다. 같잖게 넘어가려고 했지만 분명 지혁은 그 즈음 헤어지자고 했다. 서서히 아귀가 맞아 들어갔다. 퍼즐 맞추기처럼 쏙쏙 제자리를 찾는 어처구니없는 장면들에 불현듯 미친 여자마냥 비실비실 웃음이 비집고 나왔다.

은채의 남자 친구를 소개받기 위해 은채네 집에 갔던 날, 무슨 일이 벌어졌던가. 웃음소리가 점점 커져 갔다. 히스테릭하게 퍼져 나가던 웃음을 간신히 멈추고 소영은 지그시 혀를 물었다. 그날 좀처럼 먼저 전화하는 일이 없던 지혁의 전화를 받고, 그녀는 기뻐했다. 당장 오라는 그의 말이 반가워 서운해하는 조카를 달랠 사이도 없이 그의 오피스텔로 달려가기 바빴었다. 그러나 그 이면에 이런 사실이 숨겨져 있으리라고는 감히 상상도 하지 못했다.

질투. 뼛속 깊이 파고드는 치졸한 질투라는 이름. 떨쳐 내려고 이를 악물어도 거머리처럼 달라붙어 떨어지지 않는 이름, 질투(嫉妬).

언제나 일정한 거리를 두고 냉담한 모습만 보이던 그가, 하다 못해 섹스를 나누는 순간에도 빈틈을 보이지 않던 그가 은채의 앞에서는 세상 누구보다 다정하고 따스한 모습을 하고 있었다. 만지면 부서질까 조심스럽게 그 아이의 얼굴을 어루만지고 이마에, 볼에, 콧날에, 턱에 수없이 입맞춤을 하던 그는 생소해 보였다. 같은 사람이라고 보기에는 너무도 달라 보였다. 두 얼굴을 지닌 사람처럼, 마치 아내인 자신에게는 냉담하던 남편이 세상 여자에게는 다정하기 그지없는 것처럼 상반되는 모습.

비릿한 피내음이 혀끝을 타고 전해왔다. 문득 정신을 차린 소영은 벽에 걸린 괘종시계를 노려보았다. 냉소를 배어 문 그녀는 옷을 하나하나 벗기 시작했다. 슬슬 준비를 하고 있어야 했다.

이건 은채를 위해서다. 내가 사랑하는, 하나밖에 없는 내 소중한 조카를 위해서다. 결코 남자에게서 버림받았다는, 다른 여자에게 밀려났다는 추악한 질투가 아니라. 그리고 우지혁은 나, 최소영을 기만하고, 굴욕적으로 만들었으며, 우습게 보았던 대가를 처절하게 치르는 것이겠지…….

소영의 매끄럽고 탄력적인 나신의 몸이 거실 창을 통해 들어오는 오후의 햇살을 받아 요염하게 빛을 발했다. 거실 창 커튼을 닫는 그녀의 입가에 소름 끼치도록 서늘한 미소가 새겨졌다.

"벗어!"

소영의 음성이 귓가에 전해지는 순간, 지혁은 이 집에 발을 디딘 자신의 우매함에 치를 떨었다. 실오라기 하나 걸치지 않은 모습으로 소파에 앉아 있는 소영은 그 어느 때보다 당당하고 자신감에 쌓인 채 석상처럼 굳어버린 지혁을 코너로 몰아붙이고 있었다.

"벗으라고! 여기서!"

"미쳤어?"

집 안에 누가 있나 둘러볼 여유로움 같은 건 애초부터 존재하지 않았다. 혹여 어디선가 사람이 나타날까 불안과 초조함을 드러내던 지혁은 카펫 위에 떨어진 소영의 옷가지를 거칠게 내던졌다.

"입어."

"말귀 못 알아들어? 벗으라고 했어, 내 옷을 입혀달라고 한 게 아니라. 당신, 우지혁 씨, 당신 옷을 벗으라고."

성큼 다가서는 그녀가 마치 더러운 병균이라도 되는 양 지혁은 뒤로 물러섰다. 양손을 앞으로 내밀어 거리를 두려 했지만 소영은 막무가내로 그에게 달라붙었다.

"정신 나갔군, 최소영."

잇새로 씹어뱉듯 나직하게 읊조리는 그를 그녀가 싸늘하게 비웃었다.

"우리 집에서 섹스하는 게 처음도 아닌데, 유난스럽게 굴 필요 없잖아. 왜, 침실이 아니어서 곤란해?"

"환장하겠군! 이러자고 오라 한 건가? 마지막이라는 말로 유혹해서 이런 짓거리를 하려고 오라 한 거야?"

"왜? 그럼 안 돼?"

"하! 이것 봐, 최소영 씨. 나는 정리를 하러 온 거야. 당신과 짐승처럼 얽히려고 온 게 아니라."

"그래. 정리하기 전에 마지막으로 당신에게 안기고 싶다는데 이해 못해? 언젠가 당신 입으로 그랬잖아, 마지막 서비스는 확실하게 해줄 수 있다고. 아마도 내 앞에서 미진이를 떼어낼 때 그런 말을 했지?"

지혁의 얼굴이 험악하게 일그러졌다. 차마 입에 담기 어려운 욕설이 금방이라도 입술을 뚫고 튀어나오려 했다.

"마지막 서비스라 생각하고 시작해. 어려운 일 아니잖아?"

나른하게 속살거리던 소영은 지혁의 재킷을 벗겼다. 그 순간 거세게 밀치는 지혁의 손길에 의해 소영의 몸이 볼썽사납게 거실 바닥을 나뒹굴었다.

"치워! 치우라고! 끔찍하다. 정말 지긋지긋하다. 꼭 이렇게까지 해야 하나? 당신이라는 여자와 이제는 섹스고 뭐고 하기 싫다는데, 그런데 이런 식으로까지 해야 하는 건가? 그래?"

나가야 했다. 대화가 불가능한 여자와 더 이상 말도 안 되는 실랑이를 벌인다는 건 무의미한 짓이었다.

"빌어먹을, 최소영! 당신에게는 늘 미안한 마음이었어. 죄를 짓는 기분이었다고. 한 번만 봐주라. 아주 더러운 놈에게 걸렸다고 생각하고, 나 같은 놈 깨끗하게 잊어줘. 미친개에게 물린 셈치고, 엿 같은 상황에 잠시 닥쳤었다고 욕이나 한바탕 퍼부으란 말이야!"

울부짖듯 격하게 말을 마친 그가 소영에게서 도망치듯 몸을 돌렸을 때, 지혁은 벼락이라도 맞은 것처럼 제자리에 얼어붙고 말았다.

현관 입구에 그녀가 서 있었다. 절대 보이고 싶지 않은 장면을 그녀가, 은채가 낱낱이 지켜보고 있었다. 언제부터 지켜보고 있었는지, 한 손으로 입술을 틀어막고 핏기 하나 없는 얼굴로 서 있던 은채는 정물화처럼 미동없이 그와 소영을 정시하고 있었다.

지혁은 홱 고개를 돌려 소영에게 눈길을 던졌다. 그녀가 묘하게 입술을 일그러뜨리며 그의 옆으로 다가섰다. 은채의 몸이 눈에 띄게 휘청거렸다. 은채를 잡기 위해 앞으로 나가려 하자 소영은 재빠르게 그의 손을 잡아채고 달콤하게 말문을 열었다.

"이런…… 내 정신 좀 봐. 은채를 오라고 해놓고 까맣게 잊고 있었네. 인사하렴, 은채야. 고모 애인이야. 어쩌나, 이런 모습을 보여서 미안하네."

미리 준비해 놓은 로브를 걸치며 소영은 전혀 미안하지 않은 얼굴로 태연하게 말을 덧붙였다.

"지혁 씨, 당신은 말 안 해도 알고 있겠지? 은채가 내 조카라는 거."

세 사람의 시선이 서로에게 얽혀들어 구속되고 한 치의 어긋남 없이 속박당했다. 그리고 그가 속한 세계가 잔혹하게 무너지는 순간 시간은…… 정지해 버렸다.

#10

해가 뉘엿뉘엿 지는 창밖의 풍경을 바라보던 최 사장은
무거운 마음으로 전화기를 들었다. 오늘 하루만도 수십 번 넘게
확인을 했건만 그는 불안함에 안절부절못하며 몸 둘 바를 모르
고 있었다.

"날세. 은채는?"

상대편에서 전화를 받자마자 최 사장은 은채의 행방부터 물
었다.

귀하디귀하게 키웠다. 세상만사 나쁜 해악은 딸아이의 주변
에 얼씬도 하지 못하게 곱디곱게 키워왔다. 그 딸아이에게 사랑
하는 남자가 생겼다 했을 때, 못내 서운하고 쓸쓸해도 지금의

심정처럼 억장이 무너지지는 않았다. 왜 하필이면 그런 녀석일까. 누구보다 고운 딸이, 세상 어떤 것보다 소중한 딸이 왜 하필이면 그런 녀석에게 마음을 주었다는 말인가.

이번 일로 딸아이의 경호 겸 감시를 맡은 사내의 음성이 전화기 너머에서 들려왔다.

[강의를 마치고 지금 방배동 사모님 집으로 들어가셨습니다.]

"방배동에?"

누이 집에? 거긴 왜?

최 사장은 튀어나오려는 질문을 삼키고 초조한 듯 주먹을 움켰다 쥐었다를 반복했다. 딸아이가 고모 집에 간 게 무슨 큰일이라고 이러는 걸까. 하나, 불안했다. 이유는 모르겠지만 누이 동생 집에 간 게 말도 못하게 불안해서 잠시도 가만히 있을 수가 없을 지경이었다.

"오늘 지혁 군은 만나지 않았나?"

[네. 학교에서 바로 방배동으로 가셨습니다.]

"저녁에 그 친구를 만나는 것 같지는 않고?"

[글쎄요. 그건 계속 지켜봐야 알 수 있을 것 같습니다.]

"그렇군. 알았네. 잘 지켜보고 있다가 집에 들어가면 자네도 퇴근하게."

[네.]

전화를 끊고 기계적으로 손가락을 움직인 최 사장은 다른 곳에 전화를 했다. 역시나 그곳도 신호가 울리자마자 바로 전화를 받았다.

"그 친구는 오늘 하루 뭘 했는가?"

별로 궁금하지도 않았다. 우지혁이라는 인물이 무얼 하든 자신과는 하등 상관없는 인물이었다. 그러나 거기에 딸아이가 연관되어 있다면 더 이상 뒷짐 지고 구경만 할 수는 없는 노릇이었다.

[하루 종일 사람들을 만나고 있습니다. 뭘 하는 걸까 하는 생각에 우지혁 씨가 만났던 사람들과 이야기를 나눠보니 직장을 구하고 있다 합니다.]

"직장?"

[네. 닥치는 대로 알아보고 있는 형편인가 봅니다. 오늘 우지혁 씨가 들른 곳만 해도 막노동이나 다름없는 기사직부터 이것저것 가리지 않고 일자리를 구하고 있더군요.]

"그렇군."

연기를 그만두었다더니 빈말은 아닌가 보다. 그러면 무얼 하나, 이미 물은 엎질러진 것을. 아니, 서로의 길은 다른 것을.

최 사장은 가죽 의자에 몸을 묻고 담배 케이스에서 담배를 하나, 빼어 물었다. 그래도 오늘은 딸아이를 만나지 않았다니 그나마 마음을 놓을 수 있을 것 같았다.

"계속 수고하게. 혹시 그 친구가 우리 은채를 만나면…… 아닐세. 그럼 나중에 다시 통화하세."

[네, 알겠습니다.]

"참, 그 친구 지금도 직장을 구하고 있나?"

차라리 우지혁을 따로 만날까 하는 생각이 불현듯 들었다. 그게 오히려 사태를 진정시킬 것 같았다. 은채의 주변에서 떨어지라고 단도직입적으로 말해 볼까, 라는 생각이 최 사장의 뇌를 지배했다. 그는 한 번도 사람들을 업신여긴 적이 없었다. 부와 명예라는 잣대로 사람들을 평가하지는 않았다. 그러나 자식을 앞세운 일에는 결국 부모도 이기적인 사람이 되고 마는가 보다. 직장이 필요하면 얼마든지 좋은 일자리를 알아봐 주고, 그게 아니라 연기가 계속하고 싶다면 얼마든지 후원자가 되어줄 수도 있었다. 단, 내 딸 은채와 헤어져 준다면.

"이 시간까지 일자리를 알아보고 있냐는 말일세."

[아닙니다. 우지혁 씨는 좀 전에 방배동의 한 주택으로 들어갔습니다.]

"뭐야!"

벌떡 일어나는 바람에 가죽 의자가 뒤로 휙 자빠졌다. 입에 물고 있던 담배가 발 아래에 떨어진 것도 의식하지 못한 채 최 사장은 버럭 언성을 높였다.

"거긴 왜? 언제?"

[네? 저어……]

상대편이 머뭇거리며 말을 얼버무렸다. 최 사장은 채찍질을 가하듯 다그쳤다.

"언제 들어갔냐는 말일세, 언제!"

[한 삼십 분 되었습니다.]

"젠장!"

거칠게 전화를 내동댕이치며 최 사장은 험악한 욕설을 중얼거렸다. 전혀 예상하지 못했다. 두 사람이 만나는 것만 조심하면 된다고 여겼건만, 누이동생까지 주시하고 있어야 했다니. 어리석었다. 당연히 그래야 했음에도 불구하고 눈앞에 닥친 일만 조심에 또 조심을 하고 신중을 기했다. 그러나 다 부질없는 짓이었다. 최 사장은 부들부들 떨리는 손으로 은채의 경호를 맡고 있는 사내의 번호를 눌렀다.

"은채가 들어간 지 얼마나 되었나?"

[네? 무슨 말씀이신지…….]

"빌어먹을! 은채가 그 집에 들어간 지 얼마나 됐냐는 말일세!"

벗어놓은 수트 상의에 팔을 꿰고 최 사장은 격하게 말을 쏟아냈다. 이제야 무슨 뜻인지 알았다는 듯 전화기 너머의 사내가 시간을 가늠하는지 한참을 뜸들이다 대답했다.

[대략 오 분에서 십 분 정도 된 것 같습니다.]

"젠장! 당장 들어가! 당장 들어가서……."

최 사장은 어금니를 물었다. 들어가서 어쩌란 말인가. 빌어먹을, 왜 이 모양인가. 뭘 어떻게 해야 하는지 머리 속이 새하얗게 탈색되어 그 어떤 생각도, 판단도 불가능하게 되어버렸다. 최 사장의 음성이 가늘게 떨려 나왔다.

"내가 지금 가겠네. 갈 때까지 기다리고 있게. 혹여, 은채가 나오면…… 조심해서 뒤따르도록."

[네, 알겠습니다.]

진정하자, 최은채. 눈에 보이는 게 전부는 아니라고 배웠잖니. 진정하자, 진정. 스스로에게 주문을 걸어보아도 아무런 효력이 없었다. 다리가 후들거려 더 이상 서 있을 힘조차 남아 있지 않았다. 얼마나 오랫동안 숨을 멈췄는지 폐가 터질 듯 부풀어 올랐다. 은채는 참았던 숨을 길게 내쉬며 불규칙한 심호흡을 정리했다. 머리 속이 깨어질 듯 아파왔다. 수십 마리의 벌에게 집중 공격을 당하듯 도무지 정신을 차릴 수가 없었다.

순간 지혁과 만나지 말라고 하던 부친의 음성이 섬광처럼 귓가에 내리꽂혔다. 이거였구나. 갑자기, 난데없이, 뜬금없이 지혁은 안 된다고 하던 아빠의 말은 결국 이걸 뜻하는 거였구나.

꼿꼿하게 서 있으려 해도 자꾸만 몸이 휘청거리는 게 넘어지려 했다. 은채는 장식용 콘솔박스를 짚고 간신히 몸을 지탱시켰다. 메마른 입술을 축이고 굳어버린 혀를 움직였다. 제발, 제발 흔들리지 않고 말을 할 수 있다면, 의연하게 이 상황을 대처할 수만 있다면…….

"뭐야, 이거?"

떨림과 달리 말투는 톡 쏘듯 날카롭게 튀어나왔다.

"지금 이 상황, 어떻게 받아들여야 하는 거야?"

빈정거리는 어투로 쏘아붙이며 은채는 입술을 질끈 물고 지혁을 바라보았다. 그리고 고모인 소영을 바라보았다. 두 사람의 나란히 서 있는 모습이, 흐트러진 옷매무새의 지혁과 알몸에 로브만 걸친 고모의 모습이 은채의 시야를 가득 채웠다. 가슴에 묵직한 돌덩이가 놓여 있는 느낌에 숨이 막혀왔다.

"내가 울면서 뛰쳐나가야 이 상황에 맞는 연출이 되는 거야? 그래?"

은채는 한 걸음씩 그들에게로 다가섰다. 다가서는 만큼 눈에 보이지 않는 벽이 생긴 듯했다. 입도 벙긋하지 못하는 지혁에게 시선을 고정시켰다. 그가 뭐라 말을 해주길 바랐는데, 해명이든 변명이든 어떤 말이라도 해주길 바랐는데 지혁은 입술을 굳게 다물고 있었다.

"지혁 씨는 여기…… 어떻게 왔어요?"

지혁의 고개가 돌려지는 순간, 소영의 입가에 싸늘한 웃음이 물렸다. 은채는 얼른 손을 내저었다.

"아니, 대답을 바란 질문이 아니었어요. 그러니 굳이 대답하지 않아도 돼요. 나도 귀가 있고 눈이 있으니까."

지혁과의 거리가 차츰 좁혀졌다. 그러나 어쩐 일인지 은채는 지혁을 볼 수가 없었다. 눈으로 보고 있어도 가슴으로 느낄 수가 없었다. 그가 눈앞에 있는데 천 리 밖에 있는 것처럼 만질 수가 없는 듯했다. 은채는 눈자위가 뻑뻑해지는 눈을 들어 고모를 응시했다. 다르다. 여태 자신이 알고 지내왔던 고모의 모습이 아니었다. 항상 부드럽고, 따스하던 고모가 아니었다. 무섭고, 소름 끼치고, 끔찍한 모습의 전혀 다른 사람이 그녀의 앞에 있었다.

"고모?"

은채는 확인을 하려는 듯 불러보았다. 그러나 확인이 필요하지는 않았다. 전혀 다른 모습의 여자이지만, 그녀는 고모가 분명했다.

"급하다고 한 용건이 이거였어?"

"그래."

지혁을 부여잡고 있던 손을 놓고 소파에 앉은 소영은 냉담하게 말했다.

"왜?"

담배를 빼어 물고 불을 붙이는 소영의 손짓을 보며 은채는 따지듯 쏘아붙였다.

"너도 알아야 하니까."

"뭘?"

담담하게 말하는 소영과 대조적으로 은채는 눈에 띄게 흔들리고 있었다. 음성도, 눈빛도, 그리고 손도.

"뭘! 뭘 알아야 하는데. 내가, 내가 뭘 알아야 한다는 건데!"

소영에게 말하고 있으나 은채의 시선은 지혁에게 날아갔다. 그가 흐릿한 눈동자로 그녀를 바라보고 있었다. 그 흐릿한 눈동자가 은채의 가슴에 생채기를 만들었다. 지혁은 저런 눈빛을 가지지 않았다. 상처 입은 듯한 그의 눈을 차마 바라볼 수가 없어 은채는 홱 고개를 돌렸다. 왜 상처 입은 얼굴을 하고 있지? 왜 상처받은 눈빛을 하고 있는 거지? 정작 상처받은 사람이 누군데. 누가 상처를 입었는데!

"은채야……."

그가 자신의 이름을 불렀다. 메마르고 탁한 어조로 조심스럽게 부르고 있었다. 목소리는 변함이 없는데, 그는 변했다. 그녀가 알고 있던 지혁이 아니었다. 은채는 새된 음성으로 날카롭게 소리쳤다.

"그만! 내 이름 부르지 말아요. 나, 나…… 아무래도 꿈을 꾸고 있는 것 같아. 아주 몹쓸 꿈을 꾸고 있는 것 같아요. 깨고 싶은데, 어서 깨어나고 싶은데 깨어날 수가 없어. 내가 뭘 잘못한 거지? 내가 잘못한 게 뭔데? 내가 왜 이런 일을 겪어야 하지? 왜!"

"은채야, 내 말 좀 들어봐……."

그가 다가왔다. 한 걸음 한 걸음 힘겹게 다가서고 있었다. 은채는 뒤로 물러나며 고개를 가로저었다.

"싫어. 내 옆에 오지 말아요. 다가오지 마!"

거짓말처럼 그가 제자리에 멈춰 섰다. 그 모습이 오히려 은채를 고통스럽게 했다. 은채는 바닥에 무너지듯 주저앉고 말았다. 날렵하게 지혁의 몸이 움직였지만, 매서운 그녀의 눈빛에 그는 발밑에 뿌리라도 내린 마냥 더 이상 움직이지 않았다.

가고 싶다. 어서 나가고 싶었다. 나중에, 좀 더 정신이 맑아지
면 그때 다시 생각해야지. 지금은 아무런 생각도 하고 싶지 않
았다. 무엇을 보았는지, 무슨 말을 들었는지 다 잊고 싶은 마음
뿐이었다. 고모가 무슨 짓을 했는지, 지혁은 그런 고모에게 무
슨 말을 했는지 그녀는 본 것이 없고, 들은 것도 없었다.

휘청거리는 몸을 힘겹게 일으켜 세웠다. 당장이라도 바닥에
고꾸라질 것 같아 은채는 이를 악물었다. 후두두 눈물마저 솟구
쳤다. 천장을 노려보며 식도 안으로 돌덩이를 삼키듯 뜨거운 침
을 삼켰다.

"은채야!"

은채가 돌아서자 소영이 다급하게 불렀다. 은채는 걸음을 멈
추고 천천히 몸을 돌렸다. 여전히 가운만 걸치고 있는 고모가
그녀를 불편하게 만들었다. 아니, 집 안에 들어섰을 때 실오라
기 하나 걸치지 않은 모습으로 지혁의 곁에 서 있던 모습이 자
꾸만 은채의 뇌리를 헤집었다.

"미안…… 하다."

머뭇거리는 말투, 흔들리는 음성. 은채는 힘겹게 말을 내뱉은
고모를 싸늘하게 노려보았다.

"뭐가? 뭐가 미안한데? 미안한 짓을 왜 하는데?"

소영에게 성큼성큼 걸음을 옮기며 은채는 숨도 쉬지 않고 쏘
아붙였다.

"고모가 오늘 뭘 기대하고 날 불렀는지 모르지만, 난 아무것

도 못 봤어. 들은 것도 없어. 그러니 여기서 상황 종료야! 게임 아웃이라고! 지혁 씨를 여기 불러들여서 내게 뭘 보여주고 싶었는지 모르지만…… 고모, 실수했어. 엄청난 실수를 저질렀어. 잊지 마. 고모는, 고모를 사랑하고 믿고 따르던 조카를 잃었어. 지금 이 순간부터!"

"너도 봤잖아. 저 남자가 어떤 남잔지 네 눈으로 똑똑히 봤잖아! 무슨 소리를 지껄이는지 한마디도 빼놓지 않고 다 들었잖아! 정신 차려, 최은채. 네가 사랑한다는 남자, 네가 사귄다는 남자가 어떤 남잔지 똑똑히 보란 말이야. 그 실체를, 잘생긴 외모 아래 뭐가 숨어 있는지 그 이면을 보라고, 이 멍청한 것아!"

"아니, 이제 와서 내 생각 해주는 척하지 마, 고모. 역겨워!"

"은채야!"

은채의 냉랭한 이죽거림에 소영은 경악하듯 언성을 높였다. 은채는 비웃음을 물고 지혁과 소영을 번갈아 노려보았다. 지혁은 등을 돌린 채 창밖을 바라보고 있었다. 그가 보고 있는 것은 뭘까. 그는 무슨 생각을 하고 있는 걸까. 그는 언제나 먼 곳에 있었다는 것을 은채는 이제야 알게 되었다.

"적어도 나를 생각했다면 고모는 이런 짓을 벌이면 안 돼. 적어도 조카를 생각했다면 그런 차림으로 있지는 않았겠지. 고모의 지금 모습이 얼마나 웃기는지 알아? 남편을 회사에 보내놓고, 외간 남자 불러들여서…… 그, 그…… 말도 안 돼!"

험악한 욕지기를 내뱉은 은채는 할 말을 잃고 황망히 눈길을 떨어뜨렸다. 고모와 그가 뭘 하고 있었는지 떠올리자 구토가 치밀어 올랐다. 은채는 지그시 혀를 물었다. 상상하지 마, 그런 일은 없었어. 최소한 내 눈으로 목격하지는 않았어!

"고모부가 없는 집에서 다른 남자와 부도덕한 짓을 벌이는 고모를, 내가 여전히 가족으로 인정해 주길 바라는 건 아니겠지, 고모?"

"느이 고모부가 먼저였어!"

소영의 찢어지는 듯한 음성이 거실을 메웠다. 미친 듯이 소리를 지르던 소영은 급기야 괴성을 질렀다.

"그이가 먼저 나를 배신한 거라고. 근데 왜 내가 욕을 들어야 하지? 그이는 멀쩡한데, 너희 고모부는 뭘 해도 괜찮은데, 나는 왜 너에게 욕을 들어야 하지?"

"착각하지 마, 고모. 그렇다면 오늘 고모가 불러야 했던 사람은 내가 아니라 고모부였어. 이런 모습을 보여주고 싶어서 안달이 났던 고모가 정작 보여주고 싶어했던 사람은 내가 아니라 고모부였겠지. 안 그래? 고모는 오늘 뭔가 엄청난 실수를 한 거야."

"너도 봐야 해. 네가 환상을 갖고 있는 남자가 어떤 남잔지 너도 알아야 하잖아. 이 남자, 네가 생각하는 그런 남자 아냐. 우지혁이라는 이 남자, 스타로 발돋움하려고 여자들을……."

"그만! 거기서 그만둬, 최소영."

지혁의 격렬한 고함 소리가 집을 들었다 놓을 만큼 커다랗게 메아리쳤다.

"꼭 이렇게까지 해야 하나? 은채 앞에서 나를 찢어발기고, 짓밟고 해야겠어? 그만 하자. 다 보여주지 않았나. 그 정도면 된 거 아닌가? 빌어먹을! 어디까지 가야 속이 시원하겠어! 뭘 얼마나 더해야 당신 속이 편하겠냐고! 뭘 원해. 도대체 내게서 뭘 원하느냐고!"

지혁은 격하게 쏟아내던 말을 멈추고 은채를 바라보았다.

"미안하다, 은채야……. 이런 모습을 보여서. 너에게만은 절대로 보이고 싶지 않았는데. 알게 하고 싶지 않았는데……. 너에겐 정말 보여주고 싶지 않았는데……."

점점 낮아지는 지혁의 음성과 함께 그의 몸도 바닥으로 가라앉았다. 지혁에게 다가가려던 은채는 모질게 고개를 돌리고 외면했다. 이건 아니다. 그에 대해 알고 싶고, 궁금한 게 많았어도 이런 모습은 아니었다. 그가 이렇게 살아왔다는 걸 알고 싶지도 않았다. 은채는 손톱이 살에 박히도록 거세게 주먹을 움켜쥐었다.

"난 아무것도 못 봤어요."

눈을 감았다. 선명하게 떠오르는 기억이 그녀를 괴롭혔지만 은채는 입술을 물고 뇌리를 헤집는 기억의 한 조각을 떨쳐 냈다.

"지혁 씨가 무슨 말을 했는지, 난 들은 게 없어요. 아니, 난 오늘 여기 오지 않았어요. 온 적이 없어요. 그렇게 살래. 그냥 그렇게 살아갈래. 그런데요, 지혁 씨, 나 한동안······ 지혁 씨 볼 자신이 없어요. 이해해······ 줘요."

무너진 채 고개를 들지 못하는 그는 대답이 없었다. 은채는 흐릿해지는 눈길을 소영에게 던졌다.

"언젠가 그런 말을 들은 적이 있어, 고모. '내 꽃밭이 망가졌다고 남의 꽃밭까지 망가뜨려야겠냐고'. 고모한테 묻고 싶어. 고모 꽃밭이 망가졌다고, 내 꽃밭까지 망가뜨릴 필요가 있었을까? 대답해 주겠어, 고모?"

소영 역시 대답이 없었다. 시선이 마주치는 것을 거부하듯 소영은 다른 곳을 바라보고 있었다. 은채는 소영에게서 눈을 돌려 지혁에게 다가섰다. 그의 곁에 몸을 낮추고 소영의 거친 손길에 의해 엉망으로 흐트러진 그의 재킷을 여며주며 은채가 속삭였다.

"지혁 씨를 만난 후, 내게 작은 꽃밭이 생겼어요. 그 꽃밭에 물을 주고 정성을 들여 꽃이 피길 기다렸어요. 매일매일 사랑을 쏟으며 예쁜 꽃이 피길 기다렸죠. 그런데 이제 막 꽃봉오리가 맺혔는데 비바람이 부네요. 태풍도 불어요. 불어닥친 태풍에 내 꽃밭이 엉망이 됐어요. 나······ 생각을 좀 해봐야 할 것 같아요. 이 꽃밭을 다시 정리하고 쓰러진 내 꽃을 일으켜 세울지, 아니면 포기할지······ 좀 더 생각해 봐야 될 것 같아요. 미안해요, 지혁 씨. 이게 내 한계인가 봐요."

그에게서 멀어지려는 순간 그가 그녀의 손을 잡아챘다. 은채는 단호하게 손을 빼내고 고개를 가로저었다.

"지혁 씨와 함께 고모 집에 오길 바랐어요. 우리 고모를 지혁 씨에게 보여주고 싶었거든요. 그런데 그럴 필요가 없었네요. 지혁 씨는 우리 고모, 이미 알고 있었네요. 이런 모습으로 여기서 만난 거…… 정말 유감이에요."

"은채야, 내 말 좀 들어주면 안 되겠니?"

그가 붙잡았다. 그녀가 냉정하게 내쳤던 손을 다시 그녀의 앞에 내밀고 있었다. 은채는 자신의 손을 등 뒤로 돌려 감췄다. 지혁은 씁쓸하게 웃으며 손을 떨어뜨렸다.

"내게 시간을 줘요. 지혁 씨 말을 들을 준비가 되면, 그때 들을게요."

은채는 허리를 곧추세우고 앞으로 발을 디뎠다. 눈앞이 빙글빙글 돌고 땅이 갈라지는 것 같았지만 이를 악물었다. 현관 앞에 다다랐을 때에야 그녀는 걸음을 멈추고 먼 곳을 응시하는 소영에게 말을 던졌다.

"내게 지혁 씨의 본질을 보여주려고 온몸을 던진 고모의 눈물겨운 노력, 고마워. 그런데 고모…… 고모가 미워. 정말 미워."

어떻게 집 안을 빠져나왔는지 모른다. 다만 흔들리는 몸으로 간신히 정원에 나왔을 때, 은채는 거짓말처럼 부친을 보았다. 새하얗게 질린 얼굴로 허겁지겁 뛰어오는 아빠를 보면서 그녀는 그 순간 의식을 놓고 말았다. 깜깜한 암흑의 나락으로 떨어지기 전 그가 했던 말이 뇌리를 스치고 지나갔다. 고모에게 서슬 퍼렇게 퍼붓던 그의 음성이……

"치워! 치우라고! 끔찍하다. 지긋지긋하다. 꼭 이렇게까지 해야 하나? 당신이라는 여자와 이제는 섹스고 뭐고 하기 싫다는데, 그런데 이런 식으로까지 해야 하는 건가? 그래?"

왜 하필이면 고모예요, 지혁 씨? 왜 하필이면 우리 고모인 거예요. 나, 감당할 자신 없는데. 이겨낼 자신…… 없는데.
"은채야!"
최 사장은 힘없이 쓰러지는 은채를 안고 소리를 높였다. 그러나 은채는 이미 전신의 기력을 다 소모한 듯 죽은 사람마냥 축 늘어져 있었다.

끝장이다. 파국이며, 동시에 그의 생명이 다 하기도 했다. 어떻게든 숨기려고 해왔다. 감추기 위해 그 어떤 짓도 마다하지 않던 그였다. 은채에게 지난날을 숨길 수만 있다면 소영과 한몸이 되는 게 아니라 악마에게 영혼이라도 팔 수 있었다. 하지만 차라리 악마에게 영혼을 파는 게 나을 뻔했다. 이렇게 될 줄 알았다면, 이렇게 밑바닥까지 떨어져 내릴 줄 알았다면 아무것도 시작하지 않았을 텐데. 최소영에게 다가서는 것도, 추악하고 난잡한 연예계에 남으려고 한 것도.
누군가 날카로운 것으로 가슴을 헤집고 있었다. 살점을 한 점

한 점 도려내는 것만 같았다. 신음이 터져 나올 것 같아 지혁은 턱이 으스러져라 어금니를 사려 물었다. 진작 헤어져야만 했다. 은채를 위해서 조금이라도 빨리 헤어졌어야 했는데 그의 욕심으로 그녀를 놓아줄 수가 없었다. 이젠 어쩌나. 지혁은 망연히 창밖을 바라보았다.

"가봐, 당신이 원하던 대로. 이제 우지혁은 자유야."

소영의 싸늘한 음성이 거실을 메웠다. 지혁은 쓴웃음이 튀어나오려는 것을 간신히 제어했다.

"하필이면 왜 우리 은채냐고 묻지 않겠어. 하지만…… 은채와 내 사이를 언제 알게 되었는지는 묻고 싶어. 언제 알게 된 거야?"

쓰러지듯 소파에 기대고 있던 소영이 혼잣말처럼 물었다. 지혁은 스르르 눈을 감고 말았다. 마치 그날을 떠올리기라도 하는 양.

"당신도 알고 있을 텐데?"

조롱기 어린 대답에 소영의 눈꼬리가 매섭게 치켜 올라갔다.

"아다지오."

"그래."

지혁의 고갯짓에 이미 짐작하고 있었다는 듯 소영은 이를 갈았다. 지혁은 감각을 상실한 몸으로 어기적거리며 힘겹게 걸음을 옮겼다.

"이제 당신 말대로 끝인가? 대가를 치렀으니 가도 되나?"

"가."

소영은 홱 고개를 돌리고 지혁을 외면했다. 그녀의 음성이 희미하게 떨려 나왔다.

"고맙군, 이렇게라도 봐주니."

지혁은 빈정거리지 않기 위해 안간힘을 다해 말했다. 하지만 거친 욕설과 함께 그는 사납게 퍼붓고 말았다.

"이 방법밖에 없었나? 꼭 이래야 했어? 당신 조카에게 이런 모습까지 보여야 했어? 빌어먹을 최소영, 당신 죽어버려! 지옥에나 떨어져 버리라고!"

"함께 가. 그럼 지옥도 마다하지 않겠어."

고개를 돌리지 않은 채 그녀가 중얼거렸다. 지혁은 헛웃음을 지으며 거칠게 몸을 돌렸다. 아직까지도 놓아주지 않으려는 듯했다. 말로는 끝났다 해도 소영은 미련을 버리지 못한 것처럼 보였다. 행여나 그녀가 매달릴까 지혁은 서둘러 거실을 벗어나며 뇌까렸다.

"사양하겠어. 당신 혼자 가!"

현관에 다다를 즈음 소영의 나직한 말이 날아들었다.

"진심이었어?"

대답하지 않으려던 지혁은 구두를 꿰어 신으며 그녀의 말을 못 들은 척 무시했다. 더 이상 시간을 낭비하고 싶지 않았다. 더 이상 최소영이라는 여자와 말을 섞고 싶지 않았다. 단 한 순간이라도 소영과 마주하고 싶지 않았다.

"우리 은채…… 진심이었어, 아니면 나처럼 이용해 먹으려고 붙은 거였어?"

"글쎄, 당신에게 그걸 밝힐 필요는 없을 것 같은데."

지혁은 어금니를 악다물고 씹어뱉듯 말했다.

"우리 은채가 누구 딸인지 모르지는 않겠지?"

소영의 되받아치는 말을 듣지 않고 보지 않기 위해 등을 돌린 지혁은 그대로 현관문을 열었다.

"알고 싶지 않아. 그리고 최소영, 당신은 앞으로 죽는 날까지 만나고 싶지 않아. 우리 이 지긋지긋한 악연 여기서 그만 끝내지."

"MBS 최대 주주가 누군지 알아?"

지혁은 소영의 말을 일절 듣지 않은 채 이별을 고했다. 이대로 사라졌으면 좋겠다. 어딘가로 가서 다시는 깨어나지 않았으면 하고 바랐다. 자신이 무슨 짓을 했는지, 은채에게 어떤 짓을 했는지 상기하자 도저히 제정신으로는 견딜 수가 없을 것 같았다. 소영의 서늘한 음성이 끈질기게 그의 곁을 맴돌았다.

"다시 말하지. MBS 최대 주주 최영후, 그의 딸 최은채……."

지혁의 안색이 창백하게 굳어져 갔다. 다시는 소영을 보지 않으려 했건만 그는 천천히 몸을 돌리고 말았다. 그녀가 무슨 말을 했는지 믿을 수가 없었다. 누가 누구라고? 은채가 누구의 딸이라고? 순간 섬광처럼 최 사장의 목소리가 지혁의 뇌리를 파고들었다.

"내가 무슨 일을 하는지…… 알고 있나, 자네?"

지혁은 무너지듯 그 자리에 주저앉고 말았다. 은채의 얼굴과 최 사장의 얼굴, 그리고 소영의 얼굴이 한데 어우러져 그를 지옥으로 이끌었다.

"정말 우리 은채를 이용하려던 게 아니라고 자신있게 말할 수 있어?"

"빌어먹을! 이용? 이용이라고?!"

지혁은 피를 토하듯 절규했다. 은채에게 상처를 남기지 않기 위해 얼마나 노력했던가. 하지만 누구보다 그 자신이 상처를 남기고 있었다. 의도했든 의도하지 않았든 상황은 최악으로 치닫고 있었던 것이다.

은채야, 나 용서하지 마라. 나는 지금 벌받는 건가 보다. 함부로 살아왔던 내 지난날을 나는 뼈저리게 벌받고 있는 건가 보다, 은채야…….

#11

"**나**가라."

"오빠."

"나가! 내 집에서 네 얼굴 보고 싶은 마음 없다. 당장 나가!"

퇴근 후, 집에 들어서던 최 사장은 응접실에 앉아 있는 소영을 보고 버럭 고함을 질렀다. 이 여사는 은채가 몸이 안 좋다는 말을 듣자마자 한걸음에 달려온 소영에게 고맙다는 말은 안 하고 화만 내는 남편을 이해할 수가 없었다.

"왜 그래요, 여보?"

"당신은 조용히 있어. 앞으로 얘 오면 문 열어주지 마. 받아주지도 말고! 알았어?"

소영을 휙 지나친 최 사장은 동생에게 눈길 한번 보내지 않았다. 누구보다 원망스러운 사람이 있다면 소영이었다. 지혁이라는 사내는 피 한 방울 섞이지 않은 남이라 하지만, 소영은 동생이 아닌가. 더구나 은채에게는 하나밖에 없는 고모이지 않은가. 그런 소영이 조카에게 어찌했는가. 죽어도 이해 못하고, 용서 못할 일이었다. 응접실을 지나 침실로 걸음을 옮기려던 최 사장은 돌연 걸음을 멈추고 이층을 올려다보며 아내 이 여사를 불렀다.

"은채는?"

"이층에요."

"오늘은 뭘 좀 먹었나?"

"아뇨. 여전히 문 닫고 한 번도 밖에 안 나왔어요. 도대체 왜 그러는지. 당신은 뭘 알고 있는 것 같은데 말도 안 해주고……."

멀찍이 떨어진 남편에게 서운함을 담아 중얼거린 이 여사는 딱딱하게 경직된 소영의 등을 토닥였다.

"잠깐만 기다려요. 그이한테 좀 갔다 올게요. 요즘 뭐에 화가 났는지 아가씨, 오빠 기분이 살얼음판 분위기예요."

속삭이듯 말을 마친 이 여사는 어느새 이층으로 올라가는 남편의 뒤를 바짝 따라붙었다.

"말 좀 해봐요. 안 그러던 애가 저러니까 답답해 죽겠어요."

삼 일째다. 삼 일 전, 의식없이 남편의 품에 안겨왔던 은채는 그 삼 일이 지나는 동안 한 번도 입을 열지 않았다. 이 여사는 커튼을 죄다 치고 컴컴한 방에서 하루 종일 우두커니 앉아 있는 게 전부인 딸아이를 볼 때마다 더럭 겁이 났다.

"무슨 일이에요? 당신이 지혁이 그만 만나라고 해서 그런 거죠? 내가 봤을 때 괜찮던데, 웬만하면 그냥 놔두지 그래요."

"모르는 소리!"

불쑥 역정을 내는 남편을 못마땅한 듯 흘겨보던 이 여사는 낮게 노크를 한 뒤 방문을 열었다. 아니나 다를까 은채는 침대에 멍하니 앉아 있었다. 긴 머리카락을 치렁치렁 풀어헤친 채, 창백한 두 뺨에는 핏기 하나 없었고 늘 반짝이던 딸아이의 두 눈동자는 생기를 잃어가고 있었다.

"은채야, 고모 왔는데 만나보겠니?"

고모라면 자다가도 벌떡 일어나던 딸이었기에 이 여사는 은채의 반응을 기다렸다. 그러나 돌아오는 것은 매서운 눈길뿐이었다. 사납도록 치켜 올라간 눈매에 낯설 정도로 시퍼런 살기가 어렸다.

"나가 있어, 당신은."

최 사장이 나직하게 명령했다. 이 여사는 단호하게 턱을 치켜 세우며 도리질을 했다.

"싫어요. 나도 오늘은 이유를 알아야겠어요, 은채가 왜 이러는지. 난 은채 엄마라고요."

"나가줘, 엄마."

삼 일 만에 처음으로 은채가 입을 열었다. 탁하게 가라앉은 음성이 은채의 목소리라고 믿기지가 않았다. 아니, 나가라는 말을 믿지 못하겠다는 듯 이 여사는 미간을 찌푸렸다.

"최은채, 엄마한테 무슨 말버릇이야."

"미안해. 미안한데 엄마, 지금은 나 좀 내버려 둬. 부탁이야."

최 사장은 나가지 않으려고 버티는 아내의 등을 떠밀었다. 밖으로 내몰듯이 아내를 몰아내고 문을 닫는 그에게 은채가 말했다.

"아빠도 나가줘."

침대에서 주섬주섬 몸을 일으킨 은채는 화장대 앞으로 다가가 빗을 집어 들었다. 헝클어진 머리카락을 정리하고 헤어핀으로 정갈하게 핀을 꽂은 은채는 여전히 문 옆에 기대선 부친에게 부탁했다.

"나…… 괜찮아, 아빠. 걱정하지 마."

"은채야, 그날 뭘 봤는지 모르지만 다 잊어. 다 잊고……."

"아니. 아냐, 아빠. 아빠가 뭘 잘못 알고 있는 거 같은데, 나 아무것도 본 거 없어. 정말이야."

은채는 힘겹게 미소 지었다. 입가 근육이 팽팽하게 당겨져 아파왔지만 미소를 거두지는 않았다. 붙박이장을 열고 옷을 꺼내던 그녀가 장난스럽게 눈을 빛냈다.

"딸내미 옷 갈아입는 것까지 지켜볼 거야, 아빠?"

은채를 유심히 살피던 최 사장은 마지못해 고개를 끄덕였다.

"아빠?"

밖으로 나가려던 최 사장의 걸음을 은채가 잡아챘다. 최 사장은 열어젖히던 문을 소리나지 않게 닫고 딸아이를 바라보았다.

"아빠는 내 선택…… 언제나 믿지?"

가슴이 조여들었다. 무슨 뜻일까. 최 사장은 대답 대신 고갯짓만 해 보였다. 은채가 살며시 다가왔다. 새끼 강아지마냥 그의 품에 파고든 은채가 들릴 듯 말 듯 속삭였다.

"엄마한테 말하지 않아서 고마워요, 아빠. 엄마가 알면 충격이 클 거야."

너는? 너는 괜찮니? 목구멍까지 치고 올라오는 질문을 삼키고 최 사장은 은채의 어깨를 다독였다. 그래, 그래서 말하지 않았다. 여리고 고운 심성을 지닌 아내가 딸에게 어떤 일이 있었는지 알게 된다면 그대로 쓰러지겠지. 곱디곱게 키운 딸이 지금 죽을 만큼 아프고 괴롭다는 것을 알면 아내는 몇 날 며칠 눈물만을 흘릴 것이다. 매일같이 무슨 일인지 말해 달라고 아내가 닦달을 해도 그가 말하지 못하는 이유는 바로 그것이었다.

"나, 이제 괜찮아. 아무렇지도 않아. 잠시 아팠나 봐. 어른이 되려고, 진짜 어른이 되기 위해 잠시 앓았었나 봐."

"그래, 다 털고 일어나렴. 툭툭 털고 다 잊어버려."

은채가 생긋 웃었다. 오랜만에 보는 딸아이의 미소였다. 억지 미소도 아니고 보는 사람으로 하여금 함께 웃게 만드는 마력을 지닌 그런 미소. 최 사장은 대견하다는 듯 은채의 부드러운 머리카락을 쓰다듬었다. 이제야 한시름 놓았다는 듯 최 사장은 가벼운 마음으로 문을 열었다. 그러나 뒤이어 들려오는 은채의 말에 그의 인상은 차갑게 굳어버리고 말았다.

"고모…… 아래층에 계셔?"

문고리를 잡고 있는 손에 힘이 실렸다. 아내가 괜한 소리를 해서는 은채에게 동요만 일으킨 건 아닌지 걱정이 앞섰다.

"고모에게 내 방에 좀 오라고 해줘. 내가 기다리고 있다고."

"만나지 마라."

최 사장은 냉정하게 은채의 말을 잘랐다. 평생 안 보고 살 수는 없을 것이다. 그러나 지금은 아니다. 이제 겨우 추스르고 일어났는데 만나서 뭘 하려고. 어떻게든 은채와 소영의 만남을 가로막아야 했다.

"괜찮아, 아빠. 정말이야. 그러니까…… 고모 만나게 해줘요. 내가 아래층에 내려가면 되지만, 거긴 엄마가 있잖아. 아빠, 내 선택 믿어준다고 했잖아. 나, 지난 며칠 사이에 어른이 된 거 같아. 여태 어린아이였는데 갑자기 커버린 것 같아. 고모랑 마무리 지을 일이 있어. 이대로 시간이 흐르게 둘 수는 없어."

작은 공주였던 딸은 이제 어른이 됐다 한다. 무슨 선택을 했는지 모르지만 믿어달라고 한다. 최 사장은 먹먹해지는 가슴을 억누르고 고개를 주억거렸다.

"알았다. 기다리고 있으렴."

은채는 티 테이블에 앉아 손가락을 비틀었다. 아직은 정리가 되지 않았다. 하나, 더 이상 숨어 있을 수만은 없는 노릇이다.

이제 부딪쳐야지. 눈을 감고 불규칙적으로 뛰는 심장 고동 소리에 귀를 기울였다. 그나마 맥박은 정상으로 돌아오는 듯했다.

지난 며칠 동안 꺼놓았던 휴대폰의 전원을 켰다. 요란한 소리를 내며 문자와 음성이 왔음을 가르쳐 주었다. 액정 화면을 보던 은채는 그대로 휴대폰을 내려놓았다. 예상했던 대로 지혁에게선 단 한 개의 메시지도 없었다. 음성도, 문자도, 아무것도……. 울컥 목이 메었다. 가슴이 심하게 아파왔다. 아프다고 말도 못할 정도로 고통스럽게 심장이 죄어들었다.

"하아……."

긴 한숨을 내쉬고 눈에 힘을 주었다. 그렇게라도 하지 않으면 눈물이 쏟아질 것 같았다.

똑똑.

낮은 노크 소리와 함께 은채의 눈빛이 날카롭게 변했다. 조심스럽게 열리는 문틈으로 소영의 모습이 엿보였다. 늘 그렇듯이 유명 디자이너의 옷으로 우아하고 화려하게 온몸을 치장한 소영이 오늘은 전혀 아름다워 보이지 않았다. 은채의 눈에는 나체로 있던 고모의 모습만이 각인되어 있었다. 그녀는 이를 악다물며 질끈 눈을 감았다.

"은채야, 괜찮니?"

"고모라면 괜찮을 것 같아?"

잔뜩 날이 선 그녀의 말투에 다가서던 소영이 우뚝 걸음을 멈췄다. 은채는 메마른 기침을 내뱉으며 목소리를 가다듬었다.

"아무리 생각해도 난 알 수가 없어. 고모의 행동을 이해하려고 노력하고, 또 노력해도 안 돼. 왜 그랬어, 고모? 왜 그런 거야?"

묵묵히 대답없이 티 테이블 의자를 빼내는 소영을 한참 동안 지켜보던 은채는 나직하게 덧붙였다.

"나는 고모를 좋아했어. 고모가 자랑스러웠고, 내가 고모의 조카라는 게 뿌듯했어. 그런데 이젠 그럴 수가 없어. 고모는 더 이상 내 자랑이 아니야."

소영의 안색이 창백하게 굳어갔다. 뭐라 말을 하고 싶지만 도무지 말문을 열 수가 없었다. 그녀도 알고 있었다, 자신의 행동이 어리석었음을. 질투에 눈이 뒤집혀 차마 사람으로서 하면 안 되는 짓을 했다는 걸, 소영은 은채가 가고 난 다음에 깨닫게 되었다.

"고모의 결혼 생활이 어땠는지 나는 알지 못해. 고모가 얼마나 힘들었는지, 고통스러웠는지 나는 몰라. 그러나 고모, 고모가 아프다고 다른 사람마저 아프게 하면 안 된다고 생각해. 고모부가 어떻게 살아왔는지 모르지만 결혼을 한 유부녀가 조카에게 외간 남자를 '애인'이라고 소개하는 건, 결코 현명하다고 볼 수 없어. 나를 위해서 그랬다고 하지 마. 그건 날 위해서가 아니라 고모 자신을 위해서였다는 걸, 고모는 누구보다 잘 알 거야."

마흔 해를 살아오면서 이토록 부끄러움을 느끼는 건 처음이

었다. 그것도 자신보다 한참 어린 조카 앞에서 못 보일 꼴마저
보였던 장면을 떠올리자 소영은 당장이라도 이 자리를 박차고
나가 어디론가 숨어버리고 싶은 심정이었다.

이 아이의 가슴에 어떻게 상처 남길 생각을 했을까. 남편과의
불화로 아이를 낳지 않아서인지 더 예쁘고 소중한 조카에게 어
떻게 그런 짓을 저질렀을까. 후회해도 이미 때는 늦었다. 그녀
는 더 이상 은채의 자랑스러운 고모가 아니었다. 추악한 모습을
보인, 방종하고 타락한 여자일 뿐이었다.

"고모를 사랑했어. 지금은 사랑한다 말할 수 없지만…… 언젠
가는 다시 고모를 사랑한다 말할 수 있었으면 좋겠어. 다시 자
랑스럽게 생각할 수 있으면 좋겠어. 그런 날이 다시 오기를 바
라. 정말이야. 그런데 고모, 지금은 아냐. 지금은…… 고모를 사
랑할 수가 없어. 이렇게 고모와 마주 앉아 있는 것만으로도 너
무 고통스러워. 과연 내가 고모를 다시 사랑할 수가 있을까? 그
런 날이 오기는 할까?"

혼잣말처럼 되뇌는 은채의 음성이 소영의 귀를 파고들어 심
장을 둘로 나뉘게 만들었다. 지독한 아픔에 소영은 신음이 튀어
나오려 했다.

"부탁 하나만 할게, 고모."

은채가 망설이듯 말했다. 소영은 보일 듯 말 듯 고개를 끄덕
였다.

"고모가 지혁 씨와…… 어떤 사이인지, 알고 싶은 마음 없어.

그러니 내게 그 부분을 알려주려고 하지 마. 난 고모에게서 지혁 씨의 얘기를 듣고 싶지 않아. 지혁 씨 얘기는 그 사람한테서 직접 들을 거야. 고모가 무슨 마음으로 그랬는지 모르지만, 이제 내 일에서 빠져 줘. 이건 내 일이야. 내가 해결할 거야."

"은채야, 그 남자는……!"

다급하게 입을 여는 소영의 말을 은채가 한 손을 들어 제지했다. 은채의 단호한 표정에 소영은 입도 벙긋할 수가 없었다.

"내가 판단해."

"너랑 어울리지 않아! 왜 그걸 모르니!"

"고모랑도 어울리지 않았어. 고모, 그거 모르고 있었던 거야? 정신 차려, 고모. 고모가 돌아가야 할 곳은 고모부야. 고모부에게 돌아가! 고모부가 고모의 사랑이 아니라면 깨끗하게 정리하고 난 다음에 다른 사람을 찾는 게, 부부의 이름으로 살아온 최소한의 도리를 지키는 거라고 봐."

"넌 몰라."

"그래, 난 몰라. 하지만 고모가 한 행동은 나빴어. 아주 치사하고 비열했어."

답답하다는 듯 소영은 가슴을 쳤다. 이건 질투가 아니었다. 잠시 동안 즐겼던 남자를 빼앗기기 싫어 몸부림치는 것도 아니었다. 골수 깊이 파묻혔던 질투는 흔적도 없이 사그라졌다. 그보다 그녀는 은채의 조건없이 베풀던 애정을 잃었다. 그 아이의 순수한 믿음도 잃었다. 이상하게도 가슴 한구석이 뻥 뚫린 기분은 거대한 회오리 속으로 빠져들듯 그녀를 뒤흔들어 놓았다.

"고모가 이러는 거, 날 걱정해서인 거야? 그러지 마. 가식처럼 느껴져. 내 눈에는 걱정은커녕 오히려 유치한 질투로 보여."

은채의 빈정거림이 소영의 가슴에 서슬 퍼런 단도를 박았다. 이런 것을 기대하고 온 게 아니었다. 아프다기에 자신의 행동으로 은채가 아픈 것 같아 미안한 마음에 사과라도 하려고 온 것이다. 물론 은채와 전처럼 편안하게 지내기를 바라지는 않았다. 그러나 이토록 틀어져 버린 관계는 상상도 하지 못했다.

되돌릴 수 없는가. 이젠…… 끝인가. 은채는 자신의 조카이길 거부하고 있었다. 그리고 그렇게 만든 것은 바로 그녀 자신이었다. 아니, 우지혁 그가 문제였다. 은채와의 사이에 지혁만 없었더라면 이런 일은 발생하지 않았을 것이다. 우지혁, 자신을 질투에 눈이 멀게 만들고, 소중한 조카를 잃게 만든 장본인. 아니라고 하지만 다른 여자들처럼 은채도 이용하려 들었을지 모른다. 소영의 눈이 점차 비정상적으로 빛을 발하며 번들거렸다.

"하나만 물어볼게. 지혁 씨 집 어디야? 고모는 알고 있지? 나한테는 말 안 해줬어, 지혁 씨가. 철저하게 자신에 관해서 말하지 않던 남자야. 왜 그랬는지…… 이젠 알 것 같아. 지혁 씨 어디 사는지 가르쳐 줘."

소영은 녹음기 재생 버튼을 누르듯 지혁의 집 주소를 술술 불었다. 은채가 메모지에 받아 적는 것을 보며 그녀는 혼자만의 상념에 빠져들었다. 은채가 지혁과 어울리는 것을 두고 볼 수가 없었다.

질투? 그게 뭔데? 난 이 애의 고모야! 잠시 정신이 나갔었어. 그러면 안 되는 건데. 내가 어떻게 그런 짓을 저질렀을까. 은채에게 어울리는 사람은 이 아이의 웃음을 지켜줄 수 있는 사람이어야 해. 그는 안 돼. 나처럼 더럽고, 추악하고 세상 때가 다 묻은 그는 안 돼. 지혁은 절대 안 되는 사람이야. 우리 은채와 어울리지 않아……

소영이 상념에서 깨어났을 때, 이미 은채는 나가고 없었다. 사람의 깨달음은 참으로 늦게 온다. 비척비척 걸어나오며 소영은 자신이 무엇을 잘못했는지, 그리고 그 잘못을 바로잡기 위해 앞으로 무엇을 해야 하는지 하나씩 가늠하기 시작했다.

이삿짐을 다 챙긴 지혁은 어수선한 오피스텔 내부를 휙 둘러보았다. 군데군데 상자가 널브러져 있어 집 안을 한층 더 지저분하고, 어지럽게 만들었다. 내일이면 이 집에서 나가야 한다. 오피스텔을 정리한 돈을 미진에게 보내고, 차 키마저 넘겼다. 받지 않겠다며 극구 거절하는 미진에게 억지로 그녀로부터 받았던 것을 모두 되돌려 주고 나니 가슴에 얹혀 있던 돌덩어리가 제거된 기분이었다. 답답하고 무겁기만 했던 마음이 한결 가벼워진 것 같았다.

다만 한 가지. 칼로 자른 듯 매정하게 등을 돌려 버린 은채가 지혁을 괴롭히고 있었다. 이젠 연락이 없겠지. 그녀가 전화해

주길 바랄 수도 없을 것이다. 지혁은 조용하게 잠들어 있는 휴대폰을 원망하듯 바라보았다. 그렇다고 먼저 전화할 수도 없었다. 사람의 탈을 쓰고 그런 모습까지 보였는데 무슨 낯짝으로 전화를 한다는 말인가. 실망했을 것이다. 나라는 인간에게 지독한 환멸을 느꼈겠지. 쓸쓸한 웃음이 입술을 비집고 신음처럼 흩어져 나왔다.

술이 그리웠다. 차라리 알코올의 힘을 빌려서라도 은채의 얼굴을 잊고 싶었다. 하나, 아무리 고통스럽고 괴로워도 그녀의 기억을 부여잡는 게 훨씬 나았다. 다시 볼 수 없다면 그녀와의 추억만이라도 온전히 기억하고 있어야 했다. 불행 중 다행인 것은 은채가 떠난 뒤 소영 역시 더 이상 연락이 없다는 것이었다. 그것이 지혁에게 유일한 위안이라면 위안이랄 수 있었다. 비록 은채에게 모든 것을 밝히고 다시는 되돌릴 수 없는 지경으로 소영이 몰고 갔지만, 그 결과 이제는 은채에게 지난날을 숨기지 않아도 된다는 것이었다. 그것만으로도 죄를 미약하게나마 더는 것 같았다.

멀리서 가끔 지켜보기만 해야지. 은채가 눈치 채지 못하게 먼 곳에서 가끔 그녀의 얼굴을, 미소를 보기만 해야 한다. 그것마저 안 된다고 야박하게 굴지는 않을 것이다. 처음부터 그래야 했다. 그저 멀리서 지켜보는 것만으로 만족해야 했다. 내 것이 아닌 것을 탐냈을 때, 어떤 결과를 몰고 오는지 어리석은 지혁은 알지 못했다. 모든 것을 잃고서야 자각하게 되었다. 헤어나올 수 없는 파멸의 늪에 빠졌을 때에야 현실을 직시할 수 있었다.

지혁은 또다시 휴대폰을 만지작거렸다. 숫제 닳아 없어질 정도로 만지고 만졌던 휴대폰이다. 행여나 은채에게서 전화가 올까, 잠시라도 한눈을 파는 사이에 그녀가 연락을 할까 싶어 지혁은 단 한 순간도 휴대폰을 손에서 놓은 적이 없었다. 잠을 자는 그 순간마저도. 그러나 냉정하고 냉담하게 돌아선 은채는 한 번도 전화를 하지 않았다. 마치 만난 적이 없었던 것처럼 깨끗하게 자신을 잊은 듯했다.

서운하지 않았다. 서운해하면 안 되는 것이었다. 그녀가 시간을 달라고 하지 않았던가. 설령 평생이 걸리는 시간이라 하더라도 그는 기다려야 했다. 죽는 그 순간까지 연락이 없다 해도 당연하게 여겨야 했다. 보고 싶어 미치더라도 먼저 연락해서 그녀를 아프게 하고, 귀찮게 하는 일은 없어야 했다. 그날 잘못했다는, 미안하다는 말 한마디 하지 못했다. 그녀의 가녀린 몸이 휘청이고 비틀거릴 때 손 내밀어 안아주지도 못했다. 아무것도 하지 못한 채 무기력하게 지켜보기만 했었다. 그것이 그를 더욱 극한으로 몰아갔다.

혼탁해진 머리 속을 뚫고 초인종 소리가 길게 울려 퍼졌다. 혹여 소영이 아닐까 의심하던 그는 이내 고개를 가로저었다. 소영이라면 벨을 누르는 게 아니라 직접 열쇠로 문을 열고 들어올 것이다. 조심스레 문을 열었을 때, 지혁은 외마디 신음을 내뱉고 말았다. 그곳에 며칠 사이 핼쑥하게 야윈 얼굴의 은채가 서 있었다. 너무 보고 싶어서 환영이 만들어낸 건 아닌지 지혁은 겁이 났다. 소리 내면 그녀가 사라질까 두렵고 목이 메어 이름조차 부를 수도 없었다.

"나…… 왔어요, 지혁 씨."

환영이 아닌가 보다. 은채의 꿈결처럼 부드럽고 달콤한 목소리가 그의 귓가에 맴돌았다.

"나, 포기할래요. 그 꽃밭, 포기…… 해야겠어요."

알고 있었다, 이렇게 되리라는 것을. 그녀가 떠나려 한다는 것을 이미 짐작하던 바였다. 하나, 무얼까. 왜 숨을 쉴 수가 없을까. 왜 죽을 것처럼 고통스러울까. 왜…….

"……그래."

지혁은 쥐어짜듯 대답했다. 눈앞이 아득했다. 그녀는 알고 있을까, 그녀를 만났을 때에야 뒤늦게 살아 있음을 알려주던 심장이, 그도 사람임을 가르쳐 주던 심장이 오늘 이 시간 멈춰 버렸다는 것을. 그 심장이 죽어버렸다는 것은 은채는 알고 있을까.

#12

시간은 더디게 흘러갔다. 서로의 시선을 피해가며 긴 시간을 허비하던 중 은채가 정적을 깨뜨리고 말문을 열었다.

"이사해요?"

지혁은 집 안을 둘러보며 고개를 끄덕였다. 이럴 줄 알았으면 이사 준비는 천천히 할 걸 그랬다. 은채가 오리라고는 미처 생각도 하지 못했기에 전쟁 중 폭격이라도 맞은 듯한 집을 보이기가 왠지 무안했다.

"언제요?"

"내일."

"어디로?"

쓸쓸하게 입술을 말아 올린 지혁은 대답을 거부했다. 그녀가 알아서 좋을 게 없을 것이다. 이제 이별을 해야 한다면, 그녀의 손을 완벽하게 놓아줘야 한다. 눈앞이 흐릿해졌다. 울컥 메이는 목을 가다듬어 지혁은 메마른 기침을 쏟아냈다.

"여긴…… 어쩐 일이야?"

김이 모락모락 나는 커피를 마시며 그녀가 생긋 웃음을 배어 물었다. 순간 지혁의 심장이 저릿하게 옥죄어들었다. 그렇다, 저 미소. 저 미소를 가까이에서 보고 싶은 욕심에 너무 먼 길을 와버렸다. 은채의 미소가 깊어졌다. 그런 만큼 지혁의 가슴은 한없이 무너지고 있었다.

"인사를 해야 하니까. 그전에, 인사를 하기 전에, 나…… 지혁 씨에게 물어보고 싶은 게 있는데. 대답해 줄 수 있어요?"

그녀가 망설이고 망설였던 질문을 던졌다. 지혁은 담담하게 고개를 주억거렸다. 무슨 말일지 듣지 않아도 알 수 있었다. 듣고 싶지 않았지만 그녀가 말하기를 원한다면 들어줘야 한다. 그에 따른 대답을 바란다면 그 역시 충실하게 해주어야 했다. 그것이 은채를 위한 그의 마지막 배려였다.

"우리 고모는 어떻게…… 알게 됐어요?"

소파에 앉은 은채와 거리를 유지하느라 멀찍이 떨어져 있던 지혁은 휘청거리고 말았다. 예상하고 있었지만 막상 그녀의 입에서 나오는 소리는 날카로운 화살이 되어 그의 심장 한가운데에 깊숙이 박혔다.

"꼭…… 알아야 하나?"

그는 힘겹게 되물었다.

"네."

은채가 단호하게 고갯짓을 했다.

"내가, 접근했어. 계획적으로……."

그녀가 눈을 감았다. 마치 아무것도 보기 싫다는 듯. 지혁은 감겨진 은채의 눈을 보며 고개를 떨어뜨렸다. 서늘한 그녀의 목소리가 지혁의 귓가에 날아들었다.

"왜요? 왜 계획적으로 접근해야 했는데요?"

"그 사람의 힘을…… 이용하려 했거든."

"힘? 우리 고모의 힘?"

은채가 혼잣말을 중얼거리듯 그가 했던 말을 되새겼다. 지혁은 차마 그녀를 볼 수가 없어 시선을 돌리고 말았다.

"내가 우리 고모의 조카라는 거, 언제 알았어요?"

그녀의 말이 지혁의 뇌리에 저장되어 있는 그날의 기억을 떠올리게 했다. 그녀를 처음 만났던 날, 그리고 두 번째 만남. 그녀의 미소를 보았던 날들을. 빌어먹을, 그는 험악한 욕지기를 목구멍으로 삼키며 어렵게 대꾸했다.

"그날, 지하 주차장에서 우리가 만났던…… 그날 알게 됐어. 하지만……."

"그랬구나. 지혁 씨는 이미 알고 있었구나."

"하지만 그전에도 널 본 적 있었지. 너는 날 못 봤겠지만 나는 널 봤어."

"어디서?"

전혀 몰랐다는 듯 은채의 음성이 눈에 띄게 흔들렸다. 시간을 처음으로 돌릴 수만 있다면 그날 그 수영장으로 시간을 되돌리고 싶었다. 아니, 아주 오래전 우지혁이 잘못된 길을 들어섰던 그날로 되돌리고 싶었다. 그것도 안 된다면 그가 태어났던 그날부터 지우고 싶었다. 아예 이 세상에 존재하지 않는 사람이 되고 싶었다. 정말이지 지혁은 간절하게 그것을 바라고 있었다.

"유성 휘트니스 클럽에서. 그곳 수영장에서 너를 봤어. 널 보려고 한 게 아닌데 네가 내 눈에 들어왔었다. 지울 수가 없었지. 누군지도 모르는데 잊을 수도 없었어. 그러던 어느 날 너를 다시 만나게 된 거야. 네 고모를 만나려고 갔던 레스토랑에서……. 너를 처음 보았던 수영장에서도 실은 네 고모에게 접근하려고 갔던 거였지."

한 점 거짓 없이 지혁은 모든 것을 밝혔다. 그럼으로 인해 은채에게는 더한 상처가 되리라는 것을 알면서도 그는 숨김없이 말했다. 훗날 은채가 자신을 떠올리는 날, 조금이라도 미련을 갖지 않기 위해 철저하게 밝혀야 했다. 비록 그 말을 하는 지혁은 피를 토하듯 힘겹기는 했지만 그렇지 않은 척 그는 안간힘을 다해야 했다.

"그런 일이…… 난 못 봤는데, 난 몰랐는데."

"은채야!"

상처받은 듯한 그녀의 물기 젖은 어조에 지혁은 황급히 은채를 불렀다. 그러나 은채는 냉정하게 손을 들어 지혁의 말문을 막았다.

"그래서 휴대폰을 잃어버리고도 전화하지 않았던 건가요? 내가 우리 고모의 조카라서? 지혁 씨가…… 우리 고모를 만나고 있던 상태여서?"

잔인하다, 그녀는. 이미 모든 사실을 확인시켜 주었음에도 은채는 잔인하고 모진 말을 내뱉었다. 하지만 지혁은 알고 있었다. 이런 말이 결국 다른 누구도 아닌 그녀를 가장 괴롭히는 말이라는 것을. 은채는 스스로 자신을 고통스럽게 만들고 있었다. 지혁은 그녀의 아픔을 덜어 주려는 듯 서둘러 입을 열었다.

"그건 네가 욕심날까 봐 그랬어. 나 같은 게 감히 너를 탐내게 될까 봐. 안 되는 걸 뻔히 알면서, 너를 원하게 될까 봐……. 그래서 전화하지 못했던 거야."

"그런데 왜 전화했어요? 늦었지만, 지혁 씨는 분명 내게 전화를 했어요. 내가 갖고 있다는 걸 알면서 뒤늦게 잃어버린 그 휴대폰으로 전화를 했었잖아요."

"미치도록……."

은채의 강요에 지혁은 마지못해 속삭였다. 들릴 듯 말 듯 입술을 달싹인 그는 각혈하듯 힘겹게 뒷말을 덧붙였다.

"……보고 싶었거든."

벌떡 몸을 일으킨 은채가 싸늘하게 지혁을 지나쳤다. 싱크대에 커피 잔을 올려놓은 그녀는 몸을 돌리지 않은 채 채찍을 가하듯 날카롭게 질타했다.

"내게 처음부터 말할 생각은 없었어요?"

은채의 걸음을 따라 뒷모습만 하염없이 바라보던 지혁은 그어떤 말도 할 수가 없었다. 입술이 봉해지기라도 한 양 그는 굳게 입을 다물고 말았다.

"언제까지, 언제까지 비밀이 지켜질 거라 여겼죠? 나는 아무것도 모르고 있었어요. 나는 아는 게 하나도 없었다고요. 지혁 씨가 누군지, 어떤 사람인지 너무도 알고 싶었는데, 그런데……
이런 엄청난 비밀이 숨어 있었다니. 이런 어마어마한 일이 있었다니!"

"은채야……."

"차라리 나를 이용하지! 우리 고모가 아니라 날 이용했으면
더 좋았을 텐데. 나…… 기꺼이 이용당해 줄 수 있는데! 그랬다면 모두가 이렇게 힘들지도 않을 텐데……."

그녀는 모른다. 그녀는 죽어도 모르겠지. 최은채라는 여자가 세상 어딘가에 살고 있다는 걸 알았다면, 최은채라는 여자가 어느 날 우지혁의 인생에 봄날 내리쬐는 따스한 햇살처럼 다가오리라는 것을 알았다면 그는 그렇게 살지 않았을 것이라는 걸……. 그녀는 죽어도 알지 못하겠지. 지혁의 턱 근육이 팽팽하게 조여들었다.

"언제부터였어요? 언제부터…… 그렇게 살았던 거예요?"

은채는 말하기가 힘겹다는 듯 깊은 숨을 내쉬고 들이쉬고를 반복하다 겨우겨우 말을 마쳤다. 지혁은 눈을 질끈 감고 한마디도 하지 않았다. 아니, 혀가 굳어버린 듯 그는 입을 열 수가 없었다.

"말할 수 없나요? 여전히 지혁 씨에게 나는 숨기고 싶은 게 투성이인 사람인가요?!"

거칠게 되묻던 그녀가 소리를 질렀다. 아픈 가슴을 다 드러내듯, 상처 입은 흉터를 다 보여주듯 격하게 소리쳤다.

"내게도 말해 봐요. 나, 들을 준비 되어 있단 말예요. 어떤 말이든 지혁 씨가 하는 말이면 하나도 빠짐없이 들을 테니까, 그러니까…… 내게도 지혁 씨를 보여줘요. 숨기려고만 하지 말고, 감추려고만 하지 말고 제발 말해 달라고요."

가늘게 떨리는 그녀의 목소리가 지혁을 힘겹게 했다. 희미하게 흔들리는 그녀의 눈동자가 그를 고통스럽게 했다. 이를 악물고 그는 은채를 외면했다. 그녀에게 말하라고? 지난날을, 그 추악하고 더럽고 구역질나는 날들을 그녀에게 말하라고? 악다문 그의 턱에 힘이 실렸다. 절대로 말할 수 없었다. 그녀가 화를 내고, 분노한다 해도 말할 수가 없었다. 그것만은, 그것만큼은 들어줄 수가 없었다.

"미안하다, 은채야. 다른 사람은 몰라도 너는 안 돼. 세상 사람 모두에게 내 지난날을 이야기할 수는 있어도 네겐 할 수가 없어. 이런 내 마음, 이해해 주면 안 되니? 안 되겠니?"

"아뇨! 아녜요! 지혁 씬 뭔가 잘못 알고 있어요."

은채는 거칠게 쏘아붙이며 지혁을 노려보았다.

"세상 모든 사람들에게 하지 못하는 말을, 지혁 씨는 내게 해야 돼요. 다른 사람들에게는 못하는 말을 내게만은 해줘야 한다고요. 그게…… 사랑 아니에요? 그게 사랑하는 사람들이 서로를 믿고 의지하는 거, 아닌가요?"

숨이 컥 막혔다. 눈앞이 뿌옇게 흐려지고 있었다. 지혁은 차마 고개를 들 수가 없었다. 사랑이라 한다, 그녀가. 결코 사랑이면 안 되는데 그녀는 그들의 사이를 사랑이라 했다. 눈시울이 붉어졌다. 목이 메어 신음 같은 한숨이 미처 어찌할 사이도 없이 튀어나오려 했다. 은채가 걸음을 옮겨 그에게 다가섰다. 한 걸음씩 조심스럽게 다가선 그녀가 어린아이를 달래듯 부드럽게 속삭였다.

"말해 봐요. 난 알아요, 믿어요. 지혁 씨가 처음부터 그렇게 살지 않았다는 걸, 어느 날 지혁 씨가 잘못된 길을 들어섰다는 걸 나…… 알아요. 지혁 씨가 하는 말…… 다 믿을게요. 세상 모든 사람이 안 믿는다 해도 나만은 믿을게요. 들을게요. 그러니 말해 봐요."

지혁의 앞에 선 은채가 그를 올려다보며 주문을 걸듯 했던 말을 반복하고, 또 반복했다. 지혁은 떠올리기 싫은 오래전의 어느 날을 일깨우며 어금니를 사려 물고 주먹을 움켜쥐었다. 그녀의 말이 마치 최면처럼 들려와 잊고자 했던 그의 기억들을 잔인하게 해집고 일깨웠다.

"이 바보야, 언제나 넌 날 힘들게 하지. 널 보고 싶게 만들어서 힘들게 하고, 다가서면 안 되는데 다가서고 싶게 만들어서 힘들게 하고, 원하면 안 되는데 널 원하게 만들고……. 네가 원한다면 나로 하여금 뭐든지 하게 만드는 너는…… 언제나 나를 힘들게 해."

지혁은 원망스러운 듯 중얼거리며 은채의 단정하게 묶인 머리카락을 쓰다듬었다. 그는 나직하고도 조용하게 말을 시작했다. 잊으려고, 그토록 지우려고 노력했던 옛일을 하나씩 들춰내는 것은 그에게 또 하나의 고통이었고, 죽음과도 같은 아픔이었다.

"나는 욕심이 많았나 봐. 그래, 아마도 그렇겠지. 그러니 연예계라는 곳에 뛰어들었겠지. 나 하나 추스를 능력도 안 되면서 욕심만 앞섰던 거겠지."

묵묵히 이야기를 듣는 은채를 소파로 이끌어 앉혀놓고 지혁은 창가로 다가섰다. 짙은 어둠이 자욱하게 세상을 지배하고 있었다. 그 어둠을 뚫고 그는 오랫동안 봉인해 놓은 회상에 차츰 빠져들었다.

처음 연기를 시작했을 때, 그때는 적어도 단박에 스타가 되리라는 헛된 망상을 품지는 않았다. 그저 텔레비전 화면에 나오는 연기자들이 부러웠고, 그래서 무작정 시작하게 된 것이 연기였다. 천직이라 여겼다. 대사 한 줄 없어도, 주인공 옆을 잠깐 스치고 지나가는 단역이라 해도 연기를 하는 순간이 좋았고, 그걸 즐기던 그였다. 그리고 짧지 않은 사 년의 시간이 흐르는 동안 여전히 단역으로 살아가는 자신의 모습이 초라해져도 괜찮다 여겼다. 같이 시작했던 배우들이 점차 자리를 잡아가고 이름을 얻어가도 지혁은 애써 자신을 다스렸다. 언젠가는 그에게도 기회가 올 것이라고.

그러던 어느 날, 기다리고 기다리던 기회가 꿈처럼 달콤하게 다가왔다. 다만, 꿈처럼 달콤한 기회는 엄청난 대가를 요구하며 시퍼런 비수를 동반하고 찾아왔다.

"우지혁 씨?"

엑스트라 전문인 지혁에게 미니시리즈 주연을 연기해 보겠냐며 갑자기 찾아들었던 김형석 피디를 지혁은 반갑게 맞으며 의자에서 일어섰다.

"네, 제가 우지혁입니다."

"반갑군요. 김형석 피디요. 자, 인사는 여기서 마치고 바로 본론으로 들어갑시다. 가을 개편으로 미니시리즈가 방영될 예정이요. 기본적인 얘기는 어제 통화로 대강 마무리를 지었고…… 밤사이 대본은 다 읽어봤소? 어떻소? 한번 해볼 생각이 있는 거요?"

"물론입니다!"

기쁨과 환희, 그리고 자신감에 가득 찬 지혁은 고함을 지르듯 큰 소리로 대답했다. 김 피디가 피식 웃으며 고개를 끄덕였다.

"잘됐군요. 캐스팅은 거의 끝난 상태요. 다음 주부터 대본 연습을 하고 아마 이주 후부터 스튜디오에서 촬영을 시작할 거요. 야외 촬영은 중간중간 장소가 헌팅되면 그때 들어갈 거고…… 촬영이 들어가면 눈코 뜰 새 없이 바쁠 거요. 이 점 기억해 두시오."

할 말을 다 했다는 듯 김 피디는 말을 마침과 동시에 자리에서 일어나 지혁에게 손을 내밀었다. 힘차게 악수를 마친 김 피디가 시원스레 웃음을 터뜨렸다.

"연기는 어떨지 모르지만 우지혁 씨 마스크는 꽤 좋군요. 뭐, 위에서 누가 '남자 주인공은 누구를 시켜라'라고 해서 기분이 좀 나쁘긴 했지만 그런 소리 들을 만한 얼굴이요. 앞으로 잘해 봅시다."

"네? 무슨 말씀이신지……."

김 피디의 뜻 모를 말에 지혁이 되묻자 그가 은밀하게 메모지를 꺼냈다. 네모반듯하게 두 번 접힌 그것이 지혁의 손아귀에 들어왔다.

"이건 뭡니까?"

"거기로 가서 메모지에 적힌 사람을 찾으시오. 당신에게 이런 행운을 물어다 준 제비 한 마리가 있을 거요. 아니, 제비 한 분이 계신다 해야 하나? 하여간 건투를 빌겠소. 참, 계약을 먼저 해야 하니 내일 나와보시오. 같이 가봅시다."

횅하니 사라지는 김 피디의 뒷모습이 사라지기도 전에 지혁은 황급히 메모지를 펼쳤다.

파라다이스 호텔 커피숍. 다섯 시. 황인주.

이게 뭐냐고 물어보려고 해도 김 피디는 이미 자취를 감춘 지 오래였다. 벌써 시간은 네 시가 넘었고 지혁은 일단 약속 장소에 가보는 게 도리인 것 같아 택시에 몸을 싣고 호텔 커피숍으로 향했다.

"아, 황인주 씨요?"

다섯 시가 넘어도 약속한 사람이 나타나지 않자 지혁은 웨이터에게 물었고, 웨이터는 반색을 하며 카드 키를 건넸다.

"우지혁 씨 되십니까?"

"그렇습니다만……."

말끝을 흐리는 지혁과 달리 웨이터는 간단명료하게 말했다.

"1208호입니다. 올라가 보십시오. 기다리고 계실 겁니다."

"아니, 그게 무슨 말인지……."

정중하게 고개를 숙이고 멀어지는 웨이터를 붙잡으며 지혁은 설명을 요구했다. 그러나 웨이터는 막무가내로 올라가 보라고만 하고 더 이상의 대꾸를 하지 않았다.

가지 말았어야 할 길. 발을 디디면 안 되는 곳. 하나, 순진하고 어리석었던 그는 알지 못했다. 그 길이 가지 말아야 했던 길이라는 걸. 발을 디디면 안 된다는 걸, 그때의 지혁은 알지 못했다.

"사람을 잘못 보셨군요, 황인주 사모님."

"뻣뻣하게 나와서 좋을 게 없을 텐데, 우지혁 씨?"

호텔 룸에 있던 여자가 냉랭하게 이죽거렸다. 지혁은 단호하게 거절하고 몸을 돌렸다.

"후훗, 이것 봐, 우지혁 씨. 그렇게 나가면 당신은 끝이야."

지혁은 걸음을 멈췄다. 여자의 이죽거림이 계속 이어졌다.

"당신, 오늘 출연 제의 받았을 텐데? 그거 누구 영향이라 생각한 거지? 당신이 잘나서? 그렇게 생각해, 우지혁 씨?"

"빌어먹을!"

거칠게 욕설을 씹어뱉은 지혁은 침대에 누워 있는 여자에게로 성큼 다가서며 화를 터뜨렸다. 실오라기 하나 걸치지 않은 여자가 비스듬히 일어나 시트를 열어젖혔다. 불쑥 구토가 치밀어 지혁은 고개를 홱 꺾고 말았다.

"원하는 게 뭡니까. 뭘 원하기에 이런 짓을 하는 겁니까!"

"하룻밤."

여자가 딱 부러지게 말했다. 지혁은 헛웃음을 토해내고 여자를 싸늘하게 노려보았다. 배신감이 들었다. 이곳에 가보라고 한 김 피디만이 아니라 자신이 속해 있는 연예계라는 곳에 문득 배신감이 들어 진저리가 쳐지고 치가 떨릴 지경이었다.

"하룻밤, 하룻밤이면 돼. 그럼 그 미니시리즈 주인공…… 당신 거야."

요염한 몸짓으로 여자가 나른하게 손을 내밀었다. 지혁은 냉혹하리만치 잔인하게 여자의 손을 쳐내고 비아냥거렸다.

"이것 보십시오, 돈 많고 시간 많은 사모님. 시간이 남아 주체를 못하고 돈이 넘쳐 나 쓸 데가 없다면 어려운 사람이라도 도와보시지요, 이런 추잡한 짓은 하지 말고."

홱 돌아서는 지혁의 뒤로 찢어지는 듯한 여자의 새된 음성이 날아들었다.

"너…… 너, 거기 서. 거기 서란 말이야!"

지혁은 걸음을 멈추지 않았다. 다만 오만하게 비웃음을 터뜨릴 뿐이었다. 이런 짓을 하지 않아도 얼마든지 연기를 할 수 있을 것이다. 이따위 더러운 거래를 안 하더라도 기회는 얼마든지 있을 것이다. 아무래도 김 피디가 뭔가 잘못 알고 있었던 게 분명하다. 연출가가 연기자에게 이런 곳에 가보라고 귀띔하지는 않았을 것이다. 그건 마지막 남은 그의 유일한 희망이었다.

"두고 봐, 우지혁. 넌 스물네 시간 안에 내게 다시 돌아오게 될 거라고 장담하지. 두고 봐, 두고 보라고!"

여자가 핏대를 세워 바락바락 소리를 질렀다. 지혁은 여유롭게 손을 흔들며 입가에 냉소를 머금었다.

"글쎄요, 사모님."

그러나 지혁은 그 여자의 말대로 단 하루 만에 다시금 그 여자를 찾아야 했다. 만나야 했다. 그건 연기를 하기 위해서가 아니었다. 드라마의 배역이 탐나서가 아니었다. 순전히 오기였고, 다스릴 수 없는 분노에 사로잡혀서였다.

이튿날 계약을 하든 안 하든 이미 약속을 정해놓은 상태였기에 방송국으로 갔던 그에게 무슨 일이 생겼던가. 여기저기서 날아들던 수많은 비웃음, 빈정거림. 그의 어리석음을 탓하는 질타, 또는 질책의 눈길들. 같이 연기를 하는 배우들이, 함께 촬영을 하는 스텝들이 이구동성으로 하던 말은 지혁의 분노를 한층 더 부추겼다.

"이 바닥에서 그런 일 하지 않고 뜰 수 있을 것 같아? 적당히 튕겨. 너무 튕기면 값 올리려는 수작으로밖에 안 보이니까. 그리고 이번 드라마에서 우지혁 씨는 제외됐어. 남자 배우가 당신뿐인 줄 아나? 다른 배우로 교체됐으니까 그렇게 알도록. 뭐, 아쉬우면 어제 그 장소로 다시 가보든지. 그분이 우지혁 씨를 잘 봤는지 아직도 기다리고 있다는 말이 들리더군, 하하하."

김 피디의 웃음소리가 방송국을 메우는 순간 지혁은 무소불위의 권력을 배웠다. 더 나아가 그것을 이용하는 것까지⋯⋯. 어깨를 움츠리지 않기 위해 안간힘을 다해 방송국을 빠져나왔다. 귓전에 맴도는 사람들의 비웃음이 계속해서 그를 괴롭혔다. 침대에 드러누워 있던 여자의 얼굴이 떠올랐다. 입가에 싸늘한 비웃음을 물고 빈정거리던 스텝들의 모습도 떠올랐다.

그래, 그 여자가 원한 건 하룻밤이었다. 겨우 하룻밤. 그는 얼굴을 일그러뜨리며 하늘을 노려보았다. 더러운 사람들이 세상을 가득 메우는데 하늘은 깨끗하기만 했다. 까짓 하룻밤, 원한다면 주겠다. 그걸 원한다면 기꺼이 줄 수도 있었다.

하나, 그건 배역을 맡기 위해서가 아니다. 연기를 위해서가 아니었다. 당신이라는 여자를 안아주고 난 다음, 매달리는 당신을 비웃어주겠다. 나를 비웃었던 사람들을 나 역시 잔인하게 비웃어주겠다. 남김없이 짓밟고 짓이겨 주겠다. 내게 했던 그대로 되돌려주지. 빌어먹을! 사납게 이를 갈며 다짐한 지혁은 지체없이 호텔로 향하고 있었다.

"음, 근사했어! 약속대로 미니시리즈 주연은 당신 거야."

호텔에 들어서자마자 여자를 안았다. 짐승처럼 얽혀들어 여자가 원하는 대로 안아주었다. 짐승의 교배와 다름없는 섹스가 끝난 뒤 여자가 숨을 몰아쉬며 선심 쓰듯 하는 말에 지혁은 냉소를 배어 물었다.

"됐어. 그런 건 필요없어."

"그럼?"

"주인공 자리가 탐나서 당신 따위의 여자를 안은 게 아냐."

"하! 그래서? 그럼 나 따위를 안은 이유는 뭐야?"

지혁은 룸 여기저기에 벗어 던진 옷을 걸치며 여자를 위아래로 훑어보았다. 그의 눈길에서 역겨움과 혐오감이 고스란히 드러났다.

"그 드라마, 전면 백지화해."

"뭐?"

여자가 침대에서 벌떡 일어나 멍하니 지혁을 바라보았다. 지혁은 잇새로 씹어뱉듯 사납게 말을 이었다.

"방송국 주무르는 걸 보니 드라마 하나 사장시키는 건 일도 아닌 거 같더군. 남자 주인공의 출연 거부로 그 미니시리즈가 취소되었다고 하란 말이야. 스텝진들에게도 그렇게 설명하라고. 알아들었나?"

"그렇게 분풀이를 하는 것보다 이 기회를 잡는 게 더 현명하다는 걸 아직 모르나 보군, 우지혁 씨."

셔츠 단추를 채우던 그의 손길이 멈칫했다. 이내 냉정을 되찾은 지혁의 입가에 실소가 물렸다. 실오라기 하나 걸치지 않은 여자가 거리낌없이 그의 곁으로 다가섰다. 옷을 걸치는 지혁의 손길을 저지하며 그녀가 은밀하게 덧붙였다.

"더 큰 걸 원한다면 말만 해. 당신 말대로 드라마 하나 사장시키는 거 내겐 일도 아냐. 그러니 당신이 원하는 게 있다면 그게 뭐가 됐든 해줄 요량이 있다는 거지. 어때, 내 곁에 좀 더 있는 게? 구미가 당기지 않아?"

"노(no)!"

지혁은 거세게 여자를 밀쳐 냈다. 바닥으로 나뒹구는 여자를 보며 그는 싸늘하게 읊조렸다.

"내가 오늘 당신을 안은 이유는 하나야. 그 쓰레기 같은 드라마를 취소시키는 것. 그것 외에는 당신에게 바라는 것 없어. 당신은 나와의 하룻밤을 원했고 내가 원하는 건 드라마를 갈아엎는 거야. 우리 거래는 그것으로 끝이야."

"그렇게 해서 얻는 게 없을 텐데? 적당히 즐기면서 살아, 우지혁 씨. 지름길이 있는데 빙 둘러갈 필요는 없잖아?"

룸을 벗어나는 지혁의 뒷모습을 보며 여자가 빈정거렸다. 지혁은 우뚝 걸음을 멈추고 서슬 퍼런 눈빛으로 몸을 홱 돌렸다. 그의 빙하처럼 차가운 모습에 여자가 일순 얼어버린 듯 입술을 꼭 다물었다.

"지름길이라…… 남창(男娼)처럼 여기저기 불려 다니면서 지름길을 찾진 않겠어. 굳이 지름길이 필요하다면……."

지혁은 잠시 말하는 걸 쉬고 길게 심호흡을 했다. 이런 생각을 한 자신을 경멸했지만 아쉽게도 결론은 하나였다.

"그 지름길은 내가 찾겠어. 구역질나고 역겹겠지만 그게 이바닥에서 살아남는 거라면, 그래, 좋아. 나도 지름길을 택하지. 단, 지름길을 안내할 여자 역시 내가 찾을 거야. 당신처럼 밑바닥까지 더러운 여자는 말고 말이야."

그날 그 시간부터 연기에 대한 애정은 변질되었다. 연기에 대한 순수한 열정은 식어버렸다. 닥치는 대로 살아왔다. 누구 한 사람 잘못된 길이라고 지적해 주는 이 없었다. 모두가 진흙탕에 빠져 허우적거리는데, 혼자만 깨끗한 척 고개를 세울 수는 없었다. 그저 같이 진흙탕에 몸을 던져 함께 더러워지는 수밖에. 그곳을 떠나야 한다는 생각보다 지혁은 어리석게도 그들의 대열에 합류하고 말았다.

그렇게 살기를 일여 년. 정상을 향해 달려왔다 생각했건만, 오로지 목표는 그것 하나뿐이었건만 그러나 그가 달려온 길은 정상이 아니라 죽음의 길이었나 보다. 죽음의 길 끝에서…… 그녀를 만났나 보다. 이제 남은 건 죽음밖에 없는데…….

악몽 같은 지난날의 회상에 잠겨 있는 그를 은채가 부드러운 손길로 일깨웠다. 그의 어깨를 다독여 주며 그녀가 나직하게 속삭였다.

"그만 쉬어요."

한숨처럼 쏟아지는 말을 남기고 은채가 쓸쓸히 돌아섰다. 망연히 서 있던 지혁은 그녀의 뒤를 따르며 황급히 손을 내밀었다. 현관 앞에서 그의 손을 말갛게 내려다보던 은채가 그대로 등을 돌렸다. 지혁의 손이 허공을 향해 힘없이 떨어져 내렸다. 뒤돌아서지 않은 채 차가운 등만 보이며 그녀가 말문을 열었다.

"나, 지혁 씨를 처음 보는 순간 내 사람이라고 생각했어요. 내 운명이라고. 그런데…… 그게 아닌가 봐요. 내가 착각한 건가 봐요. 지혁 씨는 내 운명이 아니라…… 아니, 아녜요. 그만 가볼게요."

"은채야!"

"하나만 물어봐도 돼요?"

그녀가 조심스레 몸을 돌렸다. 무의식 중에 은채를 잡으려는 듯 앞으로 뻗어 나가는 손을 제지하기 위해 지혁은 양손을 그러모아 쥐었다.

"내가 누군지, 우리 아빠가 누군지…… 혹시 지혁 씨는 알고 있었나요?"

날카로운 단도가 사정없이 그의 가슴에 깊숙이 박혀들었다. 지혁은 은채를 바라보던 눈길을 힘없이 떨어뜨리고 어금니를 사려 물었다. 그 어떤 말을 해도 그녀는 믿지 않을 것이다. 그가 어떻게 살아왔는지 모두 밝힌 지금 최은채가 누군지 몰랐다고 한다면 그게 오히려 거짓으로 들릴 터였다. 지혁은 한마디도 내뱉지 못한 채 긴 침묵을 지켰다.

"아녜요. 내가 괜한 걸 물었어요. 우리 아빠가 얼마나 철저하게 사생활을 지켜왔는데……."

말끝을 흐린 은채가 고개를 숙이고 인사를 했다. 잘 지내라는 말도, 다시 만나자는 말도 남기지 않고 그녀가 떠나갔다.

텅 빈 복도를 바라보면서 지혁은 이제야말로 그녀와 끝이라는 걸 실감하게 되었다. 자신에게 실망해 버린 그녀가 돌아섰다는 것을, 마음을 비웠다는 것을 가르쳐 주는 어둡고도 절망적인 밤이 복도를 따라 길게 이어지고 있었다.

부친에게 돌려받은 Audy TT에 몸을 실은 은채는 쓰러지듯 핸들에 얼굴을 파묻었다. 머리 속에서 거대한 회오리가 형성되어 혼란의 도가니 속으로 그녀를 이끌었다. 깊은 한숨 한자락 내뱉을 수가 없었다. 어떤 말이라도 듣겠다고 찾아왔건만, 어떤 일이라도 이해하겠다며 찾아왔건만 역시 너무 안일하게 생각했나 보다. 그가 들려준 진실을 은채는 쉽사리 이해할 수도, 받아들일 수도 없을 만큼 두렵고 처참하기만 했다.

연예계가 어떤 곳인지 그녀는 알지 못했다. 알고 싶지도 않았고, 알 기회도 없었다. 하지만 부모님들이 나누는 대화에서 은연중에 주워들은 것만으로도 충분히 그 세계가 어떤 곳인지 짐작은 할 수 있었다. 유난히 매스컴에 사생활을 밝히길 꺼려하던 부친이었다. 만약 MBS 최대 주주가 누구인지 안다면 벌 떼처럼 달려들 수많은 사람들과 또 그에 못지 않게 들러붙을 여자 연기자들. 젊은 시절 그들에게 적잖이 고생을 했던 부친은 결혼과 함께 그곳에서 사라지듯 완벽하게 얼굴을 감추고 살아왔다. 부친을 대신해 모든 공식적인 모임에 실질적으로 나서는 사람은 STS 엔터테인먼트의 대표인 고모부라고 할 수 있었다.

앞이 보이지 않는 암담함에 은채는 고개를 들 수가 없었다. 차가운 핸들에 파묻고 있던 얼굴에 서서히 경련이 일었다. 자신과는 상관없는 세계라 여겼다. 하루아침에 유명 인사가 되고 또 하루아침에 명성을 잃어버리는 연예계는 은채와 전혀 다른 또 하나의 세상이었다. 하지만 그곳에 그가 있었다. 그렇다면 이제 어떻게 해야 하나.

은채는 고개를 젖혀 오픈된 자동차 위의 하늘에 시선을 던졌다. 시커먼 어둠이 짙게 배어 나오는 하늘에서 그를 닮은 그림자가 새겨졌다. 눈을 감았다.

아직은 그를 대할 자신이 없다. 어떤 결심을 하기 전에는 그의 얼굴을 볼 수가 없을 것 같다. 모질게 마음을 먹어야 한다, 이대로 끝을 내든 또 다른 세상에 발을 내디디든. 사랑을 한다면 상대의 허물조차도 사랑해야 한다고 어느 책에서 본 듯하다. 하지만 역시 자신은 아직 어린가 보다. 허물까지 사랑하기에 아직은 역부족인 듯했다.

가슴이 아파오고 눈시울이 붉어졌다. 뜨거운 것이 흘러내리려는 눈가에 힘을 주었다. 눈물을 흘리는 어리석고 나약한 짓은 하지 않을 것이다. 앞으로 살아가면서 절대로 눈물 따위로 괴로운 감정을 대변하지는 않겠다. 은채는 소리없이 조용하게 다짐했다.

결단을 내릴 시간. 그를 포기하든 그의 상처를 어루만져 주든 지금은 결정을 내릴 시간이었다. 자동차 실내의 디지털 시계가 쉼없이 흘러가고 있었다. 지혁이 있는 오피스텔 거실 창이 밝게 빛났다. 그의 그림자인 듯한 사람의 형상이 오래도록 버티컬을 젖히고 석고상처럼 미동없이 서 있었다.

은채는 천천히 시동을 걸었다. 그와 그녀의 사이에 벌어진 거리는 겨우 건물 하나였지만, 마음의 거리는 하늘과 땅처럼 멀기만 했다.

하늘에 별조차 보이지 않던 그 밤, 은채는 세상을 알아가고 있었다. 그리고 어른이 되어가고 있었다. 겉모습만 어른이 아닌 속까지 단단하게 여문 진짜 어른이…….

#13

이곳에 직접 찾아오기는 처음이다. 남편의 비서를 어르고 달래어 한 뭉치의 돈을 안겨주자 손쉽게도 그는 열쇠마저 넘겨 주었다. 오래전부터 알고 있던 곳이지만 막상 눈앞에서 보니 살이 부들부들 떨려왔다. 열쇠를 꽂아 살짝 돌리고 현관문을 열었다. 호화롭게 꾸며진 거실의 풍경보다 먼저 그녀를 덮친 것은 색정적인 신음 소리였다. 벽을 뚫고 울려 퍼지는 여자의 간드러진 교성은 소영의 피를 거꾸로 돌게 만들었다. 지그시 혀를 물었다. 얼마나 세게 물었는지 혀끝이 아려왔다. 하지만 잇새의 힘을 늦추지는 않았다.

신음이 들려오는 침실로 한 걸음씩 다가선 소영은 길게 심호흡을 내뱉었다. 이미 오래전부터 알고 있었다, 남편이 어떤 사람인지. 무엇 때문에 자신과 결혼을 했는지 그는 명백하게 몸으로 보여주고 있었다. 지금 눈으로 확인한다 해서 더 받을 상처도 없었고, 남은 미련도 없을 터였다. 이젠 서류상으로나마 존재하는 그들의 부부라는 이름에 종지부를 찍는 일만 남아 있었다.

소영은 흔들림없이 꼿꼿하게 침실 문을 열어젖혔다. 에로 영화의 한 장면처럼 한 쌍의 남녀가 단단하게 얽혀 있었다. 참으려고 이를 악물었지만 구역질이 치밀어 올라 소영은 입술을 앙다물어야 했다. 침대 위에서 다른 여자와 한몸이 된 남편을 보자 가슴이 송두리째 흔들렸다. 소영은 애써 태연함을 가장하고 굳어버린 혀를 움직여 말을 밀어냈다.

"이혼해요, 우리."

후닥닥 일어나 시트로 몸을 가리는 젊은 여배우와 벌거벗은 채 거친 숨을 몰아쉬는 남편이 그녀의 시야를 파고들었다. 목구멍까지 욕설이 꾸역꾸역 올라왔다. 피가 거꾸로 돌아 머리끝까지 몰려오는 기분이었다. 그러나 소영은 끝까지 침착성을 잃지 않기 위해 안간힘을 다했다.

"나가!"

하얗게 드러난 젖가슴을 필사적으로 가려보려고 몸부림치는 젊은 여자를 손가락으로 가리키며 소영은 싸늘하게 뇌까렸다.

"재미는 다음에 보고, 오늘은 이만 꺼져."

몸에 시트를 둘둘 감고 도망치듯 나가는 여자는 요즘 들어 텔레비전에서 자주 보았던 연예인이다. 신인 연기자치고 유난히 드라마와 CF에서 맹활약을 하던 여자. 허둥지둥 나가는 여자의 뒷모습을 노려보는 소영의 눈길이 매섭게 변했다.

"당신 뭐 하는 짓이야!"

남편의 고함에 눈썹도 까딱하지 않은 소영은 픽 비웃음을 터뜨렸다.

"당신은 뭐 하는 짓이죠?"

"빌어먹을! 여기가 어디라고 와서 행패야. 당신, 이 정도밖에 안 되는 여자였나?"

"여기가 어딘데요? 당신이 수시로 여자 갈아치우는 아지트? 집에는 여자들을 불러들이지 못하니, 아예 집을 한 채 마련하셨군요. 이 집에서 얼마나 많은 여자들이 당신을 거쳐 갔나요?"

남편의 얼굴이 무섭게 일그러졌다. 그녀를 죽이려 들기라도 하듯이 그가 거칠게 몸을 일으켰다. 소영은 전혀 주눅 들지 않은 채 이죽거림을 멈추지 않았다.

"길게 얘기하지 않겠어요. 이혼해요, 우리. 더 이상 이렇게 사는 건 무의미하다고 봐요. 당신은 당신하고 싶은 대로 살고, 나도 당신 같은 남자에게서 이제 벗어나고 싶어요. 이혼해요."

"들리는 소문에 의하면 젊은 놈팡이와 눈이 맞았다고 하던데, 왜, 그놈이 결혼이라도 하자고 하던가?"

"왜요? 그래도 남편이라고 갑자기 유세라도 떨고 싶은가 보죠? 아니면 갑자기 질투라고 나는 건가요?"

"하!"

그가 코웃음을 치며 바닥에 떨어진 옷가지를 걸쳤다. 운동으로 다져진 남편의 건장한 몸을 노려보는 소영의 눈에서 슬픔이 배어 나왔다. 결혼하기 전에는 그를 사랑했었다. 하나, 행복했던 결혼식이 막을 내렸을 때, 그녀의 사랑도 비참하게 막을 내렸다.

"그래서? 고작 이혼하자는 말을 하려고 여기까지 왕림하셨나?"

"집에서는 도통 얼굴을 볼 수 없으니 내가 와야죠."

은채의 말이 맞았다. 자신이 지혁과 있는 모습을 보여주고 싶은 사람은 은채가 아니라 이 남자였다. 결혼과 함께 엄청난 바람기로 그녀의 가슴을 썩어 문드러지게 만든 남자. 사랑했던, 한때는 모든 것을 다 줘도 모자랄 만큼 사랑했던 남자. 그래서 놓아줄 수 없었고, 버림받는다는 걸 용납할 수도 없게 만들었던 남자. 어떻게든 부부의 연만큼은 유지하고 싶었다. 그러나 남은 것은 증오밖에 없었다. 긴 시간 기다리고 인내하고 참아왔던 세월은 사랑을 증오로 바꿔 버렸다. 이제 미련을 버려야지. 손에서 놔야 하는 건 한 조각의 미련없이 놔버려야지.

그녀는 희미하게 떨리는 손으로 핸드백을 뒤져 이혼 서류가 들어 있는 봉투를 남편의 얼굴에 내던졌다. 실소를 머금은 그가 종잇조각을 집어 들더니 약 올리기라도 하는 양 흔들어댔다.

"최후통첩인가? 당신이 이러면 내가 무서워서 벌벌 떨 줄 알았나? 이혼? 그래, 하지. 나도 원하던 바였으니까 당장 해! 당장!"

"그래요, 당장 해요. 변호사를 통해서 일사천리로 진행하죠. 나도 당신이라는 남자와 단 한 순간도 더 엮이고 싶지 않으니까."

"잘됐군! 그럼 이혼도 하기로 했으니 이만 나가주겠나?"

"왜요? 밖에서 기다리는 계집과 계속 재미를 보셔야겠다, 이 말인가요?"

"잘 아는군."

담배를 피우며 싸늘하게 뇌까리는 남편의 뺨을 때리지 않기 위해 소영은 주먹을 움켜쥐어야 했다. 어떻게 이런 남자를 사랑할 수 있었을까. 어떻게 이런 사람에게 모든 것을 주었을까. 반발하듯 뭇 남자들과 스캔들을 일으켜도 남편이 알아주길 바라는 마음뿐이었다. 잡아주길 바라는 마음뿐이었다. 그런데 모두 다 허황된 꿈이라는 걸 소영은 이제야 알게 되었다.

"그래요, 그럼 어디 소속사 여배우와 계속 재미 보세요. 앞으로는 그런 호강 하지 못할 테니까."

"무슨 소리야?"

"무슨 소린지 몰라서 묻나요? 나와 이혼하면 STS도 끝이에요. 당신 인생도 끝이라고요."

아픈 가슴을 드러내지 않기 위해 소영은 이를 악물었다. 상처 입고 곪아터진 흉터를 보이지 않기 위해 그녀는 애써 당당함으로 자신을 감추었다.

"그 회사는 내 거야. 당신이 뭔데 끝이라고 하는 거야? 이혼을 조건으로 위자료를 바라나? STS 엔터테인먼트를 바라? 하! 웃기지도 않는군."

"아뇨! 그 딴 건 줘도 싫어요. 하지만 분명히 짚고 넘어가죠. 엔터테인먼트는 당신 게 아니라 내 거예요. 잊었어요? 당신은 그곳에서 그저 일을 할 뿐 명의는 내 것이었다고요. 결혼했을 당시, 우리 오빠가 결혼 선물로 주었던 회사가 누구 것인지, 변호사 앞에서 한번 싸워볼까요?"

소영은 가소롭다는 듯 비웃음을 터뜨렸다.

"누가 그만큼 키웠는데! 처남이 준 것을 누가 그만큼 일으켜 세웠는데 내놓으라는 거야!"

"이것 봐요, 우리 회사가 오늘날 이렇게 성장할 수 있었던 게 누구 덕인지 잊었나요? 개구리 올챙잇적 생각 못한다더니 당신 너무 안하무인이군요."

남편의 얼굴이 창백하게 굳어갔다. 소영의 웃음소리가 점차 크게 번져 침실을 빼곡히 메웠다.

"우리 오빠가 아니었으면 STS 엔터테인먼트는 애초에 시작도 없었고, 지금처럼 거대하게 이름을 떨치지도 못했어요."

"당신……!"

"MBS 방송국 최대 주주가 우리 오빠였기에 STS는 어느 곳

에서나 인정받았어요. 영화판이나 방송가나 가요계나. 하지만
우리 오빠가 없는데도 과연 인정을 받을까요? 소속사 여배우와
매번 스캔들이나 일으키는 당신의 그 잘난 엔터테인먼트를? 당
신이 스캔들을 터뜨릴 때마다 누가 막아줬는지 정말 모른다는
말이에요? 후훗! 좋아요. 당신이 원한다면 주죠. 위자료로 내가
주겠어요. 하지만 어디 얼마나 오래 버티는지 두고 보겠어요.
우리 오빠의 힘 없이는 명망 높은 STS도 석 달 안에 문을 닫을
거예요. 그것에 내 전 재산을 걸겠어요!"

"이봐! 여보!"

남편이 높낮이가 일정하지 않은 음성으로 그녀를 불렀다. 여
보? 우리가 언제부터 여보라 불렀지? 소영은 뒤도 돌아보지 않
고 침실을 빠져나왔다. 과거와의 연결고리를 정리하는 건 의외
로 간단했다. 십여 년을 살아온 남편에게 이혼을 하자고 말만
하면 되는 거였다. 그런데 왜 진작 하지 못했을까. 이렇게 홀가
분한 것을 왜 두려워하고 망설이기만 했을까. 거실 한구석에 우
두커니 몸을 숨기고 있는 여배우를 보며 소영은 싸늘한 충고를
남겼다.

"정신 차려, 이 여자야. 저 남자에게 몸을 주는 대가로 한순간
정도는 이름을 얻을 수 있겠지만 저 남자의 재미가 시들어지는
날 네 연예계 생명도 끝이야! 이젠 네 이름을 띄워줄 수도 없을
만큼 힘도, 권력도 없는 이빨 빠진 늙은 호랑이가 됐지만. 호
호."

공허한 그녀의 웃음이 길게 울려 퍼졌다. 소영은 황급히 거실로 쫓아나오는 남편을 사납게 노려보며 손을 흔들었다.

"아쉽지만 늦었어요. 지금 붙잡는다고 해서 날름 당신 앞에 머리를 조아릴 내가 아니란 걸 알아야죠. 어쨌든 흥은 깨졌겠지만 아까 하던 짓거리 계속하도록 하세요. 난 이만 더러운 이곳에서 퇴장해 줄 테니까."

창백하게 굳어버린 여배우와 석고상처럼 멍하니 서 있는 남편에게 인사를 던지고 소영은 빌라를 빠져나왔다. 과거와의 질긴 연결고리를 겨우 하나 정리했다. 이제 단 하나만 남아 있었다. 정리해야 할 또 다른 과거의 연결고리. 전혀 남편을 닮지 않았지만 남편의 대용으로 만났던 우지혁, 그를 정리해야 한다. 사랑하는 조카 은채를 위해서. 여전히 은채의 마음을 뒤흔들고 있는 그를 은채에게서 지워야 했다. 은채에게 상처를 남기지 않기 위해서. 은채를 위해서 자신의 모든 것을 걸고서라도 소영은 지혁을 정리해야만 했다.

여름의 끝이라 해도 여전히 날씨는 후텁지근했다. 낮에는 모든 것을 집어삼킬 듯 이글이글 타오르던 해가 그나마 저녁이 되니 한 꺼풀 꺾인 듯 그 기세가 주춤했다. 그렇다고 더위가 가신 것은 아니었다. 과수원 일을 마무리 지으며 지혁은 목에 둘렀던 수건으로 얼굴에 흘러내린 땀을 닦아냈다.

"그만 들어가자, 지혁아."

복숭아 나무 사이에서 나오던 작은아버지가 지혁을 불렀다. 지혁은 따다 만 잘 익은 복숭아를 한입 배어 물며 환하게 미소를 지었다.

"네, 그러죠."

"이 녀석아! 그렇게 먹어대다간 하나도 못 팔겠다!"

나무라듯 말하지만 작은아버지 역시 박스에 담긴 복숭아를 하나 꺼내어 옷에 쓱 닦고는 입에 넣었다. 오래전에는 그렇게도 답답하기만 하던 곳에서 지혁은 마음의 평화를 얻었다. 부모님이 돌아가시고 작은아버지 내외의 손에서 자라서인지 특별히 고향이 그립거나 하지는 않았다. 하지만 모든 것을 정리했을 때 떠오르는 곳은 여기 작은아버지의 품밖에 없었다. 그리고 지혁은 일말의 망설임 없이 서울을 등지고 고향으로 내려오게 되었다.

하루하루가 지루할 정도로 큰 변화는 없었지만 그렇다고 숨막힐 만큼 바쁘지도 않은 고즈넉하고 조용한 이곳. 이제 여기를 벗어나고 싶지 않았다. 평생 여기서 농사일을 하며 누군가의 추억만으로도 살아갈 수 있을 것 같았다.

"그만 들어가서 저녁 먹자꾸나. 네 작은엄마가 눈 빠지게 기다리고 있겠다."

다 먹은 복숭아 씨를 과수원 바닥에 내던지며 작은아버지가 먼저 앞장섰다. 지혁은 그의 뒤를 따르며 어둠이 내려앉은 주변을 둘러보았다. 밤이슬이 내려 한 걸음 내디딜 때마다 대지가 푹신푹신 가라앉았다. 유난히 느긋하게 움직이는 지혁을 작은 아버지가 재촉했다.

"젊은 놈 걸음이 왜 그리 시원찮누."

지혁이 가까이 다가오기를 기다리며 그가 넌지시 질문을 던졌다.

"그나저나 너도 장가를 가야지? 나이도 있는데 이번에 내려온 김에 네 작은엄마더러 색싯감이라도 알아보라고 해볼까?"

"하하, 작은아버지도 참."

지혁은 난색을 표하며 손을 내저었다.

"왜? 너도 장가가서 여우 같은 마누라랑 토끼 같은 새끼 낳고 살아봐야지. 객지 생활 오래 했을수록 빨리 가정을 이루는 게 낫다. 너 또 언제 바람처럼 휑하니 사라질지도 모르고. 이제 한 곳에 뿌리를 내려야지."

혀를 쯧쯧 차며 그는 지혁의 등을 쓰다듬었다. 부평초처럼 여기저기 떠돌다 온 지 얼마 안 되는 조카 녀석이었다. 어떤 고생을 했는지 묻지 않았으니 아는 것도 없었다. 하지만 조카의 얼굴에 드리워진 그림자가 그간의 생활을 충분히 설명해 주었다. 평탄치 않은 삶을 살아왔음을. 지난 오 년, 냉정하다 싶을 만큼 소식 한 자 없던 피붙이가 어느 날 불쑥 찾아왔을 때 얼마나 놀랐던가. 얼마나 반가웠던가. 죽은 형이 살아온 것마냥 그는 지혁을 부둥켜안고 그 순간 눈물을 흘리고 말았다. 내 자식처럼 매순간 깊은 애정으로 대할 수는 없었지만 지혁도 분명 그의 자식이었다. 이제라도 마음을 잡지 못하고 떠도는 지혁을 붙잡아야 했다.

"그만 여기서 살아라, 어디 갈 생각 말고."

"네."

"참한 색시 알아볼 테니 조카 손주 녀석 얼굴도 보여주고."

입술을 굳게 봉해 버린 지혁을 보며 그는 쓸쓸하게 턱을 매만졌다. 부모가 아니니 꼬치꼬치 속내를 캐물을 수도 없고 참으로 답답한 노릇이었다.

"천천히 생각하자꾸나. 설마 우리 잘난 조카 색싯감 없을까봐. 안 그러냐?"

피식 웃음을 배어 문 지혁은 먼 산을 응시했다. 어둠이 짙게 깔렸어도 녹음(綠陰)의 푸르름을 감추지는 못했다.

결혼이라……. 지혁은 고개를 가로저었다. 절대 안 될 일이다. 밝힐 수 없는 그의 지난 과거 때문이기도 했지만 누군가를 가슴에 품고 다른 여자를 맞을 수는 없을 것 같았다. 그건 또 다른 죄를 짓게 되는 것이었다. 모든 것을 잊고 고향에 내려왔다 해서 그녀마저 잊은 건 아니다. 그녀를 영원히 기억하기 위해 또 다른 삶을 시작한 그였다. 그런 그의 인생에 다른 여자란 있을 수 없었다. 과수원을 내려와 집에 다다를 때까지 지혁은 묵묵히 입을 다물고 있었다.

"누구지? 누가 남의 집 앞에 차를 대놓고 있는 건가?"

발끝만 노려보며 걷던 지혁의 귀에 작은아버지의 혼잣말이 들려왔다. 아무 생각 없이 고개를 들던 지혁은 그 자리에 얼어붙고 말았다. 눈에 익은 실버 빛깔의 메르세데스 벤츠. 그건 분명 소영이 몰고 다니던 자동차다. 아니나 다를까 운전석 문이 열리고 소영이 내려섰다. 멀리서 그를 보았다는 듯 그녀는 거침없이 그를 향해 걸어왔다.

"누구냐? 아는 사람인 게야?"

"아뇨! 아니, 네…… 아는 사람입니다."

지혁은 지그시 어금니를 물고 대답했다. 아니라고 해봤자 금세 들통날 거짓말이었다. 어느새 소영은 지혁의 코앞에 와 있었다.

"오랜만이야, 우지혁 씨. 이런 촌구석에 꼭꼭 숨어 있으니 당최 찾을 수가 있어야지. 찾느라고 고생 좀 했어."

"어쩐 일이야?"

지혁의 냉담한 물음에 소영의 눈길이 그의 작은아버지를 향해 날아갔다.

"이분 앞에서 얘기해도 되는 거야? 알아본 바로는 작은아버님이라고 하던데……. 여기서 얘기할까?"

지혁은 소영을 노려보며 욕설을 내뱉지 않기 위해 이를 악물고 간신히 입꼬리를 치켜 올렸다. 나이 들어 구부정해진 작은아버지의 등을 밀며 그는 아무렇지 않은 척 말했다.

"먼저 들어가세요. 아는 사람입니다. 얘기 좀 하고 들어갈게요."

"누군데 나를 아는 건지, 내가 들으면 안 되는 얘기냐?"

작은아버지의 눈빛이 날카롭게 빛났다. 소영을 꿰뚫어 보기라도 하는 것처럼 그는 시선을 거두지 않았다. 지혁은 그런 그를 만류하며 집 안으로 들어가게 대문을 열어주었다.

"늦지 않을 겁니다. 먼저 저녁 드시고 계세요."

"금방 오너라, 너 오면 같이 먹을 테니."

"네."

작은아버지를 집 안으로 모시고 나서야 지혁의 표정이 차갑게 변했다. 주머니를 뒤져 담배를 찾은 그는 라이터 불을 밝히며 싸늘하게 입을 열었다.

"다시는 볼 일 없을 거라 여겼는데, 내 착각인가?"

지혁의 물음에 아무런 대꾸 없이 소영은 자동차에 몸을 실었다. 그리고 반대 편 조수석 문을 열어젖히고 소리쳤다.

"타!"

"내가 당신 차를 왜 타야 하지?"

"할 얘기가 있으니까."

"난 할 이야기 없어, 들을 말도 없고."

쐐기를 박듯 단호하게 말하고 지혁은 홱 몸을 돌렸다. 여기까지 찾아오다니 정말이지 돌아버릴 정도였다. 거기다 작은아버지마저 알고 있다니. 어디도 안전지대는 없는가. 이 여자에게서 멀어지려면 도대체 어떻게 해야 한다는 말인가. 불현듯 솟구치는 분노에 그는 걸음을 돌려 자신을 향해 열려진 자동차 조수석 문을 쾅 소리 나게 닫았다.

"왜 이러는 거야? 뭘 원하는 거야, 내게! 다시는 찾아오지 마, 최소영. 당신이 원하던 대로 됐잖아! 그럼 끝 아닌가? 언제까지 이럴 거야? 언제까지 나를 옭아맬 작정이냐고! 이제 그만 하자. 제발 부탁이니까 여기서 끝내자. 당신 보는 거 끔찍하고 소름 끼치니까 그만 하자고, 최소영!"

점점 그의 음성이 평정을 잃어갔다. 낮게 시작했던 말은 끝을 향할수록 고함이 되어 메아리쳤다. 다 잊었다고 생각하며 하루하루를 보내고 있었다. 최소영이라는 여자도 잊고, 연기를 했던 우지혁이라는 놈도 지웠다. 단 한 사람, 최은채라는 이름만 제외하고 모든 것을 잊고 지운 그였다. 하지만 이 여자는 왜 여기 있는가. 왜 자신의 앞에 나타나 절망의 늪지대로 밀어 넣는 것일까.

"걱정하지 마. 당신에게 매달리려고 온 거 아냐."

소영은 재차 조수석 문을 열고 손을 까딱였다.

"일단 타. 여기서 시끄럽게 이야기할 수는 없지 않겠어?"

"안 타겠어. 다시는 당신과 연관되고 싶지 않아, 다시는!"

지혁의 냉담한 반응을 예상했다는 듯 그녀는 전혀 개의치 않는 얼굴로 말을 이었다.

"나 오늘 이혼했거든. 아, 걱정하지 마. 당신 때문에 이혼한 건 아니니까. 나도 새출발해야지."

"이혼했다는 거 자랑이라도 하려고 여기까지 행차하셨나?"

지혁은 냉랭하게 빈정거리며 이죽거렸다.

"비꼬지 말고 어서 타. 당신 작은아버지 되는 분이 담 너머로 지켜보고 있어."

지혁의 눈길이 황급히 집으로 날아들었다. 검은 물체가 재빨리 담 아래로 사라지고 있었다.

"빌어먹을! 어서 가. 당신과 말 섞고 싶지 않으니까 이만 가라고!"

성큼성큼 걸음을 옮기는 지혁의 뒤로 소영의 음성이 부드럽게 흘러나왔다.

"은채 때문에 왔어. 은채에 대해서 당신과 마무리 지을 일이 남아 있어서……."

거짓말처럼 지혁은 움직임을 멈추고 말았다. 천천히 고개를 돌리던 그가 믿을 수 없다는 듯 짙은 눈썹을 치켜 올렸다. 그녀가 다시 한 번 조수석을 가리켰다.

"어서 타라고, 우지혁 씨."

"은채 때문에?"

"그래, 은채 때문에."

가슴에 묻어둔 이름을 꺼내자 목소리가 탁하게 갈라져 나왔다. 그냥 이름을 소리 내어 말한 것뿐인데 그리움이 해일처럼 덮쳐 와 신음마저 튀어나올 지경이었다. 미치도록 보고 싶은 이름, 죽고 싶을 만큼 보고 싶은 이름이 그를 소영의 차로 이끌었다. 그 어떤 의심도 없이 지혁은 소영의 옆 자리에 몸을 묻었다.

최은채, 그녀의 이름은 지혁에게 엄청난 파장을 몰고 왔다. 앞으로 어떤 일이 생길지 전혀 예상하지 못한 채 미끄러지듯 주행을 시작하는 자동차에서 지혁은 은채의 얼굴을 떠올렸다. 그녀의 햇살처럼 환한 미소가 그의 뇌를 점령하고 있었다.

"공부가 하고 싶어."

은채의 말에 부친 최 사장의 눈이 휘둥그레졌다. 그도 그럴 것이 매일같이 공부를 하고 있으면서 난데없이 무슨 공부가 또 하고 싶다는 건지 최 사장은 선뜻 이해가 가지 않았다.

"무슨 공부? 유학이라도 원하는 거니?"

"아니."

은채는 새침하게 입술을 물고 말을 아꼈다. 최대한 조심스럽게 이야기를 꺼내야 한다. 많이 놀라실지도 모른다. 반대가 심할 것이다. 하지만 지난 일주일 동안 생각하고 또 생각해서 내린 결론이었다. 지혁과 헤어지고 집에 돌아온 뒤 아무렇지 않은 척 하루하루를 보내면서도 은채는 한 가지의 생각에만 매달려 있었다. 상대의 허물마저 사랑할 수 있는 사람이 되기 위해 몇 날 며칠 머리가 깨어지도록 진지하게 생각했다. 그리고 내린 결론은 허물을 사랑할 수 없다면 최소한 이해는 할 수 있는 사람이 되자고 결정을 내렸다. 그러기 위해선 공부를 해야 했다, 그를 위한 공부를. 그리고 그 배움에는 절대적으로 부친의 도움이 필요했다.

"무슨 공부 말이냐? 말을 해야 알지."

최 사장은 달래듯 부드러운 어조로 은채의 의중을 떠보았다. 서재에서 혼자 생각에 잠겨 있던 그는 노크도 없이 갑작스레 들어와 당최 알아들을 수 없는 말만 하는 딸아이가 답답할 지경이었다.

한참 동안 입술을 봉하고 있던 은채가 나직하게 속삭였다.

"매니저."

"응? 뭐라고?"

무슨 말인지 잘못 들었다는 듯 최 사장은 귀를 세웠다. 은채는 또박또박 한 자씩 힘주어 말하며 부친을 정시했다.

"매니저 일이 배우고 싶어."

"무슨…… 갑자기 왜 그런 결정을!"

청천벽력 같은 소리에 최 사장의 언성이 높아졌다. 마른하늘에 날벼락이라도 떨어진 것처럼 그는 대경실색한 얼굴로, 자신의 시선을 비키지 않은 채 빤히 바라보는 은채를 사납게 노려보았다. 그가 알고 지내던 딸아이가 아닌 듯했다. 생판 모르는 낯선 사람과 마주하고 있는 기분이었다. 문득 전신에 한기가 들었다. 그는 아무것도 못 들었다는 듯 은채를 외면했다.

"매니저 일이 배우고 싶어. 아빠가 도와줘요."

은채는 다른 말은 못하는 것처럼 같은 말만 고집스레 반복했다. 부친의 눈빛이 매섭게 변해갔다.

"안 된다! 이 무슨 해괴망측한……."

"나 믿는다고 했잖아, 아빠. 내가 어떤 결정을 내리든지 믿고 따른다고 했잖아."

"시끄럽다!"

노기 띤 부친의 음성에서 은채는 넘어야 할 산이 거대하다는 것을 알게 되었지만 결코 물러서지 않겠다고 되새겼다. 매니저가 되어야 했다. 매니저가 되는 방법을 공부해야 했다. 책상에 앉아서 머리로 하는 공부가 아니라 현장을 뛰어다니면서, 촬영장을 뛰어다니면서 온몸으로 부딪쳐 실전에서 배워야 했다.

"공부를 하고 싶다고 했어요. 매니저 일이 배우고 싶다고 분명히 말씀드렸어요. 제 일에 반대하지 말아줘요, 아빠. 부탁이에요."

"입 다물지 못하겠니!"

버럭 역정을 낸 최 사장은 은채를 남겨두고 문짝이 떨어져 나가라 거세게 서재 문을 닫았다. 앵무새처럼 했던 말만 반복하는 딸아이가 보기 싫었다. 난데없이 매니저 일을 배우고 싶다고 하는 것도 듣기 싫었다. 그러나 무엇보다 보기 싫은 것은 은채가 왜 저런 결심을 하게 되었는지 이유를 알기에, 그것을 허락할 수 없기에 더욱 울화가 치밀었다.

서재를 빠져나와 희미한 스탠드 불빛이 비추이는 침실로 가려던 최 사장은 무거운 마음에 걸음을 돌렸다. 답답한 가슴을 채워줄 시원한 바람이 절실하게 필요했다.

조용하다 했지. 이렇게 뒤통수를 맞을 줄이야. 최 사장은 나직하게 뇌까리며 밤이슬이 내려앉은 정원으로 향했다. 오늘은 쉬이 잠을 이룰 수 없을 것 같았다. 밤하늘은 지독하게 어두웠고, 그의 가슴에도 시커먼 멍울이 얼룩져 가고 있었다.

"그토록 깊이 정이 든 것일까. 매니저 일을 배우고 싶다고 할 정도로 깊이 빠져 버린 것일까."

한탄과도 같은 최 사장의 나직한 혼잣말이 더운 여름날의 정원을 스산하게 메웠다.

자동차가 곡예를 하듯 춤을 추었다. 자동차와 마찬가지로 소영 역시 미친 듯이 소리를 지르고 있었다.

"왜 하필이면 우리 은채야? 왜 하필이면 우리 은채냐고!"

"미쳤어? 그만둬. 그만두란 말이야!"

고함을 지르고 마구잡이로 핸들을 꺾어대는 소영을 지혁이 말려보려 했지만 그녀는 정신 나간 사람처럼 운전에만 열중하고 있었다.

집 앞에서 한참을 벗어나 한적한 산길로 들어섰을 때에야 지혁은 뭔가 잘못되어 가고 있다는 것을 알게 되었다. 그러나 그때는 이미 소영은 걷잡을 수 없는 상태였다.

"정신 차려!"

엄청난 속도로 달리는 자동차는 앞차를 추월하고, 장난치듯 자동차 사이에 끼어들기도 해가며 다른 운전자들의 목숨까지 위험에 처하게 만들었다.

"최소영! 최소영 씨, 당신 뭐 하는 짓이야!"

이차선밖에 되지 않는 도로는 위험했다. 더구나 수시로 추월과 끼어들기를 반복하는 소영의 운전은 미친 짓으로밖에 보이지 않았다. 지혁의 천둥 같은 고함에도 소영은 묵묵히 핸들만 조작하고 있었다.

"이봐, 최소영 씨……."

계기판의 속도가 점점 올라가고 있었다. 핸들을 쥐고 있는 소영을 말리기 위해 그가 손을 내밀자 반항이라도 하듯 속도는 더욱 빨라졌다.

"빌어먹을! 도대체 뭐 하는 짓이야!"

"우리…… 죽자."

속삭이듯 나직한 그녀의 음성이 확성기로 떠들듯 지혁의 귀에 내리꽂혔다. 그의 몸 안에서 무언가가 툭 끊어졌다.

"내가 오늘 이혼했다고 당신에게 말했던가?"

소영은 꿈을 꾸듯 황망하게 속삭였다. 영혼이 빠진 사람마냥 그녀의 눈빛은 넋이 나가 있었다. 그녀가 계속 말을 이었다.

"난 모든 것을 잃었어. 이제…… 깨끗이 정리하고 떠날 거야. 떠나기 전에 은채에게 용서를 빌어야지. 내가, 내가 한 짓을 빌고 떠나야지."

"이러지 마, 이러지 말자."

소영은 또 다른 차를 추월했다. 중앙선을 넘고 아슬아슬하게 앞차를 추월한 소영의 차는 날개라도 달린 마냥 무섭게 질주하고 있었다. 뒤따라오던 차와 맞은편에서 달려오던 승용차가 귀청을 찢을 듯 경적을 울려도 그녀는 멈출 줄을 몰랐다.

"당신이 뭘 했다고 그러는 거야. 괜찮아, 괜찮으니까 이성을 찾아. 제발, 제발 부탁이야."

어르고 달래도 소영은 변화가 없었다. 오히려 더욱 미친 듯이 달릴 뿐이었다. 지혁은 버럭 고함을 질렀다.

"왜 이러는 거야! 왜 이러는 거냐고!"

"당신, 우리 은채 사랑하지?"

고개를 돌리고 질문을 던진 그녀가 잠시 방심하는 사이 중앙선 너머에서 오던 차와 충돌될 뻔했다. 간신히 위기를 모면한 소영은 히스테릭하게 웃음을 터뜨렸다.

"안 돼. 당신, 우리 은채 사랑하면 안 돼. 당신은 안 돼. 우리 은채랑은 절대로 안 되는 사람이야. 그러니 같이 죽자. 나는 은채에게 죄를 지었고, 당신은 우리 은채를 탐내고 있잖아. 은채를 위해서 내가 죽을 때 당신도 죽어줘야겠어."

"정신 차려! 이러지 마. 당신 이러면 안 돼!"

이차선 도로가 굽이굽이 틀어져 상황이 한층 악화되었다. 어떻게든 소영을 진정시키려는 지혁의 노력을 허사로 만들고, 급기야 산을 깎아 만든 도로에는 절벽을 가로막는 나지막한 난간마저 드러났다.

"우리 은채 옆에 당신 같은 남자가 있으면 안 되지. 당신은 없어져야 돼. 나만 아니었으면 은채가 당신을 만나는 일도 없었을 텐데. 그랬다면 나도 은채에게 상처를 주는 일 없었을 텐데……."

혼잣말처럼 중얼거리는 그녀는 더 이상 제정신이 아니었다. 눈에는 묘한 광채마저 띠었고, 입가에는 알 수 없는 미소가 새겨져 있었다. 거친 운전을 가로막기 위해 나서고 싶어도 행여나 더 큰 사고를 부를까 싶어 지혁은 소영을 진정시키기에만 급급했다.

"걱정하지 마. 그 아이 앞에 나서지 않을게. 원하지 않을게. 절대 나 같은 놈이 탐내지 않을 테니까 진정해. 정신 차려!"

"아니! 안 돼. 못 믿어. 사람 마음이라는 게 뜻대로 되는 건 아니니까. 더구나 사랑은……. 나는 십 년이 넘게 배회했어, 그 사람 주변을. 놓지 못해서, 떠날 수가 없어서. 하지만 오늘은 내가 먼저 보내줬지. 내가 먼저……. 나 같은 여자도 사랑 앞에서는 한없이 약한데 우지혁, 당신을 어떻게 믿어? 우리 은채 주변을 맴돌며 그 아이를 힘들게 하지 않는다는 말을 내가 어떻게 믿지?"

소영의 곡예 운전은 계속되었다. 칠흑 같은 어둔 밤, 그녀의 차는 이차선인 도로 위를 춤추듯 제멋대로 활보하고 있었다.

"빌어먹을! 죽으라면 나 혼자 죽겠어. 당신이 바라는 게 그거라면 나 혼자 죽겠다고! 그러니 이성을 찾아. 제발 정신 차리란 말이야! 당신은 안 돼! 당신은 다치면 안 돼! 이러면 안 된단 말이야!"

"무슨 뜻이야? 내가 다치면 안 된다니?"

잠시 속도를 늦춘 그녀가 희미하게 되물었다. 지혁은 어금니를 사려 물고 소영의 손에서 핸들을 건네받길 바랐다.

"놔!"

떨리는 손으로 소영의 손을 잡자 자동차가 휘청거리며 뒤집어지듯 흔들렸다.

"제기랄! 나 혼자 죽겠다는 말 안 들리나? 당신까지 죽을 필요는 없다는 말이야! 당신이 원하는 게 내 죽음이라면 그래, 죽어줄게. 그러니 당신은 참아. 당신까지 죽을 필요는 없잖아! 부탁이다, 제발! 당신은 다치면 안 돼. 안 된다고……."

지혁은 더 이상 핸들에 손을 대지 않겠다는 듯 양손을 들어올리고 고함을 질렀다. 어떻게든 그녀를 진정시키고 싶었다. 죽음을 부르는 그녀의 운전을 가로막아 소영을 자극하고 싶지는 않았다. 어느 순간 속도를 늦춘 소영이 지혁을 멍하니 응시하며 거친 숨을 내쉬었다.

"왜? 왜 내가 죽으면 안 된다는 거지?"

"빌어먹을!"

지혁은 험악한 욕설을 내뱉으며 눈을 감고 말았다.

"은채가…… 슬퍼할 거야. 당신이 다치면…… 당신이 죽으면…… 은채가 슬퍼한다고!"

감은 눈 사이로 은채가 떠올랐다. 눈을 감아도 선명하게 떠오르는 그녀의 모습은 지혁의 심장을 저릿하게 만들었다.

그때였다, 귀청을 찢다 못해 하늘마저 찢을 듯한 경적 소리가 들려온 것은. 눈을 떴을 때 해사하게 웃던 은채의 모습은 사라졌고 지혁은 시야를 채우는 다른 것을 보고 말았다. 중앙선 너머 커브 길에서 대형 트럭이 다가오고 있음을. 자신의 차선을 벗어나 중앙선을 침범한 소영이 핸들을 꺾었을 때에는 이미 늦은 후였다. 대형 트럭과 소영의 차에서 브레이크를 밟는 소리가 밤하늘을 가득히 메웠다.

지혁은 소영이 핸들을 오른쪽으로 돌리는 것을 간신히 틀어 차를 왼쪽으로 몰아붙였다. 최대한 그녀가 받을 충격을 줄여야 했다. 그러나 그와 동시에 트럭과 정면 충돌할 위기에 처한 자동차는 아슬아슬하게 조수석만 부딪힌 채, 눈 깜짝할 사이에 절벽으로 내몰리고 있었다.

충돌하면서 에어백이 터져 소영은 정신을 잃은 채 핸들에서 손을 놓고 축 늘어져 있었다. 난간을 들이박은 자동차는 트럭이 브레이크를 밟았는데도 멈추지 않고 엄청난 가속도에 밀려 점점 벼랑 끝으로 향했다.

지혁은 정신없는 와중에도 자동차 문을 열고 차가 추락하기 전에 빠져나오려고 몸부림을 쳤다. 그러나 충돌 시 트럭과 들이받아서인지 조수석 문은 쉽게 열리지 않았다. 겨우겨우 문을 열고 밖으로 몸을 던지려는 찰나, 지혁의 동공에 의식을 잃은 소영이 들어왔다.

찰나였다. 빛이 스치고 지나가는 속도보다 더 빠른 순간이었다. 그 짧은 순간, 지혁이 떠올린 것은 은채의 목소리였다. 고모를 자랑하던 그녀의 다정하고 부드러운 목소리, 햇살보다 눈부시던 고운 미소…….

"빌어먹을! 당신은 죽으면 안 된다고 했잖아! 이렇게 무모한 짓을 하면 안 된다고 했잖아, 이 미련한 여자야! 은채가 슬퍼할지도 몰라. 당신이 죽으면 은채가 눈물을 흘릴지도 모른다고……."

지혁은 두서없이 중얼거리며 소영의 상체를 지나 팔을 뻗고 운전석 문을 열었다. 전신의 힘을 끌어모아 소영을 안전하게 차 밖으로 던지고 그도 뛰어내리려는 순간, 그의 체중에 의해 자동차가 기우뚱거리며 앞으로 쏠리고 말았다. 그렇게 외줄타기를 하듯 절벽과 난간에서 흔들리던 자동차가 순식간에 벼랑 아래로 곤두박질쳤다.

그 모든 것이 찰나였다. 생사의 갈림길에 섰던 지혁에게는 영원과도 같은 찰나의 순간들이었다.

은채야……!

희미해지는 의식 사이로 지혁이 떠올릴 수 있는 유일한 사람은 은채, 그녀의 얼굴이었다. 그리고 죽음과도 같은 어둠이 그를 덮쳤다.

#14

한밤중에 울리는 전화 벨소리는 단잠을 깨우기에 충분했다. 곤하게 자고 있던 이 여사는 쉴 새 없이 울려 퍼지는 벨소리에 겨우 잠에서 깨어나 무선 전화기를 들어 올렸다.

"네."

[사장님 좀 부탁합니다.]

잠결이라 상대편이 무슨 말을 하는지 잘 들리지가 않았다. 이 여사는 낮게 가라앉은 음성으로 다시 한 번 물었다.

"네? 뭐라고요?"

[최 사장님 좀 부탁하겠습니다. 급한 일입니다, 사모님. 늦은 시간인 건 알지만……]

뒤척거리고 일어나 스탠드 불을 밝혔다. 사이드 테이블 위에 놓여 있던 시계는 새벽 두 시를 향해 달려가고 있었다. 이 늦은 시간에 무슨 일이지? 의아함은 잠시 뒤로 미루고 이 여사는 깊은 잠에 빠져 있는 남편의 어깨를 두드렸다.

"여보, 여보!"

"으음⋯⋯."

"전화 좀 받아봐요. 급한 일이라는데."

이 여사는 남편에게 전화기를 건네고 침대에서 내려왔다. 이 새벽에 무슨 일인지 걱정이 되어서 누워 있을 수가 없었다. 서둘러 잠옷 위에 가운을 걸친 그녀는 전화를 받던 남편의 언성이 높아지자 눈을 휘둥그레 뜨고 말았다.

"그게, 그게⋯⋯ 무슨 소린가?"

최 사장은 잠이 확 달아난 얼굴로 비스듬히 누워 있던 몸을 일으켰다. 잘못 들었길 바라며 재차 확인했지만 돌아오는 대답은 마찬가지였다.

[사고가 났습니다. 지금 병원으로 후송 중이긴 한데 상태가 위중한 걸로 보입니다.]

"누가? 누가 사고가 났다는 말인가!"

[아, 저어⋯⋯ 우지혁 씨와 방배동 사모님이⋯⋯.]

전화기 너머의 사내가 말을 얼버무렸다. 최 사장은 격한 욕설을 내뱉으며 침실을 서성거렸다. 사고라니? 무슨 사고라는 말인가!

"거기 어딘가?"

[인근 병원에서 대학 병원으로 옮기는 중입니다. 인근 병원에서는 간신히 응급조치만 했습니다. 대학 병원으로 가자마자 수술을 해야 할 것 같습니다. 미리 전화를 드리려 했지만 워낙 경황이 없어서…… 죄송합니다.]

"상태는? 누이동생은 어떤가? 괜찮은가?"

[방배동 사모님은 다행히 괜찮으십니다. 문제는 우지혁 씨인데…….]

심장이 내려앉는다는 것, 이런 때 쓰는 말인가 보다고 최 사장은 놀란 가슴을 쓸어 내렸다. 그나마 소영은 괜찮다고 하는데도 이상하게 불안했다. 마음을 놓을 수가 없었다. 누이동생은 괜찮다고 하는데 왜 이렇게 심장이 발작이라도 하듯 뛰는지 그는 알 수가 없었다.

"도대체 어떻게 된 거야! 잘 지켜보라고 자네에게 누누이 강조했……."

격하게 말을 쏟아내던 최 사장은 걱정스레 바라보는 아내를 보고서야 입을 다물었다.

"지금 당장 출발하겠네. 수고스럽겠지만 계속 지켜봐 주게."

[네.]

"참, 병원은 어디로 가는 중인가? 응급차와 연락이 가능하다면 윤 박사가 있는 곳으로 옮겼으면 하는데."

[안 그래도 그곳으로 갈까 싶어 사장님께 연락드린 겁니다.

우지혁 씨가 뇌를 많이 다친 듯합니다. 상태가 위중한 것 같으니, 뇌 전문의 윤 박사님께 미리 연락을 해두시는 게 좋을 듯해서요.]

"잘했네. 내 미리 연락해 놓도록 하지."

전화를 끊고 한시 바삐 나갈 채비를 하는 그를 이 여사가 불렀다.

"무슨 일이에요? 아가씨한테 무슨 일이라도 있어요?"

"당신은 몰라도 돼. 신경 쓰지 말고 자도록 해."

"왜 이래요, 정말! 사고라면서요, 사고가 났다고 했잖아요."

왈칵 짜증 내며 소리를 지르는 아내의 행동에 최 사장은 당혹감을 감출 수가 없었다. 은채가 알면 안 된다. 아내가 알게 되는 건 상관없다 해도, 딸아이가 알게 되는 건 막아야 했다. 하지만 아내가 알게 되면 은채가 알게 되는 것은 시간문제이리라. 피붙이가 위독하지 않다니 천만다행이나 그가 위험하다고 했다. 딸아이가 사랑한다고 울부짖던 사내가 위독하다고. 이 일을 어찌하면 좋으랴. 안 그래도 그 남자 때문에 간밤에 은채가 쓸데없는 소리를 했는데, 여기서 사고 소식까지 접한다면 앞으로 어떻게 될지는 불 보듯 뻔한 이치였다.

"소영이가 좀 다쳤다는군. 크게 걱정하지 않아도 되니까 당신은 집에 있어."

"그게 무슨 소리예요? 아가씨가 다쳤으면 당연히 가야지. 나도 준비할게요."

"안 돼!"

"여보?"

단칼에 이 여사의 말을 가로막고 최 사장은 절대 안 된다는 듯 단호하게 쐐기를 박았다.

"우선 당신은 집에 있는 게 좋을 거야. 나 먼저 병원에 가보고…… 당신은 날 밝으면 그때 와도 안 늦어."

"당신, 뭐 숨기는 거 있어요?"

이 여사의 눈매가 날카롭게 빛났다. 최 사장은 고개를 돌리고 마른기침을 쏟아냈다.

"숨기긴……. 별소릴 다 하는군."

옷을 입는 둥 마는 둥 하며 대충 걸치고 시계를 바라보았다. 서둘러야 했다. 아내의 예리한 눈초리에서 벗어나기 위해 황급히 밖으로 나가던 최 사장은 갑자기 생각났다는 듯 돌연 걸음을 멈췄다.

"참, 은채한테는 말하지 마."

"네?"

"그냥 그렇게 알고 있어. 내가 말하라 하기 전까지는 소영이 얘기 안 하는 게 좋을 거야."

"여보……."

이 여사가 뭐라 말했지만 최 사장은 듣지 못한 척 현관으로 걸음을 옮겼다. 간밤에 꿈자리가 뒤숭숭하더니 이런 사고 소식을 들으려고 그랬나 보다. 어쩌다 사고가 났는지, 왜 두 사람이 함께 있었는지 묻고 싶은 게 너무 많았지만 그건 병원에 가서 들어야 했고, 지금은 은채가 이 사실을 모르길 바라는 마음뿐이었다.

겨우 이런 사내를 위해서 매니저가 되겠다고 자청한 거냐, 은채야? 겨우 이 정도밖에 안 되는 남자를 위해서?

"어머, 깨어나셨네. 어때요, 정신이 드세요?"

누군가에게 흠씬 두들겨 맞은 것처럼 전신이 안 아픈 곳이 없었다. 손가락 하나 까딱할 힘조차 없어 소영은 멍하니 천장만 바라보았다.

여긴 어디지?

"보호자 되시는 분이 여태 기다리시다 잠시 집에 다녀오신다고 가셨어요. 기분은 좀 어때요?"

시끄럽게 재잘대는 여자의 목소리가 귓속에 윙윙대듯 들려와 뇌를 갉아먹으려 했다. 입 닥치라고 소리를 지르고 싶어도 어찌된 일인지 입술이 열리지가 않았다.

빌어먹을, 여긴 도대체 어디야? 저 여자는 누구지?

"그래도 이 정도니 다행이세요. 사고 직전에 구사일생으로 차에서 빠져나올 수 있었으니 얼마나 다행이에요?"

사고라는 말에 정신이 번쩍 들었다. 아아, 이제야 기억이 난다, 자신이 무슨 짓을 저질렀는지. 소영은 희미한 눈동자를 굴려 주변을 둘러보았다. 병원이었다. 바늘이 주렁주렁 꽂힌 팔과

환자복……. 차례대로 훑어보는 소영의 눈길에 점점 경악이 스쳐 지나갔다. 살아 있었다니. 아직도 죽지 못하고 살아 있다니! 겨우 이렇게 깨어나려고 그런 짓을 저질렀단 말인가. 말도 안 된다!

"많이 아프시죠? 조금만 참으세요. 진통제를 투여했어도 여전히 고통스러울 거예요. 움직이지 말고 가만히 계세요."

"그……."

입 안이 바짝 말라붙어 버렸다. 물기 하나 없는 건조한 혀를 움직이려니 소리가 되어 나오는 것은 말이 아니라 신음이 전부였다. 소영은 겨우겨우 말문을 열었다.

"네?"

"아…… 그……."

"무리하지 마세요. 지금은 안정이 최고예요. 일단 한숨 푹 주무시고 나서 생각하세요."

이건 아니다. 그토록 죽으려 했는데 왜 살아 있다는 말인가. 그렇다면 그는? 지혁은? 순간 사고 나기 직전 지혁이 마지막으로 했던 말이 소영의 뇌를 강타했다.

"제기랄! 나 혼자 죽겠다는 말 안 들리나? 당신까지 죽을 필요는 없다는 말이야! 당신이 원하는 게 내 죽음이라면 그래, 죽어줄게. 그러니 당신은 참아. 당신까지 죽을 필요는 없잖아! 부탁이다, 제발! 당신은 다치면 안 돼. 안 된다고……."

왜? 난 당신을 죽이려고 했는데. 당신과 함께 죽어버리려고 했는데, 왜 당신은 내가 죽으면 안 된다고 했지?

하얀 천장을 밝히는 전등이 그녀의 눈에 눈부시게 박혀들었다. 그리고 떠올리기 싫은 장면이 오버랩되기 시작했다. 앞이 보이지 않을 정도로 눈부시던 트럭의 헤드라이트. 정신없이 깜빡이며 위험하다는 것을 보여주던 트럭의 헤드라이트가 소영의 기억을 잔인하게 헤집었다.

"은채가…… 슬퍼할 거야. 당신이 다치면…… 당신이 죽으면…… 은채가 슬퍼한다고!"

지혁의 음성이 귀를 파고들어 왔다. 귀청을 찢을 듯한 트럭의 경적 소리가 아직도 귓가에 맴도는 듯했다. 그러나 경적 소리보다 더욱 소영을 힘겹게 하는 건 지혁의 떨리던 목소리였다.

당신, 그 정도였어? 그 정도로 우리 은채 사랑한 거였어?

"아아……!"

입 안은 말라 버렸는데 눈물은 마르지 않았나 보다. 뺨을 적시는 축축한 물기를 느끼며 소영은 눈을 감고 말았다.

"조금 있으면 잠이 올 거예요. 한숨 푹 주무세요."

여자가 멀어지는 소리가 들려왔다. 옷깃이 스치며 사각거리는 소리와 함께 여자가 멀어지고 있었다. 문을 여는 소리, 닫는 소리. 그 모든 것이 동굴 속의 울림처럼 키다랗게 소영의 귀를 메웠다. 소리는 선명하게 들리는데 도무지 눈앞의 사물을 분별할 수가 없었다. 희미하게 보이는 사물은 사고 직전의 선명한 기억과는 달리 안개 속에 휩싸인 듯 희끄무레하게만 보였다.

물어봐야 하는데, 그는 어떻게 되었냐고 물어봐야 하는데 입이 열리지 않았다. 마비가 된 듯 움직일 수도 없었다. 눈앞이 점점 흐려지기 시작했다. 흐려지는 의식 사이로 선연하게 떠오르는 지혁의 얼굴이 소영을 고통스럽게 만들었다. 그는? 그는 어디 있지? 문득 은채의 싸늘한 눈매와 목소리가 환청처럼 들려오는 듯했다.

은채야, 고모가 또 실수를 한 거니? 너에게…… 그리고 이번엔 지혁 씨도 포함해서, 두 사람에게 내가 실수를 한 거니? 그 사람에 대한 너의 사랑, 너의 정을 떼게 하기 위해 우리 집에 있는 모습을 보여주었는데, 오히려 너에겐 상처만 입혔지. 순결한 네 사랑은 견고해졌고, 순수한 너의 정은 두터워만 졌지. 하지만 은채야, 이렇게 되길 바라고 죽기를 자처한 것은 아니었어. 나 살기 싫다고 그까지 끌어들인 건 아냐. 너를 걱정해서였는데, 너를 위해서였는데. 너는 믿지 않겠지. 결코 믿으려 들지 않겠지.

어떻게든 바로 잡고 싶었다. 엉망이 된 실타래를 풀고자 노력했는데 어찌 된 일인지 실은 더 엉켜 버린 듯하다. 악연과도 같은 지혁과 자신이 죽어버리면 그만일 거라 예상했건만, 그렇게 되면 모든 것이 제자리로 돌아갈 것이라 여겼건만, 은채의 사랑도 끝을 맺을 거라 여겼건만 어디서 잘못된 것일까. 어디서부터 틀어져 버린 것일까. 천장이 빙글빙글 돌기 시작했다. 불빛이 어른거리며 그녀의 시야에 파고들었다. 그리고 소영은 어두컴컴한 블랙홀 속으로 빠지듯 점차 의식을 잃어갔다.

단박에 허락하리라는 기대는 애초에 하지도 않았다. 처음부터 마음의 준비를 단단히 하고 있었기에 부친의 반대에 서운하지도 않았다. 얼마든지 싸울 수 있었고, 어떻게 해서든지 이길 수 있다고 은채는 몇 번이고 주문을 걸듯 다짐했다. 이렇게라도 하지 않으면 점점 의욕을 상실할 것 같아서였다. 사기를 충전하기 위해 턱을 치켜세운 은채는 집에 가서 맞서야 하는 부친을 생각하며 흔들리는 마음을 다잡았다.

아마도 긴 싸움이 시작될지도 모른다. 어쩌면 하나밖에 없는 딸에게 실망할지도 모르지. 하지만 어쩔 수가 없었다. 이것이 그녀가 결정 내릴 수 있는 최선의 선택이었다. 사랑하는 사람에게 실망했다 해서 돌아서는 것은 현명하지 못했다. 그가 살아온 날들이 내 기준에 모자라다 해서 등을 돌리는 것은 올바르지 않았다.

그래, 실망하지 않았다면 새빨간 거짓이겠지. 운명이라 믿은 남자가 어떻게 살아왔는지 낱낱이 듣게 되었을 때, 하늘이 무너지고 땅이 갈라지는 것을 겪지 않았다면 거짓일 것이다. 하나,

그에 대한 실망보다 믿음과 신뢰가 먼저였다. 무너진 하늘은 다시 떠받들면 되고, 갈라진 땅은 메우면 되는 거였다. 다만……
은채는 자신이 없었다. 과연 마음먹은 만큼 앞날을 헤쳐 나갈 수 있을지, 살아가면서 문득문득 떠오르게 되는 고모와의 일을 깨끗하게 뇌리에서 지울 수 있을지 시간이 흐를수록 두려워지기만 했다.

이러면 안 돼. 지금은 누구보다 강해져야 하는 사람이 바로 너야. 정신 차려, 최은채!

"은채야, 최은채!"

학교를 막 빠져나가던 은채는 누군가 부르는 소리에 고개도 돌리지 않고 걸음을 재촉했다. 목소리만으로도 누가 불렀는지 알 수 있었기 때문이다. 더불어 요즘 같은 때에는 현욱과 절대적으로 부딪치고 싶지 않았다.

"야, 최은채! 안 들려?"

현욱이 그녀를 홱 잡아끌었다. 은채는 거칠게 현욱의 손을 뿌리치고 눈을 매섭게 치떴다. 얼마 전, 지혁의 일로 현욱과 다퉈서인지 친구의 얼굴이 그다지 반갑지 않았다. 아니, 솔직하게 말하면 귀찮기까지 했다.

"왜?"

"부르면 대답을 해야지."

"안 들렸어."

"귀에 뭐 틀어막았나?"

"왜 부른 건지 용건만 말해. 나 바빠."

은채는 냉담하게 현욱을 외면했다. 바닥을 발길질로 차대던 현욱은 뭐에 부아가 났는지 연방 사나운 욕설을 내뱉었다.

"할 말 없으면 갈게. 네 욕 들어줄 만큼 한가하지 않아."

"젠장! 그래, 너 바쁜 거 알아, 안다고! 그런데 내가 방금 무슨 소리 들었는지 알아? 망할!"

돌아서는 은채의 손목을 낚아챈 현욱이 외쳤다.

"너, 휴학한다는 소리 들었다! 도대체 이게 무슨 소리야? 설명해 봐!"

"내가 휴학하는데 너한테 설명하고, 해명하고 해야 하는 거였니?"

"최은채…… 우리 자꾸 엇나가지 말자. 최소한 내가 네 친구라면 미리 말해 줘야 하는 거 아냐? 난데없이 휴학이라니? 휴학이라니!"

"하고 싶은 일이 생겼어. 아니, 해야 할 일이 생겼어. 됐니?"

지나가는 학생들이 아는 척을 했다. 몇몇 친한 친구에게 눈인사를 보낸 은채는 현욱을 짜증스럽게 바라보며 입술을 깨물었다. 만약 현욱을 친구로서 의지할 수 있었다면, 은채는 자신의 결정을 누구보다 먼저 말했을 것이다. 그러나 현욱은 더 이상 고민을 상담할 수 있는 친구가 아니었다. 사사건건 반기를 드는 심술궂은 사내아이일 뿐이었다.

"무슨 일?"

"넌 몰라도 돼."

"망할! 이래도 넌 나를 친구라 부르냐? 이렇게 나 무시하면서 친구라 부를 수 있어?"

현욱은 따지듯이 쏘아붙였다. 은채가 피식 실소를 흘리고는 현욱을 똑바로 정시했다.

"친구이길 거부한 건 너야."

가슴이 쓰리다 못해 예리한 바늘로 찌르듯 따가웠다. 눈시울이 붉어지고 울컥 목도 메이기 시작했다. 현욱과 만나면 왜 이 모양으로 늘 다투기만 하는지 알 수가 없었다. 아니, 짐작이 가기는 했다. 현욱이 왜 이러는지…….

냉담하게 걸어가던 은채는 우뚝 걸음을 멈추고 서늘하게 입을 열었다.

"너…… 그거 아니? 내가 얼마나 네 도움을 필요로 하는지, 너의 조언을 듣고 싶은지…… 너 알기나 하는 거니?"

그녀의 판단이 옳다고 해줄 친구가 필요했다. 그녀의 결정을 두 팔 벌려 환영해 줄 지지자가 너무도 간절히 필요했다. 그러나 아무도 없었다. 마음을 터놓고 이야기할 상대가 은채에게는 하나도, 단 한 사람도 존재하지 않았다.

"무슨 일이야?"

현욱이 가로막았다. 세상 고민 다 짊어진 얼굴로 그가 달래듯 부드럽게 덧붙였다.

"말해 봐. 들어줄게. 그래, 다른 건 약속 못하고 네가 하고 싶은 말, 잠자코 들어줄게. 내 도움이 필요하다면, 얼마든지 들어 줄게. 나…… 네 친구잖니."

오랜만에 현욱의 입가에 시원스러운 미소가 새겨졌다. 은채 는 북받치는 설움을 식도 안으로 꾸역꾸역 밀어 넣고 현욱의 가 슴에 얼굴을 파묻었다. 하고 싶은 말이 많았다. 듣고 싶은 말도 많았다. 어쩌면 오늘은 집에 늦게 가게 될지도 모른다고 생각하 며 은채는 천천히 말문을 열었다. 그리고 가슴에 담아두었던 이 야기들을 하나하나 쏟아내기 시작했다.

"아가씨는 어때요? 도무지 답답해서 병원에 가고 싶어도 당 신이 질색을 하니 가지도 못하고……."

최 사장은 너무 지쳐 대꾸할 만한 기력조차 없었다. 밤새 열 한 시간에 걸친 대수술을 수술실 문밖에서 지켜보아야 했고, 온 몸이 만신창이가 된 누이동생을 옆에서 지켜보아야 했다. 지혁 의 수술은 다행히 성공적으로 마쳤고, 누이동생은 중환자실에 서 특실로 옮겼다. 수술을 마친 지혁까지 병실로 옮기고 싶었으 나, 깨어나기 전까지는 누구도 환자의 상태를 예측할 수 없다 해서 그대로 중환자실에 두어야만 했다. 그나마 특실에 옮겨진 소영이 깨어날 때까지 기다리려 했지만, 누이동생은 꽤 오랫동 안 눈을 뜨지 않았다. 마치 세상과의 단절을 원한다는 듯 소영 의 눈은 굳게 닫혀 있었다.

"괜찮아. 염려할 정도는 아냐."

"어떻게 걱정을 안 해요? 당신이라면 걱정이 안 되겠어요?"

"여보, 나 잠시 옷 갈아입으러 들어온 거야. 나중에 얘기하면 안 되겠나?"

"당신 피곤한 거 알아요. 그러니까 나도 가겠다고요. 당신 혼자 동분서주할 필요 없잖아요. 요즘 무슨 일인지 당신이 내게 벽을 쌓고 있는 것 같아요. 왜 그래요, 도대체? 뭐가 문제예요?"

"쓸데없는 소리 하지 마."

"그렇군요. 내가 하는 말은 겨우 쓸데없는 소리에 불과하군요. 당신, 끝까지 말하지 않을 참인가요? 끝까지?"

물러서지 않겠다는 듯 아내는 단호했다. 최 사장은 어떻게든 이 위기를 모면하기 위해 생각을 정리했지만, 이어지는 아내의 말에 입을 쩍 벌리고 말았다.

"아까 윤 박사님에게 전화를 했어요. 너무 걱정이 되어서⋯⋯. 난 당연히 아가씨가 수술을 했을 거라고, 아가씨 상태는 어떠냐고 물었는데, 윤 박사가 뭐라 한 줄 알아요?"

이 여사의 눈빛이 날카롭게 빛났다. 마치 모든 것을 꿰뚫어 보듯 한 치의 흔들림 없이 그를 정시하고 있었다. 최 사장은 깊은 한숨을 내쉬고 말았다. 드디어 아내도 알아버렸나 보다.

"왜 윤 박사님이 지혁 군의 수술을 집도한 거죠? 아니, 왜 지혁 군이 아가씨와 함께 사고가 난 거예요? 이제 설명해 주겠어요?"

최 사장은 묵묵히 입을 다물고만 있었다. 뭐라 말을 해야 할

지 극히 조심스러웠다.

"난 처음에 잘못 들은 줄 알았어요! 아니, 동명이인일 거라는 생각까지 했다고요! 그런데 갑자기 모든 것이 아귀가 맞아 들어가더군요. 당신이 왜 은채에게 그 남자를 그만 만나라고 했는지, 왜 말할 수 없다고 했는지! 그 모든 비밀의 열쇠는 아가씨가 쥐고 있었어요. 그렇죠? 내 짐작이, 지금 이 상황에 일치하는 거죠? 그런 거죠?"

악을 쓰듯 이 여사의 음성이 높아졌다. 믿을 수 없다는 듯 아내는 정신없이 침실을 서성거리며 손을 비틀고, 연방 신음을 내뱉었다.

"말도 안 돼! 이건 말도 안 돼요! 어떻게 이럴 수가 있어. 어떻게 아가씨가, 은채 고모가……!"

"여보, 진정해."

"내가 진정하게 됐어요? 그래서였어. 우리 은채가 아파했던 이유가, 그 이유가……."

더 이상 말을 잇기가 힘들다는 듯 이 여사는 이마를 짚으며 그대로 주저앉고 말았다. 최 사장은 아내를 부축해 티 테이블 의자에 앉히고는 조심스럽게 물었다.

"은채는?"

"아직 안 들어왔어요."

그나마 다행이었다. 소리가 높아져서 은근히 걱정했는데 아직 들어오지 않았다니. 최 사장은 아내의 맞은편에 앉아 한숨처럼 말을 쏟아냈다.

"나도 아직 뭐가 어떻게 돌아가고 있는지 확실하게 단정 지을 수는 없어. 분명한 건 당신 짐작이 맞다는 것 외에는 별달리 할 말도 없고. 다만…… 상황이 안 좋아."

수술은 성공적이었다. 국내에서 내로라하는 뇌 전문의 윤 박사에게 수술을 받을 수 있었던 지혁은 어떻게 보면 행운이라고 할 수 있었다. 하나, 비서를 통해 사고 경위를 들었던 최 사장은 한순간도 마음을 놓을 수가 없었다. 스물네 시간 누이동생을 뒤따르라던 지시를 착실하게 이행한 그가 뭐라 했던가. 암담함에 최 사장은 말문을 열 수가 없었다. 아내에게 어떤 말을 꺼내고 어떻게 이해를 시켜야 하는지 도무지 계산이 서질 않았다.

"두 사람…… 어떤 사이예요? 아가씨랑 지혁 군…… 아니, 좀 더 잔인하게 말해 볼까요? 은채 고모와 은채가 사귄다는 남자, 어디까지 간 사이예요?"

나직하게 울려 퍼지는 아내의 음성에 최 사장의 미간이 좁혀졌다. 누이동생의 결혼 생활이 평탄치 못하다는 것은 이미 눈치채고 있었다. 알게 모르게 그들의 결혼 생활에 간섭하려고 하기도 했었다. 그러나 소영이 반대를 했다. 자신들의 일이니 나서지 말라고 단호하게 쐐기를 박았다.

결혼하기 전부터 누이동생이 더 원했던 결혼이다. 이혼 역시 누이동생이 바라지 않았던 결과다. 잘 이겨낼 것이라 여겼는데 그게 아니었나 보다. 누이동생은 지치고 외로웠나 보다. 그게 아니면 이걸 무어라 설명한다는 말인가. 자신보다 열 살이나 어린 남자와 뒤얽힌 관계를 무어라 정의 내린다는 말인가! 이 무슨 운명의 장난으로 그 남자가 하나밖에 없는 딸과 얽혔다는 말인가! 전생에 무슨 죄를 그리 지었기에 은채는 그 남자를 사랑한다는 말인가……. 뇌수가 먹먹해졌다. 심장이 누군가의 손길에 의해 갈기갈기 찢어발겨지는 기분이었다. 최 사장은 주먹으로 가슴을 치며 어렵게 말문을 열었다.

"당신 짐작대로야."

"말도 안 돼!"

의자에서 벌떡 일어난 이 여사는 답답하다는 듯 창문을 활짝 열어젖혔다. 그럼에도 진정할 수 없는지 침실 문까지 열어젖히고 소리를 질렀다.

"그만 합시다, 여보. 오래 있을 시간이 없어. 바로 병원에 가 봐야 해. 그 친구 상태가 안 좋아. 수술은 그럭저럭 끝났는데, 뇌수술이라는 게 한 치 앞도 내다볼 수 없다더군."

옷을 갈아입으려고 자리에서 일어나던 최 사장은 파리하게 굳어버린 아내의 곁으로 다가섰다.

"당신이 이렇게 충격 받을까 봐 말하지 않았던 거야."

이 여사는 매섭게 남편의 손길을 물리쳤다.

"됐어요. 그런 소리 듣고 싶지 않아요. 어떻게 하다 사고가 났는지 말해 줘요. 어떻게 하다 그 지경이 됐는지 어디 한번 말해 보라고요!"

이 죄를 어찌 갚을까. 아니, 이 은혜를 어찌 갚을 수가 있을까. 분명 누이동생을 뒤따르던 비서는 소영이 먼저 지혁을 찾았다 했다. 싫다는 남자를 억지로 차에 태워 어디론가 달렸다고 했다. 그리고 그 차는 어느 순간 걷잡을 수 없이 질주하기 시작했다고 전했다. 분명 죽기를 작정한 모양이었다.

"자살…… 하려고 했었나 봐."

"뭐라고요?"

이 여사의 음성이 쇳소리로 변했다.

"누가요? 누가 자살을 기도해요?"

"소영이가."

"미쳤군요. 아가씨가 미쳐도 단단히 미친 거지……."

이 여사는 넋이 나간 사람마냥 했던 말을 몇 번이고 반복했다.

"어찌 된 일인지 운전을 한 소영이보다 그 친구가 더 많이 다쳤어. 조사 경위에 따르면 운전석 쪽은 무사한데 조수석이 심하게 찌그러져 있었다고 하더군. 그것도 그렇고 문제는……."

"문제는요?"

"차가 트럭과 충돌하면서 그 힘을 이겨내지 못한 것 같아. 절벽으로 떨어지기 직전에 지혁 군이 소영일 구했다고 하더군. 절벽 아래에 자그마한 난간이 있었던 모양이야. 김 비서가 달려갔을 때 소영인 그 난간에서 기절한 채 의식이 없었다고 해."

돌연 이 여사의 안색이 핏기 하나 없이 창백해졌다. 금방이라도 쓰러질 듯 아내가 휘청거리고 있었다. 아내를 달래주려다 최 사장은 의무적으로 말을 덧붙이며 주섬주섬 옷을 갈아입었다.

"지혁 군이…… 먼저 빠져나올 수가 있었다더군. 충분히 먼저 피할 수 있었는데, 소영일 구하고……."

이 여사는 침실 문에 고정된 눈을 거둘 수가 없었다. 남편의 말을 가로막아야 하는데 입이 얼어붙기라도 한 양 한마디도 소리가 되어 나오지 못했다. 간신히 손을 들어 올렸지만 옷을 입느라 등을 돌린 남편은 그녀의 손짓을 보지 못한 채 묵묵히 말을 잇고 있었다.

"그 친구가 미처 빠져나오기 전에 그만 차는 추락해서 절벽으로 굴렀다고……."

"그럴 리가, 그럴 리가……."

갑자기 들려오는 경악에 찬 목소리에 최 사장은 들고 있던 넥타이를 떨어뜨리고 말았다. 돌아서는 그의 시야에 바들바들 떨고 있는 은채가 들어왔다.

"은채야!"

최 사장 내외가 동시에 딸아이를 불렀다. 그러나 은채는 대답 대신 고개만 가로저으며 뒤로 주춤주춤 물러서고 있었다.

"아냐…… 아닐 거야. 거짓말이야!"

"젠장!"

최 사장은 다급하게 은채를 붙잡았다. 곧 쓰러질 듯 은채는 힘없이 그의 품에 안겨들면서도 희미하게 떨리는 목소리로 다

그쳤다.

"아니지, 아빠? 내가, 내가…… 잘못 들은 거지?"

어디서부터 들은 걸까. 그게 뭐가 중요하랴. 그토록 숨기려고
했건만, 이미 상처 입고 깊은 상흔이 새겨진 딸에게 이 아픈 소
식을 전하지 않으려고 그렇게 전전긍긍했건만 모든 것이 물거
품이 되고 말았다. 가장 좋지 않은 방법으로 딸아이는 사고 소
식을 듣게 되었다. 가장 들려주고 싶지 않은 방법으로.

"이건 아냐! 이건 아니라고! 전화를 받지 않기에 어디 여행이
라도 간 거라 생각했어! 생각을 정리할 시간이 필요한 거라고
여겼단 말이야! 내가 시간이 필요한 만큼 지혁 씨도 시간이 필
요할 거라고 생각했는데……. 이렇게 되리라고는 꿈에도 상상
하지 못했어. 안 돼, 이러면 안 돼……."

"은채야! 은채야!"

생명력없는 인형처럼 축 늘어진 은채는 최 사장이 뒤흔드는
대로 움직이고 있었다. 최 사장은 악몽을 꾸는 것 같은 딸아이
의 어깨를 사정없이 흔들었다.

"은채야!"

"어디야? 병원…… 아니지. 윤 박사님이라고? 언제였어? 언
제 사고난 거야? 왜 난 모르고 있었던 거야! 왜 나한테는 말하지
않았던 거야!"

"진정해, 은채야. 괜찮아. 괜찮을 거야."

은채는 거칠게 부친의 품을 벗어나며 싸늘한 말투로 퍼부어

댔다.

"괜찮긴 뭐가 괜찮은데? 고모가 다치지 않아서? 고모가 무사해서? 아빠, 겨우 이 정도였어? 이렇게 이기적인 사람이었어? 그래? 용서 안 해. 아빠도, 엄마도, 고모도…… 모두 용서 안 해. 죽어도 용서 못해!"

누구보다 용서하지 못할 사람은 지혁 씨, 당신이야. 이렇게 떠나 버리면 용서 안 할 거야. 고모 차에 왜 타고 있었는지 묻지 않겠어. 목숨이 위험한 순간에 왜 고모를 먼저 구했는지 묻지 않겠어. 하지만 내가 기다리고 있다는 걸 잊어버렸다면, 절대 용서하지 않을 거야! 그녀는 가슴에 흘러내리는 눈물을 훔쳐 내며 속으로 되뇌었다.

그가 누워 있었다. 은채는 울지 않기 위해 이를 악물었다. 하나, 의지를 배반한 눈물은 속절없이 볼을 적시고 목덜미를 적셨다. 다가서기가 두려웠다. 그가 아닌 것만 같아 차마 손을 내밀기가 무서울 지경이었다. 언제나 다정하던 그였다. 언제나 웃는 얼굴의 그였다. 그러나 지금의 지혁은 얼굴을 알아볼 수 없을 정도로 망가져 하얀 붕대를 친친 감고, 수많은 바늘과 줄에 의지해 가느다란 생명을 유지하고 있었다.

"지혁 씨……."

메마르고 탁한 어조로 그의 이름을 불렀다. 당장이라도 대답해 줄 것 같은데 그의 목소리는 들리지 않았다. 그에게 한 걸음

다가섰다. 지혁의 맥박과 심장 박동을 측정하는 소리가 은채의 심장을 짓누르고 있었다.

"일어나 봐요. 이렇게 누워 있지 말고 어서 일어나요, 제발……."

지혁의 싸늘한 손을 잡고 은채는 속삭이듯 말문을 열었다. 멀리서 간호사가 조용히 하라는 경고의 눈짓을 보내도 은채는 속삭임을 멈추지 않았다.

"나…… 지혁 씨에게 하지 못한 말이 있어. 그거 해야 돼요. 지혁 씨가 들어줘야 한단 말예요. 그러니 일어나요, 제발. 나 아프게 하지 말아요. 지혁 씨 이렇게 누워 있으면 나, 나……."

은채는 말을 잇지 못하고 소리 죽여 울고 말았다. 하고 싶은 말이 있는데, 해야 할 말이 있는데 하지 못했다. 화가 나고 억울해서, 그가 밉고 속상해서, 일부러 해주지 않은 말이 있는데 그는 기다리다 지쳤는지 귀를 닫아버리고 눈을 감아버렸다.

"나, 너무 아파요. 너무 아파서 죽을 것 같아."

삐삐삐삐…….

순간 정적만이 감도는 중환자실에 위기가 닥쳐왔다. 지혁의 손을 잡고 있던 은채는 갑작스레 의사와 간호사가 지혁의 주변을 빙 둘러싸자 그를 보호하기라도 하는 양 사납게 눈을 치켜떴다.

"왜 이래요? 무슨 일이에요?"

"비켜주세요."

간호사가 은채를 밀치고 지혁의 혈압을 체크했다.

"혈압이 떨어졌어요."

"맥박도 일정하지 않아요."

"쇼크 상태야! 윤 박사님, 어서 윤 박사님부터 콜해!"

"좀 전까지 괜찮았잖아! 갑자기 쇼크라니!"

무슨 말인지 하나도 들리지 않았다. 십여 명의 의사와 간호사가 지혁의 주변에 매달려 뭐라 말하고 있는 모습이 은채의 눈에는 흑백 사진처럼 희미하게 보여질 뿐이었다.

"나가주세요, 우지혁 씨 보호자 분."

누군가 은채의 몸을 밀어냈다. 멍하니 서 있던 은채는 그제야 정신 차린 듯 간호사의 손을 뿌리치고 지혁에게 달려갔다.

"안 돼요, 지혁 씨. 이건 아니잖아. 이러면 안 되잖아. 내가, 내가 할 말이 있다는데 이러면 안 되잖아요!"

"보호자 분 밖으로 모셔, 어서!"

지혁에게 다가서기도 전에 은채는 서너 명의 사람들에게 끌려 밖으로 내몰려야 했다. 거칠게 반항하고, 사납게 소리를 질러도 그들은 그녀를 놓아주지 않았다.

"이거 놔요! 이거 놔! 할 말이 있단 말예요. 그거 하기 전에는 못 나가. 들려줘야 해요. 지혁 씨가 기다릴지도 모르는데. 이거 놔! 놓으란 말이야!"

은채는 악을 쓰며 바둥거렸다. 어떻게든 지혁의 손을 잡아야 했다. 이렇게 그를 보낼 수는 없었다.

"다른 환자 분도 있어요. 왜 이러세요, 정말!"

"잠깐이면 돼요. 오 분이면 된다고요. 아니, 일 분이라도 좋아요, 제발……. 나, 저 사람에게 하지 못한 말이 있어요! 저 사람 기다릴지도 몰라요. 지혁 씨! 들어봐요! 제발 내 말 좀 들어봐요! 내 목소리 들리죠? 들리는 거죠?"

사람들에게 둘러싸여 지혁의 얼굴이 보이지 않았다. 어디서 그런 힘이 났는지 은채는 사람들의 손길에 밀리지 않고 소리를 질렀다. 피를 토하듯 격하게 참고 참았던 말들을 쏟아냈다. 그녀를 밖으로 밀어내려던 간호사들은 때마침 들어오는 윤 박사의 눈짓에 의해 그저 은채가 더 이상 지혁의 곁으로 다가가지만 못하게 가로막았다. 하지만 그녀의 말을 가로막은 건 아니었다. 절규와도 같은 은채의 목소리가 중환자실을 가득 메우고 있었다.

"이러지 말아요. 이러면 안 돼요, 지혁 씨! 지혁 씨는 내 운명이 아닌 거 같다고, 착각한 거 같다고 돌아선 날 있죠? 그날, 오해하지 말아요! 그 말, 오해하지 말라고요! 지혁 씨는 내 운명이 아니라, 내가 품어야 할 사람이었다고 나 말 못했어. 더 이상 망가지지 않게, 더 이상 상처받지 않게, 내가 품어야 할 사람이었다고 말 못했단 말이야! 너무 화가 나서…… 왜 하필이면 고모인지, 왜 나만을 기다려 주지는 않았는지 서운해서, 나 하지 못한 말이 너무 많아. 나중에, 나중에 들려주려고 했는데 이러면 안 되잖아요, 지혁 씨. 내게 이러면 안 되잖아요. 내가 포기한 것은 꽃밭이었다고…… 비바람에 엉망이 되어버린 꽃밭을 포기한 거지, 꽃은 포기하지 않았다고 말하지 못했어. 말하지 못했단 말예요! 들어줘요, 지혁 씨. 이대로 눈감지 말아요. 나 어떻게든 지혁 씨에게 힘이 되려고 했는데 이러면 안 되잖아! 나 어떻게든 노력하는데 내게 이러면 안 되는 거잖아! 눈 떠요! 일어나란 말예요, 지혁 씨……!"

은채는 할 말을 채 다 하기도 전에 의식의 끈을 놓아버리고 말았다. 희미해지는 의식 사이로 지혁의 맥박이 현저하게 내려가는 소리가 잔인하게 그녀의 귀에 파고들었다.

#15

저주스러울 정도로 고모가 미웠다. 지혁은 얼굴도 알아볼
수 없을 만큼 상처를 입고 여전히 혼수상태인데, 고모는 교통사
고 환자로 보이지 않을 만큼 사지육신이 멀쩡했다. 기껏해야 여
기저기에 긁힌 자국과 팔에 꽂힌 링거 바늘만이 그녀가 환자임
을 보여주었다. 은채는 병실 문을 닫고 잠든 소영의 곁에 다가
섰다. 고른 숨소리를 내는 소영은 평화스러웠다. 한 남자를 죽
음의 사지로 이끌어갔던 여자라고 보이지 않을 정도였다. 자살
을 하려 했다고 들었다. 분명 아빠는 그렇게 말했다. 고모가 자
살을 원했다고, 그와 함께 죽기를 원했다고. 왜? 은채는 눈을 매
섭게 치뜨고 소영을 노려보았다.

"고모가…… 내 고모이긴 한 거야? 아니, 내가 고모의 조카이긴 한 걸까……."

은채의 혼잣말이 적막감만 감도는 병실을 지배했다. 울지 않으려고 했었다. 어떤 일에도 눈물을 보이지 않겠다고 다짐했건만, 지혁에게 하지 못한 말을 쏟아내면서 그만 오열을 터뜨리다 탈진하고 말았다. 참고, 참아도 눈물이 흘러내렸다. 눈에서만 눈물이 나는 것이 아니라, 눈에 보이지 않는 가슴에도 뜨거운 눈물이 흐르는 것만 같았다.

중환자실 밖에서 기다리고 있던 부모님이 탈진한 그녀를 바로 병실로 옮겨, 은채는 그 뒤의 기억이 남아 있지 않았다. 꼬박 하루를 잤다 했다. 죽은 듯이 잠만 잤다 했다. 그녀가 잠들어 있는 동안, 지혁은 다행히 위험한 고비를 넘기고도 의식을 찾지 못하고 여전히 혼수상태라 했다. 은채는 정신을 차리자마자 소영의 병실을 찾았다. 하나, 소영은 은채와의 만남을 단절하듯 두 눈을 꼭 감고 있었다.

그래, 고모에게도 고모만의 아픔이 있다 했었지. 그녀도 아프고, 괴로웠다고 했었지. 그러나 어찌하랴, 지금의 은채에게 고모의 아픔 따위는 눈에 들어오지도 않는 것을. 지혁을 죽음으로 이끈 고모를 결코 용서할 수 없음을 어찌하면 좋으랴. 이해 따위가 불가능한 것을 어찌 이해하란 말인가.

고모에 대한 애정과 신뢰가 무너진 은채는 더 이상 소영의 얼굴을 바라보고 있을 수가 없었다. 어떤 말이라도 퍼부으려고,

잠이 들었든 말든 상관하지 않고 속엣말을 남김없이 퍼부으려 달려왔건만 한마디도 할 수가 없었다. 은채는 쓸쓸히 걸음을 돌리고 나직하게 말했다.

"그가 아프면…… 나도 아파. 고모는 지혁 씨를 상처 입히면서 동시에 나까지 상처를 입혔어."

"으…… 은채니?"

메마르고 갈라진 음성. 드문드문 말까지 끊어가며 소영의 신음과도 같은 목소리가 문을 여는 은채의 행동을 정지시켰다. 은채는 천천히 고개를 돌렸다. 언제 깨어났는지 굳게 닫혔던 소영의 눈이 그녀를 바라보고 있었다.

"이, 이리…… 와."

힘겹게 들어 올리던 소영의 손이 침대 밑에 툭 떨어졌다.

"미안해……. 미안해, 은채야."

"뭐가? 뭐가 미안한데?"

설핏 자조적인 미소를 배어 물고 내뱉는 은채의 음성은 서늘했다. 손짓을 하던 소영은 깊은 한숨을 내쉬며 재차 말문을 열었다.

"그는? 지혁…… 씨는?"

"하!"

말도 안 된다는 듯 은채는 홱 고개를 돌려 소영을 외면했다.

"어떻게……."

"뭐가 궁금한데? 살았는지 죽었는지가 궁금해, 아니면 죽었다는 확인이 필요해? 뭐가 궁금한데!"

"은채야……."

"내 이름 부르지도 마! 소름 끼쳐!"

일을 이 지경으로 만든 장본인이 누군데 이제 와서 걱정스러운 척한단 말인가. 하고 싶은 말이 많았다. 따지고 싶은 것도 많았고, 듣고 싶은 말도 많았다. 그러나 소영이 깨어나자 거짓말처럼 하고픈 말도, 듣고픈 말도 공기 중으로 흩어져 버렸다. 은채는 더 이상 고모와는 한공간에 있기 싫다는 듯 냉랭하게 몸을 돌렸다.

"은채야…… 나, 물 좀 주겠니?"

소영의 부름이 애절했다. 못들은 척 밖으로 나가려던 은채는 차마 그러지 못하고 기계적으로 생수를 내밀었다. 일어나지 못하는 소영을 위해 침대를 일으켜 세우고, 고모의 등에 쿠션까지 받친 후에야 은채는 긴 한숨을 몰아쉬었다. 힘 주어 잡으면 바스라질 것처럼 고모의 몸은 가벼웠다. 문득 알 수 없는 슬픔에 목이 메어왔다.

왜 이렇게 되어버렸을까, 우리는……. 응, 고모?

물로 입술을 적신 소영이 마른기침을 내뱉었다.

"그는 어떠니? 괜찮은 거니?"

"어쩌길 바라는데, 고모는?"

잔뜩 날이 선 목소리가 그녀에게도 낯설었다. 은채는 입술을 질끈 깨물고 소영이 마시다 만 컵을 만지작거렸다.

"무엇을 바라고 그런 짓을 저지른 건데?"

"은채야……."

"지혁 씨의 죽음을 바라고 있었다면, 포기해. 지혁 씨…… 안 죽었어."

창백하던 소영의 얼굴에 한줄기 빛이 스쳤다. 은채는 쐐기를 박듯 매몰차게 말을 이었다.

"그러나 고모의 허튼짓 때문에 지혁 씨가 아파. 아직도 깨어나지 못하고 있어. 여전히 혼수상태란 말이야!"

소영의 입술이 쩍 벌어졌다. 말라붙은 입술에 파르르 경련이 일었다.

"고모를 이해하고 싶어. 왜 그래야만 했는지, 그 상황을 정말이지 이해하려고 노력이라도 하고 싶어. 그런데 그거 알아, 고모? 내가 이해를 하려고 했던 그 순간에, 고모는 지혁 씨의 목숨을 담보로 무서운 게임을 하고 있었던 거야. 내가 어떻게든 그 사람에게 힘이 되려고 했던 그 순간에, 고모는 지혁 씨의 목숨을 손에 쥐고 악마처럼 웃고 있었던 거라고! 그렇게 고통스러운 척하지 마. 지금 이 시점에서 누가 가장 힘들지, 괴로울지…… 그걸 안다면 그런 얼굴 하지 마."

고개를 푹 숙인 소영은 묵묵히 은채의 말을 듣기만 했다. 한 마디 한 마디 뼈를 깎는 아픔으로 은채는 이를 악물었다.

"그래, 고모도 힘들겠지. 힘들었겠지. 하지만 왜 고모의 아픔에 다른 사람도 동참해야 하는 거지? 고모의 아픔은 고모 혼자만의 것 아냐? 왜 거기에 지혁 씨까지 끌어들이려 했냐고! 왜!"

"너랑 그는 안 된다고 생각했어. 무슨 일이 있어도 막아야겠
다고……."

"그래서 고모는 살고, 그는 위험에 처하게 했어? 내가 말했
지, 내 일에 더 이상 상관하지 말라고. 내가 해결한다고 말했었
지!"

소영의 나직한 말을 가로채고 은채가 소리 질렀다. 의식없이
누워 있던 지혁을 떠올리자 가슴이 심하게 아파왔다. 누군가가
쥐어짜듯 신음마저 튀어나오려 했다. 이대로 그의 웃는 모습을
다시 볼 수 없을 것만 같아 목 놓아 울고 싶은 심정이었다. 은채
는 모질게 마음을 다잡고 숨이 막히는 가슴을 주먹으로 두들겼
다.

"지혁 씨가 눈을 뜨지 못하면……."

은채는 생각하기도 싫다는 듯 진저리를 치며 말을 이었다.

"고모를 용서하지 않을 거야."

말을 마치고 나가려는 은채의 뒤로 소영의 속삭임이 들려왔
다.

"나도…… 나를 용서하지 못할 거야."

은채는 걸음을 멈췄다.

"차라리 그때 지혁 씨가 죽기 싫다고 발버둥이라도 쳤으면 이
렇게 힘들진 않을 텐데……."

물기 젖은 소영의 음성에 은채는 사고 현장을 목격이라도 하

는 듯 눈을 감고 말았다. 어땠을까, 그는? 그 순간 얼마나 공포에 휩싸였을까.

"내가 죽든 말든 상관하지 않고 자기 혼자 살겠다고 했다면 이토록 미안하지는 않을 텐데. 이렇게까지 죄스럽지는 않을 텐데……."

운전을 한 고모보다 어째서 그가 더 많이 다쳤는지 모르겠다던 부친의 말이 은채를 고통스럽게 했다. 같은 차에 타 있었는데 왜 한 사람은 살고 다른 한 사람은 죽음과 사투를 벌여야 하는 건가, 왜…….

이어지는 소영의 중얼거림이 은채의 고립된 생각을 방해했다.

"내가 죽으면…… 네가 아파한다고, 그래서 네가 울지도 모른다고…… 차라리 자기 혼자 죽겠다고……."

은채는 휘청거리며 바닥에 주저앉고 말았다. 눈앞이 캄캄했다. 온몸의 피가 역류하는 느낌이었다. 뭐라 한 거야, 지금?

"그 위험한 순간에, 그는 왜 네 슬픔에 아파했을까. 죽을지 살지도 모르는데, 어째서 네 눈물에 아파했을까. 그런 사람을…… 나는 왜 죽으려고 했을까. 차라리, 차라리 내가 죽어버리는 게 나을 텐데……. 그랬다면 내 마음도 편할 것을……."

"그래, 나도 차라리 고모가 다치는 게 훨씬 나을 것 같아! 차라리 고모 혼자 누워 있는 게……!"

후두두 눈물이 떨어졌다. 목이 메어 말이 나오지 않았다. 아니다, 고모가 미울지언정 죽기를 바라진 않았다. 만약 고모가 죽었다면? 중환자실에 혼수상태로 누워 있는 게 고모라면? 뿌옇게 흐려진 각막에 소영의 얼굴이 들어왔다. 은채는 고개를 가로젓고 전신의 힘을 끌어 모아 바닥에서 일어났다.

"엉뚱한 생각 하지 마. 고모 말대로 지혁 씨가 자기 목숨까지 내버려 가며 고모를 구했어. 지혁 씨가 깨어날 때까지 고모는 죽는다는 생각하면 안 돼. 죽고 싶어도 그때까지 참아. 또다시 엉뚱한 짓 하면…… 고모 다시는 안 볼 거야."

단호하게 말을 마친 은채가 나갔다. 혼자 남겨진 소영은 굳게 닫혀 버린 문이 마치 자신을 향한 은채의 마음을 대변하는 것 같아 오래도록 문을 바라보았다. 그렇게 있으면 은채가 돌아오기라도 하는 듯…….

얼마나 있었을까. 낮은 노크 소리와 함께 문이 열렸다. 소영의 얼굴에 반가움이 가득했지만 들어오는 사람을 보고 이내 얼굴을 굳히고 말았다.

"어때요, 아가씨?"

조심스레 들어온 이 여사가 소영을 살폈다.

"은채…… 나가던데, 무슨 일 있었어요?"

"아뇨. 언니, 미안하지만 저 좀 눕게 해줄래요? 혼자는 잘 안 되네요."

"그러세요."

침대를 눕히고 나서 직접 쑤어온 죽이 담긴 보온병을 테이블 위에 놓고 이 여사는 가늘게 헛기침을 내뱉었다.

"내가 아가씨한테 무슨 말을 해야 되는지……."

"그냥 내버려 두는 게 도와주는 거예요."

소영은 싸늘하게 말하고 고개를 돌려 버렸다. 누구에게도 보여주고 싶지 않은 치부가 낱낱이 공개되었다. 그것도 가족이라는 이름 하에.

"그이가 알아요. 나도…… 알게 됐고요."

"뭘요? 뭘 알게 됐는데요?"

따지듯이 되묻고 입을 다물어 버린 소영은 시트를 얼굴까지 뒤집어썼다. 머리 속이 엉망이었다. 생각이라는 것을 할 수가 없었다. 앞으로 무엇을 해야 하는지 도무지 판단이 서지 않았다. 다만 은채의 얼굴만이, 혼수상태라는 지혁만이 그녀의 의식을 지배하고 있었다.

"뭘 알게 된 거 같아요?"

넌지시 물어보는 이 여사의 의도를 간파한 소영은 신음을 깨물었다. 오빠가 사고 뒤처리를 했다 하더니 결국은 지혁과의 관계도 알게 되었구나. 언제부터 알고 있었을까? 수치심과 모멸감이 피를 타고 혈관 구석구석으로 퍼져 나갔다.

"우연으로 만나서 우연으로 끝나야 하는 사람이 있어요."

나직한 이 여사의 음성이 소영의 귀에 맴돌았다.

"우연으로 만나서 필연이 되는 사람이 있고요. 누가 우연이고, 누가 필연인지…… 그건 아가씨가 가장 잘 알 거라고 생각해요. 하나만 말하자면 우연으로 끝나야 할 인연이 길어지면, 그건 악연이 될 수밖에 없다고 생각해요. 많이 생각했어요. 이렇게도 생각해 보고, 저렇게도 생각해 보고……. 누구의 잘못인지, 이제 와서 그게 뭐 중요하겠어요. 아가씨의 결정에 공감하고 싶지만, 한 사람의 생명이 달린 문제라 섣불리 판단을 내릴 수가 없어요."

소영은 천천히 시트를 끌어 내렸다. 침대 옆 의자에 앉아 있던 이 여사가 힘겨운 미소를 짓고 있었다.

"방금 우지혁…… 그 사람을 보고 왔어요. 사람 심리라는 게 참 이상해요. 그냥 사람 하나 놓고 봤을 때에는 그가 꽤 좋은 사람으로 보였는데, 일이 이렇게 되고 보니 색안경을 끼고 보게 되더군요. 그런데요, 아가씨. 우리 은채가 많이 아파해요. 그 남자가 아파서…… 그 남자가 깨어나지 못했다 해서, 우리 은채가 죽을 만큼 고통스러워해요. 어제 울더군요. 중환자실 밖에까지 다 들릴 정도로 울다 울다 지쳐서 탈진해 버렸어요. 나도 울었어요. 우리 은채 울 때 나도 피눈물을 흘렸어요. 좀 더 좋은 사람이면 좋을 텐데……. 아가씨가 왜 그런 결정을 내렸는지, 이해할 수는 있어요. 그런데 그럼 안 되는 거였어요. 어쨌든 아가씨가 한 짓은 살인과 다를 바가 없었으니까. 은채를 생각했다면…… 좀 더 신중해야 했어요. 아가씨 목숨도, 그 사람 목숨도 모두 소중하니까요."

"언니……"

"그 남자가 깨어나지 못해서 우리 은채가 힘들어해요. 우리 은채가 힘드니까, 나도 힘드네요. 나…… 은채에게 힘이 되어주기로 했어요. 은채가 어떤 결정을 내릴지, 아니, 벌써 결정을 내렸다면 거기에 따르기로 했어요. 안 된다고 하려 했는데…… 그럼 안 될 거 같아요. 지금 은채의 곁에는 아무도 없으니까. 아가씨도, 그이도 우리 은채에게 안 된다고만 하니까, 나라도 내 딸에게 힘이 되어주고 싶어요."

소영의 말을 가로막고 독백처럼 말을 쏟아낸 이 여사는 긴 한숨을 내쉬었다. 하루 만에 십 년은 늙어버린 듯한 그녀는 소영의 손을 마주 잡고 나직하게 읊조렸다.

"언젠가 은채가 그런 걸 물어본 적이 있어요, 아빠를 처음 만났을 때의 그 '느낌'을 기억하냐고. 난 은채의 그 느낌을 믿어보기로 했어요. 이기적인 부모보다 내 아이가 살아갈 때 힘이 되어주는 엄마로 남겠어요. 만약 훗날 이런 내 생각을 후회하게 되는 날이 온다 해도, 그건 그때의 몫이에요. 지금은 현재만 생각할 거고, 은채가 은채의 감정에 충실하듯 나도 내 판단에 충실하기로 했어요. 아가씨가 어리석다고 비웃는다 해도 어쩔 수 없어요. 우연으로 만나 우연으로 끝냈어야 할 인연과 우연이 필연이 되어야 했던 인연…… 누가 우연이고 누가 필연인지, 아가씨도 진지하게 생각해 주기를 바라요."

이 여사가 일어섰다. 소영에게 힘내라는 듯 힘 주어 잡았던 손을 놓고, 고갯짓으로 인사를 마친 그녀가 조용하고도 단아한 몸짓으로 병실을 빠져나갔다.

남편에게 청천벽력 같은 소리를 듣고 정신을 차렸을 땐, 이미 은채가 울고 있었다. 병원 복도에서 듣게 된 은채의 울음소리는 처절했고, 오열하다 쓰러진 딸을 보았을 땐 마음을 굳힌 상태였다. 누구하나 은채에게 힘이 되어줄 사람이 필요하다면 그녀가 되어주겠다고. 딸아이의 우는 얼굴을 볼 바에야 웃는 얼굴을 보겠다고. 그러니까 우지혁 씨, 그만 일어나. 우리 은채의 넘치는 사랑 받았으니 제발 일어나서 그 사랑에 보답해 주라고. 그녀는 깊이 잠든 지혁에게 그렇게 소리없이 부탁하고 소영의 병실에 왔었다. 이제 뒤로 물러서서 은채가 힘들 때마다 다독여주어야지. 힘내라고⋯⋯. 지혁과의 사이를 반대하는 장벽은 그이 하나만으로도 충분히 힘겨울 테니까, 나라도 힘이 되어주어야지⋯⋯.

병원 안의 소독 냄새가 코를 찔렀다. 밖으로 나온 이 여사는 맑은 하늘을 바라보며 입술을 깨물었다. 말은 쉽게 하지만 역시 행동으로 옮기는 건 힘겨웠다. 정말 무조건적으로 딸아이를 지지할 수가 있을까? 하늘은 높기만 했고, 그녀의 물음에 답해주는 이는 아무도 없었다.

"그만 들어가거라. 언제까지 여기 있을 수는 없잖니."
"깨어날 때까지 기다릴 거야."
부친의 명령에 은채는 고집스럽게 턱을 치켜들었다. 바쁘게 오가는 사람들 틈에서 한 번도 자리를 뜨지 않고 중환자실 앞을 지켰다. 지나가는 의사와 간호사에게 수시로 지혁의 상태를 물어보았다. 위험한 고비는 넘겼다는데 어째서 일어나지 않는지 알 수가 없었다. 수술 경과도 좋아서 깨어나기만 하면 특별한 문제가 없을 거라는데 어째서 세상에 미련 따위는 없다는 듯 눈을 뜨지 않는지, 은채는 무섭고 두려웠다. 이대로 그가 떠날 것만 같아서 견딜 수 없이 두려웠다.

"바보 같은 짓 하지 마라, 은채야. 분명히 말하는데 저 청년은 안 된다."

최 사장은 중환자실 문을 노려보며 오금을 박듯 냉랭하게 말했다.

"기다릴 거야."

은채가 나직하게 중얼거렸다.

"기다리겠어."

반복되는 은채의 말에 최 사장은 미간을 찌푸렸다.

"집에서 기다려. 언제 깨어날지 누구도 장담 못해. 미련하게 여기서 이러지 말고 기다리려면 집에서 기다려라. 윤 박사 말로는 이런 경우, 환자가 깨어나길 거부하는 일도 있다더라. 환자의 의지에 달렸대. 그러니 네가 여기서 백날 이러고 있어봐야 아무런 도움이 안 된다는 것만 알아둬. 무엇보다 나는 허락 못한다. 알겠니, 최은채?"

"기다릴 거야, 아빠가 허락할 때까지. 일 년이 걸리든 십 년이 걸리든 기다리겠어."

"만약…… 저 청년이 깨어나지 못하면?"

최 사장은 병실 문을 가리켜 손가락질을 했다. 은채가 가만가만 고개를 가로저었다.

"아니, 깨어날 거야. 난 믿어, 아빠. 이대로 떠나지 않을 거야. 내가 여기 있다는 거 알고 있다면 혼자 내버려 두지는 않을 거야. 조금만, 조금만 더 있으면 일어날 거야. 돌아올 거야, 내 곁에."

"왜 이렇게 바보같이 구는 거냐? 안 된다고 했잖니, 안 된다고!"

"기다릴게, 아빠. 아빠가 허락할 때까지 기다릴 테니까, 지금은 여기 있게 해줘요. 제발…… 부탁이에요."

"너……! 다시는 아빠 얼굴 안 보고 싶으면 너 하고 싶은 대로 해라! 나도 딸 하나 없는 셈치면 그만이니!"

은채의 간절한 염원을 담은 부탁에 서슬 퍼렇게 역정을 낸 최 사장은 휙 걸음을 돌렸다. 어떻게든 집으로 데려가려고 했다. 달래고 구슬려서, 그것도 안 되면 화를 내서라도 집으로 데려가려고 했다. 그러나 은채는 요지부동이었다. 어떤 말에도 흔들림이 없었다. 언제 저만큼 커버렸을까. 어리고 어렸던 딸아이는 어디 가고 저보다 못난 놈에게 마음을 빼앗겨 버린 여자만 남아 있을까. 좀 더 괜찮은 사내라면 기쁘게 웃어줄 수도 있으련만. 고작 저따위 모자람투성이에 결점투성이인 남자라니! 받아들일 수도 없고, 인정할 수도 없었다. 결단코 안 되는 일이었다.

"아빠?"

엘리베이터를 기다리던 최 사장은 은채의 부름에 얼굴을 돌렸다. 은채가 다가와 아무런 말 없이 고개를 숙였다.

"미안해. 미안해요, 아빠."

가슴이 답답했다. 곱게 웃을 줄만 알던 딸아이의 얼굴에 먹구름이 잔뜩 끼어 있어 최 사장의 마음을 암울하게 만들었다.

"매번 힘들게 해서 정말 죄송해요."

"됐다."

억눌린 음성으로 겨우 대답을 마친 그는 차마 딸아이의 얼굴을 볼 수 없어 고개를 돌리고 말았다.

"힘이 되어주고 싶어, 저 사람에게. 누군가가 기다리고 있다는 걸 가르쳐 주고 싶어. 세상은 아직 살 만하다고…… 어둠이 있는 것처럼 빛도 있다고…… 가르쳐 줘야 해. 어둠 속에서 벗어나 밝은 빛 속에서 살 수 있도록 가르쳐 주고 싶어. 바보 같다는 거, 알아. 내가 얼마나 바보처럼 보일지 너무도 잘 알고 있어. 하지만 안 된다고 하지 마. 저 사람은 안 된다고 내게 강요하지 마, 아빠. 지혁 씨가 아니면 내가 안 되는데, 내가 아니면 지혁 씨가 안 되는데……. 조금만, 아주 조금만 내 마음을 알아 줘요. 아주 조금만……."

"너도 조금이라도 이 아비 심정을 안다면, 그런 말은 하지 않겠지. 손톱만큼이라도 내 마음을 안다면……."

말을 마치지 못한 최 사장은 엘리베이터의 열린 문틈으로 파고들어 딸아이를 보지 않은 채 등을 돌렸다. 은채의 속삭임이 병원 내의 분주함을 뚫고 그의 귀에 들려왔다.

"미안해, 아빠."

그래, 끝까지 미안하다는 말밖에 못하겠다는 거냐? 최 사장은 엘리베이터에 달린 거울을 노려보며 눈에 힘을 주었다. 엘리베이터 문이 닫히고 서서히 하강을 시작했다. 억지로 끌고 가서 차라리 집 안에 가둬 버렸으면, 하는 몹쓸 생각까지 들었다. 하나, 딸아이에게 어떻게 그런 짓을 한단 말인가.

어질어질해지는 바닥에 서 있기가 힘겨워 최 사장은 벽을 짚었다. 곧바로 집에 가서 쉬고 싶었다. 은채나 중환자실에 드러누워 생사가 오락가락하는 사내는 잊고 긴 잠을 청하고 싶었다. 깨고 나면 악몽이기를, 허허 웃으며 악몽을 꿨노라 할 수 있으면 얼마나 좋으랴. 누적된 피곤함 때문인지 잠을 자본 적이 언제였던가 싶다. 곤하게 잠을 자본 적이 과연 있기나 한지 의문마저 드는 날이었다.

병원 주차장에 대기 중이던 김 비서에게 다가선 최 사장은 지친 기색으로 말했다.

"고생했네. 힘들겠지만 환자가 깨어나기 전까지 우리 은채 좀 지켜봐 주게. 밥도 먹지 않고 고집을 피우고 있는데…… 또 쓰러지지나 않을지 걱정이네그려."

"염려 마십시오, 사장님. 아가씨는 조용히 지켜보도록 하겠습니다."

"그래, 고맙네."

차에 오르고 운전사가 뒷문을 닫으려 하자 김 비서가 조심스레 말을 이었다.

"방배동 사모님은 이대로 두어도 괜찮겠습……?"

생각 같아서는 당장이라도 소영에게 달려가 불호령을 내리고 싶었다. 어두운 얼굴로 입술을 일그러뜨린 최 사장은 손을 들어 김 비서의 말을 가로막았다.

"그 부분은 신경 쓰지 말게. 제 몸도 가누지 못하는 것이 또 무슨 짓을 저지르려고."

그래도 누이동생이라고 생각하면 가슴이 먹먹해졌다. 그러나 대면하면 실망과 미운 감정만이 앞섰다. 담당 의사의 말에 의하면 의식을 찾았다 하니 격한 감정을 추스르고 난 후에 만나는 것이 나으리라. 서로 편안하게 말문을 열 수 있을 때, 그때 대화를 나눠도 늦지 않을 것이다.

"네, 알겠습니다. 조심해서 들어가십시오."

"수고하게."

차가 스르르 빠져나가는 동안 김 비서가 병원 내의 건물로 걸음을 옮겼다. 김 비서의 뒷모습을 바라보던 최 사장의 입술에서 탄식과도 같은 한숨이 길게 흩어져 나왔다.

"오늘이 며칠이죠?"

주사를 놓고 혈압을 체크하던 간호사에게 소영이 물었다.

"네?"

"아니, 내가 입원한 지 얼마나 되었죠?"

"보름째예요. 답답하시죠?"

애교스럽게 되묻는 간호사의 말을 무시하고 소영은 손가락을 꼽아보았다. 그사이 은채가 세 번 다녀가고, 언니인 이 여사가 매일같이 다녀갔다. 벌써 사고난 지 이 주일이 넘었던가…….잠자고 일어나고 하는 생활의 반복 속에서 시간은 무료하게 흘러간 모양이었다.

"밖에 좀 나갈 수 있을까요?"

"어디를요? 아직은 안정을 취해야 하는데…….."

"그 사람, 나와 같이 사고났던 그 사람…… 아직도 중환자실에 있죠?"

은채와 간단한 대화를 나눠도 지혁은 일체 언급하지 않았다. 은채가 그의 이름을 꺼내지 않았고, 소영 역시 물어보지 않았다. 물어볼 수가 없었다. 언니와도 마찬가지였다. 지혁은 금기시된 단어와 같았다.

"아, 우지혁 환자요?"

간호사가 알고 있다는 듯 고갯짓을 했다. 차트를 들고 나가려다 걸음을 멈춘 그녀가 자못 심각한 얼굴로 인상을 찌푸렸다.

"모두들 초긴장 상태예요."

"왜요?"

심장이 쿵 소리를 내며 발치로 떨어졌다. 살아나야 했다, 그는. 죽으면 안 되는 것이었다. 어떻게든 죽음과의 싸움에서 이겨 자신의 사죄를 받아야 했다.

"수술은 성공적인데 환자가 살 의지가 없나 봐요. 모두들 그렇게 입을 모으고 있어요. 뇌 손상이 많이 되었다 하지만, 뇌 분야에서 최고 권위자에게 수술을 받았고, 또 무엇보다 응급처치가 빨라서 안심하던 단계였는데 도무지 깨어날 기미를 보이지 않으니……."

살 의지가 없어? 소영의 안색이 창백하게 굳어갔다. 그가 살 의지가 없다면, 누구 때문인지 소영은 너무도 잘 알고 있었다.

"그 환자도 환자지만, 그 보호자 분이 너무 안됐어요. 스물네 시간 대기실에서 떠나지를 않아요. 혹시 급한 환자가 있어 담당 과장님들이 바쁘게 뛰어다니시면, 혹시나 우지혁 환자에게 무슨 일이 있는지 새파랗게 질린 얼굴로 물어본다니까요. 아직 나이도 어린데, 어쩌면 그렇게도 잘 이겨내는지…… 볼 때마다 안쓰러워 죽겠어요. 어머, 다른 병실 가봐야 하는데! 그만 쉬세요."

"저어, 미안하지만……."

소영은 막 나가려는 간호사를 불러 세웠다. 고개를 갸웃거리던 간호사가 방긋 웃으며 소영의 앞으로 다가섰다.

"왜 그러세요? 어디 불편하세요?"

"아니, 그게 아니라 중환자실 면회 시간이 언제죠? 내가……

가봐도 될까요?"

"음……."

간호사가 망설였다. 소영은 다급하게 말을 덧붙였다.

"우리 은채, 대기실에서 기다린다던 그 아이 모르게 잠깐만 보고 오면 안 될까요?"

"네? 무슨 뜻인지……."

"내가 우지혁 그 사람을 잠시 면회하는 동안, 간호사가 우리 은채를 다른 곳으로 데려가 주면 안 될까요?"

간호사의 눈에 의혹이 가득 들어찼다. 만약 한시도 떨어지지 않고 은채가 대기실에 있다면 지혁을 만나볼 수 없을 것이다. 들어가기도 전에 은채가 가로막아 중환자실 근처에도 가보지 못할 게 뻔했다.

"부탁할게요. 한 십 분…… 정도만 그 아이와 커피를 마시든지 그렇게 해줄 수 있겠어요? 그 환자, 나 때문에 그렇게 됐는데 아직 찾아가 보지도 못했어요. 다른 사람에겐 말할 때도 없고…… 아가씨가 좀 도와줘요."

"음, 지금은 곤란하고……."

바쁜 일이 있는지 손목시계를 바라보던 간호사가 흔쾌히 고개를 끄덕였다.

"한 시간 후에 다시 올게요. 그때 중환자실에 가도록 해요. 그리고 그 보호자 분…… 최소영 씨와 가족 관계 맞으시죠?"

확인하듯 간호사가 물었다. 소영은 설핏 미소를 지으며 대답했다.

"네, 조카예요."

"좋아요. 제 담당 환자 가족 분에게 차 한 잔 대접하죠 뭐. 올 때 휠체어 준비해 올게요."

간호사가 나가고 소영은 주섬주섬 일어나 창밖으로 다가갔다. 멍하니 밖을 바라보면서 소영은 소리없이 속삭였다.

당신이 못 일어나면 난 은채를 볼 수가 없어. 은채를 위해 그런 짓을 저질렀는데…… 그랬는데, 그 아이가 아파하는 걸 어떻게 지켜볼 수가 있겠어? 제발, 제발 부탁이야. 이렇게 부탁할게. 일어나……. 내가 잘못했어.

가지 않겠다는 듯 몇 번이고 거절의 뜻을 내비치던 은채를 간호사가 억지로 데리고 나갔다. 그 모습을 지켜보던 소영은 은채의 모습이 보이지 않을 무렵에야 중환자실에 들어섰다. 자신이 이 주일 넘게 지냈던 병실과는 차원이 다른 곳. 그곳에 들어서면서 소영은 바들바들 떨고 말았다. 그녀만 아니었으면 지혁은 이곳에 오지 않아도 되었다. 생명을 담보로 힘겨운 싸움을 하지 않아도 되었다. 순간 죄의식과 죄책감에 얼굴을 들지 못할 지경이었다.

차가 절벽으로 떨어지기 직전에 충분히 먼저 빠져나갈 수 있었음에도 불구하고, 자신을 먼저 구했다 했다. 그 촌각을 다투는 시간에서도 그는 은채, 그 아이만 생각하고 또 생각했었나 보다. 자신은 고작 그 아이를 위한다는 명목으로 은채를 아프게만 했는데, 그는 그 나름대로 은채에게 상처를 주고 말았다. 깨어나지 못함으로. 눈을 뜨지 못함으로⋯⋯.

산을 깎아 만든 도로와 달리 절벽 아래는 숲이 울창해서 바닥 끝까지 차가 굴러 떨어지지는 않았다 했다. 간신히 자동차가 나무에 매달렸기에 지혁은 목숨을 건질 수 있었다고 들었다. 다행히 뒤따르던 김 비서가 사고에 대비해 구급차를 부르는 순발력을 보이지 않았다면 어떻게 되었을까? 생각만 해도 아찔했다. 등골 사이로 축축한 식은땀이 흘러내렸다.

산소 호흡기에 생명줄을 연장하고 있는 지혁은 낯설었다. 수술 때문인지 머리에는 하얀 붕대를 친친 감고 있는 모습 또한 그가 아닌 것 같았다. 팔다리 어느 곳 하나 성한 곳 없이 만신창이가 된 그는 소영을 극도로 고통스럽게 만들었다.

"많이 아팠지? 미안해⋯⋯."

휠체어를 정지시키고 소영은 나직하게 말을 쏟아냈다.

"당신이 죽는 게 은채를 위한 길이라 생각했어. 왜 그렇게⋯⋯ 어리석었을까. 그게 은채에게 가장 괴롭다는 것을, 나는 왜 알지 못했을까."

소영은 눈을 감았다. 도저히 지혁의 얼굴을 보면서 말을 할 수가 없어서였다. 지독한 소독 냄새. 일정한 심장 박동 소리. 그 모든 것이 그녀의 생명을 위협하듯 다가왔다.

"우리 언니가 그런 말을 하더라, 지혁 씨. 우연히 만나서 우연으로 끝내야 할 사람이 있다고. 우린 분명 우연으로 끝냈어야 했겠지. 나나 당신이나 먼 길을 올 인연이 아니었는데, 내 아집과 집착으로 모두들 엉망이 되어버렸지."

언젠가 지혁이 그만 끝내자고 했던 날이 떠올랐다. 아마도 그는 그때 마음을 정했나 보다. 그날, 오래전 그날, 지혁과의 인연을 잘라 버렸다면 좀 낫을까. 소영은 기억에도 희미해지려는 그날을 떠올리며 말을 이었다.

"우연히 만나서 필연이 되는 인연이 있다네. 난 당신이랑 은채가 악연이라 생각했어. 그런데 지혁 씨, 우리 은채랑 당신 필연인 거야? 그런 거야?"

운명일 수도 있겠지. 질기고 질긴 운명이라는 이름. 소영은 가슴을 들썩거리며 마른기침을 내뱉었다.

"일어나, 지혁 씨. 우리…… 잊자. 잊어버리자. 우리가 만났던 기억, 그 잔인하고 지저분한 기억들…… 모조리 망각의 강에 내던져 버리자. 죽으면 모든 게 끝이라 생각했는데, 그게 아니라면…… 잊자. 하나도 남김없이 잊어버리자. 그러자, 지혁 씨. 나도 잊을게. 당신이라는 남자, 이름까지 뇌리에서 지워 버릴게. 그러니…… 제발 일어나."

목소리가 떨리고 있었다. 왈칵 눈물이 쏟아질 것 같아 소영은 입술을 악다물었다.

"당신, 우리 은채 슬픈 거 싫다면서. 우리 은채 우는 거 싫다면서. 그럼 일어나. 은채가 슬퍼해. 그 아이가…… 울고 있어.

우리 앞에서는 보이지 못하는 눈물을 혼자 삼키고 있어. 그 눈물 당신이 닦아줘야지. 나는 닦아줄 수가 없는데, 내 손길은 거부하는데 당신이 닦아줘야지. 내게 속죄할 기회를 줘, 지혁 씨. 부탁이니까, 이렇게 매달리니까, 제발 우리 은채 슬프게 하지 마."

눈을 감고 있던 소영은 보지 못했다, 지혁의 손에 힘이 들어가고 있음을. 그의 손가락이 힘없이 움직이고 있음을. 그의 눈가에 경련이 일어나고 있음을 소영은 눈치 채지 못하고 있었다.

"이제…… 놔줄게. 당신, 미련없이 놓아줄게. 그러니 은채에게 날아가. 은채를 아끼는 그 마음 하나로, 그 아이를 행복하게 해줘. 난 잊었어. 여기를 나가는 순간, 당신을 잊을 거야. 만났던 기억도, 함께했던 기억도 한바탕 꿈을 꾼 것으로 여길게. 깨고 나면 희미해져 어떤 꿈을 꿨는지 생각도 나지 않는 그런 꿈……."

소영은 휠체어를 움직였다. 바퀴를 뒤로 돌리려던 손길을 멈추고 그녀는 나직하게 말했다.

"내가 놔준다 해도, 넘어야 할 산이 많을 거야. 하지만 잘 이겨내리라 믿어. 당신이나 은채나…… 누구보다 강하니까, 사랑 앞에서는……. 나처럼 포기하고, 후회하고, 눈물 흘리지는 않겠지. 누구보다 강한 당신과 은채니까."

잊는다 해서 모든 게 해결되지는 않겠지. 나 하나 지난날을 잊는다 해서 모든 이들의 기억이 사라지는 것 또한 아니겠지.

하지만 나 하나 잊어서 모두가 편하다면 잊을 것이다. 그를 처음 만났던 그날부터, 오늘까지 이어온 이 지긋지긋한 인연을 잔인하게 잘라낼 것이다.

그날…… 수영장에서 만났던 그를, 그날의 기억을 도려내야지. 그리고 할 수만 있다면 내 사랑에 돌아보지 않던 남편의 기억까지 도려내야지. 어쩌면 끝까지 지혁을 놓아줄 수 없었던 것은 남편에 대한 복수를 대신한 것일지도 모른다. 전혀 상관없는 지혁이 남편과 같은 남자라는 이유로 앙갚음을 한 것인지도 모른다. 이제 남편을 보내주었으니 그도 보내주어야지…….

힘겹게 휠체어를 밀고 가는 소영의 뒤로 간호사가 다가와 슬며시 밀어주었다.

"병실까지 모셔다 드릴까요?"

"아뇨, 괜찮아요."

간호사의 살가운 배웅을 받으며 소영은 중환자실을 나왔다. 그러나 중환자실 문을 닫자마자 대기실에 서 있는 사람을 보고 소영은 얼어붙고 말았다.

눈을 감고 있으면 네 목소리가 들려. 언제부터 네 목소리가 들렸는지 알지 못해. 짙은 어둠 속에서 나는 혼자 동떨어져 있는데 이곳이 어딘지, 내가 어디 있는지 알지 못하는 곳에서 들려오는 네 목소리는 마치 환청 같기도 하다.

매일 너는 수많은 말을 하지. '오늘은 어땠어요', '아프지 않아요?', '내가 보고 싶지 않아요?' 너는 늘 다른 말을 하는데 나는 늘 같은 생각을 한다, 은채야. 울부짖던 네 목소리가 여전히 내 귀를 메우고 내 의식을 지배한다. 내가 정말 그런 말을 들었는지 확신할 수는 없어. 목소리가 나온다면 묻고 싶다, 은채야. 정말 네가 포기한 것은 꽃밭인지. 꽃밭은 포기했어도 꽃은 포기하지 않았다던 너에게 묻고 싶다, 은채야.

그 꽃은…… 네가 말하는 그 꽃이…… 내가 맞는지. 그러나 물어보기가 두려워, 돌아오는 싸늘한 대답을 듣기가 두려워 나는 차마 눈을 뜰 수가 없다. 그거 알고 있니, 은채야? 네가 말하는 꽃이 내가 맞다면…… 그 꽃은 뿌리까지 썩어 있다는 것을, 너는 알고 있니? 더 이상 손쓸 수 없을 만큼 썩고 문드러져 활짝 꽃 피울 수가 없음을, 너는 알고 있니?

너에게 해줄 수 있는 게 아무것도 없어서, 나는 늘 미안했어. 너를 보는 것만으로도 나는 행복한데, 너에게 나는 불행 같았지. 세상을 아름답게만 보는 너에게 나는 어둠이었고, 악(惡)이었으며, 나쁜 병균이었고, 독이었어. 너를 더럽힐까, 멀리 물러서려고 해도 단 한 번도 그렇게 하지 못했어. 내 이기심에 너를 가까이 두고 싶어했고, 너를 느끼고 싶어했어. 욕심이라는 것을 알아. 헛된 바람이라는 것도 알아. 하지만 왜 최은채 앞에 우지혁은 언제나, 늘 무기력하기만 한 걸까.

많은 걸 해주고 싶어도 정작 해줄 수 있는 게 없고, 너를 떠나는 것만이 가장 너를 위하는 것임을 알면서도 나는 늘 미루기만

했었지. 내일, 또 내일, 그리고 그 다음 내일 하며……. 이젠 정
말 떠나려 하는데, 어디선가 네 울음소리가 들린다. 내가 제일
듣기 싫은 소리, 나를 가장 고통스럽게 만드는 소리. 너의 흐느
끼는 소리는 내 걸음을 잡아채고, 돌아서는 내 몸을 멈추게 한
다.

　은채야, 너 울고 있니……?

　너…… 울고 있는 거니……?

　어디에서? 어디서 울고 있니, 은채야? 여긴 어디지? 난 왜 널
볼 수가 없는 거지…… 왜…….

　삐삐삐삐삐…….

　일정한 그래프를 그리며 반복되던 지혁의 맥박이 급상승했
다. 중환자실을 지키던 간호사가 급하게 다가와 지혁을 살폈다.
의사를 부르는 그녀의 목소리가 한 톤 높아져 중환자실을 가득
메웠다.

　"선생님, 선생님! 이리 좀 와보세요! 우지혁 환자가……!"

　"다시는 지혁 씨 찾지 마."

　한마디도 하지 않고 냉기를 내뿜으며 소영을 병실까지 데려
다 준 은채는 병실 문을 닫으면서 차갑게 입을 열었다.

　"그 사람 찾아간 거 아냐."

　"그럼?"

　"내…… 지난날을 지우러 간 거야."

"그거, 무슨 뜻이야?"

은채는 희미하게 떨리는 목소리로 되물었다. 믿어지지 않는다는 듯 눈을 크게 뜨고 소영을 한 치도 어긋남 없이 주시했다.

"말 그대로야. 부끄러운 내 지난날을 지우러 간 거였어. 그러니 걱정하지 마."

"내가…… 고맙다고 해야 하는 거야, 고모?"

소영의 입가에 미소가 걸렸다. 그녀는 고개를 가로저으며 은채의 시선을 피했다.

"아니, 내가 고맙다고 해야겠지. 내 지난날을 돌아볼 기회를 줘서. 고마워, 은채야."

살며시 손을 잡는 소영의 손길이 따뜻했다. 은채는 소영의 손을 마주 잡으려다 병원 내 스피커에서 들리는 방송에 탁 손을 뿌리치고 말았다.

[육층 중환자실의 우지혁 환자 보호자 분, 지금 급히 중환자실로 와주시기 바랍니다. 다시 한 번 말씀드립니다. 육층 중환자실의 우지혁 환자 보호자 분, 지금 급히 중환자실로 와주시기 바랍니다.]

"무슨 짓을 한 거야?"

쉿소리를 내며 은채가 소리 질렀다. 창백하게 굳어버린 소영은 석고상이 된 듯 입도 벙긋하지 못했다.

"무슨 짓을 한 거냐고!"

황급히 병실 밖으로 빠져나가던 은채는 홱 몸을 돌려 소영을 사납게 노려보았다.

"만약…… 또 한 번 지혁 씨에게……."

말을 잇지 못하던 은채의 눈에 물기가 어렸다.

"나쁜 짓을 했다면, 그땐 정말이지 죽는 그 순간까지 고모 안 볼 거야. 아니, 고모라고 생각하지도 않을 거야!"

모든 생각과 신체 리듬이 일시에 정지했다. 어떻게 달려왔는지 엘리베이터를 기다릴 시간이 없어 비상계단을 정신없이 밟으며 중환자실에 왔을 때 은채는 망설였다. 들어가기가 두려워, 문을 열기가 두려워 손이 바들바들 떨리고 입술에 경련이 일었다. 그때 병원 내의 긴급한 방송이 재차 울려 퍼지기 시작했다. 은채는 주먹을 그러모아 쥐고 안간힘을 다해 문을 열었다.

중환자실에 일대 혼란이 찾아왔다. 분주한 사람들, 바쁘게 오가는 사람들, 늘 적막감만 감돌던, 그래서 죽음이라는 단어가 유독 강해 보이던 곳에 찾아온 혼란은 은채를 극도의 불안감으로 내몰았다.

익숙한 얼굴의 간호사가 다가와 활짝 미소를 지었다.

"축하해요, 얼른 환자에게 가보세요. 여태 고생 많으셨어요."

뭐지? 이건 뭐지? 곳곳에서 축하 인사가 날아들었다. 간호사에게 떠밀려 지혁이 누워 있는 침대로 다가서려던 은채는 저도 모르게 스르르 주저앉고 말았다.

꿈이다, 이건! 먼발치에서 바라보아도 그가 눈을 뜨고 있음이 은채의 각막에 선명히 찍혀들었다. 몇 날 며칠을 죽은 듯이 누워 있던 사람이다. 다가가 말을 걸어도 대답 한 번 하지 않고 손 하나 움직이지 않던 그가 눈을 뜨고 주변을 두리번거렸다. 담당 의사가 이것저것 물어보는 동안 그가 고갯짓으로 대답을 하고 있었다.

그 순간 사람들이 옆으로 비켜서서 은채와 지혁의 사이에 길을 열어주었다. 지혁의 얼굴이 천천히 은채가 서 있는 곳으로 향했다. 지난 보름 사이 눈에 띄게 야위어진 그의 얼굴이 은채에게 고정되었다. 그가 눈을 감았다가 다시 뜨는 동안 시간은 빛처럼 빨리 지나갔다. 그리고 정물화처럼 미동없던 그의 손에 움직임이 찾아들었다. 그가…… 은채에게 손을 내밀었다.

처음에는 믿을 수가 없어서, 지혁이 깨어났다는 것을 믿을 수가 없어서 은채는 움직일 수가 없었다. 하지만 그의 손이 그녀를 향하는 순간 은채는 날아오르듯 지혁의 품으로 파고들었다. 울지 않으려고 했었는데, 어떤 어려움이 와도 눈물을 보이지 않겠다고 다짐했는데 속절없이 얼굴에는 빗물이 흘렀다. 뺨을 적시는 뜨거운 빗물을 채 닦을 사이도 없이 은채는 지혁의 손을 결박하듯 꼭 움켜쥐었다.

"내가 누군지 알아요? 알아보겠어요?"

그가 힘없이 미소를 지었다. 파리하게 말라붙은 입술에 새겨진 미소가 더욱 은채의 가슴을 아프게 했다.

"널 어떻게 잊니, 내가. 죽어서도 기억하고 싶은 게 있다면 너인데…… 내가 널 어떻게 잊니."

드문드문 끊어지는 말 사이로 그가 겨우겨우 대답을 마쳤다. 오늘 하루만 눈물을 보이자, 오늘 하루만. 슬퍼서 눈물을 보이는 건 안 되어도, 너무 행복해서 눈물을 보이는 건 괜찮지 않을까. 지혁을 바라보는 은채의 눈에 눈물이 맺혔다.

"깨어나신 걸 진심으로 축하합니다, 우지혁 씨. 그리고 보호자 분 고생 많으셨습니다. 이제 한시름 놓으셔도 되겠군요. 잠시 후에 몇 가지 검사를 시작하겠습니다. 그때까지 대화 나누십시오. 다시 한 번 축하합니다."

의식 너머에서 들리듯 의사의 목소리가 희미하게 들려왔다. 은채는 고맙다는 말과 감사하다는 말을 수없이 내뱉으며 주변을 빼곡히 메우는 의사와 간호사들에게 고개를 숙였다. 어느새 뺨을 적시던 눈물이 목덜미를 타고 내려왔다. 지혁의 차가운 손이 다가와 은채의 얼굴에 머물렀다.

"울지 마, 울지 마…… 은채야."

지혁의 속삭임이 바람이 머무는 것처럼 살며시 은채의 귀에 내려앉았다. 은채는 환하게 웃으며 고개를 끄덕였다. 하지만 여전히 그녀의 얼굴에는 비가 내리고 있었다.

#16

"아아, 젠장! 내가 왜 이 짓을 하고 있어야 하냐고!"

현욱은 지혁이 타고 있는 휠체어를 밀며 짜증스레 쓴 소리를
내뱉었다. 지혁은 피식 웃을 뿐 현욱의 투덜거림에 한마디도 하
지 않았다. 한여름의 더위에 뒤지지 않겠다는 듯 날씨는 살을
엘 듯 추웠다. 맑게 갠 하늘은 청명하지만 피부에 와 닿는 바람
은 한겨울임을 실감하게 했다.

"이것 보쇼, 노땅. 당신 양심이 있어야지."

아예 화단 옆에 휠체어를 정지시켜 놓고 현욱이 떠벌거렸다.
또 시작이다. 지혁은 귀여운 막내 동생을 바라보듯 현욱을 응시
했다.

"당신 나이가 몇이야. 어떻게 은채를 넘볼 수가 있냐고."

쉰일곱 번째. 현욱의 저 말을 자그마치 쉰여섯 번이나 들었다. 오늘로 한 번 더 추가되는 날이었다. 지혁의 입가에 잔잔한 미소가 새겨졌다.

"말이야, 양심이 있으면 신사적으로 우리 은채 놔줘야지. 그 꽃다운 나이의 은채를 노땅인 당신이 넘본다는 게 말이 되냐고."

현욱은 늘 그렇듯 또 흥분을 하고 있었다. 이제는 노땅이라는 말에 면역이 되어서인지 지혁도 그다지 기분이 나쁘지는 않았다. 반대로 주절거리는 현욱은 흥분의 경지를 넘어선 듯했다.

"좋게 얘기합시다. 은채 고게 워낙에 착해서 그렇지, 나중에 정신 차리면 당신이랑 러브러브 한 거 후회할 거야. 그러니 조만간에 퇴원하면 깨끗하게 물러서 주쇼."

어쭈? 많이 컸다, 저 녀석. 지혁의 눈썹이 활 모양을 이루며 휘어졌다.

"은채 이쁜 거 나도 알아. 당연히 남자라면 넘어가지. 하지만 말이요, 난 일곱 살 때부터 은채를 내 색싯감으로 찍어놨거든. 내가 정말 이런 말은 안 하려 했는데, 친구에서 연인으로 작업 들어가는 순간 당신이 나타난 거라고. 아아, 정말 재수 드럽게 없었지."

화단에 박힌 돌멩이를 발로 차 던지며 현욱이 무심하게 말했다.

"젠장. 백날 말해 뭣 하나, 들은 척도 안 하는데."

휠체어를 미는 손끝에서 화가 묻어 나왔다. 이대로 가다가는 아무 데다 처박을 듯했다. 지혁은 고개를 돌리고 말문을 열었다. 추운 날씨 탓인지 현욱의 입가에서는 연방 하얀 입김이 새어 나오고 있었다.

"피곤하면 그만 가지 그래?"

"그래, 그래. 당신이 하는 말은 그거밖에 없지, '그만 가라'. 젠장. 오늘은 가고 싶어도 갈 수가 없수다."

또 멈추는 휠체어. 움직이는 시간보다 정지해 있는 시간이 더 길었다. 이러려면 뭐 하러 산책을 나온 것일까. 별로 나오고 싶은 마음도 없었지만 부득불 산책을 나가야 한다고 우기던 현욱이 어째 지혁은 얄미워지기 시작했다.

"오늘 은채가 지방에서 올라온다고 했거든. 그 뭐냐, 권상진인가 뭔가 영화 촬영 중에 토크쇼 일정이 잡혀서 은채도 따라온다네. 아마 여기도 들를 텐데 내가 착하게 당신 병간호하고 있었다는 거 보여주려면 여기 있어야지. 먼저 가면 매일매일 농땡이 부린 줄 알 거 아냐."

시큰둥하게 말하고 벤치에 주저앉은 현욱은 담배를 빼어 물었다. 건들거리며 흔들어대는 다리에 장난기가 가득 묻어 나왔다.

"권상진, 그 자식 엄청 잘생겼던데. 당신 불안하지 않아? 매니저 노릇하다가 은채 바람나면 어쩌려고 그래?"

말이 점점 짧아지고 있었다. 하긴 길었던 적이 있긴 한 걸까, 생각해 보지만 역시 현욱은 단 한 번도 그에게 정중하게 말한 적이 없는 듯했다.

"차라리 그 자식하고 눈이나 맞았으면 좋겠다. 당신 같은 노땅한테 우리 은채 뺏길 바에야 권상진이 훨씬 낫지. 낫고말고!"

고개까지 주억거려 가며 혼자 북 치고 장구 치는, 거기다 한 술 더 떠 떡 줄 사람은 생각도 안 하는데 김칫국까지 마시는 현욱을 지켜보던 지혁의 표정이 어두워졌다.

교통사고로 혼수상태에서 깨어난 지 얼마 안 되었을 때, 은채는 돌연 휴학을 했다고 선전 포고하듯 말했다. 그 이유가 매니저가 되기 위함이라 했을 때, 얼마나 기함을 토했던가. 여전히 올 때마다 말리고 반대를 했지만 은채의 확고한 뜻에는 변함이 없었다. 오히려 일이 재미있다고 하며 생글생글 웃기까지 했다. 오늘 오면 화를 내서라도 그만두라고 해야지. 하지만 지혁은 알고 있었다, 그런 말이 은채에게는 전혀 통하지 않는다는 것을.

스케줄에 쫓기다 보니 은채를 볼 수 있는 시간은 고작 해야 일주일에 한 번 정도였다. 그것도 바쁠 때에는 열흘에 한 번으로 밀릴 때도 있었다. 힘들 텐데 은채는 한 번도 힘들다는 내색을 하지 않았다. 그럴 때마다 이대로 잠적이라도 하고 싶은 심정이었다. 그렇다면 최소한 은채가 힘들지는 않겠지. 하나, 사고 후 눈을 뜨고 처음 본 것이 그녀의 눈물이라는 것을 생각한다면 어디론가 숨어버리는 무책임하고 미련한 짓은 하고 싶지 않았다. 오래도록 자신을 기다리고 기다렸던 그녀를 어떻게 버려둔단 말인가.

장장 반년 가까이 입원해 있었다. 그사이 작열하는 태양 아래 여름이 지나가고, 가을이 지나갔다. 해가 바뀌어 북풍한설이 몰아치는 겨울의 한가운데에서 지혁은 퇴원을 앞두고 있었다. 담당 의사가 다음 달쯤에는 퇴원도 가능하다 했다. 물론 퇴원한 후에도 입원 기간만큼 물리 치료를 꾸준히 받아야 한다고 했지만, 병원을 벗어날 수 있다는 것만으로도 지혁은 한시름 놓을 수가 있었다.

"그만 들어갈까요?"

현욱이 무심하게 담배꽁초를 짓이기며 지혁의 상념을 깨뜨렸다. 살갗에 와 닿는 겨울바람을 온몸으로 느끼고 있던 지혁은 살며시 고개를 가로저었다.

"아니, 조금만 더 있지. 퇴원도 다 되어가고, 혼자 지내는 것도 별로 불편하지 않으니 다음부터는 안 와도 돼."

"됐수다!"

"그렇게 싫으면서 매일 오는 이유가 궁금하군."

"몰라서 묻는 거요?"

현욱은 바지 주머니에 손을 꽂고 삐딱하게 서서 지혁을 내려다보았다. 휠체어를 타면 안 좋은 점, 모든 사람을 올려다보아야 된다는 것이다. 지혁은 고개를 젖히고 현욱에게 시선을 던졌다.

"친구의 부탁이외다. 망할, 누가 언제 친구 하자고 했나? 은채, 고 깜찍한 것이 친구라는 빌미로 나를 생고생을 시키네요, 젠장! 나밖에 믿을 사람이 없다나, 어쩐다나. 그런 말에 헤벌레 넘어간 내가 바보지!"

한숨을 푹 내쉬는 현욱이 안쓰러웠다. 보답받지 못할 사랑을 하는 이의 어깨는 한없이 처져 있었다. 자신이 끼어들지 않았다면 은채와 이 녀석은 예쁘고 아기자기한 사랑을 했겠지. 문득 그런 생각이 지혁의 뇌를 파고들었다.

"은채는 좋은 친구를 뒀군."

"으으, 저 노땅다운 말투."

진저리를 치며 현욱은 혀를 길게 빼어 물었다. 이 녀석과 있으면 지혁은 알게 모르게 자주 웃었다. 어쩌면 은채의 배려일지도 모른다. 화를 내는 것 같아도 악의는 없어 보이는 현욱은 우정을 유지하면서 동시에 소중한 사람을 보호하려는 은채의 지혜일 것이다.

"그 노땅이라는 이름 말고 다른 이름으로 불러주면 안 되나?"

"뭐로 불러 드릴깝쇼? 젊은 엉아라고 불리고 싶은 거요? 꿈도 야무지네요!"

전생에 꽈배기 공장 사장이라도 되는지 현욱은 말끝마다 배배 꼬여서는 사람의 심기를 건드리고 있었다. 지혁은 피식 웃음을 흘리고는 고개를 내저었다. 뭘 바란 게 무리였다. 아무려면 연적에게 무얼 기대할까. 순간 조용하게 있던 현욱이 요란스레 제자리에서 방방 뛰며 소리를 질렀다.

"우왓! 은채닷! 은채 온닷! 이제 바톤 터치! 이 몸은 물러갈 때가 됐습니다요."

지혁의 눈길이 화단 옆에 길게 나 있는 내리막길을 향했다. 그녀가 올라오고 있었다. 추운 날씨에 양 볼은 발갛게 상기되어 코트와 목도리로 중무장을 하고, 하얀 털모자로 얼굴을 예쁘게 감싼 은채가 새하얀 입김을 내뱉으며 빠르게 올라오는 중이었다.

"참, 은채한테는 내가 포기하라고 했다느니 뭐, 그런 말은 절대 하지 마쇼. 절대!"

못을 박듯 단호하게 말하던 현욱은 성급히 덧붙였다. 현욱의 눈길은 여전히 은채에게 고정되어 있었다.

"복받은 거요, 당신은. 나중에라도 행여나 은채 눈에 눈물 빼면 내가 확 채어갈 테니 그리 알고 있으슈."

눈물이라……. 그런 일이 있을까. 지혁 자신도 은채의 눈물만큼은 보고 싶지 않았다. 아마 그런 일은 없을 것이다. 그것만큼은 그가 유일하게 자신할 수 있었다.

"그런 일은 없을 거야."

지혁은 일말의 망설임 없이 대답했다. 현욱이 씁쓸하게 입술을 말아 올리며 동의하는 제스처를 취했다.

"그렇겠죠."

어느새 거의 오르막을 다 올라온 은채를 바라보며 지혁은 환하게 웃었다. 그러나 그의 미소는 오래가지 못했다. 지혁의 앞에 서자마자 가쁜 숨을 고르던 은채가 돌연 욕지기를 내뱉었기 때문이다.

"제기랄!"

지혁과 현욱의 눈이 곧 튀어나올 듯 휘둥그레졌다. 근래에 들어 부쩍 욕설이 늘긴 했어도, 인사도 하기 전에 험한 말을 내뱉기는 처음이었다.

"지혁 씨, 나중에 돈 많이 벌면 나 좋은 차 사줘요. 아니다, 그땐 운전기사도 하나 붙여줘요. 젠장, 더러워서 운전 못해먹겠네, 정말!"

"왜? 무슨 일 있었어?"

"무슨 일은요, 그냥 오다가 어떤 차가 키스하자고 덤벼드는 바람에 사고 냈지."

지혁의 얼굴이 급속도로 굳어졌다. 은채가 재빨리 사태를 수습하려 했지만 창백하게 굳어버린 지혁의 혈색은 나아질 기미를 보이지 않았다. 사고, 그리고 추락. 아직도 그는 그때의 공포에서 벗어나지 못하고 있었다. 더구나 그런 공포를 은채가 겪었다고 생각하자 전신에 한기가 밀려들었다.

은채가 애써 미소를 지으며 지혁을 안심시켰다.

"아, 괜찮아요. 간단한 접촉 사고였어요."

"운전하지 마. 나중에 퇴원하면 내가 대신해 줄게."

"아니! 고작 퇴원해서 하고 싶은 일이 운전이에요?"

은채는 무릎을 굽히고 앉아 지혁의 손을 맞잡았다. 따뜻한 손이 전해주는 느낌에 점차 지혁의 가슴 한구석이 훈훈해지고 있었다. 늘 그렇다, 은채는. 그의 옆에 존재해 주는 것만으로도 차갑게 식어버렸던 심장을 데워주고, 멈춰 버렸던 맥박을 재생시켜 주었다.

"인사가 늦었네. 몸은 좀 어때요? 어디 아픈 데는 없어요?"

"좋아. 넌? 힘들지 않아?"

"나도 좋아요."

"욕하지 마. 촬영장 쫓아다니면서 욕만 늘었어."

그의 타박에 은채가 웃었다. 예의 그 가슴을 저릿하게 만드는 미소에 지혁은 눈을 감고 말았다. 거울에 햇살이 반사되어 눈이 부시듯 지혁은 은채를 바라볼 수가 없었다. 오래도록 바라보면 눈이 멀 것만 같아서였다. 그렇다고 외면할 수도 없는 그녀의 미소가 그의 시선을 단단히 잡아끌고 있었다.

"아예 여기서 영화를 찍어라, 찍어."

보기가 심히 괴롭다는 듯 현욱은 입을 틀어막고 웩웩거리며 부루퉁하게 말했다.

"어머, 넌 언제 왔니?"

은채는 이제야 보았다는 듯 한쪽에 서 있는 현욱에게 시선을 고정시켰다. 서운함을 표현하듯 현욱의 얼굴이 찌푸려졌다.

"늘 오는 시간에 왔다, 됐냐?"

"흐음, 좋았어. 아주 착하네. 나중에 누나가 돈 많이 벌면 맛

난 거 사줄게."

"누, 누나? 내가 말을 말아야지. 난 그만 간다."

"야, 박현욱!"

"왜?"

걸어가던 걸음을 멈춘 현욱이 몸을 홱 돌리고 은채를 바라보았다. 은채가 생긋 웃으며 나른하게 속삭였다.

"고마워."

"됐네."

붉어진 얼굴을 감추듯 무심하게 대꾸하는 현욱의 어깨를 털어주던 은채가 확인하듯 말을 이었다.

"너 아직도 버릇없이 우리 지혁 씨에게 반말 찍찍하는 거 아니지?"

현욱의 눈길이 단박에 지혁을 향했다. 지혁은 못 본 척 고개를 돌리며 보이지 않게 웃음을 흘리고 말았다. 현욱과 단둘이 있을 때 그가 어떻게 말하는지 안다면 아마도 현욱은 은채의 손에 맞아 죽을 것이다. 지혁의 잔잔한 미소가 점점 깊어졌다.

"그으으러엄. 내가 아주 확실하게 형님으로 모신다. 그쵸, 형님?"

형님이라는 단어에 가시가 박혀 있었다. 그럼에도 불구하고 지혁은 현욱이 아주 마음에 들었다. 은채의 친구라서 좋았고, 싫은 내색을 하면서도 매일같이 찾아와 주는 것도 고마웠다. 다만 현욱의 말에 동의할 수가 없었을 뿐. 지혁은 나직하게 휘파람을 불며 장난스럽게 말문을 열었다.

"노땅이라 부르던데, 조금 전까지만 해도……. 반말인지 존댓말인지 확인 불가능한 말만 하던걸?"

"너!"

은채의 눈이 매섭게 빛나자 현욱은 꽁지가 빠지게 후닥닥 내리막길을 내달렸다. 현욱의 뒷모습을 보며 은채가 빽 고함을 질렀다.

"내일도 올 거지?"

"몰라, 이 기집애야. 만날 우리 지혁 씨, 우리 지혁 씨…… 눈 꼴셔서 안 올 거다!"

바람 같은 기세로 현욱이 사라졌지만, 지혁은 알고 있었다. 현욱은 내일 그 시간이 되면 어김없이 다시 나타나리라는 것을. 아마도 이를 갈면서 나타날 것이다. 어쩌면 한 대 칠 기세로 덤빌지도 모른다. 그러나 지혁은 무섭지 않았다. 오히려 은채의 친구 현욱이 귀엽기만 했다. 연적이라기보다는 한참 아래의 동생처럼 느껴져 지혁은 현욱의 모습이 보이지 않을 때까지 내리막길을 바라보았다.

"현욱이 그만 오라고 그래. 공부하는 것도 바쁠 텐데."

"쟤 공부 안 해요. 날라리 대학생인걸?"

"그래도……."

말끝을 얼버무리자 은채가 고개를 갸웃거렸다. 그녀가 조심스럽게 입을 열었다.

"현욱이가 불편한 건 아니죠?"

"불편하긴."

"그럼 됐어요. 말은 저렇게 해도 저 녀석 착해요. 내가 지혁 씨 다음으로 믿는 녀석이거든요. 나 없을 때 저 녀석 막 부려먹어요. 머슴처럼. 알았죠?"

허벅지를 덮는 담요를 매만진 은채는 지혁의 앞에 무릎을 구부리고 앉아 그의 목도리를 단단히 여며주었다. 그가 해주고 싶은 행동을 오히려 그녀가 먼저 하자 지혁은 괜히 무안해졌다.

"오늘 날씨 엄청나게 추운데 따뜻하게 입고 나오지, 이게 뭐예요?"

"괜찮아."

"괜찮긴 뭐가 괜찮다고."

입술을 뾰로통하게 내민 은채가 이제는 제법 자란 그의 머리카락을 쓰다듬었다.

"많이 길었네. 퇴원하면 머리부터 다듬어야겠다. 그죠?"

퇴원하면 그녀의 집부터 찾아가야 했다. 지혁은 혀끝에 맴도는 말을 식도 안 깊은 곳으로 삼켰다. 부모님의 반대가 심할 텐데 은채는 단 한 번도 내색한 적이 없었다. 아니, 은연중에 부모님의 이야기는 제외하고 있었다. 그래서인지 지혁은 늘 그 부분에 대해서 미안했고 죄스러웠다.

"퇴원하면 바빠질 거예요. 물리 치료도 꾸준히 받아야 되고, 그동안 굳어버린 몸을 완화시키려면 운동도 해야 하고……."

알고 있었다, 바빠지리라는 것을. 하지만 은채가 말하는 이유가 아니라 지혁은 전혀 다른 이유로 바빠질 것을 짐작하고 있었다. 내침을 당해도 몇 번이고 은채의 부모님을 찾아뵈어야 하니 바쁘다는 말로는 역부족일 것이다. 망부석이 되도록 그 집 앞에서 무릎을 꿇고 빌고 또 빌며 용서를 구해야 하는 게 그가 퇴원하면 가장 먼저 해야 할 일이었다.

"기대해요, 스파르타식 교육이 지혁 씨를 기다리고 있으니까. 병원에 있는 동안 푹 쉬는 게 좋을 거예요. 퇴원하면 국물도 없을 테니까."

지혁은 싱긋 웃고 말았다. 은채의 협박이 무섭기는커녕 귀엽기만 했다. 그는 은채의 코를 장난스럽게 쥐고는 아프지 않게 꼬집었다.

"집에는 다녀왔니?"

"아뇨. 내일 아침에 가려고요. 지혁 씨랑 밤새 수다 떨려고 온 건데."

"그럼 안 되지. 어른들부터 찾아뵙고 여길 와야지."

"지혁 씨가 더 보고 싶었는데?"

은채는 당연한 걸 왜 물어보냐는 듯 새침하게 미간을 모았다. 지혁의 손을 따뜻하게 감싸 쥔 그녀가 길게 드리워진 속눈썹을 내리깔며 달콤하게 속삭였다.

"지혁 씨는 나 안 보고 싶었어요? 열흘 만인데."

지혁은 발갛게 상기된 은채의 뺨을 어루만질 뿐 대답하지 않았다. 보고 싶지 않았냐고? 너무 보고 싶어서 미칠 것만 같아도 감히 보고 싶다 말할 수 없는 마음을 그녀는 모를 것이다. 말로는 다 표현할 수 없는 감정이었기에 지혁은 늘 입 밖으로 자신의 감정을 보여주는 것을 망설였다.

"어, 정말 안 보고 싶었나 보네."

묵묵히 말이 없는 그에게 실망했는지 은채가 서운하다는 듯 쫑알거렸다. 지혁은 모자 사이로 삐죽이 나온 그녀의 머리카락을 귀 뒤로 넘겨주며 말했다.

"들어가자, 춥다. 너 감기 걸릴라."

"보고 싶었다는 말 하기 전까지는 안 들어갈래요."

"보고 싶었어. 아주 아주 많이, 엄청나게 보고 싶었어."

"정말?"

고개를 홱 돌리고 지혁을 외면하던 은채가 말갛게 웃으며 말을 계속했다.

"그럼 왜 전화 안 했어요? 내가 먼저 전화해야만 지혁 씨 목소리 들을 수 있고……."

"너 촬영장 다니느라 바쁘잖니. 은채야……."

"응?"

지혁은 머뭇거리며 은채의 눈치를 살폈다. 지금 이 말을 하면 은채는 또 화를 낼 것이다. 하지만 안 할 수가 없었다.

"너…… 매니저 일 그만두면 안 되겠니?"

"또 그 소리, 그만!"

아니나 다를까 은채는 목소리부터 날카롭게 달라졌다. 부드럽게 쥐고 있던 손까지 놓고 일어선 그녀가 아랫입술을 질끈 깨물었다.

"난요, 내가 어떤 일을 해야 하는지, 무슨 일을 해야 하는지 벌써 결정을 내렸어요. 그리고……."

"힘들잖아. 네가 하기에 너무 거친 일이라고."

지혁은 은채의 말허리를 잘랐다. 그러나 은채는 조용하라는 듯 입술에 검지를 세우고 말을 계속했다.

"무엇보다, 일이 재미있어요. 또 난 정식 매니저가 아니라 아직은 그저 배우는 입장이라고요. 힘들 것 하나도 없어요. 차근차근 하나씩 배워서 나중에 지혁 씨한테 다 써먹을 건데, 설령 힘들더라도 잘해낼 자신이 있어요."

"넌 참 날 힘들게 만든다. 미안하게 만들고 부끄럽게 만들어."

"그런 소리 말아요. 나중에 지혁 씨가 멋진 연기를 선보인다면 나, 하나도 안 힘들어요."

"그것도 그래. 다시 연기를 하기에 난 너무 늦었어."

"누가 그래요, 늦었다고? 연기를 나이로 하는 건 아니잖아요. 외국의 배우들 봐요. 숀 코넬리나 리처드 기어, 멜 깁슨 그 사람들은 나이를 먹을수록 더 빛나는 연기를 하잖아요. 난 지혁 씨가 스타가 되기를 바라지 않아요. 해를 거듭할수록 빛나는 진정한 연기자가 되기를 바란다고요."

은채는 한 치의 빈틈도 보이지 않았다. 지혁은 포기했다는 듯 양손을 들어 올렸다. 매번 이런 식이었다. 말을 꺼내는 건 그였지만 마무리는 언제나 은채가 했다. 그리고 지혁은 자신의 뜻을 제대로 전달도 못해보고 백기를 들어야 했다.

"그래, 정 그렇다면 나 혼자 힘으로 할게. 너까지 고생할 필요는 없잖아."

"같이해요, 우리. 우리 두 사람 같이 웃고, 같이 힘들고, 같이 사랑하고…… 뭐든 함께하는 사이가 되기로 해요."

갑자기 은채가 말을 멈추고 가방을 뒤적거렸다. 그의 사진을 스크랩해서 파일로 만든 것을 꺼낸 그녀가 골몰히 생각에 잠겼다.

"지혁 씨 프로필 사진이나 여태 촬영했던 잡지 사진, 뭐 그런 것을 다 모았어요. 그리고 지혁 씨가 출연했던 아침 드라마 '유리꽃'도 틈틈이 봤고요. 근데 음……."

파일을 한 장 한 장 넘기던 그녀가 지혁을 유심히 바라보았다. 예리한 눈이 반짝이며 빛을 발했다. 은채가 갸름한 턱을 매만지며 심각한 어조로 말을 이었다.

"지혁 씬 말이죠, 실물로 봤을 때랑 화면으로 봤을 때 차이가 많이 나요. 왜 그럴까, 곰곰이 생각해 봤는데……."

은채가 말을 멈췄다. 지혁은 무슨 말이 나올까 사뭇 긴장하며 침을 삼켰다.

"실물이 훨씬 나아요. 실물로 봤을 때, 지혁 씨가 훨씬 더 잘

생겼거든요."

긴장감이 일시에 깨졌다. 그가 피식 웃으려 하자 은채가 턱을 치켜 올리며 웃지 말라는 듯 경고의 눈짓을 보냈다. 하지만 도무지 웃음이 멈추질 않았다. 피식피식 새어 나오는 웃음소리가 거슬린다는 듯 은채의 눈매가 매서워졌다.

"개인적인 시각이 아니라 객관적인 시각이에요. 웃지 말아요. 내 말을 비웃는 거 같아서 기분 나빠지려고 해요."

"아, 아냐, 비웃는 거……."

"잘생겼다고 칭찬하는 게 아녜요. 어째서 실물과 화면으로 볼 때가 달라 보이는지 그걸 설명하려는 거지."

진지하게 말하는 은채가 평소와는 달라 보였다. 그녀가 두 장의 사진을 그에게 내밀었다. 지혁은 말없이 자신의 사진을 받아 들고 한참 동안 뚫어져라 바라보았다.

"봐요. 전신 사진과 얼굴만 확대한 사진이에요."

오랜만에 보는 자신의 모습이었다. 오만한 표정으로 한껏 멋을 낸 사진은 지혁을 한없이 부끄럽고 초라하게 만들었다. 지혁은 눈길을 바닥으로 떨어뜨리고 말았다.

"이게 왜?"

그의 음성이 탁하게 가라앉았다. 외면할 수만 있다면 사진을 내팽개치고 싶었다. 그런 지혁의 나약한 생각에 은채가 날카로운 채찍을 가했다.

"보고도 몰라요? 지혁 씬 선이 굵어서 작은 화면이나 또는 사진에 자신을 다 담아낼 수가 없다는 말이에요."

설레설레 고개를 가로저으며 은채는 지혁의 다리 위에 두 장의 사진을 들어 올렸다. 무슨 말인지 이해할 수가 없어 지혁은 멍하니 그녀를 응시할 뿐 별다른 말을 하지 않았다. 그녀가 답답하다는 듯 가슴을 두드렸다.

"이 말은 즉, 브라운관은 지혁 씨와 잘 맞지 않는다는 거죠. 오케이?"

"그럼?"

"글쎄요……. 일단은 여기까지 해요. 그 다음은 퇴원 후에 말해 줄게요."

무언가 비밀을 잔뜩 숨긴 얼굴로 은채가 해사하게 웃었다. 그녀의 미소에 전염되듯 지혁의 입술도 같이 포물선을 그리며 양쪽으로 길게 올라갔다.

"참, 엊그제 촬영장에 지혁 씨 작은아버님이 다녀가셨어요."

"작은아버지가?"

워낙 은채를 예뻐하시던 작은아버지가 결국은 은채가 일하는 곳까지 찾아가셨나 보다. 입버릇처럼 조카며느리 일하는 모습을 보고 싶다고 병원을 찾을 때마다, 통화할 때마다 그러시더니. 지혁은 작은아버지의 유별난 사랑에 고개를 내젓고 말았다.

"맛있는 것 한 아름 사가지고 오셔서 스텝들 배 터지게 먹여주고 가셨거든요. 다음에 또 오신대요. 이제 들어가요. 춥죠?"

담요를 여며주는 은채의 손을 잡고 지혁은 한동안 말없이 그녀를 바라보았다. 이렇게 바라보아도 되는지 문득 두려워졌다. 이렇게 그녀의 고운 미소를 눈에 담아도 되는 건지, 감히 그가 최은채의 곁에 서도 되는지 그는 늘 묻고 싶었다. 하지만 소리 내어 물어보지는 않았다. 그 질문이 은채를 힘겹게 만든다는 것을 알고 있었기 때문이다.

"왜요?"

빤히 바라보는 그가 이상했는지 은채가 물었다. 지혁은 고개를 가로저으며 힘없이 미소 지었다.

"그냥. 너무 예뻐서……."

예쁘다는 말로는 부족한, 그래서 더 좋은 말을 찾아보려 해도 생각이 나지 않아 억울할 만큼 그녀가 예쁘고 아름다웠다. 손 내밀어 만져 보고 싶을 만큼. 만지면 신기루가 되어 사라지지 않을까 두려워 조심스레 은채를 어루만지는 그의 손끝에는 애틋함마저 묻어 나왔다.

오랜만에 수영장을 찾았다. 한동안 헬스 클럽만 간신히 나갈 뿐 수영장에 올 엄두는 내지 못했기에 소영은 간만에 찾은 수영장이 낯설다는 듯 주변을 두리번거렸다. 처음에는 바쁜 일상에 쫓기어, 그 다음에는 은연중에 피하던 곳. 하지만 이제는 괜찮았다. 수영장을 바라보아도 아무렇지 않았다. 아주 오래전 이곳에서 누군가를 만났다. 그러나 누구를 만났는지 소영은 기억에서 그 얼굴을 제외시켰다. 행여나 무의식 중에 떠오르는 얼굴을 이내 단호하게 떨쳐 냈다. 살갗에 와 닿는 물의 감촉에 기분이 점점 좋아졌다. 발끝만 물 안에 담갔던 소영은 단번에 수영장 안으로 들어가서 물과 하나가 되었다.

극도로 사람들과의 만남을 자제하면서 지내왔다. 어쩔 수 없이 일을 할 때는 사람들을 상대로 해야 했지만 그 외에는 소영은 일체 집 안에 틀어박혀 나오질 않았다. 기껏해야 오빠 내외나 만날까. 물론 그것 역시 사업에 차질이 생길 때만이었다. 뜻하지 않게 자신의 손에 들어온 STS 엔터테인먼트를 경영하려니 좀 힘에 부치는 게 아니었다. 그래도 재미있었다. 남편에게 온 인생을 걸어버렸던 그때보다는 사는 게 행복했다. 사업이 뭔지, 연예인을 키운다는 게 어떤 건지 아무것도 아는 게 없는 그녀였지만 든든한 후원자가 있기에 소영은 두려울 것이 없었다. 거침없이 앞만 보며 질주하면 되는 것이었다. 그렇게 고통스러웠던 시간은 물 흐르듯이 지나가고, 아픔도 점차 시간과 함께 누그러져 가고 있었다.

수영장을 몇 번이나 왕복했을까. 슬슬 지치기 시작했다. 예전에는 하루에 스무 번도 넘게 왕복을 하며 몸매를 가꿨는데 들어온 지 얼마나 되었다고 벌써 숨이 찼다. 물속에 누워 부유하듯 떠다니며 하얀 천장을 바라보았다. 새벽 시간이라 그런지 사람이 몇 명 되지 않았다. 조용하고 더할 나위 없이 편안한 느낌. 눈을 감고 배영으로 한 바퀴 더 레일을 돌고 나서야 소영은 물 밖으로 몸을 이끌었다. 앞으로 자주 나와야겠다는 생각이 뇌를 스치고 지나갔다. 그때 까맣게 그을린 마디 굵은 남자의 손이 소영의 시야에 들어왔다. 그녀의 눈동자가 남자의 손을 따라 점차 얼굴로 향했다.

처음 보는 남자가 자신을 보며 웃고 있었다. 온몸의 촉각을 곤두세우며 소영은 상대 남자와 거리를 두었다.

"오랜만이군요."

"누구신지?"

조심스럽게 되묻던 소영은 나직한 신음을 내뱉고 말았다. 예전에 여기 수영장에서 가끔 보던 강사다. 워낙에 알아주는 수영 실력 덕분에 강사의 도움이 필요없던 소영은 그저 오며가며 눈인사만 했던 사내다.

"아아, 오랜만이네요. 누군가 했어요."

잔뜩 경계심을 갖고 바라보았던 남자가 아는 사람이자 소영은 이내 경계를 해제했다. 갑자기 헛웃음이 비집고 나왔다. 누구를 위한 경계인지 판단이 서질 않았다. 상대를 위해서인지, 소영 자신을 위해서인지. 외로움은 참으로 이상한 병이다. 사랑이 없어도 그 상대에게 많은 것을 의지하고 바라게 되는 것을 겪었던 소영은 다시 누군가에게 매달리게 될까 봐 두려웠다. 사랑하지 않아도, 좋아하지 않아도 그저 옆에 있다는 이유로 보내줄 수 없고, 움켜쥐게 만드는 외로움이 소영은 너무도 두려웠다. 만약 누가 자신에게 다가선다면 또다시 과거를 되풀이하게될까 봐 그녀는 극도로 사람들과의 만남에 조심하고 신중을 기하고 있었다.

"한동안 오시지 않기에 걱정했습니다. 어디 아프신 건 아닌가 하고……."

유심히 바라보는 소영의 시선에 남자가 무안한지 말끝을 흐렸다. 소영은 이렇다 할 대꾸도 하지 않은 채 남자를 지나쳤다.

"앞으로 자주 나오실 겁니까?"

소영의 길을 가로막은 그가 호탕하게 웃으며 물었다. 소영의 눈매가 매섭게 치켜 올라갔다.

"무슨 상관이죠?"

"오랜만에 나오시니 몸이 굳은 듯합니다. 내일부터 제가 가르쳐 드리죠."

남자의 웃음이 싫지 않았다. 저음의 부드러운 목소리도 음악 소리처럼 귀에 듣기 좋게 와 닿았다. 위험하다, 이 남자는. 반사적으로 소영은 몸을 사렸다.

"주제넘군요. 강사가 필요하다면 내가 직접 알아보도록 하죠."

냉정하게 남자를 등지고 걸어갔지만 소영의 모든 감각은 뒤에 남겨진 남자에게 가 있었다. 예전에는 이런 사람이 이곳에 있는지도 잘 모르고 지냈었다. 그저 그가 보내는 눈인사에 가끔 답례를 보냈을 뿐, 어떻게 생겼는지 자세히 보지도 않았다. 그런데 가까이서 보니 꽤 호감이 가는 얼굴이다. 나이는 대략 마흔 전후로 보이지만 수영을 해서인지 탄탄한 근육은 웬만한 젊은 남자들의 몸처럼 건장했다.

아무래도 남자가 필요할 때가 된 건가 보다. 소영은 쓴웃음을 배어 물고 걸음을 옮겼다. 하나, 이상하게도 가슴이 두근거리고 있었다. 뒤를 돌아보고 싶은 욕구를 억누르고 샤워실로 통하는 유리 문을 열자 그녀의 뒤에서 남자의 굵은 목소리가 날아들었다.

"내일도 뵐 수 있으면 좋겠군요. 그럼 좋은 하루 보내십시오!"

"아······!"

갑자기 생각이 떠올랐다. 저 남자는 매번 같은 인사를 했었다. 좋은 하루 보내십시오, 라고. 언제나 대답없는 그녀에게 그는 지치지도 않고 같은 말을 반복해서 인사를 해주었다. 유리 문을 닫고 그녀는 몸을 돌렸다. 이미 저만치 걸어가는 남자의 등을 보며 소영은 들릴 듯 말 듯 나직하게 말문을 열었다.

"그쪽도 좋은 하루 보내세요. 내일도······ 될 수 있으면 나오도록 하죠."

휙 돌아보던 남자의 얼굴에 한줄기 빛이 스쳤다. 소영은 환하게 웃음을 지으며 수영장에서 빠져나왔다. 여전히 심장은 불편할 정도로 세차게 뛰고 있었다.

아침나절 근 열흘 만에 집에 들어온 딸이 간단하게 아침을 먹고 옷을 챙겨 가는 동안 최 사장은 단 한 번도 서재에서 나오지 않았다. 문밖에서 은채가 여느 때와 다름없이 밝고 낭랑한 목소리로 인사를 던졌어도 그는 못 들은 척 무시하고 딸아이가 나가기를 기다리고 있었다. 은채를 보면 흔들릴 것 같아서 최 사장은 못내 자신을 다잡았다. 그 아이의 애절한 눈을 보며 흔들리지 않을 자신이 없을 것 같아서였다. 눈앞에 마주하고 있으면 흔들리는 게 이치였고 그렇지 않기 위해서는 피하는 게 상책이었다. 그렇게 은채가 시무룩하게 나가고 아내 이 여사가 돌연 싸늘한 표정으로 어디 갈 때가 있다며 채비를 하라고 이를 때만해도 그는 어디를 가는지 굳이 물어보지 않았다. 하지만 묵묵히 아내의 말에 따라온 곳이 병원임을 알게 되었을 때 최 사장의 얼굴은 냉혹하게 일그러졌다.

"차 돌려."

"조용히 하고 기다려 봐요. 조금 있으면 산책하려고 나올 거란 말예요. 조금만 지켜봐요, 조금만."

이 여사가 간절하게 속삭이며 손가락으로 가리켰다. 아내의 말처럼 몇 미터 떨어진 곳에서 은채가 나오고 있었다. 불과 몇 시간 전, 서재 창 너머로 보았던 은채가 휠체어를 밀며 환하게 웃고 있었다. 무슨 이야기를 하는지 휠체어에 타고 있던 지혁도 시원스럽게 미소 짓는 모습이 멀리 떨어진 최 사장의 눈에도 선명하게 파고들었다.

"봐요, 우리 은채가 어떤 표정인지."

자동차 의자에 몸을 기대고 있던 이 여사가 상체를 일으키며 말했다. 최 사장은 버럭 역정을 내며 홱 고개를 꺾었다.

"여긴 왜 오자고 한 거야?"

"화만 내지 말고 은채를 보라고요. 당신이 보기엔 우리 딸이 슬퍼 보여요? 힘들어 보이나요?"

가볼 데가 있다고 닦달하다시피 해서 병원까지 데리고 오기 전까지 이 여사는 많이 망설였다. 숨바꼭질을 하듯 딸아이와는 마주치지 않으려는 남편에게 이제는 보여주어야 했다, 은채가 얼마나 행복해하는지.

숨소리만 들려오는 자동차 실내에서 최 사장의 혀 차는 소리가 요란하게 울려 퍼졌다.

"쓸데없는 짓을 했군. 차 돌리지, 박 기사."

"기다려요. 진지하게 생각해 봐요. 뭐가 우리 은채에게 가장 좋은 선택인지, 우리가 어떻게 하는 게 은채를 위한 건지 아주 진지하게 조금만 생각해 봐요."

멀리서 보아도 그림처럼 예쁜 그들이었다. 화단 주변에 휠체어를 멈추고 무어라 이야기를 나누는 그들은 지나가는 사람들마저 한 번씩 돌아보게 할 정도로 아름다웠다. 웃고 있는 은채는 그 어느 때보다 환했고, 그런 은채를 조심스레 어루만지는 지혁은 세상에서 가장 소중한 것을 대하는 듯했다. 문득 가슴속이 뜨거워졌다. 무언가 정체를 알 수 없는 슬픔이 최 사장의 내면을 빼곡히 채워 나갔다.

"아가씨가 은채에게 권상진이라는 연예인을 소개시켜 줬대요. 정식 매니저는 아니지만, 권상진 매니저를 쫓아다니며 은채도 매니저 일을 배우고 있다고 들었어요."

이미 들어서 알고 있는 내용이었다. 매제가 소영과 이혼을 하고 난 후, 최 사장은 일체 엔터테인먼트에 관여하지 않았다. 그리고 STS 소속 연예인들은 기다렸다는 듯이 하나둘씩 다른 프로덕션이나 엔터테인먼트로 이적을 했다. 미래를 내다봤을 때, 스타 제조기라 불리는 STS도 MBS의 최대 주주가 밀어주지 않는 한 끝이라는 걸 영악한 그들이 모르지는 않을 터였다. 무너져 가는 회사를 인수인계받은 사람이 바로 소영이었다. 다시 시작하자고 매달리는 남편을 냉정하게 내치고 여자 혼자만의 힘으로 그럭저럭 엔터테인먼트의 이름을 유지하고 있는 실정이었고, 알게 모르게 뒤에서 지켜주는 최 사장 덕분에 회사는 나날이 눈부신 발전을 해 나가고 있었다.

"사업을 하기로 했으면 정신 차리고 사업이나 하지, 왜 괜히 은채에게 헛바람만 넣는 건지, 원. 고모면 고모 노릇을 하든지."

최 사장은 못마땅한 기색이 역력한 음성으로 냉랭하게 중얼거렸다. 처음 그 소식을 접했을 때, 당장에 요절을 내고 싶은 걸 간신히 참았던 그였다. 은채에게 매니저를 소개시켜 준 소영이나 매니저를 따라다니며 일을 배우는 은채나 둘 다 호통 치며 가로막고 싶은 것을 차마 할 수 없었던 것은 딸아이의 행복한 얼굴 때문이었다. 그것마저 막을 수는 없었다. 제 꿈이 그거라는데 부모라는 이름으로 딸아이의 꿈을 짓밟을 수는 없는 노릇이었다. 물론 그 꿈에 우지혁이라는 남자가 절대적이라고 해도 최 사장은 그저 모르는 척 외면할 수밖에 없었다.

"헛바람이 아니에요. 왜 몰라요, 당신은? 그건 은채가 저 남자를 생각하는 마음이라고요. 우리는 이해 못하는, 하지만 은채에게는 아주 소중한 감정이라는 것을 당신은 언제쯤 알아줄 건가요?"

"은채는 이제 겨우 스무 살이야."

가죽 의자에 머리를 기대고 최 사장은 눈을 감았다. 은채를 보지 않으려는 듯 눈을 굳게 닫았지만 웃고 있던 딸아이의 얼굴은 그의 뇌리에 깊숙이 박혀 있었다.

"스물한 살이에요."

"젠장. 지금 말꼬리 물고 늘어지나?"

겨우 한 해가 지난 것뿐이다. 지혁을 만나고 은채는 겨우 한 살 더 나이를 먹었을 뿐인데 딸아이는 이제 열 살은 더 먹어버린 듯 어른 행세를 하고 있었다. 여전히 그의 눈에는 어린아이로만 보이는데 말이다.

"말이 그렇다는 거예요."

"하여간 스무 살이든 스물한 살이든 어릴 때 누구나 한 번쯤 불 같은 사랑에 휩싸이지. 그런 사랑은 식기도 빨리 식는 법이야."

최 사장은 단정 짓듯 말하며 관자놀이를 짓눌렀다. 그런 그의 곁에서 이 여사가 서글프게 말을 이었다.

"그래요. 불처럼 타오른 사랑은 그만큼 빨리 식죠. 하지만 그거 알아요? 불처럼 뜨겁게 타오른 사랑은 제아무리 빨리 식어도 그 잔재는 남아 있어요. 사랑은 식어도 잔재가 남아 있는 한, 그들의 사랑은 끝나지 않는다고…… 나는 그렇게 믿어요."

최 사장은 굳게 감겨진 눈을 뜨고 아내의 옆모습을 응시했다. 창밖을 바라보는 아내의 얼굴에는 잔잔한 미소가 새겨져 있었다. 이 여사는 은채를 향한 눈길을 거두지 않고 계속 말했다.

"누구에게나 아픔은 있어요. 저 남자에게도 우리가 모르는 아픔이 있겠죠. 비록 좋은 기억은 아니지만, 은채가 잊기로 했고 아가씨도 잊는다 했어요. 모르긴 몰라도 저 남자도 잊으려고 하겠죠. 당사자들이 잊으려고 하는데…… 제삼자인 우리가 그들의 안 좋은 기억을 되새길 필요는 없어요. 그들이 잊는다면…… 우리도 잊는 게 그들의 대한, 가족이라는 이름에 대한 도리라고 생각해요."

아내의 단호한 음성이 최 사장의 내면에 무언가를 일깨웠다. 은채가 지혁과 병원 내로 들어가고 있었다. 최 사장은 딸아이의 뒷모습을 지켜보다 냉랭하게 말문을 열었다.

"차 돌리지."

"네, 사장님."

기사가 백미러로 이 여사의 눈치를 보며 대답했다. 이 여사가 고갯짓을 하며 출발하자는 신호를 보냈다. 차가 미끄러지듯 병원을 빠져나가고 그사이 최 사장은 두어 번 뒤를 더 돌아보았다. 은채는 사라졌지만 딸아이의 미소는 그의 각막에 찍혀 선명하게 새겨진 듯했다.

"은채가 당신 앞에서는 잘 웃나?"

최 사장은 한숨을 내뱉듯 말했다. 이따금 집에 들르더라도 먼 발치에서 바라보는 은채는 웃지 않았다. 부쩍 성숙해진 얼굴로 입매를 단단하게 오므리고 있기만 했었다. 남자가 생겨서 딸아이가 달라졌다고 여겼건만 이제 보니 벽을 쌓은 건 그가 먼저였나 보다. 문득 후회가 밀려들었다. 누구보다 아꼈던 딸인데, 누구보다 사랑과 애정으로 키운 딸인데 딸의 선택이 못 미덥다 해서 매정하게 내친 것은 바로 그 자신이었다.

"아뇨, 내 앞에서도 잘 안 웃어요. 미안하겠죠, 우리 앞에서 웃는다는 건."

이 여사는 쓸쓸하게 대꾸하며 치맛단을 매만졌다.

"은채의 곁에 있는 남자가 평생 은채의 미소를 지켜줄 수 있다면…… 당신은 은채가 환하게 웃을 수 있도록 허락을 해주는 입장이에요. 당신도 잘 생각해 봐요. 나는 가끔 그런 생각을 해요. 지혁이가 우리 은채를 찾기 힘들어서 아가씨를 찾아간 건 아닐까…… 하고요. 우리가 너무 꼭꼭 숨겨둬서 찾다 찾다 지친 지혁이가 아가씨에게 길을 물어보러 갔나 보다고, 그렇게 생각하기로 했어요. 비록 그 길이 잠시 엇갈려 버리긴 했지만……."

이 여사는 차마 말을 끝낼 수가 없어 지그시 가슴을 억눌렀다. 그런 그녀의 손길을 지켜보던 최 사장은 큰 결심을 내린 듯 깊고 깊은 한숨을 내쉬었다.

"누구에게나 아픔은 있다 했지. 그래, 이제 내게도 남들이 모르는 아픔이 생기게 되겠군. 하나, 내 아픔으로 은채가 행복하다면…… 뭐, 그것도 나쁘지는 않겠지."

"여보……!"

들릴 듯 말 듯한 그의 혼잣말을 들었는지 아내의 음성이 한 톤 높아졌다. 최 사장은 창밖으로 눈길을 던지며 무심하게 말했다.

"퇴원하면…… 저 친구 집에 한번 부르도록 해. 그때는 안 좋은 기억은 털어내고 처음 봤을 때의 우지혁이라는 인물만 떠올리도록…… 나도 노력해 보지. 우선 거기서부터 시작하지, 거기서부터."

"그래요. 불처럼 타오른 사랑은 그만큼 빨리 식죠. 하지만 그거 알아요? 불처럼 뜨겁게 타오른 사랑은 제아무리 빨리 식어도 그 잔재는 남아 있어요. 사랑은 식어도 잔재가 남아 있는 한, 그들의 사랑은 끝나지 않는다고…… 나는 그렇게 믿어요."

그래, 나도 그렇게 믿도록 하지. 한때의 풋사랑이 아니라 영원할 사랑이라면, 그 사랑이 변함없기를 바라는 게 부모 된 이름의 도리겠지. 그렇겠지……. 그 사람이 아니면 안 된다고 했지, 은채야? 그럼 그 사내와 세상 누구보다 행복하게 살아라. 그렇다면 나도 네 선택을 용서하고, 이해하며, 받아들여 주마. 그 전에는 아마도 네가 선택한 남자에게 따뜻하게 대해주겠다는 장담은 못하겠다. 하지만, 나도 노력은 해보마. 노력은…….

소리 내어 말할 수 없는 수많은 말들을 회환과 함께 가슴속으로 삼키며 최 사장은 몇 번이고 뒤를 돌아보았다. 이미 병원을 벗어난 지 오래되었건만, 이상하게도 은채의 환한 미소가 한겨울의 스산한 바람을 뚫고 그의 뒤를 따라오는 듯했다.

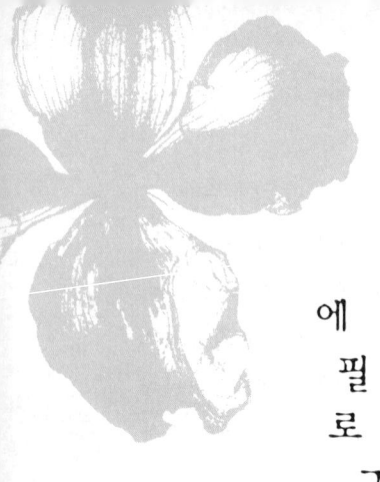

에
필
로
그래서 그들은…….

『'불멸의 연인' 한국 영화 대상 석권.』

올해 최고의 흥행 기록을 세운 '불멸의 연인(제작 선유)'
이 국내외 영화제에서도 화려한 수상 경력을 쌓아가고 있
다.

북한 고위급 장교의 아들로 독일 유학 생활을 하던 남자
주인공 박인하(우지혁 분)와 한국에서 법학과를 전공하던 중
독일로 유학을 간 여자 주인공 정연우(정재아 분)가 짧은 시
간 불꽃 같은 사랑을 불태우고 헤어지는 스토리로 이 영화
는 시작된다. 십 년 후, 북한 외교관으로 입지를 굳힌 박인
하와 대통령의 측근으로 청와대 대변인의 자리에 오른 정

연우는 남북 정상 회담에서 재회를 하게 되고 또 한 번 불같은 사랑에 휩싸인다. 분단의 아픔과 드러낼 수 없는 미묘한 감정을 소재로 삼은 이 영화는 대종상과 영평상 주요 부문을 석권하고 산세바스티안, 도쿄, 토리노 영화제 등에서도 수상의 낭보를 전하는 데 이어, 30일 열린 TBC 주최 제7회 한국 영화 대상에서도 최우수 작품상을 비롯한 주요 부문을 휩쓸었다.

영화배우 정준하와 김혜린의 사회로 진행된 이날 시상식에서 12개 부문 후보에 오른 '불멸의 연인'은 최우수 작품상과 함께 남우주연상(우지혁), 여우주연상(정재아), 감독상(민태준), 각본, 각색상(심호선), 편집상(이주연), 촬영상(송형진)등 7개의 트로피를 독차지했다.

'불멸의 연인'과 나란히 12개 부문에 노미네이트 된 '함정'은 여우조연상(남서이), 남우조연상(최진우), 신인 감독상(김시현)에 뽑혀 3관왕에 그쳤다.

10개 부문에 진출한 'Y의 기억'은 신인 여우상(조혜연), 음향상(김광헌), 미술상(김인숙), 조명상(현민수)등 4개의 트로피를 가져갔다.

원로 배우 김시우 씨는 공로상을 수상했고, 신인 남우상은 'BOSS'의 이석현에게 돌아갔다. 음악상에는 '우연(김근식)', 단편 영화상에는 '비밀의 화원(이윤석)'이 선정되었다.

제7회 한국 영화 대상에서 주요 부문을 휩쓴 '불멸의 연인'은 러시아 국립영화 예술학교에서 영화 연출을 전공하고 '끌레르몽 페랑' 단편 영화제에서 심사 위원 특별상을 받은 바 있는 민태준 감독의 국내 첫 작품으로, 흥행 보증 수표라는 영화배우 우지혁과 촉망받는 유학파 감독 민태준의 콤비가 이루어낸 쾌거라 할 수 있다.

이로써 본지(무비저널)는 연말 특집 편으로 '불멸의 연인'에서 남우주연상을 받은 우지혁 씨와의 50문 50답을 기사로 선보이고, 버달에는 신년 특집 편으로 최우수 작품상과 감독상을 받은 민태준 감독과의 50문 50답을 본 기사에 실기로 했다.

인터뷰는 그의 집에서 이뤄졌다. 그의 뜻이기도 했고 자그마한 초대이기도 했기에 기쁜 마음으로 받아들였다. 그는 집이라서 편안하게 입고 있다며 미리 양해를 구했다. 간단한 청바지와 니트 차림이었는데도 그 모습을 보자, 어째서 여자라면 모두들 그에게 연모의 감정을 싹틔우는지 알게 되었다. 웃을 때 고른 치열이 환하게 드러나는 그는 분명 가슴이 설렐 정도로 매력적이었고, 인터뷰 중간중간 곤란한 질문을 던져도 시종일관 부드러움을 잃지 않는 다정한 남자며 프로 연기자였다.

Mobie Journal: 영화제 소식은 들었다. 진심으로 축하한다.
Woo JiHyuk: (웃음)감사하다. 너무 큰 상을 받아 아직도 어리둥절하다.

Mobie:촬영 당시 고생을 많이 했다 들었다. 특별히 기억에 남는 에피소드가 있었다면.

JiHyuk:고생없이 영화가 만들어질 수 있겠나. 다른 영화를 찍는 것처럼 딱 그만큼 고생을 했다. 굳이 기억에 남는 에피소드를 꼽으라면 제주도에서의 촬영이라고 말할 수 있다. 그곳에서 민 감독이 일박이일 동안 갑자기 사라져 버려 모든 스텝들이 감독을 찾느라 잠시 촬영이 중단된 적이 있다. 다시 겪고 싶지 않은 고생이지만 어떻게 보면 자그마한 에피소드라고 할 수도 있겠다.

Mobie:남한과 북한의 복잡 미묘한 분단의 아픔과 심리를 살리고, 그 안에 운명처럼 만난 연인들의 격정적인 사랑에 많은 관객들이 눈물을 흘림과 동시에 감동을 받았다고 한다. 처음 시나리오를 접했을 때 느낌은 어땠나.

JiHyuk:한동안 아무런 일도 할 수가 없었다. 그때 출연 중이던 다른 영화의 막바지 작업을 할 때인데, 오직 '불멸의 연인'의 내용만 머리에 들어왔다. 직접 시나리오를 쓴 민 감독에게 감탄하는 바였고, 시나리오를 읽어보자마자 너무도 욕심 나던 작품이었다.

Mobie:민태준 감독이라면 영화계뿐만 아니라 방송가에서도 알아주는 인물이다. 유학파 감독으로 해외 단편 영화제에서 그 실력을 인정받았고, 국내 첫 작품이 각 영화제에서 많은 상을 휩쓸었다. 가까이 근접하기 어려울 정도로 냉정한 사람이라 하던데, 실제 성격은 어떤가. 함께 일하는 동안 힘들지는 않았나.

JiHyuk:절대 그렇지 않다. 젊은 나이에 그만한 자리에 올랐으니 지레짐작하는 것뿐이다. 민 감독은 부드럽다고는 할 수 없으나 냉정한 사람은 아니다. 오히려 촬영을 다 해갈 무렵엔 서로 속내를 주고받을 수 있을 정도로 털털한 사람이었다. 촬영 초에야 서로의 가치관과 패턴을 모르니 당연히 힘들 수밖에 없다. 그러나 시간이 흐르면서 서로에게 융화되고 상대가 무슨 생각을 하게 되는지 알게 된다. 민 감독은 함께 일하는 배우를 넓은 마음으로 이해해 주는 사람이다. 그러니 당연히 일하는 동안 힘든 점은 단 한 순간도 없었다 할 수 있겠다.

Mobie:버달에는 민태준 감독의 50문 50답이 준비되어 있다. 서로의 속내를 털어놓을 만큼 친분이 있다 하니 물어보겠다. 제주도에서 민태준 감독의 증발 사건을 알고 있다. 또한 연예계에서도 핫이슈로 떠오르는 민 감독의 스캔들을 들은 바 있다. '불멸의 연인'의 제작사이자 선유그룹의 오너 석민서 사장의 부인인 한여진과 민태준 감독의 스캔들에 대해 아는 것이 있는가.

JiHyuk:노코멘트.

Mobie:아는 것이 없다는 얘긴가.

JiHyuk:다른 사람의 사생활에 대해 이야기를 나누고 싶지는 않다. 나는 영화배우고, 민 감독은 감독일 뿐이다. 그를 영화인으로, 감독으로 존경하는 나는 그에 대해 설령 아는 바가 있어도 말하고 싶지 않다. 이 점 깊이 이해해 달라.

Mobie:곤란한 질문을 해서 미안하다. 그럼 함께 출연했던 정재아 씨와는 비교적 촬영이 수월했나. 영화 전반에 베드신이 두 차례 나오는데 상당히 야했다. 그 신에서 정재아 씨와 강한 의견 충돌이 있었다고 들었다.

JiHyuk:(웃음)감사하다. 칭찬으로 받아들이겠다. 영화에서 꼭 필요한 장면이었고 서로가 얼마나 사랑하고, 애틋하게 생각하는지 보여주어야 했던 장면이다. 많이 힘들었던 신이었지만 그만큼 아끼는 장면이다. 정재아 씨는 일단 여자 연기자이기에 노출을 꺼리는 부분이 있었다. 감독과 내가 그녀를 설득했고, 그녀는 흔쾌히 받아들였다. 항간에 떠도는 의견 대립은 아니었다.

Mobie:연기 생활 십 년이라 들었다. 맞는가.

JiHyuk:맞다. 꼭 십 년째 된다.

Mobie:비교적 늦은 나이에 스타의 대열에 든 것 같은데 그 시간이 힘들지는 않았나.

JiHyuk:힘들지 않았다고 하면 거짓일 것이다. 중도에 그만두려고 하던 적도 있었다(웃음).

Mobie:아까운 배우를 놓칠 뻔했다. 그 위기는 어떻게 넘졌나.

JiHyuk:아버의 덕이 컸다. 그녀가 아니면 지금의 나는 없을 것이다. 남들보다 늦은 나이에 스타가(웃음) 되었는데, 언젠가 아버가 그런 말을 한 적이 있다. '진정한 배우는 스타이기보다는 연기자가 되어야 한다'라고. 아직도 연기자에는 미흡하지만 늘 노력하려고 한다. 노력하면서 위기는 자연스레 극복했다.

Mobie:아버라 함은 매니저를 말하는 건가.

JiHyuk:다 알면서 왜 꼭 물어보는지 모르겠다(웃음). 그렇다. 내 아버가 곧 매니저이다.

Mobie:개인적인 질문을 해도 되겠는가.

JiHyuk:꼭 대답해야 하는 건가.

Mobie:부인이자 매니저인 최은채 씨에 관한 거다.

JiHyuk:얼마든지 물어보라. 그녀에 대해서라면 기꺼이 대답하겠다.

Mobie:감사하다. 탤런트로 데뷔한 당신을 영화배우로 거듭나게 한 사람이 매니저라 들었다. 맞는가.

JiHyuk:맞다. 엑스트라의 자리에서 일약 스타덤에 오르게 한 사람이 바로 아버이다.

Mobie:특별히 영화를 선택한 이유가 있는가.

JiHyu:아버의 의견이었다. 브라운관은 내 매력을(웃음) 보여주기엔 화면이 너무 작다 했다. 남들보다 비교적 선이 굵은 나는 오히려 브라운관에서 약점이 된다는 거였다. 스크린이라면 내 약점을 장점으로 바꿀 수 있다고 했고, 그녀의 도박은 성공했다고 할 수 있다.

Mobie:믿을 수가 없다, 흥행 보증 수표인 당신이 브라운관에서 오랜 시간 무명 연기자 생활을 했다는 것이.

JiHyuk:나는 영화배우로서 흥행 보증 수표라고 불리게 된 지금이 오히려 더 믿을 수가 없다. 아직도 꿈을 꾸는 것 같다.

Mobie:지나친 겸손이다. 올 한해 집계된 바로는 데이트하고 싶은 연예인 1위, 결혼하고 싶은 연예인 1위, 사윗감으로 가장 적합한 연예인 1위에 거론되었다. 어떻게 생각하는가.

JiHyuk:결혼을 했으니 곤란하고, 아내가 있으니 데이트는 더 더욱 곤란하다. 장인어른과 장모님이 계시는데 다른 사람의 사윗감이라니. 내 소망은 오래 사는 것이다. 그러나 기분은 좋다(웃음).

Mobie:이 말을 전국의 수많은 여성 팬들이 들으면 실망할 것이다. 결혼한 것을 후회하지는 않는가.

JiHyuk:한순간도 그런 생각을 해본 적 없다. 아내는 내 인생에서 가장 소중한 사람이고, 하늘이 내게 준 선물이다. 후회라니, 가당치도 않다.

Mobie:만인의 연인으로 모든 여성들의 사랑을 받는 것도 괜찮지 않은가.

JiHyuk:버가 만인의 연인이 될 수 있도록 뒤에서 노력한 사람이 아버이다. 나는 그녀의 연인으로만 살아도 충분하다.

Mobie:아버 사랑이 남다르다 들었다. 인터뷰를 해보니 왜 그런 말이 도는지 알 만하다.

JiHyuk:지인들이 말하길 팔불출이라 하더라. 나도 동의하는 바이다(웃음).

Mobie:지금은 이렇게 행복한 결혼 생활을 하는데 결혼 전에는 부인 측에서 반대가 심했다 들었다. 어떻게 극복했는가.

JiHyuk:반대를 할 수밖에 없었다. 그분들의 마음 백 번 이해한다. 신혼 초에는 장인어른과 불편했지만 시간이 흐르니 많이 완화되었다. 늘 아버를 사랑하고 매순간 행복하게 사는 게 그분들에 대한 도리라 생각한다.

Mobie:반대를 한 구체적인 이유는. 거듭 말하지만 당신은 국버에서 버로라하는 영화배우이다.

JiHyuk:(웃음)거듭 말하지만 나를 이 자리에 있게 만든 사람이 바로 아버이다. 아버를 만나기 전의 나는 무명 배우였고, 무엇보다 곱게 자란 아버에게는 너무 부족함투성이인 사버였다.

Mobie:부인과 나이 차이가 많이 난다 들었다. 몇 살 차이인지.

JiHyuk:열 살 차이다.

Mobie:도둑놈 소리는 듣지 않았나(웃음).

JiHyuk:원래가 도둑놈이다(웃음).

Mobie:아무래도 오늘은 특집이라 그런지 개인적인 질문을 많이 던지는 것 같다. 이해해 달라. 예전에 교통사고를 당한 적이 있다 들었다. 상처가 꽤 심했다 하던데, 지금은 어떤가.

JiHyuk:오 년 전이다. 지금은 말끔하게 완쾌되었다. 사고 후 반년 가까이 입원해 있었고, 퇴원을 하고도 촬영 틈틈이 일 년을 넘게 물리 치료차 병원을 다녀야 했다. 그때 이후로 병원이라면 지긋지긋하다.

Mobie:배우에게 얼굴은 생명이나 다름없는데 어쩌다 사고가 났나.

JiHyuk:내 실수였고, 내 부주의였다. 내 지난날에 대한 죗값을 치르느라 사고를 당한 것 같다. 살아난 게 기적이다. 그 사고 이후 다시 태어난 기분으로 하루하루를 살고 있다.

Mobie:후유증은 없는가.

JiHyuk:그런 건 없다. 다만 될 수 있으면 운전은 하지 않으려 한다. 아직도 그때의 공포를 떨치지 못한 듯하다.

Mobie:그럼에도 불구하고 들리는 말로는 부인이 운전을 할라치면 당신이 대신 운전석에 앉는다 한다. 그건 왜 그런지.

JiHyuk:글쎄, 그건 나도 모른다. 솔직히 아버가 운전이 서

툴다. 혹시 사고라도 날까 봐 아버가 운전하는 것보다 차라리 버가 두려운 게 낫다고 생각한다(웃음). 실은 목적지에 도착하면 등이 흥건히 젖어 있다. 이 사실을 아버는 아직 모른다. 극비이니 비밀 유지해 달라(웃음).

Mobie:이토록 사랑을 받는 부인은 행복하겠다. 그래서 영화계에서 잉꼬부부로 소문이 났나 보다.

JiHyuk:하루하루 아버를 향한 사랑은 그 크기가 더해지는 것 같다. 물론 크기로 사랑을 가늠할 수는 없겠지만, 버게 아버는 그런 존재다. 그녀가 내 곁에 있음으로 더 소중하고, 아버라고 부를 수 있음에 늘 감사하는 마음이다.

Mobie:대단하다는 말밖에는 안 나온다. 당신과 부인이 얼마나 뜨거운 사랑을 하는지 알 만하다. 그런데 왜 영화가 끝나면 매번 상대 배우들과 스캔들이 나는지.

JiHyuk:(웃음)옛말에 '아니 땐 굴뚝에 연기 나랴'라는 말이 있다. 영화배우가 되고 난 다음에 알게 되었다. 아니 땐 굴뚝에도 연기가 날 수 있음을.

Mobie:스캔들에 부인의 반응은 어떤가. 화를 버지는 않나.

JiHyuk:같은 일을 해서인지 전혀 개의치 않는다. 덧붙이자면, 스캔들이 났던 여배우들과 친분이 있던 사람은 버가 아니라 아버다. 스캔들이 터지면 아버와 여배우가 시간 가는 줄 모르고 즐겁게 통화를 한다. 기사를 봤냐고 시작해서, 사진이 너무 못 나왔다고 우스갯소리까지 한다. 여담이지만 제발 아버가 질투라는 걸 해줬으면 좋겠다(웃음).

Mobie:참 이상하다. 당신 정도의 남편이라면 촬영하는 여배우들 이하 모든 여성들을 경계하는 게 부인의 심리일 텐데 오히려 친분 유지라니, 매니저라서 그런가.

JiHyuk:글쎄, 매니저라서 그런 건 아닌 것 같다. 아버의 타고난 성격인 것 같다고 할까. 주변 사람들을 자석처럼 끌어당기는 힘이 있다. 촬영장의 분위기 메이커는 언제나 아버이다. 아, 팔불출이라 흉보지 말길 바란다. 이건 내 말이 아니라 함께 일을 했던 영화 관계자들의 입에서 나온 말이다(웃음).

Mobie:부인이 당신을 도와주기 위해 매니저 일에 뛰어들었다고 들었다. 사실인가.

JiHyuk:사실이다.

Mobie:젊다고 하기보다는 어리다고 할 만한 나이에 매니저 세계에 발을 디뎠는데 힘들다고 하지는 않았는가.

JiHyuk:내 50문 50답이 아니고 아버의 50문 50답인 거 같다(웃음). 아버가 처음 매니저를 한다 했을 때 반대를 많이 했다. 공부를 하던 학생이었고 무엇보다 너무 어렸다. 그러나 그녀의 뜻은 누구도 꺾을 수 없을 만큼 완강했다. 나를 위해 그녀가 선택한 길이지만, 단 한 번도 힘들다고 버색한 적은 없었다. 아버는 여리면서도 강하고, 부드러우면서도 단단하다. 늘 아버에게 많은 것을 배운다.

Mobie:시나리오를 검토하고 스케줄을 관리하는 것은 물론 당신이 입는 옷까지 직접 코디를 한다 들었다. 굳이 부인이 혼자서 다 하는 이유가 있다면.

JiHyuk:내게 어떤 배역이 어울리는지 가장 잘 아는 사람이 있다면 아내이다. 시나리오만으로도 내가 어떤 연기를 할지 미리 예견하는 그녀이고, 아무리 좋은 작품이라 할지라도 내게 어울리지 않는다 하면 그녀의 선에서 끝난다. 스케줄 관리는 내 컨디션을 항상 최상으로 만들려고 하는 그녀의 노력이다. 나를 그만큼 아는 그녀이기에 내 코디는 항상 그녀의 눈과 손끝에서 이루어진다.

Mobie:불만은 없었나. 가령 예를 들자면, 당신은 하고 싶은 작품이었는데 부인이 반대를 했다든지 한 경우 말이다.

JiHyuk:(웃음)하나 있었다. 물론 불만은 아니고 좀 아까웠던 영화다.

Mobie:끝까지 밀어보지 그랬나, 당신의 의견을.

JiHyuk:의상에 빛이 바랠 영화라고 아내가 꺼려했다. 그녀의 예상이 적중했었다. 영화를 보고 난 관객들이 이구동성으로 한 말은 '옷만 볼 만했다'였다.

Mobie:타고난 매니저인가 보다, 당신의 부인은.

JiHyuk:글쎄, 그렇게 말하시는 분들이 더러 있다. 하지만 아내가 얼마나 노력하는지는 아무도 모른다. 아내는 촬영장에서도 틈틈이 영화 관련 서적을 보고 내가 출연한 신을 남김없이 모니터한다. 그리고 영화계의 돌아가는 상황도 매번 파악해야 하고, 매일같이 쏟아져 나오는 기사 중 단 한 줄도 헛되게 보지 않는다. 집에 와서도 마찬가지이다. 집안일을 하기에도 힘에 부칠 텐데 내가 출연한 최근 영화에서부터 오래전 드라마에서 나온 모습까지 수십 번, 혹은 수백 번을 보아도 시간이 날 때마다 모니터를 가장한 연구를(웃음) 한다.

Mobie:굳이 그럴 필요가 있는가.

JiHyuk:제자리걸음인 연기자는 싫다. 한 편의 영화를 마무리 지었을 때, 더 좋아진 모습을 선보이고 싶고 그러기 위해서는 늘 노력하는 수밖에 없다고 생각한다.

Mobie:특별히 하고 싶은 연기가 있다면.

JiHyuk:이렇다 하게 정해놓은 것은 없다. 다만 지금까지는 내게 어울리는 배역에만 주력을 다했는데, 앞으로는 어떤 배역도 능숙하게 연기할 수 있는 '진정한' 연기자가 되고 싶다.

Mobie:차기작은 준비되었는가. 준비되었다면 무슨 영화인지.

JiHyuk:당연히 준비되어 있다. 하지만 이번엔 영화가 아니라 드라마다.

Mobie:큰 결심을 내린 것 같다. 매너저이자 부인인 그녀가 브라운관은 피했으면 하지 않았나.

JiHyuk:아내와 긴 시간 상의했다. 그러나 그녀가 먼저 드라마를 제안했고, 내가 망설였다면 망설였다고 할 수 있다. 브라운관에서 실패를 했기 때문에 망설인 것은 아니다. 우선 드라마와 영화는 호흡부터 다르다. 무엇보다 사극이기에 많이 망설였지만, 오히려 그것이 드라마를 다시 시작하는 이유가 되기도 했다.

Mobie:사극이라니, 기대된다. 이번에는 영화제에서 최우수 남우주연상을 획득하더니 내년 연말엔 방송가 드라마 부문에서 최우수 연기상이나 혹은 대상을 획득하는 건 아닐까, 감히 짐작해 본다.

JiHyuk:준다면 마다하지는 않겠다(웃음). 열심히 해볼 생각이다. 오랜만에 브라운관에 복귀하는 만큼 좋은 연기를 해보고 싶다.

Mobie:잘하리라 믿는다. 그럼 한동안 스크린에서는 당신을 볼 수 없는 건가.

JiHyuk:아마도. 두 개의 작품에 출연할 수도 있지만 그렇게 되면 감정이 분산되고 흐려진다. 될 수 있으면 하나의 작품에 내 모습을 다 보여주고 난 다음, 여유를 두고 다른 작품을 하고 싶다. 무엇보다 아버가 임신 중이다. 아버가 쉴 수 있도록 나 역시 한동안은 스케줄을 조정해야 할 것 같다.

Mobie:경사가 겹쳤다. 늦게 알아서 미안하다. 진심으로 축하를 전한다. 아들이나 딸 중 특별히 바라는 성별은 있는가.

JiHyuk:아침저녁으로 정안수를 떠놓고 빌고 싶다. 아버를 닮은 예쁜 딸이 태어나라고(웃음).

Mobie: 한국 영화제에서 최우수 남우주연상을 수상했을 때, 수상 소감 끝 멘트가 '은채야, 사랑해'였다. '여보, 사랑해'도 아닌 '은채야, 사랑해'로 전국의 수많은 여성 팬들을 울리면서 부인의 이름을 부르며 사랑을 고백한 까닭이 있다면.

JiHyuk: 영화제를 마치고 나오면서 안 그래도 지인들에게 팔불출이라는 소리를 엄청나게 많이 들었다(웃음). 아내의 이름을 부른 특별한 이유는 없다. 다만 누구의 아내, 또는 누구 엄마, 라는 이름보다 나는 내 아내가 자신의 이름으로 살기를 원한다. 내 이름이 조금씩 알려지면서부터 아내는 우지혁의 아내 누구누구라는 말을 많이 들었다. 나는 그녀가 우지혁의 아내 최은채가 아닌, 최은채라는 이름만으로도 충분히 자신을 표현하고 빛낼 수 있다고 생각한다. 그러기 위해서는 나부터 그녀의 이름을 소리 내어 불러주어야 한다고 여긴다.

Mobie: 십 년 후의 모습을 상상한다면.

JiHyuk: 진정한 연기자가 되고 싶다. 스타로 잠시잠깐 유명세를 떨치기보다는 한 해 한 해 묵을수록 장맛이 더해가는 진국인 연기자가 되고 싶다. 욕심이 너무 과한가(웃음). 무엇보다 십 년 후에도 여전히 아내를 사랑하면서 그녀와 하나이고 싶고, 또 그때쯤이면 그녀를 닮은 예쁜 딸이 적어도 셋은 되어보길 꿈꿔본다(웃음).

Mobie:지금 꼭 하고 싶은 것이 있다면.

JiHyuk:교외에서 살고 싶지만 바쁜 일정에 맞추느라 보다시피 시내 빌라에 살고 있다. 조만간에 교외 전원 주택으로 이사를 할 예정이다. 드라마 촬영 들어가기 전 시간을 내어서 이사 갈 집에 예쁜 꽃밭을 만들었으면 한다. 아내가 좋아하는 들꽃들을 한가득 심어보고 싶다.

Mobie:만약 다시 태어난다면 그때는 뭘 하고 싶은지.

JiHyuk:만약 다시 태어날 수 있는 기회가 내게 온다면 나는 그녀만을 기다리겠다. 지금의 내 아내만을 기다리는 게 다시 태어난다면 내가 꼭 하고 싶은 일이다.

Mobie:상당히 특이한 대답이다(웃음). 질문에 답하느라 고생 많았다. 마지막 질문이다. 당신 인생에서 가장 소중한 세 가지를 말하라면.

JiHyuk:첫째, 언제나 나를 믿어주고 지지해 주는 내 아내 '최은채'. 둘째, 내가 힘들 때마다 기댈 수 있는 터를 마련하고 지금의 나를 이 자리에 있게 만든 나의 매너저 '최은채'. 셋째, 내가 영원히 사랑하고 사랑하는…… 나의 연인 '최은채(웃음)'.

인터뷰를 마쳤을 때 그의 아내, 아니, 최은채 씨가 저녁 식사 초대를 했다. 입덧이 심해 음식 준비를 많이 못했다는 말과는 달리 식탁은 진수성찬이었다. 식사 내내 그는 아내를 챙겼고, 그녀는 해맑은 웃음을 지었다. 아직 임산부라는 표시가 나지 않을 정도로 날씬한 몸매에, 결혼한 유부녀라기보다는 아가씨 같기만 한 그녀. 집 안 곳곳에 그녀의 손때가 묻어 있었고, 그 손때는 다름 아닌 우지혁, 그였다.

대한민국 여성이라면 한 번쯤 그와의 핑크빛 로맨스를 꿈꿔볼 것이다. 그러나 그는 오직 한 여성하고만 핑크빛 로맨스를 꿈꾼다 했다. 식사를 마쳤을 때 알게 되었다, 그가 왜 그런 말을 하는지. 카리스마 넘치는 연기로, 때로는 관객들의 눈물샘을 자극하는 부드러운 연기로 수많은 여성 팬들의 사랑을 독차지하는 그는 그의 아내 최은채 씨 곁에 있을 때 가장 빛나고 가장 아름다웠다.

사진 촬영을 거절하던 최은채 씨의 부탁으로 기사의 사진은 그가 한국 영화제에서 수상했을 당시의 사진을 올린다(좌측). 그의 사진 속 미소가 눈부신 이유는 아마도 그를 사랑하는 최은채 씨와 아내를 사랑하는 그의 변함없는 사랑 때문은 아닌지 문득 생각해 본다. 하나일 때 그가 숨 막히게 멋있고 한숨 나올 만큼 매력적인 남자라면, 아내와 함께 있을 때의 그는 완벽한 남자였다. 아주 완벽한……

내년 5월에 두 사람의 사랑의 결실인 아기가 태어난다고 내내 행복해하던 그, 그리고 그녀. 그들의 사랑은 한 편의 영화보다 아름다웠다. 스크린에서 종횡무진하던 그가 잠시의 외출로 브라운관에 간다 하니 영화인으로서 조금은 서운한 마음도 든다. 하지만 어느 날 갑자기 우지혁이라는 이름으로 스크린을 장악한 그였기에 본 기자는 믿는다. 브라운관도 조만간 그가 장악할 것이라는 것을.

그의 앞날에 언제나 행복이 가득하길 바라며, 특집으로 꾸며진 기사가 영화 이야기보다는 개인적인 이야기로 다뤄졌지만, 길고도 짧았던 50문 50답은 여기서 아쉬움을 접고 이만 마친다.

무비저널—이유미.

책
을
덮
기
전

　유난히 정통 로맨스를 좋아합니다. 적당히 카리스마있고 한재산 하면서 얼굴도 잘생긴 남주와 그런 남주의 사랑을 독차지하는 아주아주 예쁜 여주가 나오는 글을 광적으로 좋아하죠. 그럼에도 불구하고 왜 『불처럼 뜨겁게』를 썼는지 누가 물어본다면 참 할 말이 없을 것 같아요. 어느 날 문득, 가진 것 없고 엉망진창으로 살아온 남자를 주인공으로 글이 쓰고 싶었거든요.

　제가 쓴 글 중 가장 애착이 가고 좋아하는 남주를 꼽으라면 『불처럼 뜨겁게』의 연작인 『그대의 연인(戀人)』에 나오는 민태준입니다. 눈치있으신 분들은 에필로그를 보시고 짐작하셨겠지만요(웃음). 그리고 가장 불쌍하게 생각하는 남주는 『그, 그녀에게 복수하다』의 윤준서구요. 그럼 지혁이는 뭐냐고요? 음, 지혁인 제가 참 미안하게 생각하는 남주입니다. 좀 더 근사한 주인공으로 만들어줄 수도 있었을 텐데, 모든 로맨스의 주인공처럼 멋진 남주가 될 수도 있었는데 작가의 욕심으로 천하에 죽일놈, 나쁜놈이 되고 말았죠.

『불처럼 뜨겁게』를 연재하는 동안 어느 독자 분이 그런 말씀을 하셨습니다. 지혁이와 은채는 안 되는 거라고…… 하지만 전 지혁이를 행복하게 해주고 싶었습니다. 더불어 은채도요. 두 아이가 환하게 웃으며 서로를 사랑하기를 간절히 원했습니다. 지혁이와 은채의 언해피를 바라셨던 분들이 계시다면 죄송한 마음을 전하며, 혹시 엔딩이 마음에 들지 않으신다면 작가의 글솜씨가 부족함을 탓해주세요. 다음에는 더 나은 모습으로, 더욱 발전한 모습의 글을 쓰도록 노력할게요.

지혁이와 은채의 이야기가 제 첫 출판물이 되네요. 먼저 준비하던 글이 있었는데 아무래도 이 아이들이 더 빨리 세상 밖으로 나가고 싶었나 봅니다. 늘 느끼는 거지만 완결한 글을 수정할 때마다 왜 그렇게 지겹고 힘든지, 그래서인지 쉽게 지치게 됩니다. 그런 면에서 지혁이와 은채는 제게 고마운 아이들입니다. 수정하는 동안 지치지도 않은 채 즐겁게 수정했으니까요. 제겐 고마운 아이들이 이제 세상 밖으로 나가 혹독한 시련을 얼마나 잘 견딜지 겁이 나기도 합니다. 하지만 잘 이겨내기를 간절히 바라봅니다.

글을 쓴 지 이제 2년이네요. 정확히 2년 2개월입니다. 워낙에 게으르기도 하고 글을 쓰는 중간중간 큰일이 겹쳐 그다지 많은 글을 쓰지는 못했지만 벌써 2년이라니 시간이 참 빠르기도 합니다. 어느 날 넷상에서 글을 쓰는 공간이 있다는 걸 알고, 무작정 재주도 없으면서 뛰어들어 글을 쓰다 이렇게 출판까지 하게 된 걸 보면 저는 참 행복한 사람인지도 모릅니다. 그저 글이 좋아서 시작했는데 주변에 좋은 분들이 너무 많이 계셔서 지금의 이 자리에 있는 것 같기도 합니다.

감사 인사를 전할 분이 너무 많습니다. 무슨 상 받았을 때 수상 소감을 남기는 것처럼 쑥스럽지만 꼭 인사를 전하고 싶네요. 로맨스계의 왕 언니로서 늘 고생하시는 퀴니 언니, 모자란 저를 한없이 예뻐해 주시는 자작나무 언니, 당근과 채찍을 적절히 던져 주시는 초희 언니, 언제나 많이 도와주시는 생크림 언니, 올해 행복한 웨딩마치를 올리는 저와 같은 이름의 지연 언니. 그리고 불처럼 뜨겁게 연재 중 제게 많은 힘을 주셨던 푸른달 식구분들, 그분들이 계셨기에 불처럼 뜨겁게를 무사히 완결 지을 수 있었습니다. 덧붙여 깊은 잠수 중인데도 잊지 않으시고 저를 찾아주시는 러브이즈 식구 여러분들, 정말 감사드립니다.

또 노을 속으로의 초대의 홈피 식구분들에게도 고마움을 전합니다. 늘 한결같은 애정을 보내주시는 이유미님, 홍예정님, 강정순님, 제복련님, 프라하님, 미돌님, 쏠로님, 향단이님, 연오님, 세나님, 내인생내맘대로님, 그리고 글쓰기에도 바쁠 텐데 아주 예쁜 홈피를 만들어준 마이꼴. 모든 분들에게 고개 숙여 감사 인사를 전하며, 혹여 빠지신 분이 계시다면 제 기억력의 한계입니다. 용서해 주세요, 흑흑. 너무 많은 분들의 이름을 불러 후기가 길다고 잘릴까 봐 걱정입니다(웃음).

글 쓸 때마다 벽에 부딪치면 조언을 아끼지 않았던 내 소중한 친구 인숙이, 언제나 치즈 하며 해맑게 웃는 혜연이, 넷상에서 만난 이쁜 동생 쑤기, 고칠 것 투성이인 글을 예쁘게 봐주신 규진 씨, 교정 보느라 힘드셨을 종민 씨, 『불처럼 뜨겁게』를 책으로 만들어주신 청어람 식구분들. 제겐 모두 소중한 분들이기에 한 번씩 불러봅니다. 정말 고맙고, 그리고 감사합니다.

마지막으로 내가 세상에서 가장 사랑하는 우리 식구. 엄마가 글 쓴다고 자랑(?)하고 다닌 우리 꽃미남 아들 현민이, 엄마가 컴퓨터 앞에만 앉으면 심술 내던 우리 예쁜 딸 현주, 그리고 제멋대로인 나를 항상 이해해 주고 사랑해 주는 내 남편 남상모 씨…… 당신 사랑해, 알지?

내 사랑스러운 아이들과 첫 만남에서 벼락을 맞은 듯한 느낌을 전해주었던 내 남편과 늘 지금처럼 행복하기를 꿈꿔보며…… 지금은 하늘나라에서 고이 잠드셨을 나의 엄마 변영경 여사께 부족하지만 이 책을 바치고 싶습니다.

어느새 향긋한 꽃내음을 풍기는 봄이네요. 곧 무더운 여름이 다가오겠죠. 올 여름이 오기 전 모든 분들이 불처럼 뜨거운 사랑을 한 번쯤 해 보시길 바라며…….

2004년 4월 영덕의 작은 바닷가 마을 강구에서 김이현 드립니다.